ハヤカワ文庫 SF
〈SF2441〉

戦士強制志願

J・N・チェイニー&ジョナサン・P・ブレイジー
金子 浩訳

早川書房
9048

SENTENCED TO WAR
by
J. N. Chaney and Jonathan Brazee

Translated by
Hiroshi Kaneko
First published 2024 in Japan by
HAYAKAWA PUBLISHING, INC.
This book is published in Japan by
direct arrangement with
J. N. CHANEY.

戦士強制志願

登場人物

レヴァレント（レヴ）・ペレティエ…………惑星セーフハーバー生まれの17歳の青年

マクシミリアン（マックス）・スロンドソン…………レヴの義父

トミコ（ミコ）・ライザー
クリッシー・レジス
アロヤタン・ニーム（クリケット）
ファイアー・ドーチェスター
ヤンシー・デル・リオ
ウドゥ
バンディ
………海兵隊新兵

オメストリ……………………………………少尉。チャーリー中隊レイダー小隊所属

サパ……………………………………………一等軍曹

モンテス………………………………………二等軍曹

プレスター・ニクス…………………………三等軍曹

ビンタン・タヌウィジャヤ（タヌ）…………上等兵

フセイン・〝フス - マン〟・チャーニー………一等兵

ケル・ディーン＝バレスター…………………伍長

用語集

BC ほとんどの国家が採用しているデジタル通貨

CCR-32教導インターフェース 海兵隊員の頭に埋めこまれるＡＩ

COH 人類の最高機関である人類会議の略

D-5コード ひも状の爆薬

ECR 有効殺傷半径の略。爆発が起きた際に死傷者が五十パーセントになる範囲

EMP 電磁パルスの略。範囲内の電子機器をすべて機能停止させる

M-49アサルトライフル 連邦海兵隊の標準ライフル。二ミリの高速ダート弾を発射する

M-102ネリス 海兵隊の主力スナイパーライフル

M-133 メカ海兵隊員の重火器

MF-30 制式拳銃

PAL‐3　パーソナル・アーマー・ライト3の略。海兵隊の歩兵用の標準ボディアーマー

PAL‐5　パーソナル・アーマー・ライト5の略。海兵隊偵察部隊用の標準ボディアーマー

PN　ペルセウス連邦軍の最高位の勲章であるプラチナノヴァの略

PQ　パーソナリティ指数の略。AIの人間らしさの尺度

XM‐554　威力を増した新型ミサイル

イエロージャケット　肩撃ち式ミサイル

イエローシャツ　航空機を使った人員輸送や物資運搬に従事する海軍兵士

オプティサイト　曲げのばし可能なチューブ状スコープ

オメガ部（OD）　連邦の秘密警察・諜報機関

下士官　海兵隊員の中間の二階級

寄生虫　民間人を指す軍人のスラング

ゴールドノヴァ　連邦軍で二番目に高位の勲章

公安ドローン　警察のドローン

シクスカイ　スパイスを効かせた肉と野菜を詰めて揚げたパン

セロクリート　超高強度コンクリート

先任下士官　海兵隊の将校と下士官のあいだの階級

ダイクストラ　ヘビースナイパーライフル

直接戦闘（DC）部門　歩兵、偵察部隊、メカ兵、戦闘工兵などの、敵と直接対峙《たいじ》する海兵隊員

パラディン　聖騎士を意味する。ケンタウルス人の大型重メカユニット。軽戦車に相当する

フェニックスMG‐3焼夷地雷　ほとんどの物質を融かせる小型手榴弾

プラスティダーム　医療用人工皮膚

プーリー　海兵隊の新兵訓練所に入所したが、新兵としての宣誓をすませていない候補生のこと

ブロンズノヴァ　連邦軍で四番目に高位の勲章

兵卒クラブ　下から三階級の兵士が食べたり飲んだりしながらのんびり過ごせるクラブ

ホスト　ペルセウス連邦と同盟を組むことも敵対することもあるフリジアン・マントルの軍事部門

ミルデス　軍務識別コード《ミリタリー・デジネーター》の略

ミルデス99または99　基本的には制服を着た奴隷労働者

リーヴァー　略奪者を意味する。ケンタウルス人の小型メカユニット。海兵隊のレイダーまたは偵察部隊に相当

レイダー　偵察部隊に所属するが、偵察よりも戦闘に焦点をあてた任務に従事する

第一部

1

　人生は順調だった。

　ティングステン・ロックが公園で鳴り響いていた。ピクニックテーブルに腰かけているレヴは、ベースが骨を揺さぶっているのを感じながら、ベンチに置いている足でリズムをとっていた。ビールを飲みほすと、足をのばしてミアをつつき、お代わりを催促した。ミアは怒ったふりをしてその足をぴしゃりと叩いたが、バッグに手をのばしてビールをとり、肩越しにひょいと投げた。レヴは腰を浮かせてビールをつかんだ。

「ナイスキャッチ」とウィッターがいったのが、大音量の音楽のなかでかろうじて聞きとれた。「飲みすぎるなよ」

「ああ、わかってる」レヴはドリンクパックをトロフィーのように掲げてから腰をおろした。クールタブをあけ、パックに霜がつくのを待ってからごくごくと飲んだ。

あと六週間で学校を卒業だ。そしてその二週間後、義父のおかげで職人としての修行がはじまる。すべて義父のおかげだった。それはたしかだ。

レヴは手をのばし、親友のレイニーの耳元に口を寄せてなにかいっているミアの髪にそっと触れた。ミアはその親しみをこめたふるまいに反応しなかったが、少なくともいやがらなかった。ミアのことは小学生のころから知っているが、レヴが彼女にとっての特別な存在に昇格したのは、彼がクリスタル技師博愛会に入会するという——彼自身が流した——噂が広まってからだ。

レヴは大学進学向きではない。そもそも学校向きではないのだ。だから、ギルドの一員になるというのはいい進路だった。実力で入会できたとは夢にも思っていなかった。だが、どれだけ知識があるかよりも、どれだけコネがあるかのほうがものをいうことも多い。そしてレヴには、母親と九年前に結婚したマックスことマクシミリアン・スロンドソンというコネがあった。クリスタル技師博愛会正会員の義父が推薦してくれたおかげで、レヴは入会できることになったのだ。

一人前の職人になるのに三年はかかるが、なってしまえばこっちのものだ。大金持ちにはなれないが、終身保障つきの安定したいい給料を、とりわけ戦争が続いているあいだはもらえる。軍はつねにクリスタルを必要としているからだ。

レヴが職人になれると知ってすぐにミアが彼にひかれたのは意外ではなかった。卒業が迫っているいま、キャンパスの王さまたちと女王さまたちも将来を考えなければならなくなっていた。レヴは、ミアと長期にわたる関係を築く覚悟まではできていなかったが、当面のあいだ、彼女との交際を楽しむつもりでいたし、彼女とつきあっているおかげで周囲の評価が何段階も上がっていた。

ウィッターがレヴの耳に口を寄せた。「頼みがあるんだ。親父さんに、おれをクリスタル技師博愛会に推薦してもらえないかな？」

ウィッターはレイニーのボーイフレンドで、きょうが初対面だった。義父にそんな頼みごとをするつもりはなかったが、この男と気まずくなりたくもなかった。

「聞こえないよ」とレヴは叫んでまず自分の耳を、次に音楽ポッドを指さした。

嘘ではなかった。会話を続けるには音楽が大きすぎたし、唇を読んで夜を過ごすつもりはなかった。だからウィッターがこの頼みを忘れてくれるほうに賭けた。レヴは顔をそらしてまたビールをひと口飲んだ。

小さな公園の反対端にあるあずまやで、二十人ほどの男女がゲームに興じていた。首のうしろのジャックに端子を挿し、目をつぶっている。レヴはやれやれという表情になった。

義父は没入型ゲーム用クリスタルもつくっている。ある意味で、ゲームは一家の飯の種なのだ。にもかかわらず、レヴの母親は、何日もぶっ続けで現実を離れ、幻想の世界に浸って過ごす連中を毛嫌いしていた。レヴも母親に感化されて、没入型ゲームマニアを負け犬とみなしている。

余暇にゲームを楽しむだけのライトなゲーマーに悪感情はなかった。だが、ハードコアなジャックヘッド、つまりひきこもって政府の福祉に頼っている連中は話が別だった。そういう連中は社会になんの貢献もしていない。とにかく、それが母親の意見だったし、レヴも同感だった。働かないで税金をおさめないというのは、社会のほかの人たちに頼って生きているということだ。

この小さな公園にいるのがどんなタイプのゲーマーなのかは知らなかったし、興味もなかった。レヴは現実を生きたかった。下の段にすわっているミアを、公園の照明に照らされているブラウンの長い髪を見ていると、そっちのほうがずっとよい選択肢に思えた。レヴもゲームをしないわけではない。人並み程度には楽しむが、現実を忘れてつくりものの世界で過ごすはめになるジャックは使わない。たんに未成年はジャックをつけられないからではなかった。母親の労働観を受け継いでいるレヴには、没入型ゲームは現実をハックできない負け犬の逃げ道としか思えなかった。

ふたりのジャックヘッドがレヴたちのほうを何度も仏頂面《ぶっちょうづら》で見ていた。四人が流している間違いなく大音量の音楽が、ゲームの邪魔になっているようだ。

レヴはため息をつきながらミアとレイニーが話しているところまでおりて手をのばし、ポッドの音量を下げた。

ミアがレヴの手首をつかんだ。「なにしてるのよ。わたしは大きな音が好きなの」

ミアはレヴの手首を放すと、音量を戻すどころか、さらに上げたので、レヴは心臓にまでベースを感じた。ミアは軽蔑のまなざしでレヴをにらんでから友達に向きなおった。

レヴはミアに、公園にはほかにも人がいることを思いださせたかったが、これがミア・スゼスだった。ミアは一軍のスターなのだ。ギルドへの入会が決まるまで、ミアはレヴにとって高嶺の花だった。ミアの表情を見たら、レヴはなにもいえなくなった。

ウィッターはこの一瞬のやりとりに気づいた。ウィッターはレヴを、気持ちはわかるよという表情で見てからビールをひと口飲み、テーブルに背中を預けた。

さらに音量を上げたせいで、ますますジャックヘッドたちの注意をひいたようだった。ふたりが、そして三人目が立った。三人は、レヴたちのほうをちらちら見ながら話しあった。結論に達したらしく、二十代に見える男がジャックをはずし、ゆったりした足どりで芝生を横切りはじめた。

くそっ。だから音量を下げてればよかったんだ。

男が歩きだすと、ミアはすぐに立ちあがった。レヴに目配せをしてとなりに立つようにうながした。

レヴは、ほとんどのゲーマーが締まりのないたるんだ体型のダメ人間だと思っていたが、その男はたくましかった。髪型はゲーマーらしい――うしろを刈りあげ、前髪をのばしてふくらませた――ウィンビーだ。身長は百九十センチくらいで胸板が厚く、体重は百キロ、ひょっとしたら百十キロあるかもしれない。

レヴは、身長はほぼおなじだが、体重は十五キロほど軽そうだった。レヴが無意識のうちに胸を張ると、男はほほえみながらミアとレヴの前で止まった。ウィッターとレイニーも、遅ればせながらミアとレヴの横に陣どった。

「やあ」と男は話しだした。音楽にかき消されないように、ほとんど叫びながら手を差しだした。レヴは握手しなかった。

「ええと、ポッドの音量をちょっとだけ下げてもらえないかな？　ゲームに差し障《さわ》りがあるんだ」

「へえ、ゲームをしてたのね」とミアが応じた。「なんのゲームをしてるの？」

男は笑顔を大きくしながらいった。「〈ハデスへの降下〉さ」

レヴは没入型ゲームをしないが、そのゲームは知っていた。ときには数百人が対戦し、数週間とまではいかずとも、数日は続くゲームだ。

「くそジャックヘッドのためのくそゲームね」とミアが、男の顔を見ながらいった。

おいおい、ミア！　おちついてくれ。

男は顔をしかめて、「銀河系最高のゲームの〈ハデス《D》への《I》降下《H》〉をそんなふうにけなすなんて、お嬢ちゃん、きみはゲームにくわしくないんだろうな」

ミアはだれかに逆らわれるのに慣れてないんだろうな、とレヴは思った。ミアはぽかんと口をあけていたが、レヴのほうを向いて、「わたしにこんな口をきかせておくつもり？」といった。

きみが挑発したんじゃないか、とレヴはいいたかった。だが、ミアとの交際を続けたいなら、そんな言葉を口にするべきでないのはわかっていた。内心でため息をつくと、レヴは半歩踏みだして、ミアよりもやや前に出た。「口に気をつけたほうがいいぞ。レディに失礼なことをいったやつは痛い目を見るはめになるんだからな」

レヴは、自分でもどうしてそんなことをいったのかわからなかった。レヴらしくなかったし、もしも義父がここにいたら、眉をひそめて〝例の〟目つきでレヴを見たことだろう。

だが、義父は家にいる。

ビールのせいだったのだろうが、レヴが驚いたことに、その瞬間、いきなり、自分がものすごく大きくなったような気分になった。ミアがレヴの二の腕をつかんだのも気分の変化におおいに影響をおよぼしたのはわかっていた。だが、それだけではなかった。これはレヴにとって未知の領域だったし、多少なりとも興奮していた。そいつは子供ではなかった。危険な臭いをぷんぷんさせている一人前の男だったが、それはレヴの興奮を高めただけだった。

レヴの言葉を聞くと、男は笑みを消して顔をしかめた。「悪く思わないでくれ。だけど、ここにはルールがある。公園のほかの利用者に迷惑をかけちゃいけないというルールが」

「ポッドの設定は公共用になってるんだから」レヴの横にいるミアがいった。「ボリュームを下げる必要なんかないのよ」

「公共用の設定だって、苦情を受けたら対応する必要があるんだ。調べてみろ」と男はいい、姿勢を安定させようとするかのように両足の間隔をやや広げた。男のうしろで、ほかのふたりのジャックヘッドがレヴたちのほうに向かいはじめたが、男は振り向き、手を上げてふたりを止めた。

「わたしたちの音楽が聞こえないところへ行ってハデスに戻ることをお勧めするわ」とミ

アがいうと、レイニーがくすくす笑った。

男はあきれ顔になると、レヴたちをまわりこんでポッドに手をのばした。

ミアが男の腕をぴしゃりと叩いた。男は一瞬、腕をのばしたまま凍りつき、それから押しのけようとするかのようにミアの肩に手を向けた。

ミアは小さくきゃっと声をあげ、レヴが男の手をブロックした。「そんなことはしないほうが身のためだぞ」

男は動きを止め、レヴを頭のてっぺんから足の爪先まで眺めた。にやりと笑った。

「だれがおれを止めるんだ？　おまえか？」男は半笑いでそういった。レヴを見下しているのは明らかだった。

その言葉がレヴに火をつけた。レヴは見くびられがちだったし、見くびられると腹がたった。

だが、レヴは殴りかからなかった。どんなにスリルがあっても、公共の場で取っ組み合いの喧嘩をするほど愚かではなかった。徴兵されるおそれがこんなに高まっていては。

ところが、男が手をのばした。そしてレヴがなにもできないでいるうちに、ミアが彼の腕から手を放して男の胸をぴしゃりと叩いた。叩かれた男は一歩下がった……そして、なぜかミアが倒れた。ミアが足を滑らせたのか、押されたのかはわからなかったが、レヴはかっとなった。

ミアを守らなければならなかった。

レヴが、持っていることに気づいていなかった力をこめた強烈なパンチをくりだして男の顎に命中させると、男はばったり倒れた。

こぶしに激痛を覚えながら、レヴはしばし、ぐったりしている男を呆然と見おろしていた。胸がどきどきしていた。勝利の雄叫びをあげればいいのか、謝罪すればいいのかわからなかった。

「逃げろ！」とウィッターが叫んだ。

レヴは逃げたくなかった。倒れている男との関係を修復しなければならなかった。脚に力が入らなかった。ジャックヘッドたちがジャックをはずし、わめきながらレヴたちのほうに走ってきていることはぼんやりとしか意識していなかった。

ミアに腕をひっぱられたとたん、頭がはっきりした。そしていきなり現実が押し寄せてきた。向きを変え、ウィッターとレイニーを追って走りだした。ミアも並んで走った。ウィッターとレイニーは駐車場におりる階段のほうに走っていたが、レヴは叫びながらフェンスを飛び越えて駐車場におりた。

「起動！」とレヴがどなると、義父のガゼルがブーンとうなってよみがえった。

　レヴは運転席に飛びこむなり、ウィンドウから頭を突きだして、ほかの三人に急げと叫んだ。レイニーとウィッターが乗りこんできて、フェンスを飛び越えるのを躊躇していたミアが続いた。

「行け、行け、行け！」というウィッターのわめき声を聞きながら、レヴは安全運転警告を無視してガゼルを駐車場から飛びださせようと方向転換させた。

「追いかけてきてるか？」レヴは、駐車場の出入口に置かれているごみ箱を弾き飛ばしながらたずねた。

「追いかけてきてないみたい」とレイニーが答えた。

「追いかけてきやしないわよ」とミアがいった。「徴兵されたがってでもいないかぎりは。あいつらだって有罪になるんだから」

「有罪もいいところさ。あいつが喧嘩を吹っかけたんだからな」とウィッター。「それにしても、レヴ！　いいパンチだったぞ！」身を乗りだしてレヴの肩を叩いた。「強烈なKOパンチだった」

　ミアがレヴの二の腕を握りしめたのと同時にアドレナリンが薄れてきたので、レヴは心にぽっかりと穴があいたような気分になった。自分がやったことの実感が徐々にわいてきた。

競技場以外で怒りに駆られて実際に人を殴ったのははじめてだった。罪の意識はあったが、男を倒した快感もあった。だが、その結果として起きかねないことを考えると……体が震えだした。

喧嘩をしたら、確実に徴兵される。どっちがきっかけをつくったかは関係ない――ふっかけたのがレヴだったかどうかは。裁判官は公安ドローンに動画の提出を求めるはずだが、そこになにが映っているのか、レヴには確信がなかった。

ミアは足を滑らせたのかな？　突き飛ばされたのかな？

レヴはガゼルを減速し、深呼吸を十回くりかえしたが、そのあいだずっと、ウィッターは、レヴがどんなふうにあの男をノックアウトしたかについて話しつづけた。ウィッターは浮かれていた。

「あいつらはほんとに訴えたりしないかな？」とレヴはおだやかな口調でミアにたずねた。

「自分たちも巻き添えになりたいと思わないかぎりはね」とミアは自信たっぷりに答えた。

たぶんミアのいうとおりなんだろう。

レヴは、制限速度を厳守してグレイクリーク地区を走った。まだ真夜中を過ぎていないので、トランスポンダーが警察に、レヴたちがここにいることを通報したりはしないが、みずから警察の注意をひかないようにしなければならない。

レヴはようやくリラックスしはじめた。たしかに馬鹿なことをした。未成年なのに酒を飲み、喧嘩をした。だが、なにも起こらなそうだ――悪いことはなにも。ここにいてはいけないことはわかっていたが、心のどこかで新たな自信を感じていた。なにしろ、自分より大きくて体格がよくて年が上の相手に勝ったのだ。この先ずっと、たとえあの男を見おろしながら感じた恥辱が混じるとしても、この勝利の感覚を覚えていることだろう。

こぶしが痛むかぎり、あいつのことを忘れないだろうな、とレヴは考えながら、痛む手を曲げのばしした。うわついた笑い声が、思わずかすかに漏れた。

「なにがおかしいの？」とミアがたずねた。

「べつに。逃げきれてうれしいだけさ」

それが合図だったかのように、うしろで警官の青いライトが点灯し、レヴは心臓が口から飛びだしそうになった。

レヴが喧嘩に勝った顚末《てんまつ》を武勇伝として語っていたウィッターが口をつぐんだ。「ああ、くそっ」

「やつらは警察に通報しないっていったじゃないか」とレヴはミアに愚痴った。

「しないわよ」とミアはいったが、急に自信なさげになっていた。「するにしたって、まだしてないはず。まだ、ええと、二、三分しかたってないじゃないの。早すぎるわ」

「どうすればいい？」とレヴ。

「止めて。ごみ箱にぶつかったからかもしれない。きっとそれだわ」

どうするべきかを聞くまでもなかった。止まらなかったら、警官はこの車を強制停止させるはずだ。ジャックヘッドたちが喧嘩について通報していようがいまいが、レヴに選択肢はない。レヴは車を道路わきに寄せて止めた。三ブロック先にテイラー高速道が見えていた。あそこまで行っていれば、たった八分でビーカーヴィルの自宅に帰れたはずだ。

「まったくもう」とつぶやきながら、レヴは窓をおろした。

「なにもいわないでよ」警官が近づいてくるのを待つあいだにミアがいった。

「こんばんは。わたしは十三分署の公安ボット、43476号です」

警官の声はおだやかで心地よかったが、一輪車に乗っているトイレ用吸引カップにしか見えないという事実に変わりはなかった。

「マクシミリアン・スロンドソンさんですか？」

「いいえ」とレヴは答えた。「義理の……息子です。レヴァレント・ペレティエです」

「敬虔《レヴアレント》なだって？」とウィッターが後部座席からいった。「マジか？」

レヴが人殺しのような目でにらむと、ウィッターは黙った。

警官はしばしの間《ま》を置いてからいった。「わかりました。ペレティエさん、あなたは民法第十四条第六項にもとづいて召喚されます」

レヴはまずパニックに襲われ、それから困惑した。民法についてはくわしくないが、十四条？　喧嘩は十四条違反じゃないはずだ。

「ええと……第十四条第六項ってなんについての項目ですか？」

「自動運転ゾーン内でのマニュアル運転についての項目です」

「え？」レヴとミアの声がそろった。

「この地区では、二〇時〇〇分から〇六時〇〇分までのあいだ、自動運転が義務づけられています。この地区には子供のいる家が多いからです」

レヴは千々《ちぢ》に乱れた心を静めようとした。公園へはマニュアルモードで行ったけど、あのときは何時だったんだろう？　七時？　八時？

ディスプレイを見おろすと、赤い警告が点滅していた。ディスプレイに触れると、警告がいくつも表示された。スピード違反に乱暴運転に……自動運転ゾーン内でのマニュアルモード使用。発進するとき、警告を無視したのだ。

「くそっ」とレヴは小さな声で悪態《あくたい》をついた。

「車を降りてください。手続きをするための車を呼んであります」

「手続き？　え？　ぼくは逮捕されてるんですか？」

「あなたは召喚されています。ただし、未成年者の場合、親または後見人がひきとりに来るまで勾留されます」

「あと三週間で十八歳なんです」レヴはおずおずと訴えた。

「くりかえします。あなたは未成年者です。車を降りてください」

レヴはゆっくりとガゼルから降りた。大問題だった。法律はなんとかなるかもしれないが、マックスに殺されるだろう。先に母親に殺されなければ、だが。

「ミア、ガゼルをぼくのうちまで運転していってくれるかい？　それで……そうだな、義理の父にひきとりに来てもらったほうがいいだろうな。ママじゃなくて」

「それは許可されません」と警官がいった。

「だけど、後見人に来てもらえばいいっていったじゃないですか。義理の父はぼくの法定後見人なんですよ」

警官は、その言葉が聞こえなかったかのように続けた。「あなたの車は押収されます。牽引され、あなたの違反の処理がすむまで保管されます」

ほかの三人が抗議の声をあげたが、レヴはもう、友人たちの声を聞こうとしなかった。ブーンという音が響いて細長いものが警官のスロットから出てきた。

「それを手首につけてください」

ホロヴィドで見たことがあったので、警官は見た目こそ吸引カップだが、腕が隠されていることをレヴは知っていた。抵抗したら、警官はレヴをあっさり拘束できる。

レヴがため息をついてプラスチックを手首に叩きつけると、それはブレスレットになった。そしてレヴは縁石に腰をおろし、頭をかかえて移送車の到着を待った。

人生は最悪だった。

2

「いいか、口答えするんじゃないぞ。どんな判決がくだされようと、おれは気にしない。とにかく黙ってろ」

「刑務所送りになったりはしないよね？」とレヴは義父にたずねた。

「なっても文句はいえないさ」

「ほんとに？」というレヴの声にはパニックのきざしがあった。「だけど、ギルドはどうなるの？　宣誓式を欠席するわけにはいかないのに」

「おちつけ。ただの交通違反だ。罰金と――あとで返してもらうからな――免停ってところだろう。逮捕されたわけじゃないし、おまえは青年部隊で奉仕活動もしてる。それがプラスに働くはずだ。こっちに来い」と義父はいい、レヴが首に巻いているネクタイを直す。「礼儀正しくするんだぞ」どうということのない助言だったが、大きな意味があった。マックスは、レヴの父親になる必要はなかったのに、文句をいわずにその役目を引き受けてくれた。ちょっとした気づかいにぐっとくることがときどきあった。いまのように。

　レヴは顔をしかめたが、明るい青のネクタイをまっすぐにしてもらった。ネクタイを巻くのは小学校の卒業式以来だったが、好印象を与えるのは大切だった。

「入るぞ」マックスは驚くほど理解がある――レヴの母親が、レヴの〝反抗的〟な態度をしょっちゅう叱っているのとは大違いだ。ガゼルが押収されてしまったので、あの夜、マックスはレンタカーでレヴをひきとりに来てくれたし、家までの帰り道ではなにも聞かなかった。なにがあったかを問われたのは翌日だった。

　マックスは、首を振って馬鹿な真似をしたもんだと責めたが、すぐに量子フォンをとりだした。たぶんギルドの弁護士に連絡したのだろう。数分後に弁護士から通話がかかってきて、マックスは安堵のため息を漏らした。

「問われてるのは遅い時間にマニュアルで運転したことだけだ。ヤバいほうは避けられたんだ、レヴ。喧嘩の件は問題になってない」

　レヴは、なぜかそのことを忘れていた。

「月曜日に裁判官と会えばこの件の片がつく」

「ありがとう」レヴは礼を述べて部屋を出ようとした。

「あと、卒業まで外出禁止だからな」

レヴは反射的に抗議しかけたが、思いとどまった。それに値することをしでかしたのだし、それ以上に、なによりも重要なのはギルドの宣誓式にちゃんと出席できるようにすることだった。宣誓式がすめば、前途は洋々だ。

そしていま、月曜日の朝、レヴとマックスは郡裁判所の階段をのぼっていた。レヴはさっさとすませてしまいたかった。マックスに返す罰金がなるべく少なくてすむことを願っていたが、見習いの安月給の二、三カ月分になるのは覚悟していた。

レヴは手首にブレスレットを巻いたままだった。判決がくだるまではずれないのだ。スキャナーを通過すると、ブレスレットがピーッという音を発して何号法廷へ行けばいいかを知らせた。広い廊下では百人もの人が行き来していたが、マックスはレヴを連れて、遡上するサケのように流れに逆らって進んだ。

レヴは何十人もいる広い法廷を想像していたが、一三〇四号法廷はただの小部屋だった。レヴは消えているスクリーンの前にすわり、マックスはそのうしろに二脚ある椅子の片方に腰をおろした。

「どうすればいいの？」とレヴはマックスにたずねた。

「待つんだ」

そして待ちがはじまった。それから四十分間、レヴは椅子にすわったまま指の関節を鳴らしていたが、緊張はどんどん高まった。早くけりがついてほしかった。とうとう、スクリーンがちらついて映像が表示された。

昔ながらの法服をまとった女性が、退屈そうな表情で、目の前のなにかに視線を落としていた。レヴは困惑し、振り向いてマックスを見たが、義父は裁判官のほうを向けと身ぶりで示した。

長くはかからなかった。スクリーンに映ってから二十秒ほどで、裁判官はレヴに問うた。

「あなたはレヴァレント・Ｒ・ペレティエ、ＢＥ６６３２９９６６３１０ですね？」

ぼくじゃなかったらこの法廷のドアは開かなかったはずじゃないか、とレヴは思ったが、マックスにいわれたことを思いだし、まっすぐ前を見たまま、「はい」と答えた。

「左を見なさい」

レヴは光学スキャナーのほうを向きながら、馬鹿ばかしい、と思った。くそったれな警察ブレスレットが、ここに入ったときに身元を確認したじゃないか。それに、網膜スキャンをするなら、なんで裁判官はあんな質問をしたんだ？

スキャナーが緑にひらめいたので、レヴは裁判官に向きなおった。

「あなたは民法第十四条第六項違反、つまり自動運転エリア内で乗用車をマニュアル運転したとして起訴されています。有罪と認めますか？」

　レヴはまた、マックスをちらりと振りかえったが、それについてはもう話しあっていた。レヴは現行犯でつかまった。無実を主張する権利はあるが、裁判はギルドの宣誓式のあとになるかもしれない。第十四条違反で入会を取り消されるとは思えないが、ギルドは裁判が終わるまでレヴの入会を延期するかもしれない。

「有罪です。有罪を認めます」とレヴは答えた。

「よろしい。賢明な判断ね」裁判官はひと呼吸置き、ふたたび視線を落としてから続けた。「報告書にあとで問題になりそうな箇所はないわね。簡潔明瞭だわ」

　どうか、罰金が高すぎませんように、とレヴは祈った。

「レヴァレント・ペレティエ、ペガサス連邦海兵隊における一期の兵役を課します」

　え？

「兵役？　海兵隊？」レヴはそう叫びながら立ちあがり、スクリーンの前の狭い出っ張りに両手をかけた。

「閣下」マックスがそう呼びかけながら、片手をレヴの肩にかけて椅子に押し戻した。「弁護士から、十四条違反は徴兵の対象にならないと聞いております」

　裁判官は皮肉な笑みを浮かべながらいった。「それなら、弁護士を替えたほうがいいでしょうね。第十三条と第十四条も新たに対象に加わったのです」――日付を調べているらしいしぐさをして――「三日前に」

そんな嫌みったらしい態度にかっとなったレヴは、肩からマックスの手を払いのけてふたたび立ちあがった。「ただの交通違反なのに？　そんな馬鹿な。人を殺したわけじゃないんですよ！」と叫びながら、スクリーンにぶつかりそうなほど顔を近づけた。

裁判官の目が険しくなった。「興奮するとあなたのためになりませんよ」

「すみません、閣下」マックスはそういいながらレヴを椅子にすわらせ、義理の息子を叱った。「黙ってろ、レヴ！　事態が悪化するだけだぞ」

レヴはどうにか自制して、どさっと椅子に腰をおろした。事態の展開が急すぎたし、人生がめちゃくちゃになりかけていた。ギルドへの入会が決まる前に、軍に入隊することも考えなかったわけではない。万が一のため、十八歳になったら、とりあえず志願入隊について知っておくために募兵事務所へ出向くつもりだったのだ……

レヴはほほえみながら身を乗りだし、顔をレンズにあと数センチでぶつかるところまで近づけながら、「徴兵はできませんよ」といった。

「いいえ、できるわ。早く認めたほうが楽になるわよ」

「いいえ、できないんです。だって、ぼくはまだ十七歳なんですから」

レヴは椅子にもたれ、頭のうしろで両手を組んでにやりと笑った。

裁判官は表情を変え、手元を見おろして書類を確認し、「そのとおりね」といってうなずいた。「どうしてそのことが本件のデータから漏れていたのかわからない。わたしがこれをこのまま提出していたら、そうね、ひょっとしたら、あなたの弁護士が判決を無効にできたかもしれない」

裁判官は手をのばしてちょこちょこと記入した。「さいわい、あなたのおかげでその可能性をつぶすことができた。感謝するわ」つくり笑いを浮かべた。「いま訂正したから、あなたは六月二十一日に出頭して入隊手続きをすることになった」

それはレヴの誕生日の翌日だった。

裁判官は顔を上げ、つくり笑いを本物の笑みに変えてレヴを見つめた。

レヴは逆上して叫びだし、マックスが手で義理の息子の口を押さえながら椅子に押し戻した。

「閣下、息子の癇癪《かんしゃく》をご容赦ください。ですが、息子はクリスタル技師博愛会への入会を許されておりまして、宣誓式が七月一日なのです。博愛会は戦争の遂行《すいこう》におおいに貢献しております。それを考慮していただけませんか？　どうかお願いします……」

裁判官は、義父に押さえつけられてもがいているレヴをじろじろ眺めた。

「わたしには裁量権があります。もしも息子さんが宣誓をすませてギルドの会員になっていたら判決は違っていたでしょう。ですが、いま現在、息子さんは保護の対象にはなっていません。それに、正直なところ、海兵隊に入隊するのは息子さんにとっていいことだとわたしは考えています。それに、これほどの根性があれば、人類にも貢献できることでしょう」こんどはいくばくかの感慨をこめて告げた。「判決に変わりはありません」

スクリーンが暗くなり、判決文がプリントアウトされた。

裁判が終わった。

3

バスは駐屯地の外で減速し、すぐそばで止まった。のっぺりした壁とその上で揺らめいているフィールドから、そこが軍事基地なのは一目瞭然だったが、壁から頭をのぞかせている木々がわずかに印象をやわらげていた。

品のあるおちついた感じの女性が、バスの前部のスクリーンに表示された。「キャンプ・アリサ・グエンへようこそ。みなさんはここから、人類に貢献する旅をはじめることになります。人類の存続に貢献するというみなさんの選択を誇りに思います」

「おれはそんな選択をしてないぞ。したのは裁判官だ」レヴの前にすわっている男が、かすかに聞こえた声でそうつぶやいた。

レヴはふんと鼻を鳴らしたが、なにもいわなかった。新兵訓練《ブートキャンプ》についてのホロヴィドを見まくり、本を読みまくっていて、いまは地獄に堕《お》とされる覚悟を決めていた。新兵訓練キャンプ、キャンプ・アリサ・グエンのウェブサイトには、真剣そのものの面持《おもも》ちで訓練に臨《のぞ》もうとしている見目《みめ》麗《うるわ》しい若者たちの画像が大量に掲載されていた。新兵は〝もっとも貴重な財産〟と称され、そのような財産は大切に育てられると請けあわれていた。

レヴは何人かの、若い退役軍人と違ってもはや再召集される可能性がない年配の退役軍人と話したことがあったが、彼らから聞いた体験談とウェブサイトの説明は食い違っていた。

「バスを降りて左手にあるゲートCに並んでください」

レヴは窓の外を見た。大きな正門は赤煉瓦づくりのレトロスタイルだった。車輌が基地を出入りしていた。その門の二十メートルほど左にある小さな出入口の上に、飾りけのない書体で〝ゲートC〟と記されていた。

候補生《プーリー》――入隊事務担当の軍曹によれば、宣誓式がすむまで新兵はそう呼ばれるのだそうだ――は、ひとりまたひとりと席を立って出入口に向かった。レヴは、いまにも教官が鮫のように襲いかかって罵声を浴びせてくるのではないかと思っていたが、静かなままだった。低い声で話している者も何人かいたが、入隊事務所で約五十人がバスに乗りこんでからずっとそうだったように、おおむね静粛だった。ほとんどのやつらは、ぼくみたいにあれこれ考えてるんだろうな、とレヴは思った。

レヴはいまの状況に対する怒りと、これからどうなるのだろうという不安のあいだを行ったり来たりしていた。すべての怒りが裁判官や社会に向けられているわけではなかった。時間はかかったが、悪いのは自分だとわかっていた。レヴはミアにいいところを見せようとして柄《がら》にもなく悪ぶった。だから、いまも社会の不公正さにむかついていたが、自分も悪かったと理解していた。だが、自分自身に向けられていようが、法律制度に向けられていようが、怒りは消えていなかった。時間がたつにつれて勢いが弱まって、激しい炎ではなく熾火《おきび》のようになっていたが、きっかけさえあればまた燃えあがるはずだった。不安に押しつぶされそうになりながら、汗でびっしょりになっている両手のてのひらをぬぐった。

　レヴはバスを降りた。夜の空気は重く、あたりはしんとしていた。ゲートにはすでに行列ができていて、民間人が新兵をひとりずつスキャンしてなかに入れていた。レヴは右腰をなでた。そこには、入隊事務所で新しいＩＤが埋めこまれていた。もちろん、なにも感じなかったが、気が重かった。このＩＤは軍用で、事務データも生体データも、民生用よりずっと多くのデータが格納されている。

　やがてレヴの番になった。年配の男性がスキャナーをレヴに向け、ディスプレイを見た。かすかにうなずいて、キャンプに入るようにレヴをうながした。

　いよいよだ、とレヴは思って、なにが起きたってびびるもんか、と腹をくくったが……予想ははずれた。ゲートが開くと、左にドアが並んでいる白い通路がのびていた。レヴはそのひとつのドアの外にできている列に加わった。

「なにがどうなってるか知ってるかい？」とレヴは、選択したのは裁判官だとつぶやいた男にたずねた。

「いいや」と男は答えた。

だが、列はどんどん進み、数分でレヴの番になった。レヴが部屋に入ると、白衣姿の技師がトライスキャンを身ぶりで示したが、それはレヴが見たことのないタイプだった。大きな白いリングは優に直径二メートルはあって、地元の病院に置いてある小型トライスキャンが、キア・マセラッティ・ハイパーボルトに対するシティスクートに見えるほどだった。トライスキャンのパワーでレヴの髪が逆立った。

「これを通り抜けるんですか？」

「あたりまえだろ。つべこべいわずにさっさとやれ」

まあ、反対側に死体は転がってないしな。

レヴは深呼吸をしてからスキャナーを通り抜けた。なじみのある診断ビームの感触をかすかに覚えたが、今回のほうはより厳格に思えた。いうなれば、全身の全細胞がひとつずつ検査されたような感じだった。裸にされたような気分になった。

レヴは身震いをすると、スキャナーを通って台に乗った。振り向いて技師を見ると、黙ったまま手を振って、次の新兵を呼びこんだ。レヴは出口のドアを押しあけて夜気のなかに出た。仲間の新兵たちは、観覧席のそばにある狭い芝生にたむろしていた。彼らの背後にキャンプが広がっていた。建物群が照明で輝いている。それらの向こうでは居丈高《いたけだか》な闇がバター色の円を威圧していた。どこかで鳥が鳴いた。そしてふたたび静まりかえった。

レヴは耳をすまし、静寂に圧迫感を覚えた。レヴはここを活気がある場所だと思っていた――新兵が大勢いて、訓練が実施されていて、大声でどなる声が響いているものだと。ときおり、ホバーが正門を出入りするのを除けば、不気味なほど静かだった。

レヴは馬鹿みたいに突っ立っていたくなかったので、わきに集まっている四人に合流した。

「……二十年だぞ」とそのひとりの、黒い髪を長くのばしている短身痩軀《たんしんそうく》の男が、真剣そのものの口調でいっていた。男は興奮した様子で両手をぎこちなく小刻みに振っていた。

「二十年？　ほんとに？」と女の子がいった。その女の子は男よりもさらに背が低かった。女の子はレヴのほうを向いて、「あんたは？　あんたはなんていわれたの？」とたずねた。

「なんの話だい？」

「兵役期間が何年になるかっていう話。クリケットは二十年だっていってる」

「二十年？　まさか」レヴは愕然とし、足元がふらついた。なぜなら――レヴは兵役期間が何年かはっきり知らなかったからだ。質問すると、訓練キャンプで宣誓式の前に選択肢を伝えられると教えられた。

レヴが徴兵される原因となった違反は軽微だったので、兵役は志願兵に課される最短の二年ですむことを願っていた。少なくとも、ウェブサイトにはそのような記述があった。だが明確な答えはどこにも記されていなかったし、これは、便りがないのはいい便りとかぎらないケースだった。

〝選択肢〟という言葉が使われているのはいい兆候のはずなので、最短の期間を選ぼうと決めていた。

「おれは聞いたとおりにいってるだけさ」とクリケットという名前の男がいった。「一年前、五条よりも軽い違反が五年で、一条から四条は八年だった。だけど、戦況がこんなだから――」

「どういう意味なんだ？」別の男がたずねた。背が高くて金髪で、長身を気にしているかのように猫背だ。「おれたちは勝ってるんじゃないのか？」

レヴは、クリケットがどう答えるかに注目した。

「わかりゃしないさ。当局が聞かせたいことを聞かされてるだけなんだからな。だけど、考えてもみろ、十三条と十四条が徴兵されてるんだぞ。十一条と十二条が徴兵の対象になったのはほんの二カ月前だった。戦争がうまくいってたらそんなことするか？」

　思いもよらない指摘だった。戦争はうまくいっているが、さらなる努力が必要だ、というのが政府によってひっきりなしに提供されているニュースだった。ケンタウルス人は打ち負かさなければならない。

　もしもこのクリケットというやつが正しいなら、戦況はかんばしくないのかもしれない。

「みんな、十三条か十四条なのかい？」とレヴはたずねた。

　このプーリーたちは全員、志願兵ではなく徴集兵だと知っていたが、わかっているのはそこまでだった。

「ぼくはレヴ・ペレティエ、十四条だ。自動運転ゾーンでマニュアル運転したんだ」

「大罪を犯したもんだな」年上らしいやつが笑いながらそういった。レヴが若者のほうを向くと、若者はてのひらを上にして手を上げ、冗談だと示した。「からかっただけさ。おれもおなじだよ。ヤンシー・デル・リオ。やっぱり十四条だ。橋に落書きしたんだ」

「それで十四条違反になるのかい？」とレヴはたずねた。

「いまはなるんだ。少なくとも、三度目には」

　全員がヤンシーのほうを向くと、彼は付け加えた。「十四条違反になると、こんなところに連れてこられると知ってたら、やらなかっただろうな」

女の子は手を差しだしていった。「トミコ・ライザー。個人アカウントをハックしたんだ」レヴが待っていると、「九条だよ」と補足した。

政府をかたちづくっている巨大な官僚機構のなかでは、ほとんどすべての行動がなにかしらの項目にあてはまるし、そこには刑事訴訟と民事訴訟も含まれている。パッドを使わなければ、どんな行為がどんなレベルの違反になるかを覚えておくのはほぼ不可能だ。

「おれはアロヤタン・ニーム。だけど、みんな、おれをクリケットと呼ぶ。おれは……その……七条違反だ。喧嘩だよ」

レヴは愕然とした。コオロギ《クリケット》というのはその小柄な若者にはぴったりの名前だった。体重は六十キロあるかないかだろうし、とても喧嘩をするようには見えない。ひょうきんな笑みを浮かべていると、学期末レポートを一週間早く提出しそうなタイプに見えた。

「テン、きみはまだ、このささやかなパーティーに参加するはめになった理由を話してないよな」とクリケットがいった。

このたまたま集まった少人数グループの最後のひとりは驚いた顔をした。その女の子は、一瞬、ためらってから話しだした。「二条よ。理由はいいたくない」

ほかの四人はぽかんと口をあけた。二条だって？　重罪の条項だった。それより重いのは第一条違反だけだし、刑罰は六十年以上前から人格消去だ。だが、戦時中のいま、無期兵役を選べるようになっている。

　テンはうつむいて仲間たちの視線を避け、爪先で芝生をいじった。レヴは反応を示さなかったが、興味をひかれた、という表現では控えめすぎた。この内気そうな少女がなにをして第二条違反に問われたのかを知りたかったし、一瞬、質問したくなったが、ここへは友達を増やすために来たわけではなかった。

「寄生虫ども、集まれ！」とどなる声が夜気を貫いた。

　レヴがくるりと向きを変えると、六人の海兵隊員が大股で闇から姿をあらわした。

「急げ！」真ん中の隊員が叫んだ。

　これこそ予期していた状況だったが、それでも心臓が口から飛びでそうになりながら、レヴは四人を置いて即座に命令にしたがった。この二週間のあいだに話を聞いた退役軍人のひとり、ミスター・オリヴァによれば、肝心なのは、教官の命令には、なにがあってもすぐさま応じることだった。権力にむかつくことはときどきあったが、めだたないように努めて命じられたとおりに行動しよう、とレヴは心に決めていた。レヴの望みは兵役期間を務めあげて家に帰ることだけだったし、営倉にぶちこまれたり懲戒処分を受けているあいだは義務づけられた兵役期間は減らない。

　主任教官が新兵たちの前に立ち、ほかの五人はゆっくりした足どりで周囲をかこんだ。

レヴは近くに来た教官に不安のまなざしをちらりと向けたが……なにが不安なのかはわからなかった。

「目玉をおれに向けろ！」正面の男がそうどなったので、レヴはあわてて視線を前に戻した。「いいか、寄生虫ども、これからちょっとばかり持久走をする。**絶対に……走るのを……やめるんじゃ……ないぞ**」

新兵たちはいっせいにため息を漏らし、抗議の声をあげる者もいた。レヴは視線を落として爪先を見た。スパイクシューズは見栄えがいいが、だれかの尻を蹴飛ばすとき以外はあまり役に立たない。ランニング向きでないのは明らかだった。

「訓練用の装備は支給されないんですか？」とだれかがたずねた。

主任教官はにやりと笑いながら答えた。「いいか、おまえら寄生虫どもは、まだ新兵ですらないんだ。税金が使われてる装備をそんなおまえらに支給するわけがないだろうが」

新兵ですらないんなら、どうしてあんたのいうことを聞かなきゃならないんだ？

レヴはそういいたくなったし、もうちょっとでいいかけたが、ミスター・オリヴァの警告のおかげでなんとか思いとどまった。

主任教官はそれ以上なにもいわずに向きを変えて走りだした。ほかの教官たちの配置の意味が明らかになった。彼らは、羊の群れがばらけるのを防ぐ牧羊犬だったのだ。いや、群れからはぐれたイワシをねらって周囲をかこんでいる鮫たちのほうがふさわしいかもしれない。レヴは、教官たちからなるべく距離をとれるように集団の真ん中あたりに位置をとった。

　ゆっくりしたペースで五百メートルほど走った。建物のあいだを抜け、走路にかこまれたグラウンドに出た。教官たちがレヴたちを集合させた観覧席が正面に見えた。ぐるりとまわりこんだのだ。

「あそこを走れ」と主任教官が走路を指さしながらいった。

「なんだってんだ？」レヴの横を走っていたヤンシーがこぼした。「もう靴ずれができてるってのに」

「ぼくのスパイク靴を見ろよ」とレヴ。

「最悪だな」ヤンシーは笑いながらいった。

　レヴの足はすでにじんじん痛みはじめていたし、右の靴の底がはがれかけているのを感じた。

「ゆっくり走るよ。この靴、九十ＢＣもしたんだ」

　レヴは走路の内側に寄って教官たちを探した。驚いたことに、教官たちは若者たちが走路に入ったところで止まっていた。

よしよし。

集団がばらけたので、レヴはますます速度をゆるめた。若者たちは大胆になり、雑談がはじまった。思ってたほど大変じゃなさそうだぞ、とほとんどの若者が思った。

いちばん遠いコーナーをまわると、先頭集団が、つまりかなり先を行っていたおべっか使いどもが走路からはずされているのが見えた。二百メートルほど走って、やっと理由がわかった。教官たちは、自分たちのところまで来た若者に、走るのをやめて別の場所へ移動するように指示し、そこでエクササイズをさせているのだ。レヴはさらに減速した。なおも体を動かさなければならないのなら体力を温存しておかなければならない。レヴはゆっくり走ったが、それでも、教官たちのところに着いたときにはいくらか息が切れていた。

「あそこへ行け、寄生虫」と教官のひとりが、芝生の上を指さしながらレヴに命じた。

「頭の上まで二十回上げろ」

レヴは軟らかいボールをつかんで持ちあげた。重量は十五キロかそこらだろう。重くはなかった……最初の五回は。だが、二十回目となると腕が痛み、全筋肉の繊維に炎がゆっくり燃え広がった。それでもやめられなかった。教官たちはへとへとになっているプーリーのあいだを歩きまわっては、若者たちに――大きな丸太を転がしたり、トレーニング用ソリをひっぱったり、またまた持ちあげたりという――さらなる運動を課した。レヴが荒い息をついていると、教官が近づいてきてポータブルスキャナーで彼を計測した。教官は結果をちらりと見て、もう一周走るように命じた。

くそったれ。

脇腹が痛みはじめたが、かろうじて息をしながらよろよろと走りつづけた。疲労で背中と腕が痛かった。今回は走路を一周するのに時間がかかったし、ひとりのプーリーに一周抜かされた。レヴは気にしなかった。なんでもいいからこれを終わらせたかった。

だが、まだ終わらなかった。もう一セット、エクササイズをしなければならなかった。レヴがあお向けに寝てボールを体の左右に動かしつづけているとき、横にいたプーリーが上体を起こしてうんざりだと宣言した。もうやらないと。教官のひとりがやってきて、その若者に耳打ちした。なんといったかは聞こえなかったが、レヴにとって、おなじことをしないほうがいいという教訓になった。

おべっか使いのひとりの女の子がエクササイズを終えた。教官がその女の子をスキャンし、ゲートCにある建物に戻れと命じた。

レヴは解放されなかった。レヴをスキャンした教官は、もう一周走ってこいと命じた。百メートルも走らないうちにスパイク靴の底がはがれはじめたので、レヴはうめきながらはぎとって捨てた。スパイク靴がだめになった怒りが力となって、半周のあいだ、スピードが上がった。

「だいじょうぶか、レヴ？」レヴがクリケットに並ぶと、小柄な若者はそうたずねた。

「ほっといてくれ」レヴはそういってクリケットを追い越した。

怒りのパワーは最後のカーブまでしか続かなかった。レヴはふたたびスピードをゆるめながら最後の直線を走った。肺が蒸気機関車のようなとどろきを発した。さらに数人のプーリーが運動場を去って建物に向かった。観覧席を見やると、さだかではなかったが、どうやら三人すわっているようだった。

レヴは前かがみになって嘔吐している別のプーリーをよけながら走路を離れた。酸っぱい臭いに顔をしかめたが、横たわってまたボールのエクササイズをはじめられる芝生のきれいな一画を見つけた。また別のプーリー、こんどはトミコがスキャンされ、建物に戻るように命じられた。ここにいたって、スキャナーが基準を超える数値を表示しないかぎり解放されないのがはっきりした。そして、やめるのを許されるためには力を出しつくすしかない。地獄から脱出する切符を得るためにはそうするほかないのだ。

レヴは力を振り絞って八セットのエクササイズをやりきり、息を切らしながらスキャンを受けた。

「もう一周だ」と教官がいったので、レヴは落胆のあまりくずおれかけた。だが、したがう以外にできることはなかった。

ふたりのプーリーが倒れ、その場で動かなくなっていた。衛生兵がふたりを調べ、芝生に置き去りにした。〝もっとも貴重な財産〟は守ってもらえるはずなのに。

レヴは、倒れて動けなくなったふりをしようかとも考えた。だが、さっき教官が金髪のプーリーにいったこと――正確にはそれに対する彼女の反応――を思いだして、レヴは走りつづけた。教官がなにをいったかは知りたくなかった。

さらに二回、ランニングとエクササイズをしなければならなくなり、ほかに残っているプーリーは六人だけになったが、ようやく、レヴもゲートCにある建物へ行くように命じられた。

安堵と怒りが争ったが、少なくとも、馬鹿げたハラスメントを脱することができた。レヴは走る速度をゆるめたが、その直後に、教官が「全力を出さないともう一回やりなおさせるぞ」とどなった。

自分に向けられた言葉だという確信はなかったが、レヴは危険を冒さなかった。建物までの残り百五十メートルかそこらを必死で走った。建物の前にいたさっきとは別の民間人が、なかに入ったらいちばん手前のドアをあけてなかに入るようにとレヴに指示した。

そこはさっきスキャンを受けたのとそっくりな部屋だった。医療技師は別人だったが、おなじ大きさのトライスキャンが部屋を占めていた。

「リングを通り抜けて」と女性医療技師が、コントロールパネルのスクリーンを見ながらいった。

レヴは、床に倒れこんでただ息を吸っていたかったが、気力を奮い起こし、装置に歩みよってリングを通り抜けた。今回は、ビームに全身の秘密を探られたのをほとんど感じなかった。

「このあとは？」とレヴは技師にたずねた。

「観覧席で待ってて」

レヴは出口から夜気のなかに戻った。つかのま壁にもたれた。頭がくらくらした。とったのが何日も前だったように思える夕食が上がってきそうになっているのを感じたが、意志の力で押さえこんだ。

腹をひっこめ、背筋をのばして観覧席へ歩いていった。仲間にへばっているところを見せるわけにはいかなかった。いちばん近い観覧席の二列目に、すでにトミコとクリケットとテンがすわっていた。テンはまだ汗をかいていたが、トミコとクリケットは、必要とあらばもう一ラウンドできそうなくらいくつろいでいるように見えた。

「あれは……なんていうか……楽しかったな」とトミコがかすかにうめきながらいった。

見た目以上にばてているようだった。

「どうして今夜、あんなことをしなきゃならなかったのかしら」とテンがたずねた。

「おれたちをデータ化するためじゃないかな」とクリケット。

「どれくらい体力があるかを調べたってこと？」

「たぶんな。っていうか、エクササイズにおれたちの体がどう反応するかを調べたのかもな。理屈は通る。だって、海兵隊にはいろんな仕事があるから、だれをどこに配置すればいいかを調べる必要があるんだ」

「ぼくは、兵役を無事に務めあげて家に帰りたいだけだよ」とレヴ。「楽なデスクワークに配置されたいな。できたら海軍に徴兵されたかったけど、くそ裁判官は選択の余地を与えてくれなかったんだ」

クリケットはレヴをじっと見つめながらいった。「海軍はやめといたほうがいいぞ。ケンタウルス人に船が撃沈されると、乗組員は生きのびられない。全滅するんだ」

クリケットの言葉の意味を把握するのにしばしかかった。そしてレヴはいきなり顔面蒼白になった。そんなことは考えたこともなかった。ケンタウルス人の宇宙船は高性能だし、連邦軍司令部は、数多くの宇宙船が失われているという事実を隠しきれていなかった。遺族が不都合な声をあげるのを抑えきれないほどの数の水兵が戦死していた。

その手の情報は、いつだって漏れるものなのだ。レヴは軍について、真剣に考えたことがほとんどなかったし、進路としても滑り止めだった。なにしろ、ギルドへの入会が、基幹産業への就職が決まっていたのだ。それに、情報を得ようとしたとしても、ろくな情報は得られなかっただろう。ここ数年は、戦争と軍の全体が秘密のベールに包まれていた。徴兵される以前にレヴがそういった事柄について考えていたことがあったとすれば、政府は心配のしすぎじゃないのか、ということくらいだった。政府は、ケンタウルス人スパイが大量に侵入してるとでも思ってるのか？　身長三メートルで装甲をまとってる異星人が群衆にまぎれるのは難しそうだ。

ヤンシーがスタンドの角を曲がって姿をあらわし、レヴたちを見つけてどさっと腰を落とした。ぐったりともたれて頭をうしろのベンチ席にかけた。うしろの席の若者がいやな顔をしてヤンシーを見たが——無視されたので——五十センチほど横にずれた。

「きつかった」ヤンシーは星空を見上げながら、淡々とそういった。

「あいつらほどじゃないけどな」トミコがそういいながら、走路上でストレッチャーに乗せられているふたりのプーリーを指さした。

浮かんでいるストレッチャーをしたがえた衛生兵がキャンプの奥へと向かっていくのをスタンドから眺めているあいだ、会話が途絶えた。

「あの人たち、どうなると思う？」とテンがたずねた。

だれも答えなかった。どうなるにしろ、ひどい目にあうんだろうな、とレヴは思った。志願兵だったら、兵役に耐えられないという理由で除隊になるのかもしれないが、ここにいるのは徴兵された者ばかりだ。徴兵された者が軍隊を抜けられるのは任期を満了したときか……戦死したときだけだ。

「聴け、寄生虫ども」主任教官が、そう叫びながら、ほかの教官たちとともに観覧席のほうに歩いてきた。「少佐どのからお言葉をいただくから、お連れするまでじっとしていろ。無駄口を叩くんじゃないぞ、いいな？」

何人かが「イエッサー」、ひとりが「了解しました」と答えたが、ほとんどのプーリーは無言だった。クリケットはヤンシーを肘で突いてまっすぐにすわらせた。レヴが周囲を見まわし、次はなにが起きるんだろうと考えていると、ほかの教官たちが横に立った。

少佐は二分後に主任教官とともにやってきたから、すぐそばにいたに違いない。ほかの教官たちは黒のスウェットを着て迷彩柄のズボンをはき、裾を黒のブーツのなかに入れていたが、少佐はきちんとした制服を着用していた。兵士募集のポスターの軍人が着ているブルーの礼服ではなく、胸に勲章がたくさんついている濃い緑色の上着にそろいのズボンという制服だ。少佐の右手は磨いたコインのような光沢《こうたく》のある銀色に輝いていた。

レヴは、なぜ多くの退役軍人がいかにも義肢らしい義肢を好むのか、理解できなかった。新しい手足を移植するのは難しくない。時間はかかるが困難ではない。義肢をつけるにしても、ずっと本物に近い義肢がある。なのにミスター・オリヴァも、この少佐のように、両脚を似たような銀色の義足にして、話すときに義足を叩いて強調する癖があった。

「プーリーの諸君、キャンプ・グエンと人類への義務をはたす第一歩へようこそ」

「少なくとも、少佐はおれたちを寄生虫って呼ばないんだな」とヤンシーがささやいて、またもクリケットに肘で脇腹を突かれた。

「諸君が志願したわけではないことは承知している」と少佐は続けた。「だが、それは問題ではない。新兵訓練を終えれば、諸君はほかの海兵隊員とおなじ海兵隊員になる」

　主任教官が浮かべたかすかな冷笑に意味があるなら、その言葉は疑わしいんだろうな、とレヴは思った。だが、そんなことはどうだってよかった。どうあれ、家に戻って、できたらあらためてギルドで働けるようになるまで耐えるしかなかった。

　少佐は話しつづけた。愛国心と義務について、ケンタウルス人の脅威とその意味について滔々《とうとう》と弁じた。レヴは演説を聞き流すことにし、仲間のプーリーたちの観察にとりかかった。ほとんどは男だった。たぶん、全員がなんらかの犯罪者だからだろう。

犯罪者だって？　くそっ。ぼくがどんな罪を犯したっていうんだ。ただの交通違反じゃないか。

ほかの若者たちがどんな罪を犯したのかが気になった。たとえば、テンはなにをして二条違反に問われたんだろう？　レヴはテンのほうを向いたが、そのとき、少佐の言葉に注意をひかれた。

「さて、諸君がもっとも知りたがっているであろう疑問について話しておこう。諸君の任期についてだ」

全プーリーが背筋をのばして少佐を凝視した。

「てっとり早くいえば、教えることはできない」

うめき声が夜へと立ちのぼった。

「なぜなら……」少佐は、間《ま》を置いて言葉を選んだ。「……決まっていないからだ。それに、諸君の戦闘クラスにもよる。諸君の選択も影響する」

戦闘クラス？　それが、ウェブサイトに載ってた〝選択肢〟なのか？

レヴは少佐の話に集中した。少しでも早く家に帰るためならなんだってするつもりだった。

「だが、これだけはいえる。諸君は、宣誓をする前に、海兵隊における自分の道をはっきり知ることになる」

訓練教官たちが、「ウーラー」と、士気を高めるための海兵隊の掛け声をいっせいに叫んだ。

「いま、諸君に伝えられるのはそれだけだ。正式に新兵になるまでのあと三日間を、諸君は忙しく過ごすことになるが、本日〇〇〇一時をもって、諸君は海兵隊の一員となる。教官の指示にしたがって、行かなければならないところへ行き、命じられたとおりのことをするように」

少佐は主任教官のほうを向いて告げた。「ハウランド先任訓練教官、このプーリーたちに装備を支給しろ。明朝〇五〇〇時の朝食時には、全員を訓練着に着替えさせておくように」

先任教官（レヴは〝主任〟だと思っていたが、〝先任〟だった）が少佐のほうを向いて気をつけの姿勢をとり、「アイ・アイ・サー！」と叫んだ。

敬礼はしなかったので、レヴはそれを不思議に思ったが、なんといっても、彼は軍隊についてくわしくなかった。

先任教官――少佐によればハウランド――は、少佐が見えなくなるまで待ってからプーリーたちのほうを向いた。「観覧席から降りろ、寄生虫ども。少佐どののお話は聞いたな。教官、先導しろ。担当の寄生虫どもを、全員、〇四五〇時までに食堂の前にきっちりと立たせておけ」

「きさまら十六名」と教官のひとりが、レヴのまわりのプーリーたちを指さしながらどなった。「立って一列に並べ」

　プーリーたちはおずおずと顔を見合わせてから立ちあがりはじめた。

「急げ、寄生虫ども！」

　レヴはベンチ席の最下段を飛び越え、ほかのプーリーを押しのけて、教官が示した位置に立った。ほかの十五名が、急いでレヴのうしろに並んだ。

　別の教官がレヴに歩みよって、「おれについてこい」と命じた。そして、「気を……つけ！　行進……はじめ。駆け足で……進め！」とどなった。

　レヴはその教官から目をそらさず、できるだけ近くにいるようにした。仲間のプーリーたちがぶつかったりつまずいたりするのは無視した。

　これからどうなるかはわからなかったが、たしかなことがひとつだけあった。今夜は長い夜になるに違いなかった。

4

案のじょうだった。たしかに長い夜になったが……翌日はもっと長かった。

頭を丸刈りにされ、装備を支給されたあと、連れていかれた兵舎で着替えた。その後、補給棟で私服を、そして何人かはアクセサリーを預けた。持ちこまないようにという指示はあったのだが、全員がしたがったわけではなかった。

グレイのつなぎの訓練着に着替えたレヴたちは、ふたたび食堂に移動してぱっとしない朝食をとった。全員がトレイをとると、教官が、「かっこむんだぞ、候補生《プーリー》ども。味わうのはあとまわしにしろ！」

十五分で食堂から追いだされ、休憩できるのはランチとトイレへ行くときだけ、というのが教官の言葉の意味だった。レヴが予想したようないじめではなかった。息をつく時間もないほど忙しいだけだった。

レヴを含む十六名はつねに一緒に行動した。ほかの分隊とすれ違うこともあったが、一緒に到着したグループの分隊ばかりではなかった。グレイの訓練着姿のほかの分隊ともすれ違ったが、全員が坊主頭でゆったりした訓練着を着ているので、ホロヴィドに出てくるアンドロイドのように見えた。

だが、グレイ以外の訓練着を着ている分隊もあった。金色の訓練着の分隊が三個、ほかの分隊とともに敷地内を駆け足で行ったり来たりしていた。金色の分隊とはじめてすれ違ったとき、そのうちの何人かが〝寄生虫〟とか〝犯罪者〟とからかってきて教官に黙らせられた。

自分の定位置と決めた分隊の先頭を走っていたレヴは、どなりかえしたいという衝動に駆られたが、ウェスリー伍長に、「黙ってろ」と制止された。

「あいつらは何者なんですか？」とレヴは好奇心を抑えきれずにたずねた。

プーリーは、食堂にいるとき以外、仲間同士で会話することは許されていなかったが、教官に話しかけるのは禁じられていないらしく、ウェスリーは振り向いて答えてくれた。

「愛国者だ。徴兵されたのではない志願兵だ。もう黙ってろ」

女性教官の声には侮蔑がにじんでいた。

昨晩の少佐の言葉にもかかわらず、海兵隊は平等ではないことをレヴは知った。レヴと仲間の徴集兵たちは最底辺に位置していた。

気にするもんか。あんなクズども。

だが、レヴは気にしていた。そして、心のうちでくすぶっていた火が燃えあがった。

そしてレヴたちはまたもさまざまな検査を受けさせられた。最初の検査は単純だった。プーリーたちは頭にヤマアラシのようなものをかぶせられて一連のホロヴィドを見せられた。田園風景もあれば、あからさまに暴力的なものもあった。ただの形と色もあった。中学校の心理検査で使われたのとまったくおなじヤマアラシが使われているという単純な事実から、これもおなじ検査なのは明らかだった。だが、具体的になにを検査しているのかはわからなかった。ホロヴィドのほとんどは見たことがなかった。

プーリーたちはゲートＣに戻ってふたたび馬鹿でかい医療スキャンを通り抜けた。ブースにすわらせられ、ＡＩだか、姿の見えない技師だかから一連の質問をされた。血液と尿のサンプルをとられた。午後のなかばには、自分がいまどんな検査を受けているのかわからなくなった。

ウェスリー伍長に導かれ、キャンプのゲートのすぐ内側にある味もそっけもない平屋《ひらや》に着いたときは安堵しかけた。伍長は分隊を出入口の前で止まらせてからいった。「ペレティエ、なかに入って空いている席にすわれ。ほかのやつらはそのとなりの席にすわれ。名前を呼ばれるまで黙って待ってろ！」

レヴが真っ先に待合室に入ると、百脚ほどの椅子が二十脚ずつの列になっていた。奥の壁には小部屋が並んでいた。おなじグループのほかの分隊のひとつがすでに待機していたが、何人か足りないようだった。

「なにをしてるんだい？」レヴはその分隊の最後尾にすわっている女の子にたずねた。グレースっていう名前じゃなかったっけ、とレヴは思ったが、さだかではなかった。

「結果を聞くんじゃないかしら」とその女の子が声をひそめて答えると、教官のひとりが、静かにしろとどなった。

早すぎるんじゃないかという気もしたが、レヴに判断材料があるわけではなかった。ともあれ、好奇心が高まった。あの検査でぼくのなにがわかったんだろう、とレヴは思った。そのとき、小部屋のひとつのドアがあいてプーリーが出てきたので、レヴはそっちを向いた。そのプーリーは愕然としていて、まるでマネキンのような表情になっていた。「前を向いてろ」とウェスリー伍長にどなられた。

レヴはさっと前を向いた。

「なにもいうな、フルヴェタ」ほかの教官のひとりが、人間味がなくはない声でいった。「外で待ってろ」

「あいつ、いまにも泣きだすかぶっ倒れそうだったな」と横にすわっているヤンシーがささやいた。

気づいたのはレヴだけではなかった。プーリーたちがざわめきだした。

「しゃべるなといってるだろう！」というウェスリー伍長のどなり声が静寂をつんざいた。

ひとり、またひとりとプーリーが小部屋から出てきて新たなプーリーが入っていった。レヴは、席を移動する際も前を向いていた。緊張していたが、すぐに結果がわかるんだ、と自分をなだめつづけた。

最後の分隊がやってきて椅子にすわった。

ついに、「ペレティエ、レヴァレント、五番に入れ」と呼ばれた。

レヴは立ってちらりと伍長を見た。伍長は顎で小部屋を示して深く息を吸った。レヴは指定された小部屋に歩いていってなかに入った。

驚いたことに、顔が映っているスクリーンはなく、白衣を着た女性がいた。耳のまわりの白髪がきれいにととのえられている。女性はテーブルの反対側にすわっていて、テーブルの真ん中には透明なパネルがあった。女性は目の前のディスプレイを見ながら、身振りでレヴにすわるように指示した。

山ほど質問したいことがあったが、レヴは黙っていた。

女性は眉間《みけん》にしわを寄せ、小さく咳払いしてから顔を上げ、もっとよく見ようとしているかのように、ややテーブルに身を乗りだした。女性は十秒から十二秒、黙ってレヴを凝視していたので、レヴは顕微鏡で観察されているような気分になったが、とうとう女性が口を開いた。

「ミスター・ペレティエ、あなたは興味深い事例なの。潜在能力は高いけど、それが生かされてないのよ」

レヴはすわったままもじもじした。

「わたしはドクター・ティニス。はっきりいって、あなたの将来はわたししだいよ」

レヴはつばを呑みこもうとしたが、喉がからからだった。

「ここにあなたの入隊審査の結果が出てる。ASPは九四・三、アルバーストンズは陽性、YARは二四……」

医師は、レヴにはちんぷんかんぷんな専門用語と数値をさらに十数種類並べたてた。まるでケンタウルス語のようだった。

「どれかひとつでも知ってる、ミスター・ペレティエ？」

「いいえ、先生」

レヴの額に汗の粒が浮かびはじめた。

医師はため息をついてから続けた。「じゃあ、要約するわね。あなたの身体的な潜在能力はすばらしい。オークリー比が……その、速筋と遅筋の比率が完璧なのよ。意味はわかる?」

レヴはうなずいた。

「よろしい。バランス感覚も神経反応も回復力も病気への抵抗力も優秀だし、遺伝的浮動はわずかで、細胞の安定性が高い。要するに、あなたの肉体には申し分がないのよ。ただし、ひとつ問題がある。なんだかわかる?」

言葉が見つからなかったので、レヴは黙って首を振った。

「そうね、正式な医学用語を使えば、あなたはくそみたいな状態なの」

医師は、レヴも笑顔になることを期待しているかのようにほほえんだ。レヴは表情をまったく変えなかった。

医師はかすかに首を振って話しだした。「問題は、あなたが潜在能力を生かしていないことなの。あなたの体の状態は平均をはるかに下回っている。つまり、あなたは怠け者なのよ」

医師はレヴの反応を待ったが、彼が無言のままだったので話を続けた。

「原因はここと」医師はそういいながら指で額を叩いた。「ここなの」と付け加えて、指を心臓の上に移動させた。

「あなたは怠け者なだけじゃなく、傲慢で、権威に刃向かう傾向が強く、怒りっぽく、自己中心的で、自信過剰で、共感性に欠けている。反論はある？」

怒りが緊張にとってかわりはじめた。この女は、どうしてぼくがそんな人間だと決めつけてるんだ？　あってる部分もあるかもしれないけど、たった一日、十何種類かの検査をしただけで人を判断なんかできるもんか。ぼくは青年部隊のボランティアもしたんだ。それって共感性があることの証拠じゃないか？

レヴは反論したかったが、そんなことをしたら医師の言葉の信憑性を高めてしまうだけなのはわかっていた。

「ぼくはぼくです」とレヴは淡々といった。

医師はレヴをじっと見つめてからディスプレイに視線を戻した。レヴは、確信は持てなかったが、医師が口元にほんのかすかな笑みを浮かべたのを見たように思った。傲慢なのは、そこにすわってぼくを判断してるあんたのほうだ。無理やり海兵隊に放りこまれたのはあんたじゃない。

医師がひとりごとじみた口調でいった。「ぜんぶがマイナスに働くわけじゃないし、いくつかの特質はプラスにもなる」

医師はふたたびレヴのほうを向いた。「もう気づいてると思うけど、これであなたたちの海兵隊における将来が決まるの――あなたたちがなにをするか、それにどれだけの期間、兵役を務めるかが。だけど、あなたの場合は判断が難しい」

レヴは背筋をのばした。いま、自分の未来が決まろうとしているのがわかった。生きるか死ぬかが決定しようとしているのかもしれなかった。

「ＭＰＴ――軍配置検査の略よ――は年々改良されていて、新兵をどこに配置するのがもっともふさわしいかを正確に判定してくれる。だけど、あなたのように、どこにもあてはまらない規格外もいる。

疑念がある場合や結果が完全に明確ではない場合、軍、特に海兵隊は、新兵みずからに自分の将来を選択させることが好ましいと考えているの。もしも検査によって、新兵がふたつの異なる戦闘分野で成功する可能性が高いと判明したら、どっちを選ぶかをまかせるのよ」

「ふたつの分野がなかったら？」

医師はほほえみながら答えた。「そのときは選べないわね」

「ぼくの場合は？」とレヴはたずねた。最悪を予想して、声が冷たくなっていた。

医師はレヴの口調に気づいていないか、それとも無視しているかだった。

「あなたには高い潜在能力があるけど、一方、検査結果からすると、どの戦闘分野でも失敗する可能性が高い」

「そうなると、どこにまわされるんですか？」

「軍務識別コード《ミルデス》99ね」

レヴには意味不明だった。医師はそれに気づいた。

「ありていにいえば奴隷労働者よ。期間は二十五年。必要なのは体力だけの仕事よ」

レヴは視界が狭まるのを感じ、気を失うのではないかと不安になった。

二十五年だって？

医師がなにをいっているのか理解できなかった。

「でも、潜在能力はあるんですよね？」レヴは、どうにか命綱をつかもうと声を絞りだした。「あるっていったじゃないですか」

「それがジレンマなのよ」と医師はあっさり、ハンバーガーと揚げシルスキーのどっちをランチに食べようか迷っているかのようにいった。

「選択肢についての説明は受けた？」と医師はたずねた。「もちろん受けてないわよね。徴集兵には説明なんかしないんだから」レヴが困惑して医師を見つめると、医師は補足した。「軍が臨機応変に変更できるようにしておくためよ。〝軍第一主義〟ってわけね。あなたには、基本的に三つの選択肢がある。まず、直接戦闘《DC》。ミルデスは2から9。任期は三年よ」

レヴは希望の光を感じた。

「戦闘支援。10から21。十年。それから全般支援。22から84だけど、たしか、新しい分類が最近、付け加えられたはず。任期は二十年」

レヴは情報を消化しようとした。「最初の選択肢、直接戦闘ですが、それになったら三年ですむんですね？」

「生きのびられればね」

「じゃあ、それに――」

「だけど、それはあなたならやれるとわたしが判断したらの話なの」

「やれます。だいじょうぶです」

「だめだったら99なのよ。全般支援に推薦したほうがあなたのためかもしれない。問題を起こさなければ、それに生きのびられれば、二十五年じゃなくて二十年で除隊できる」

医師が「生きのびられれば」といったのは二度目だった。警戒心が頭をもたげた。

「ええと……それぞれの選択肢の生存率を教えてもらえたりしますか？」

「どうしてもっと大勢がその質問をしないのか、前から不思議に思ってたのよ」医師はほほえみながらいった。「直接戦闘《DC》に三年間従事したときの死亡率は、現在、七十八パーセントね」

レヴは愕然としてごくりとつばを呑んだ。レヴは呆然と医師を見つめ、医師は彼の反応を待っていた。

医師はレヴがこの情報を消化するのを待ってから続けた。「戦闘支援の場合、十年間での死亡率は六十二パーセント。全般支援では、二十年間でそれとほぼおなじね」

腑《ふ》に落ちなかったので、レヴは医師に無言の疑問を投げかけた。

「ケンタウルス人は、基地やキャンプを攻撃するとき、ミルデスを気にしたりしないからよ」

それを聞いて、レヴは納得した。

「じゃあ、最後の選択肢、奴隷労働者は？」

「99っていうのは識別コードじゃなくて死亡率だってよくいわれてるわ」

レヴがその言葉の意味を理解するのにやや時間がかかったが、ようやく察したときは息を呑んだ。

医師はしばし医師という立場を離れてやさしい口調でいった。「はっきりいって、ミスター・ペレティエ、あなたには間違いなく身体的潜在能力がある。でも、たとえわたしが直接《D》戦闘《C》を希望することを許可したとしても、たぶん脱落する。はなはだしく運動不足だからよ。そして、もしも脱落したら99なの。ここにあなたの全記録があるけど、検査結果はともかく、あなたは悪い子じゃない。たしかに傲慢だけど、傲慢じゃないティーンエイジャーなんている？　あなたは問題を起こしたことがないし、ここへ来る原因になった違反は、そうね、わたしにいわせればたいした違反じゃない。全般支援に推薦してあげる。任期を務めあげて除隊になるときも、まだ若いじゃないの」

レヴは椅子にもたれて医師の言葉について考えた。医師はレヴを思って、生きて故郷へ帰る可能性がもっとも高い道を提供してくれている。じゃあ、どうしてそのチャンスに飛びつかないんだ？　送ってくれた義父から……あれはたった二日前の出来事なのか？……全力をつくせ、人類のためにしっかり働けといわれた。義父は、こうなることを予想してああいったのだろうか？

レヴは全般支援でお願いしますといいかけた。それが論理的な選択だった。だが、なにかがレヴを止めた。そしてくすぶっていた怒りが燃えあがった。医師は、直接戦闘《DC》に推薦しても脱落するだろうと考え、レヴのためを思って提案してくれていた。医師を見つめているレヴの表情がこわばった。この人が知ってるのは検査結果だけだけど、そんなものはただの数字だ。ぼくじゃない。

ぼくには才能があるけどやる気がない、と医者はいった。だけど、いまのぼくはやる気満々だ。たしかに運動不足かもしれない。暇なときはゲームをしたり友達と遊んだりしてた。だけど、体を鍛えればいいんだ。ぼくならやり抜けるはずだ。ぼくにはわかる。

　ここ数週間の、政府のいうなりになっていること、発言権がまったくないことに対するいらいらが沸騰しはじめた。ぼくにもできることはある。自分の人生の舵を取り戻せる方法があるんだ。

「直接《D》戦闘《C》を希望します」とレヴは、声に渾身《こんしん》の力をこめて告げた。

「脱落したら？　99行きよ」

「しません」

医師はふたたび身を乗りだしてテーブルに両腕を置き、レヴの目を読もうとした。

「潜在能力はたしかにある。危険を冒す価値はあるのかもしれない」と医師は、レヴがそこにいないかのように静かにいった。

　レヴは無言だった。

　ついに、医師は視線をはずし、ディスプレイになにやら入力した。

「あなたが決めたのよ、ミスター・ペレティエ。とにかく、直接《D》戦闘《C》へようこそ」

5

「おれの背嚢《はいのう》をつかめ」バンディはそういってレヴの前に出ると、彼にあわせて足をゆるめた。

「だいじょうぶだ」とレヴはあえぎながらいった。

だが、レヴはだいじょうぶではなかった。ゴールは見えていた。マザーファッカー山の頂上まであとわずかだったが、レヴの体は音《ね》をあげかけていた。

〝地獄週間〟というのは誤りだった。本物の地獄は、この半分もひどくないに違いない。レヴはこんなにつらい体験をしたことがなかったし、去年、飲食したすべてのドーナツと缶コーラ——それにシルスキーを後悔した。体を鍛えないでゲームをして過ごした時間を後悔した。

　二週間前、自尊心に突き動かされて直接戦闘《DC》を希望したことを悔やんでいたが、その自尊心があきらめることを許さなかった。だが、どうしようもなかった。体が動かなくなりかけていた。

ライム服《ライミー》と呼ばれている、直接戦闘《DC》部門新兵の訓練着になっている明るい緑色のタンクトップを受けとってからの一週間はきつくなかった。レヴは兵舎の寝台を割りあてられ、訓練がはじまるのをほかの徴集された新兵たちとともに待つあいだ、作業班の一員として、キャンプを清掃したり、物資を運んだりした。作業は簡単だったしペースはゆっくりだったので、ほかの――クリケットとトミコとヤンシーとテンを含む――ライミーたちとの仲を深めるためのいい機会になった。ライミーは、徴集兵と志願兵をあわせて百人以上いた。

平穏が続いたが、候補生《プーリー》として到着したときにレヴが予想していた鮫の襲撃が日曜日の深夜にはじまった。教官たちがどなり散らしながら寝台で眠っていた新兵たちを叩き起こし、即座に十五キロ走を開始させた。苦しかったが、レヴはなんとかついていった。持久走のあとの、ずっしりと重い背嚢を背負っての行軍、水泳訓練、丸太かつぎ、障害物コース、睡眠不足といった試練は、すべてぼんやりとかすんで、終わることのない苦痛と疲労からなる霧と化した。教官はどなり散らすことが減ったが、かといってライミーたちに甘くなったわけではなく、要求水準は高かった。

何人かのライミーが負傷し、十三名があきらめるか続行不能になった。負傷者は再挑戦できた。あきらめた者は99行きだった。だれかがあきらめるたびにレヴのやる気は高まったが、それが続くと、高まる程度がしだいに小さくなった。

レヴは、クリケットを含めた何人かとともに、お決まりのビリ集団の一員になった。最初、その集団には二十人ほどがいたが、一週間のうちに十人ほどに減った。教官たちは、遅れるなとしょっちゅうビリ集団にどなったが、止まりさえしなければ落第にはならないようだった。

だがいま、レヴはぎりぎりまで追いこまれていて、頂上までの最後の険しいのぼりが越えがたい障害になっていた。悔し涙が頬を伝った。

「さあ」とバンディがうながした。「あとちょっとだ。いいからおれの背嚢をつかめ」

「だいじょうぶだよ」とレヴはうめくように答えた。だれの助けも借りるつもりはなかった。とりわけバンディの助けは。

バンディを嫌っているからではなかった。バンディはだれからも嫌われていない。ひょろりと背が高いバンディは、同期のライミーの最年長で、少なくとも六十歳を超えている。バンディもずたぼろで、衛生兵が彼のひどい靴ずれにできるかぎりの治療をほどこしたが、足をひきずっていた。それでも、頻繁にほかのライミーに寄り添ってはげましつづけていた。バンディは一日も持たないのではないかとレヴは思ったが、六日後のいま、ゴールが見えるところまでたどり着いているのみならず、レヴに救いの手を差しのべていた。かろうじて歩きつづけている状態であるにもかかわらず。プライドが許さなかった。

だが、レヴには受け入れるつもりがなかった。

「行ってくれ」とレヴはいった。

「一緒に行こう、レヴ」

レヴは自分のうしろにまだあとひとりかふたり、新兵がいるはずなのを知っていたが、重さ百キロ分の河原の石が詰めてある背嚢を背負っていては、振り向いて確認するエネルギーも無駄にできなかった。前方を見ると、頂上までの残り三、四百メートルのあいだに、十数人のライミーが散らばっていた。地獄週間を完了したほかの仲間たちの姿は見えなくなっていた。

全身の筋肉が苦痛の悲鳴をあげていたし、一歩進むごとになけなしの余力が削られた。限界なのはわかっていたが、あきらめるつもりはなかった。

「どうした、ペレティエ？」とレヴのそばに来たグレイサー教官がたずねた。

「あきらめません！」とレヴは叫んだが、左脚が痙攣《けいれん》を起こして片膝をついた。

「立て、レヴ」バンディはそういいながら手をのばしてレヴの腕をつかんだ。

レヴは年配の男の手を弱々しく払いのけ、左脚をのばしたまま立ちあがろうとした。

「あきらめないのはいいが、やりとげられそうにはないな。そして、やりとげられなかったら、いいか、99送りなんだぞ。これまでのがんばりを無駄にするつもりか?」と教官はレヴに顔を近づけながら、あざけるようなしゃがれ声でいった。

「さあ、レヴ。あなたならやれるわ」とクリッシー・レジスがゆっくりと通りすぎながら声をかけた。

「やれるとも」とレヴは歯を食いしばりながらいったが、嘘だとわかっていた。

そして心が折れた。ここまで絶望的な状況に追いこまれたのははじめてだった。

「目の前になにがあるかも見えないようなありさまじゃ、やれるはずがない」

レヴは困惑して教官を見上げた。

「おいおい、一から十まで説明しなきゃならないのか?」とグレイサーはたずねた。女性教官は、ほかの教官たちが散らばっている坂の上のほうをちらりと見上げた。「バンディ新兵が手助けを申しでてるじゃないか」ときびしい口調でいった。

「でも――」

「でももくそもないぞ、ペレティエ! 一対一ではブリキ尻どもを倒せない。力をあわせて戦わなきゃならないんだ。助けを得られるのに自尊心が邪魔でその助けを受けられないようなやつはいらない。そんなやつは99がお似合いだ」

教官はレヴのヘルメットの横をこつんと叩いてから彼のもとを離れ、別の遅れている新兵のほうへ歩いていった。

レヴは混乱した。どうしてグレイサー教官に責められたのかわからなかった。あきらめず、ほかの新兵のお荷物にならないのは悪いことではないと考えていた。自尊心は関係ないと。

「教官がいったとおりだ」とバンディは手を差しだした。

バンディはレヴよりも二十キロは体重が軽いし、彼もへばっていた。レヴは年配の男のチャンスをつぶしたくなかったが……

ため息をつくと、手をつかんでバンディに引き起こしてもらった。そして叫びながら一歩踏みだしたが、ふくらはぎがつった。するとバンディはレヴの左腕を自分の肩にかけ、体重の一部を支えてくれた。

「おれたちならやれる。一度に一歩ずつだぞ」

いうはやすしだった。急勾配を見たら、ほんのわずかしか残っていない気力が萎《な》えてしまうのがわかっていたから、顔を上げないことにした。最後ののぼり坂はささやかな勝利の連続になった——一歩、また一歩が。大勢が大声ではげましてくれているのをかすかに意識していた。ほかにも何人か力をあわせながらゴールをめざしていたが、レヴの世界は目の前の地面だけになっていた。それ以外はどうだってよかった。とにかく歩きつづけなければならなかった。止まった瞬間にゲームオーバーだとわかっていた。

　そのとき、横でバンディが倒れた。地面で動かなくなった。レヴは一瞬、バンディをぽかんと見おろした。不可能に挑戦して先に進もうかとも思ったが、ここでバンディを置き去りにはできなかった。必要ならバンディをかついででも進もうと決めた。

　レヴがバンディを起こそうとかがんだとき、ほかのライミーたちがふたりをかこんだ。衛生兵が彼らをかきわけてバンディのかたわらで膝をつき、彼をあお向けにさせて下がってくれと求めた。

　レヴはわけがわからないままあたりを見まわし、ようやく理解した。ふたりはマザーファッカー山の頂上に到達していたのだ。

　その瞬間、脚が盛大に痙攣し、レヴは尻もちをついた。重い背嚢が肩に食いこんだ。レヴは気にしなかった。背嚢を地面におろし、衛生兵がバンディの首に医療パッチを貼っているところまで這いずっていった。

　年配の男は、しばしまぶたを震わせてから目をあいた。

「おれたちならやれるといっただろう」とバンディはいった。

「かろうじて、ね。おやじさんのおかげだよ」

　だが、かろうじてで充分だった。ふたりは直接《D》戦闘《C》海兵隊員になれるのだ。

6

六時間後、海軍の医師が投与してくれた回復剤のおかげでレヴは生きかえったような気分になれた。同期のほとんどは、兵卒クラブに繰りだしていた。新兵はふだん、兵卒クラブに出入りできないのだが、フェーズ1が完了していて月曜日までフェーズ2がはじまらないいま、特別に許可されたのだ。

レヴは行かなかった。バンディはまだ消耗から完全には回復していなかった。回復する、と看護師は請けあった。六十七歳の肉体は、ちょっと余分に時間を必要とするのだと。そしてレヴは、バンディがまだ兵卒クラブへ行けないなら、ぼくは彼のそばにいるべきだと考えた。この年配の男の助けがなければ、レヴは絶対にやりとげられなかったからだ。そして、レヴが行かなかったので、クリケットとクリッシーとトミコとオルフェウス・タラマッジも兵舎にとどまることに決めた。

冷えたビールは魅力的だったが、ほぼ六日間続いた地獄週間のあとの夜を、おとなしくカードゲームをして過ごすのも悪くなかった。

バンディの年齢を聞いたとき、レヴは驚いた。六十七歳というのは、人生のほとんどの側面では中年だが、直接戦闘《DC》となると年寄りもいいところだ。バンディが軍を志願し、し、い、かも直接戦闘《DC》を選んだなんて信じられなかった。

「ダブルスラム」とクリケットが宣言し、カードを叩きつけた。

自分のカードの二枚の端が赤く光ったので、レヴはため息をつきながらその二枚を場に捨てた。あと4か9で、やっと勝てるはずだった。

「月曜日のことが心配じゃないかい？」とレヴはテーブルをかこんでいる仲間たちにたずねたが、視線はバンディに向けていた。

「べつに。なんで？」

「インターフェースをつけるんだぞ」

バンディが笑って体をひねり、レヴにうなじを見せた。「もうつけてるよ」

レヴは驚き、身を乗りだして視線を凝らした。「なにも見えないな」

「ジャックをあけっぱなしでブートキャンプに臨むと思うか？　とんでもない。出頭する前に人工皮膚《プラスティダーム》でふさいだのさ」

「おれは出頭する前に除去された」とクリケット。「だけどそれは問題じゃない。これから軍用品をつけてもらうんだから」

「ジャックじゃない」とレヴ。「インターフェースだ」

「どっちだっていいじゃないの」とクリッシー。「ジャックはジャックよ。さっさとディールして」

レヴは顔をしかめながら場からカードを集めてシャッフル機に入れた。インターフェースは道具だ。ジャックは現実逃避の手段だ。ふたつはおなじではない。

「アーマーをコントロールするためのものなんだよな？　単純なインターフェースなんだよな？」

「武器を操作したり、通信したり、いろいろなことをするためのものさ。《トワイライト・ソルジャー》を観たことがあるだろう？」とバンディ。

もちろん、観たことがあった。《トワイライト・ソルジャー》は六シリーズあるホロヴィドで、一世紀前に銀河じゅうに広まり、戦争が勃発したあとで再編集されてリバイバルしたのだ。おもな登場人物たちは人間よりもロボットに近く、ほとんど超自然的な力を備えている。

「荒唐無《こうとうむ》稽《けい》だったじゃないか」

「かもな」とバンディ。「だが、現実とまるっきり違うわけでもないんだろう。とにかく、実際につけられてみればわかる。スループットの高いジャックに、医療ナノに――」

「地獄週間に医療ナノを使えればよかったのに」とオルフェウスはレヴがディールしたカードを調べながらいった。「どうしてさっさとつけてくれなかったんだろう？」

「簡単すぎちゃうからさ」とクリケット。「おっと、ダブルスラムだ」

「まったくもう、まだパスもしてなかったのに」とクリッシー。

「これで勝ったな」クリケットは高らかにそう宣言し、そのとおりになった。彼がまたもダブルスラムを達成し、今回、レヴはカードを三枚はじかれた。

「まったくいいディールだったわね、レヴ」クリッシーは不機嫌そうな顔でそう皮肉ると、場のカードを集めてシャッフルした。

「どんな種類のナノを注入されるのか、だれか知ってる？」とレヴはたずねた。「ぼくたちの能力を高めてくれるだけなんだよな？」

「軍用グレードだよ、レヴ。軍用グレードだ。ケンタウルス人に腕を切断されたら、容体《ようだい》を安定させてくれるナノをありがたく思うはずだ」とクリケット。

いまもレヴの体内を循環している民生の医療ナノは、機能不全があると診断すると必要なだけの薬剤を投与するが、それだけだ。外傷は守備範囲外なのだ。いまのナノを、より能力の高い特製の強化版ナノに置き換えるというのは納得できた。

それは問題なかったが、身体拡張を含むそれ以上の処置がほどこされるという噂が流れていた。ほんとうのはずがなかった。視力などの矯正手術ならいいが、基準を超えて人体を強化する身体拡張は、コロラ戦争以来、違法になっている。

レヴは、教官や将校がもっとオープンだったらいいのに、と願った。どうしてこんなに秘密ばかりなのか、理解できなかった。レヴたちは、まるで古い言い伝えのキノコのようだった。暗闇のなかで腐敗物を与えられて育てられているのだ。

「ペレティエ新兵」と技師が待合室に顔をのぞかせて呼んだ。

「ジャックをつけてもらってきて」とクリッシーがいってレヴの二の腕をぽんと叩いた。クリッシーは、レヴがジャックヘッドをどう思っているかを知ると、朝からずっとからかいつづけていた。

クリッシーはレヴをからかった――イチャつきの要素が含まれているのは明らかだった。レヴはたいてい気にしなかったが――クリッシーはきれいだしユーモアのセンスがあった――ジャック／インターフェース問題には過敏になっていた。

「いっただろう、ただのインターフェースであってジャックじゃないんだ」レヴはうなるようにそういいながら立った。

「おんなじじゃないの」とクリッシーはレヴの背中にいった。「うまくいくといいわね、レヴちゃん」とふざけた口調で続けた。

レヴは振り向くことなく中指を立てた。ドアが閉まるとき、クリッシーの笑い声が響いていた。

レヴはもう、クリッシーの言葉には真実が含まれていることに気づいていた。〝含まれている〟どころではないことに。しかしレヴは、完全没入型ゲームをプレイして時間を無駄に過ごし、社会からひきこもるためにそれをつけてもらうわけではなかった。土曜日の夜にカードゲームをしていたときにバンディがいったように、直接戦闘《DC》部門の海兵隊員として務めをはたすためにはアーマーと武器に接続しなければならない。これは、ギルドでつけてもらうはずだったインターフェースのアップグレード版にすぎない。それだけのものなのだ。

とはいえ、レヴはいささか緊張しながら民間の技師について通路を進んで小部屋に入った。部屋は、処置台と制御盤、それに空を飛ぶハゲワシのように台上に張りだしているいかついアームで占められていた。

技師はレヴに訓練着と下着を脱ぐように指示し、それらを透明樹脂製の袋に入れて封をした。技師は全裸で立っているレヴに身ぶりで台を示し、金属の上に横たわるようにいった。レヴはしたがったが、抗議のうめきを漏らした。ひんやりする金属が裸の背中にあたっていた。

技師は機械的にレヴの氏名と生年月日を確認した。レヴがほんとうにレヴだと納得すると――またしてもレヴには、警備のきびしい軍キャンプ内でどうして確認に手間をかける必要があるのかわからなかったが――技師はレヴの左腿に冷たいミストを吹きかけた。レヴはびくりとした。

「タマに近すぎるじゃないですか」とレヴは抗議した。

「心配するな。替えはいくらでも効く」と技師はつぶやいてから、台の裏側につながっている針のついたチューブをひきだした。

かなり大きな針だった。

「お宝が大事なら動くんじゃないぞ」技師がそういうと、チューブの先端が光った。

もちろん、レヴはぴくりと動いたが、チューブがいきなりのびて針が内股に刺さった。レヴは思わず声をあげたが、ほとんどなにも感じなかった。ミストの効果なのは明白だった。焼けるような感覚がかすかにあったが、そのくらいだった。針がひっこみ、チューブが台の下にするすると戻った。

「いまのは？」とレヴはたずねた。

「ただのトレーサーさ」

さっぱりわからなかった。

技師――名札によればクリストファー・ニュー＝ラングフォード――はハゲワシじみたアームに歩みより、ハゲワシのくちばしのような部分を広げた。

レヴはその見た目が気に入らなかったし、技師がアームをいじっているあいだ、裸で寝ていることに無力感を覚えた。

「インターフェースはどこなんですか？」とレヴは、もっぱら沈黙を破るためにたずねた。

「なにが？」

「インターフェースですよ。これから埋めこむやつ。見られませんか？」

技師はしばし眉間《みけん》にしわを寄せてから答えた。「ああ、ジャックか」

ジャックじゃないんだってば。インターフェースだ。

「ここではやらない。これからやるのはＮＭだ」

またしても理解できなかった。ＮＭとはなにかを聞こうとしかけたが、そのとき、技師が下がってからいった。「いいか、この処置は動いたらまずいんだ。だから、動けないようにする。両手を体の横にのばしててのひらを下に向けろ」

レヴはためらったが、逆らえる立場にはなかった。いわれたとおりにすると、台の端の一部がバンド状にのびて手首を拘束した。無力感が倍増した。

技師はアームをレヴの顔から五十センチほどのところまで下げた。「こいつはきみの体にそって動く」操作卓まで下がった。

「どうなるんですか？」とレヴは、アームを見上げながら、かすかに震える声でたずねた。

「心配するな。傷つくことはない。くすぐったいだけだ」

びびるんじゃない。

広がった部分の端が光り、そして……

……これまで感じたことがないほどの激痛が全身に生じた。レヴは苦悶のあまり悲鳴をあげた。あるいは、少なくとも、悲鳴をあげたと思った。全細胞がばらばらになって燃えているように感じた。レヴという存在そのものが分解しはじめていたが、死んでいたらこんなに痛いはずがないので、まだ生きているとわかった。

そして突然、痛みがひいた。夢から覚めたかのようだった。

「この嘘つき野郎！」レヴは吐き捨てるようにいって拘束具をひっぱった。起きあがって技師を殴りたかった――どうなろうと知ったことか。

技師はなにごともなかったように台に歩みよってきてレヴを見おろした。

「なんで嘘をついたんだ？」とレヴは、痛みが――一瞬で消えたわけではなかったが――

おさまりはじめていたので、鼻から息を吸いながら詰問した。

「どうだっていいじゃないか。どっちみち、神経マッピングをされたんだから」

レヴは自由になろうともがいた。うめきのような声を漏らしていた。

「それに、実際、NM、つまり神経《ニューロ》マッピングはきみを傷つけなかった」

「くそっ、じゃあ、さっきの痛みはなんだったんだ？」

「NMがトレーサーを活性化させたので、きみは痛みを感じてると思った。トレーサーが刺激したせいで傷ついたと勘違いした侵害受容器が信号を発し、それが視床を経由して大脳皮質の視床下部腹内側核に届いたんだ。いまいったように、きみは痛みを感じてると思っただけだ。でも、じつは、きみの体にはなにも起きてなかった。きみの体はなんの損傷も受けてなかったんだ」

「そんなはずあるもんか。あんなに痛かったのに！」

「いや、そうなんだ。いまはどうだ？」

　馬鹿げた質問だった。レヴは、このくそ野郎のせいであんなに苦しんだのだ。だが……急いで体調を確認すると、なんの問題もなかった。台上に横たわったまま確認できるかぎりではどこも痛くないし、どこにも異常がなかった。

　それどころか、さっきの痛みをはっきり思いだせなかった。一分前に激痛に襲われたのは覚えていたが、実感がなかった。

「たしかに……体調は問題なさそうだ」とレヴは慎重に答えた。

「くりかえすが、NMで体は傷つかない。これからきみを解放したらお行儀よくふるまうか？ 殴りかかってきたりはしないな？」

「スキャンするために拘束する必要はなかったんですね？ あなたの身を守るためだったんですね？」

技師はかすかにほほえんだだけで、否定はしなかった。

「飛びかかったりはしませんよ」レヴはため息をついてそう答えた。激痛の記憶はどんどん薄れていた。

技師がベッドのリリースボタンを押すと拘束具がはずれた。レヴが上体を起こすと、技師は油断なく半歩下がった。だが、レヴは嘘をついていなかった。怒りは失せていた。そもそも怒ってなどいなかったかのようだった。

レヴは腕を曲げて感覚を思いだそうとした。

「服を着ていいですか？」

「ああ。もうすぐ終わる」

「インターフェースは？ だれがつけてくれるんですか？」

「おれじゃない。きょうでもない。ここでは神経マッピングをするだけだ。そして、その結果にもとづいてジャックやその他もろもろの身体拡張が、カスタムされてプリントされるんだ」

「その他もろもろの身体拡張？　インターフェースと医療ナノのことですよね？」

技師はレヴを見て笑った。「それだけだと思ってるのか？　それだけでブリキ尻どもと戦うつもりなのか？」

「どういう意味ですか？　アーマーを支給してもらえるんですよね？」

「いいか、ペレティエ。きみは直接戦闘《DC》部門の海兵隊員になるんだぞ。生きのびて敵を殺すために、きみにはさまざまな身体拡張がほどこされる。そんなことも知らないのか？」

レヴは青ざめた。インターフェースのことは知っていた。海兵隊員はインターフェースを通じてアーマーと武器を操作することを。海軍兵士がどうやって宇宙船を操縦するかも。バンディがいっていたように、強化版医療ナノを注入されることも。だが、それ以外の身体拡張については初耳だった。

「なにをされるんですか？」

「さあね。おれの専門は診断であって、身体拡張じゃない。きみの配属先も知らないしな。だが、最高級品だよ。それは間違いない」と技師はいって、最新最高のゲームについて語っているジャックヘッドのように目を輝かせた。

だが、これはゲームではなく現実だし、自分の体にそんなことをされると考えるといやな気分になった。コロラ戦争のときに宦官《かんがん》連隊がされたみたいに、イチモツを切り落とされたら？

「インターフェースならいいけど、身体拡張は気が進みませんね」

そう思うのも不思議ではなかった。身体拡張は悪だ、二度とくりかえしてはならないものだと教えられた。宦官連隊は、〈失われた世紀〉における最悪の身体改変にはほど遠い。

「ここでは選択の余地なんかない。もう決まってるんだ」

「違法じゃないんですか？」とレヴはたずねた。

技師は笑い声をあげてから答えた。「だとしたら、ブリキ尻どもはだれに文句をつければいいんだ？　いいや、きみは直接戦闘《DC》を受諾したときに拡張にも同意したことになってる。来週中には処置を受けることになるはずだ。たぶん、アップロードを終えたあとで」

レヴがいぶかしげな顔をしていることに気づいて、技師はいった。「いいか、モンスターに改造されるわけじゃないんだ。見た目は変わらないさ。ほとんど」

ほとんど？

「能力は向上する。力が強くなったり、目がよくなったりするんだ。左のタマを差しだせば拡張してもらえるなら、おれだったら喜んでしてもらうね」

それを聞いて、もう忘れたいのに、レヴはまたしても宦官連隊を連想した。

しかし、筋力と視力の向上は、それ自体は悪くなかった。世間一般の人たちが視力を矯正するのとたいして変わらない。レヴは、〈失われた世紀〉の影響を受けすぎていただけかもしれない。

「それから、こんどこそ、嘘偽りなしに痛みはない」と技師は付け足した。「処置のあいだずっと寝てて、目が覚めたらスーパーマンになってるんだ」

レヴはいっさい信じなかったが、自分になにかできるとは思えなかった。

7

翌日の早朝、レヴたちはまたも、初日の夜にくぐった大型スキャナー、〈神の目〉をくぐらされた。このころには、それがルーティンになっていた。だが、トミコが指摘したように、前日の神経マッピングがほんとうに体にダメージを与えなかったのなら、なんだってまたスキャンをしなきゃならないんだ？

レヴは、ひねくれたくはなかったが、皮肉らずにはいられなかった。透明性がなければ信頼関係は築けない。

しかし、どうやら、全員が無事だったらしく、名前のない――番号がついているだけの、前日、神経マッピングを受けた――建物にまたも行かされた。今回は二階に上がらされ、一階の待合室とそっくりな待合室ですわっているように命じられた。

今回も、配置されているのはほとんどが民間人で、海軍の医療スタッフはいなかった。教官たちまでどこかへ行ってしまった。レヴは、そのことにほっとするべきなのか心配するべきなのかわからなかった。

八人の新兵がただちに待合室から呼びだされた。教官がいないので、残りの新兵たちは集まって、これからどうなるのだろうと話しはじめた。何人かが教官から、ジャックをつけられるのだと教えられていた。レヴの抗議にもかかわらず、ほとんどの新兵がジャックと呼んでいたが、それも無理はなかった。新兵として誓約して以来、肉体的に痛めつけられるばかりで、海兵隊員としての訓練はまったく受けていなかった。

新兵たちはいくつかの海兵隊用語を教官から学んでいた。トイレはヘッド、床はデッキ、食堂はチョウホール。ケンタウルス人はブリキ尻。だが、ちゃんとした軍事訓練はまだ一度も受けていなかった。

現代の海兵隊員は人類史上もっとも進んだ殺人機械だし、それを実現しているのはもっぱら技術だ。そしてその技術を使用するために、海兵隊員はジャックを備えなければならない。だから、訓練の第一歩がジャックのとりつけなのは理にかなっている。

レヴはジャックという概念を忌み嫌っていたが、にもかかわらず、どんな能力を使えるようになるのだろうと考えてちょっぴり興奮していた。新兵募集ホロに出てくる海兵隊員はフルアーマーを装備していることがあった。その姿は恐ろしかったが、いい意味でだった。むきだしの力を意のままにできるという考えに興奮したものだ。

だが、自分たちがどんな能力を授けられるのかを知っている者はひとりもいなかった。それに、たんなるジャックと医療ナノを与えられるだけではないはずだ、ということで全員の意見がまとまりつつあった。レヴが願っていたように視力などが向上するだけでなく、それこそトワイライト・ソルジャーのようになるのかもしれない、と考える者が多くなったのだ。レヴが驚いたことに、仲間のライム《ライミー》服の多くが、それをよいことだとみなしていた。

　最初の八人が呼び入れられてから四十分ほどして、ほかの者も呼ばれはじめた。

「これってふつうなのかな？　あんたがはじめてジャックをつけたときもこれくらいかかったのかい？」とレヴはバンディにたずねた。

「おれがはじめてつけたのは五十年以上前だから、きっと改良されてるはずだ。だが、交換には五分くらいしかかからないだろう」

　レヴはジャックヘッド文化を高く評価していなかったので、そのハードウェアに注目してこなかったが、埋めこみにはかなりの時間がかかるのだろうと思っていた。なにしろ、機械を生体の脳に融合させるのだ。レヴはジャックをつけられることを受け入れたし、おちついていたが、不安がまたも頭をもたげはじめた。

「思いどおりに操作できるようになるまでに、時間はどれくらいかかるものなのかな？」

「ほんとにはじめてなんだな」とバンディは笑いながらいった。「そんなことも知らないで、よくいままで生きてこられたもんだ」

こんなもののことを知らないからってからかわれるなんて心外だ、とレヴは思った。どうしても必要な場合を除いて、未成年者がジャックをつけるのは違法だ。法律でそう決まっている。そして、レヴはジャックをつけられるようになる日を待ち焦がれる若者ではなかったから、わざわざ情報を収集しようと思わなかったのだ。

それに、人口の三十パーセント以上がジャックをつけていない。単純なインターフェースですら。理由は宗教上の信念だけではない。

しかし、返事をする前に、レヴは名前を呼ばれた。

いよいよだ。

「心配ないさ」バンディが、待っている技師のもとへ向かうレヴに声をかけた。「たぶんな」と付け加えてウインクした。

神経マッピングを受けたときとそっくりな廊下だった——いや、通路だ、とレヴは頭のなかで訂正した。そして前回なにが起きたかを思いだした。痛みの記憶自体はすっかり薄れていたが、完全に忘れたわけではなかったので、不安がいっそうつのった。

左側のあけっぱなしになっていたドアからストレッチャーが漂いでてきた。うつ伏せになっている患者の首のうしろは四角い包帯でおおわれていた。ストレッチャーが通路の角を曲がって見えなくなってから、レヴは患者が意識をなくしているクリケットだったと気づいた。

「どこへ連れていかれるんですか？」

「いまの患者？」と女性技師がたずねた。「回復とアップロードのための部屋よ。心配ないわ」

技師からアップロードという言葉を聞いたのは二度目だったので、どういう意味なのか聞きたかったが、技師はドアをあけてレヴをなかへ導いた。

部屋の中央に台があり、興奮したヤマアラシ状のヘルメットとつながっている装置がめだっていた。第二のアームにはまぎれもないドリルがついていて、全体が殺菌された脅威で輝いている。

「訓練着を脱いで、台にうつ伏せになって」技師はそういいながら操作卓の下のひきだしから密封された袋を出した。

レヴはドリルに視線を向けながら訓練着を脱いだ。今回は下着まで脱がなくていいのがせめてもの慰めだった。慎重に横たわると、頭を浮かせてドリルを見つめつづけた。直径三センチほどのドリルの先の部分が自分の頭蓋骨に食いこんでくるのかと考えて少なからず動揺した。

技師はドリルの先端の上のボックスに手をのばしてプラスチックケースをとりつけた。

「それがぼくのインターフェースですか。ええと、ジャックですか？」

「ええ。ＡＩＳ‐43」と技師は鼻高々な口調でいった。「最高の機種よ」

技師がボックスを閉じた音に、レヴはポンプ式ショットガンを装塡したときのような取り返しのつかなさを感じた。「きっと気に入るわ」

どうかな、とレヴは思った。

技師はレヴの訓練着を拾って袋に入れ、封をした。「これはあとで返すわね」といって台の下にしまった。

「これで準備オーケーよ。質問はある？」

山ほどあったが、いちばん聞きたいのは、「ドクターはどこですか？」だった。

技師はかん高く笑ってから答えた。「これはただのとりつけよ。ドクターをわずらわせるまでもないわ」

「だけど――」

「だいじょうぶよ。わたしはこれをもう何千回もやってるんだから。そんなにたくさんは海兵隊員を失ってないのよ」

「そんなにたくさんは？」とレヴはいって、がばと起きあがった。

「冗談だってば。これはルーティンなの。ワクチンの接種のようなものよ」

「おなじじゃないですよ。頭に機械を埋めこむんですよ。どう考えたって――ルーティンには思えないですよ」

「埋めこむ場所は視床よ。でも気持ちはわかるわ」と技師は応じたが、わかっていないのは明らかだった。

おちつけ、レヴ。何百万人もがこれを受けてるんだ。ビビるんじゃない。

レヴは目をつぶって深呼吸をすると、ふたたびうつ伏せになった。

「準備はいい？」

いいもんか。

「ええ」

医師はレヴの腕にミストを拭きかけてからカフをつけた。「痛くはないから」

きのうの技師もそういってたんだよな。

「百から一まで逆に数えてちょうだい」

「はい。百……九十九……九十……

……八？」

レヴは目をあけた。薄暗くて青っぽい光に浮かびあがっているのはふつうの部屋で、ついさっきまでいた部屋ではなかった。すぐに技師の言葉が嘘ではなかったことに気づいた。終わったのだ。たしかになにも感じなかった。

そうだ、ジャックだ！

レヴはうなじの左側に手をのばした。指がなめらかなカバーに触れ、一瞬、ひっぱってみたい衝動に駆られた。

「わたしだったら触らないわよ」という声が聞こえた。

お菓子の瓶に手を突っこんでいるところを見られた男の子のように、レヴが手をさっとひっこめて振り向くと、白衣姿の女性が、技師の緑衣を着ている若い男性と並んで入口に立っていた。

「気がついたのね、ペレティエ二等兵。わたしはドクター・ワン。気分はどう？」

「ええと、その……悪くはないです」レヴがそう答えながら見ると、医師はパッドに目を落としていた。

「うん、いいわね」

痛みがあると答えていても、医師はおなじことをいったのではないかとレヴはあやしんだ。

「ターン、進めて。フィードバックノードを見てみましょう」

ターンという名前らしい技師はうなずくと、ベッドわきにある、これといった特徴のない、灰色の箱状の装置からケーブルをひきだした。

「頭を横に向けて」と技師はレヴに指示した。

レヴが首の横をさらすと、技師はケーブルをつなげた。レヴは、なにかはわからなかったが、なにかを感じるだろうと予想した。だが、なにも感じなかった。

「だいじょうぶなんですか？」とレヴはたずねた。

技師はレヴの肩に手を置いたが、医師はパッドに集中していて答えてくれなかった。

「パケット1を送って」医師がようやく技師にいった。

やはりなにも感じなかった。その後、医師は五回、技師にパケットを送らせたが、変わりはなかった。

「うまくいってないんですか？」とレヴはたずねた。

レヴはたしかにジャックをつけたがっていなかったが、故障しているジャックは願い下げだった。レヴの脳裏に、いきなり、自分の首のなかで火花が飛び、炎があがるさまが浮かんだ。

医師がようやく、尊大な笑みを浮かべながら顔を上げていった。「完璧だわ、二等兵。

問題なしね」

「でも――」

「オーケーよ」と医師は技師にいうと、向きを変えて部屋を出ていこうとした。

「どうなってるんですか?」とレヴはたずねた。

「すべて順調よ。フィードバックループの数値はきわめて良好ね」

「だけど、なにも感じませんよ」

「それでいいの。感じないのが正常なのよ。あなたの脳はいま、接続してる真っ最中なの。すぐに能動的な制御ができるようになる」

またしても、レヴにはちんぷんかんぷんだった。レヴは、いまなにが起きているのかがわからないという状況に心底うんざりしていた。

技師がケーブルをはずして単純な白いディスクを掲げた。「これから二日は、シャワーを浴びるときもこれをつけておくように。そのあとははずしてかまわない」技師はそのディスクをレヴのジャックにぱちんとはめた。

技師は襟の通信ボタンに触れて告げた。「またひとり準備ができた。ペレティエ。４１５号室だ」技師はレヴをほうを向くと、訓練着が入っている袋を出して彼に放った。「それを着たらすわっていろ。すぐに担当が来る」そういうと、レヴを残して部屋を出ていった。

レヴは慎重に脚を振り動かしてから上体を起こしたが、なんともなかった。めまいも吐き気もなかった。

「次に来るだれかが質問に答えてくれるといいんだけどな」レヴはそうつぶやきながら服を着た。

ごくふつうのテーブルの両側に椅子が置かれていた。レヴはすわって待った。ふと気づくと手を首に持っていってカバーに触れていた。技師はそのままにしておくようにいっていたが、かさぶたのように気になった。

レヴにはシュールに感じられた。なんともないが、ふつうだった。なにしろ、首のつけねに穴があいているのになんともないのだ。なにも向上していなかった。

腰をおろして一分もたたないうちにドアがさっと開いて、こんどは民間人技師ではなく海兵隊員が入ってきた。その軍曹は教官の黒い襟章をつけていなかったが、レヴは起立して気をつけの姿勢をとった。

「すわれ、ペレティエ新兵」

レヴは浅く腰かけ、背筋をのばして待った。

軍曹はテーブルの反対側の椅子にすわって大きなケースをテーブルに置いた。

「マイソーキ軍曹だ。これからいくつか質問をする。リラックスして思い浮かんだことを答えろ」

ブートキャンプでは、〝リラックスしろ〟という言葉は、たいてい、悪いことの前置きとして用いられる。

「ペレティエ新兵、前方での接触が予想されるときの射撃班のおもな陣形はなんだ？」

「え……？」レヴはなんとか答えようとした。だが質問は唐突すぎた。

「前方での接触が予測されてるんだ。陣形は？」

「まだ……ちゃんとして訓練がはじまっていないんです、軍曹どの。さっぱりわかりません」

軍曹はレヴの困惑にかまわずに続けた。「頭に浮かんだことをいえ。なんでもいい」レヴが沈黙を続けていると、「推測しろ」とうながした。

馬鹿げてる。なんでそんな質問に答えられるんだ？　質問の意味もわからないってのに。だが、軍曹はレヴから視線をはずさずに答えを待ちつづけた。推測しろといわれたんだから、間違っても怒られたりはしないんだよな？

レヴは頭に最初に浮かんだことを答えた。「第五射撃班陣形です」

軍曹がそれでいいというようにかすかにうなずいたので、レヴはいった。「待ってください、あってるはずがありませんよ」

「どうしてだ？」

「まだ教わってないからです」

軍曹は無言で肩をすくめると、九十四ミリ高性能爆薬迫撃砲の有効殺傷半径《HEECR》について質問した。HEもECRもなんなのかわからなかったが、レヴは「十五メートルです」と答えた。

それから五分かそこら、軍曹は続けざまに質問したが、いずれも前の質問と無関係に思えた。レヴは心に浮かんだことをできるだけ早く答えつづけた。答えれば答えるほど、少なくともいくつかは正解したはずだという確信が増した。この何週間かで小耳にはさんだことを忘れてるのかな？　それくらいしか心あたりがなかった。

質問が終わると、レヴは聞かずにはいられなくなった。「正解はありましたか？」

軍曹はパッドに目を落としてから答えた。「二十二問中十五問正解だ」

レヴは仰天した。ありえなかった。まぐれあたりが何問かあってもおかしくはない。だけど、十五問？

レヴがさらに質問する前に軍曹がケースを開くと、M‐49アサルトライフルが入っていた。M‐49は連邦軍で広く使われている武器なので、レヴは知っているものを見てほっとした。

「これを分解しろ」と軍曹がレヴに命じた。

安心が吹き飛んだ。もちろん、レヴはこの武器を知っていた。だけど、分解？　触ったこともないのに。

軍曹は、腕組みをし、顎で武器を示した。手助けをする気はなさそうだった。

レヴはおずおずと手をのばして武器を持ちあげた。取扱説明が記されているかのように、目の前でライフルの左右を反転させた。

そんなはずはなかった。

もとに戻した。そして、ほとんど偶然に、親指で小さなボタンを押した。燃料電池が落ち、テーブルで跳ねて床に落ちた。

「すみません、軍曹どの」とレヴは謝り、落ちた燃料電池を拾おうと手をのばした。

右手が、みずからの意志を持っているかのごとく前にのび、銃身のリリースレバーをひっぱった。レバーは固く、何度かひっぱらなければならなかったが、やっと最後までひけて銃身がゆるんだ。

次は？

銃身をひねったが、締まった。逆にひねると銃身がはずれた。レヴは、まずいことをしてしまったのではないかと不安になって、ちらりと軍曹を見上げた。だが、下士官は無表情だった。レヴは、ずらりと並んでいる磁気リングに振動を与えないように銃身をそっとテーブルに置いた。

「次はSPGだな」とレヴは小さくつぶやいた。

だけど、SPGってなんだ？　レヴはストックとレシーバーの上下をひっくりかえして裏側を見た。そこに、銃身の基部が固定されていたのだろう、小さくて黒い接点が見えた。端を持って銃身がついていたほうにひっぱると、なかでなにかがはずれた。それをゆっくりとひきだした。その直方体の端にも接点があった。

「ショートパルスジェネレーターです」レヴは軍曹にそういってからそれを置いた。

ショート《S》パルス《P》ジェネレーター《G》ってなんなんだ？

手早くはなかったし何度か失敗もしたが、レヴは分解を進めた。実際にはじめるまで、どうすればいいかわかっていなかった。およそ四分で、M‐49はレヴの前でばらばらになっていた。マイソーキ軍曹はレヴを黙ったまましばし見つめてから、パーツのひとつに手をのばした。〝アクチュエーター〟という言葉がレヴの脳裏に浮かんだ。軍曹が瓶の蓋をあけるようにしてそれをひねると、それはふたつに分離した。軍曹はそれらをテーブルに置いた。

「どうでしたか？」とレヴはたずねた。

「まずまずだな、ペレティエ新兵」

軍曹はトリガーアセンブリーを手にとると、迅速で確実な手さばきでM-49を組み立てはじめた。レヴは軍曹のひとつひとつの動きを理解しながら見つめた。軍曹は二十秒足らずで組み立てた武器をケースに戻した。

レヴは自分の知識がどこから来たのか、それどころか自分がなにを知っているのか、自分も元どおりにできるのかすらわからなかった。質問されると答えが浮かび、M-49を分解しろと命じられると手順がわかるという具合だった。

納得できる答えはひとつだけだったが、確認しておきたかった。

「マイソーキ軍曹どの、どうして、教わっていないことを質問されたのに十五問も正解できたのですか？」

軍曹は武器のケースを閉めながら、口をぎゅっと結んだ。「答えはもうわかっているはずだがな」

「教えてほしいのです、軍曹どの、そうすれば――とにかく、知っておきたいのです。お願いします」

軍曹はパッドを見てから答えた。「おまえは合格したのだから、のちほど指揮官から説明があるんだが、おまえのその疑問を晴らしても問題ないだろう。おまえのアップロードは成功したんだ」

「アップロード」レヴはふたりの技師からその言葉を聞いたが、ぴんときていなかった。

知識の直接アップロードは遺伝子改変や身体拡張とは違う。知識の転送にすぎない。人間というよりもアンドロイドになったディマーが起こした惨禍のあと違法になったが、重大な懸念事項ではなかった。アップロードはブラックマーケットで利用可能で、学生がよく利用している。だが、インプットされた情報は短期記憶にたくわえられ、すぐに消えてしまう。それに、不快感だったり、ひどい片頭痛のような痛みだったりの副作用がある。レヴには実体験がある。テストのために二度、利用したことがあるのだが、かなりの苦痛だった。そのときに得た、旧地球の歴史や三角法についての知識はとっくに消えてしまっている。

軍がこの技術を改良したのは明らかだった。レヴは気分が悪くなっていないし、どんな知識がアップロードされたのかはわからないが、いまのところ、その知識はすぐには消えないように感じた。

ただし……

「それなら、M‐49を分解するのにどうしてあんなに時間がかかったのですか？」

「知識はそこにある」と軍曹は、手をのばしてレヴの額をとんと叩いた。「だが、筋肉記憶は学ばなければならない。それは自動化できないんだ」

　理にかなっていた。カークパトリック・コーチも、筋肉記憶を鍛えろ、おなじ練習をくりかえすことによって、敵のフリップボール選手の動きになにも考えなくても筋肉が反応するようにしろ、といつもいっていた。

　レヴは、身体を拡張したり遺伝子をいじったりするのは気が進まなかったが、これなら理解できた。これのおかげで、レヴは何時間もパッドを使って勉強しなくてすむのだ。

　思ったより簡単なのかもな。

「じゃあ、もう海兵隊員になれるのですか？　もうすべての知識が頭に入っているのですか？」

「とんでもない」軍曹は大声で笑った。「今回のは、おまえがこの技術に適しているかどうかを調べるための、たんなる実証試験だ。もしも適していなかったら、政治家どもは中途半端な知識を持ったおまえがほかの寄生虫どもと軍にとどまることをよしとしない。だが、おまえにはもう、事実上、ＭＣＭ‐１００２、つまり〝海兵隊ベーシックライフルマンの知識がある。単純な知識だ。おまえはこれから山ほどたくさんのことを学ばなきゃならないし、バトルバディがついたあとでまたアップロードされる」

バトルバディ？

それがなんであれ、レヴにアップロードされた知識には含まれていなかった。

「それはいったい――」

「いいか、新兵。おれにはここでぐずぐずしていられる時間はない」軍曹は左耳のイヤホンを指さした。「次の新兵のテストをしなきゃならないんだ。明日、指揮官が説明してくれる。教官が来て次の指示を受けるまで、ここでおとなしく待っていろ」

そう告げると、軍曹は部屋を出ていった。

レヴには聞きたいことがどっさりあった。〝バトルバディ〟の意味もわからなかったが、その言葉はどことなく不穏だった。もっと答えが、いますぐほしかった。

とにかく、そう思ってはいた。たとえ、レヴの気に入らない答えである可能性がおおいにあっても。

8

「なんでケンタウルス人っていうんだ？　ケンタウルスには見えないじゃないか」とヤンシーが問いかけた。

「なんの話だい？」とレヴはたずねた。

「あれだよ。ケンタウルス人。ブリキ尻。ケンタウルスには見えないじゃないか。まあ、目を細めれば見えないでもないが、かろうじてだ」

ヤンシーは演壇の後方に置かれている実物大模型を指さした。高さ三メートルほどのケンタウルス人の聖騎士《パラディン》、迫力満点のメカだ。海兵隊のメカと違って二本脚に二本の腕ではない。パラディンは基部がもっとも大きく、十六本のムカデを思わせる脚で地面を移動する。ケンタウルス人の武器は上半身に集中していた。六つの武器システムすべてが。

「馬鹿だな、ケンタウルスに似てるからケンタウルス人って呼ばれてるわけじゃないのさ。やつらが銀河系のたて・ケンタウルス腕から来たと考えられてるからなんだ」とレヴは答えた。

「どこからだって？」

「おいおい——いいか、ヤンシー。セーフハーバーが銀河系のペルセウス腕にあるみたいなもんさ。たて・ケンタウルス腕は中心核をはさんでちょうど反対側にあるんだ。みんな、どこかわかるよな？」とレヴはほかの仲間たちに聞いた。

トミコはあきれ顔をしただけだった。

ヤンシーは肩をすくめた。「やつらをぶっ殺すのに、どこから来たかを知ってる必要はないね」

レヴは口をあけて反論しかけたが、ヤンシーのいうとおりだと気づいた。異星生物学者ですらケンタウルス人の母星を突きとめられていない。たて・ケンタウルス腕に母星があるというのは、悲惨な結果になったファーストコンタクトのあとの初期仮説だったが、それが名前に残ったのだ。少なくとも通称として。

正式名称はたて・ケンタウルス人だが、たいていはたんにケンタウルス人と呼ばれている。海兵隊員は、海兵隊員らしく、〝くそ〟をつけて〝くそケンタウルス人〟と呼ぶが、〝ブリキ尻〟と呼ぶことのほうが多い。

だが、レヴはヤンシーを放免するつもりはなかった。細かいことにまで気を配る必要があった――レヴは、注意力散漫が死に直結することを感じとっていた。

しかし、レヴがなにをいうつもりだったにしろ、講堂のドアがばたんと開き、だれが入ってきたのだろうと九十三人が頭《こうべ》を巡らせたのでいわずじまいになった。レヴがはじめて見る上級曹長が、大股で入ってきて客席の横へ行き、なにかを待っているかのようにそこで止まった。

新兵たちは、どうすればいいかわからなくてぐるりと見まわした。右側にすわっている教官たちが背筋をいっそうのばしたが、先任教官もそれ以外の教官もそれしか反応しなかった。

レヴは上級曹長を見た。アップロードのおかげで階級がわかったが、胸に略綬をたくさんつけている男は、袖からのびている銀色の両腕のせいでますます強面《こわもて》に見えた。ここではそれがふつうのようだった。見たところでは、幹部のほとんどは傷痍《しょうい》軍人らしく、義肢を名誉のあかしとして誇示しているようだった。レヴはそれを変だと思った。病院で元どおりの、少なくとももっと自然な手足を再生できるってのに、どうして機械みたいな義肢をつけてるんだ？

上級曹長が気をつけの姿勢をとってどなった。「直接戦闘《DC》‐３０８０クラス、起立！」

新兵も教官もさっと席を立って前を見つめた。足音が聞こえたが、レヴが姿を見たのは、取り巻きを引き連れた神のごとき高官が横を通りすぎたときだった。

大佐のあとに上級曹長が続き、さらに四人の将校が続いた。大佐と上級曹長は壇上に上がり、ほか四名の将校は最前列の席についた。

大佐は演壇の中央に立って新兵たちを見渡した。レヴはぞっとした。大佐の顔の左側が銀色だった。ほかの傷痍海兵隊員の手足とおなじ銀色の素材でできていた。だが、めだっていたのはオペラ座の怪人じみた見た目ではなかった。二列目にすわっているレヴにも、大佐の目が人工なのがはっきりわかった。瞳があるべきところに錨《いかり》と交差する剣という海兵隊の紋章が記されていた。

「ＤＣ‐３０８０クラスの新兵諸君、第五新兵訓練連隊の連隊長、デスタフニー大佐だ。最初の本格的訓練、フェーズ３へようこそ」

おかしな目をしたアンドロイドにしか見えない大佐の声は、ごくふつうだった。

「諸君が自分の将来についてなにも知らされていないことはわかっている。それについては謝罪する。しかし、諸君がフェーズ３に入る前に、諸君のひとりひとりに前へ進める資格があることを確認しておかなければならなかったのだ。最初の候補者の多くには資格がなかった。意志力が足りなかった者も、体力が不足していた者もいたが、もっと単純に、ＤＣ海兵隊員として任務を遂行《すいこう》するために必要な身体拡張を体が受容できなかった者もいた」

　ざわめきが広がったので、上級曹長が「静かにしろ、新兵ども」と叫ばなければならなかった。

　大佐は静かになるまで待った。「そうだ、身体拡張だ。有機的なものと人工的なものの両方だ。まず第一に、たて・ケンタウルス人は恐ろしい敵だということを理解しなければならない」演説を中断して振り向き、背後の模型を示した。「あれを見ろ。人類は存亡の危機に瀕しているのだ。これまでに見たニュースは忘れろ。戦況はかんばしくない。形勢を一変させる必要がある」

　いっせいに息を呑む音が聞こえた。

「だが、安心したまえ。われわれは絶対に形勢を一変させ、原始の汚泥から這いだしてくるというあやまちを犯した悪鬼の群れを銀河系のごみ溜めへ叩き返す。そしてそのためにわれわれは、身体拡張だろうが遺伝子改変だろうが、なんだってやるのだ」

　レヴは必死で話に追いつこうとした。大佐がいっていることは違法だし、それが違法であることは人類の各国があぶなっかしい休戦を保つための基盤なのだ。

　レヴの心を読んだかのように、大佐が続けた。「われわれがおこなっていることは違法ではない。人類会議《COH》の他の全参加国と連携して、トリンス合意は一時的に停止されている。

だが、諸君の想像どおり、宦官連隊やディマーやジェネシアンが起こした騒動をかんがみて、この停止は一般大衆には適用されていない。そうした忌まわしい連中は高くつく悲劇的な誤りだったのだから、人類がそのような活動を禁止しているのは当然だ」

じゃあ、どうしてぼくたちはかまわないんだ？　とレヴは考えた。胃にぽっかりと穴があいたような気分になっていた。

「非常時には非常手段が必要になるものだが、ジェネシアン狂戦士《バーサーカー》をつくるための科学は失われていなかった。凍結されているだけだった」

「なんてこった」とヤンシーがいった。「おれたちをバーサーカーにしようってのか？」

レヴは言葉を失った。身長四メートルのバーサーカーは悪夢の産物だった。あの化け物のおかげで、人類は、団結して遺伝子兵器競争をきっぱりとやめることができたのだ。

だが、どうやら、きっぱりとやめたわけではないようだった。

「われわれは技術を革新した。諸君は怪物にはならない。よりよくなるだけだ」

大佐は言葉を切って後方の列に視線を向けた。「タラマッジ新兵、兵士身分証明カードを出せ」

オルフェウスはおずおずと胸ポケットに手を入れ、新兵が誓約したときに支給された小さなカードをとりだした。つねに携帯することになっているそのカードには、海兵隊員としての法的地位と務めが記されている。

「カードに記されている単語をひとつ選んだら、カードをわたしのほうに向けて掲げ、その単語を指せ」

オルフェウスは、いまも右側にすわっている先任教官をちらりと見てから、カードのある場所を指さして掲げた。

「その言葉は〝送還〟だな？」

オルフェウスはあらためてカードを見てから答えた。「はい」

「すげえ」とヤンシーがつぶやいた。

レヴは、トリックがあるのだろうかと考えた。ないのだとしたら、大佐の視力は驚異的だ。

「新兵諸君のだれにもこんなことはできない。わたしも、二年前にたて・ケンタウルス軍の反撃に遭って顔を失うまではできなかった。わたしが受けとった生合成《バイオシンス》の目は、はっきりいって、生まれたときからついていた前の目よりもずっといい。最初の目がいちばんだとだれもが思っていた。だがそれは間違いだった。わたしがその生き証人だ」

これは最新の技術ではなかった。目を再生することも可能だが、バイオシンスをつけることもまれではなかった。もちろん、民生用のバイオシンスの目には海兵隊の錨と剣の紋章はついていないし、レヴの知るかぎり、あんなに遠くのあんなに小さな文字を読むこともできない。視力はふつうであって、鷹のように遠くが見えるわけではないのだ。

「新兵諸君がこの目をもらうことはないから、質問はしないように」とデスタフニーはかすかにほほえみながらいった。笑いが起こるのを待っているのだとしたら時間の無駄だった。新兵たちは唖然としていた。

　大佐は新兵たちのショックを気にとめることなく先に進んだ。「だが、諸君は人類が生きのびるのに必要な戦士になるための身体拡張を受けることになる。ほとんどの海兵隊員が、たんなるジャックを含め、ある程度の身体拡張を受ける。だが、直接《D》戦闘《C》にたずさわる諸君の一部が受ける身体拡張は……そうだな、正直いって、かなりのものになる。能力が飛躍的に向上する。識別コードがＤＣの諸君の一部が身体改変を使いこなすために受ける訓練は苛酷なものになるだろう」

　新兵たちの集団に低いざわめきが広がったが、大佐は無視した。

「ただし、次の二点では安心してほしい。第一に諸君は変わらない。これまでとおなじ人物のままでいられる。第二に、どんな改変を受けることになっても、その目的はただひとつだ。すなわち、諸君がたて・ケンタウルス人に立ち向かい、倒せるようにするためなのだ。不必要な身体改変はおこなわれない」

大佐はその言葉が理解されるのを一瞬待った。

「ところが、どんなに有益であり、どんなに人類が生きのびるために不可欠であっても、われわれの社会には、諸君の犠牲を罵倒する者たちが存在する。だから秘密にしているのだ。フェーズ2を完了するまで、諸君にはなにも明かすことができなかった。知る必要があるのは拡張を受けることが決まった者だけなのだ。諸君がどんな拡張を受けるかが一般市民に広まるのを許すわけにはいかない。いつかは漏れるだろうが、それを先にのばせばのばすほど、それが不可欠だと実証するチャンスが増えるのだ。わたしはいま、諸君に対する畏敬の念に打たれている。諸君は槍の穂先となる。聖チェスティにかけて、諸君は人類が生きのびられるか滅びるかの鍵を握っているのだ。諸君を誇りに思う」

大佐はしばし気をつけの姿勢を保ったあと、「アロイーズ大尉、訓練計画を進めるように」といった。

「起立！」と上級曹長がどなると、新兵と教官は全員、さっと立ちあがって気をつけの姿勢になり、まず大佐、続いて上級曹長が歩きだして講堂を出ていった。

「聖チェスティって？」とヤンシーが声をひそめてたずねた。

教官の一部は会話によく、この聖チェスティの名前を出すが、レヴはなにも知らなかったので黙っていた。

「休め」と女性の大尉が命じたのは、指揮官が出ていってドアが閉まった直後だった。大尉は演壇に上がった。「着席」

レヴは自分たちの訓練中隊の隊長の名前は知っていたが、実際に目にするのはこれがはじめてだった。連隊長と違って、戦闘で負傷したようには見えなかった。

「新兵諸君、これからの二日間、訓練に真剣に取り組むように。ジェランド一等軍曹が予定をダウンロードするが、いつ、どこで訓練を受けるかはひとりひとり異なる。わからないことがあったら質問するように。教官が教えてくれる。おまえたちが一日、艦隊へ合流するのが遅れたら、その分、ケンタウルス人に領土を奪われ、大勢を殺されることを忘れるな」と大尉。「いちばん知りたいのは拡張についてだということはわかっている」

より背筋をのばして大尉の言葉に全神経を集中したのはレヴだけではなかった。

「あいにく、現時点では話せること多くない。いま現在、諸君のひとりひとりにあわせたセットを製作中だ。そのセットはDCのどこに配属されるかで違うし、配属先は諸君のフェーズ2における検査結果によって決まる。バトルバディを含めて五日ないし六日後に実装が開始される予定だ」

またバトルバディだ。バトルバディってなんなんだ？

まず連隊長が、次に大尉が説明してくれたが、なにがどうなっているのかさっぱりわからなかった。どんな身体拡張を受けるのか不明なのが心配だった。怪物にはならないと連隊長は請けあったが、怪物という言葉はどうとでも解釈できる。結局、わかったのはバトルバディなるものを装備するということだけだったが、それがなにかはわからなかった。お偉方から今後の予定についての話を聞いても、レヴたちはあいかわらず闇のなかだった。

レヴは顔をしかめた。たぶんわざとなんだろうな。

9

「二十八秒。やり直しだ、新兵」とムサリ二等軍曹が命じた。

泥のなかで腹這いになっているレヴは不満顔をしないように我慢した。二分近くかかっていた時間を縮めて、あとちょっとで成功というところだったのだ。だが、ホバーチェアにすわっている女性二等軍曹はレヴを許さなかった。

レヴは壁から爆薬をはずすと、ダイヤルをゼロに戻し、信管をとりはずしてからＬパックに戻した。

「準備完了です」

集中して、あの女とおさらばできるようにするんだ。

「行きます……三……二……一！」

レヴは横向きになってパックからＭＭ－９０１を出した。壁はセロクリート製なので、ダイヤルをプロファイル４にまわした。

「プロファイルを確認し、威力をたしかめ、時間を設定して、信管をセット」とレヴはつぶやいた。

くりかえす必要はなかった。この任務を与えられた瞬間にもう手順は知っていた。ただ、手順を完遂《かんすい》できるほど早く指を動かせないのだ。

「よし！」信管が緑色に点滅すると、レヴはそうつぶやいた。そして地雷本体のスロットにはめ、右へぐいとひねった。なにも起こらない。もう一度ひねると、こんどはふたつ並んでいるランプが二度点滅して消えた。

レヴはリリースレバーを押してカメレオンパッドを起動し、地雷を壁にぐいと押しあててからリリースレバーを戻した。今回、地雷は壁にくっついた。

最後の一歩だ。しくじるんじゃないぞ。

信管と地雷はしっかりつながっていた。あとは起爆可能にするだけだ。レヴは指で端をなぞってから、安全解除トリガーを慎重に押した。ピーッという音がして、地雷が起爆可能になったことを告げた。もしもこれが本物の地雷なら、十分後に爆発するはずだ。

レヴは泥のなかで転がって二等軍曹を見上げた。二等軍曹はあいかわらず無表情だった。ケンタウルス人のビーム砲に、腰から下の半身だけでなく、人格まで蒸発させられてしまったかのようだ。

公平な評価でないのはわかっていた。つねに訓練に同行している衛生兵のひとりであるドク・ジュエルによれば、二等軍曹には義肢をつけられるほどの背骨が残っていないのだそうだ。再生しなければならないのだが、それには一年ほどかかる——彼女は一年間、ホバーチェアで移動しながら新兵たちの試験をしなければならないのだ。

「二十四秒」と二等軍曹がいった。「第三十一ステーションに出頭しろ」

つまり、パスしたのだ。レヴはほっとした。地雷をはずして立ちあがった。泥の抱擁から脱するとき、ずぼっという音が響いた。汚れた訓練用地雷を二等軍曹に渡した。

「ぼうっと突っ立ってるんじゃないぞ、新兵。駆け足」

レヴは二等軍曹に同情していたが、好きになる必要はなかった。レヴが道を走りだしてすぐ、反対側からクリッシーが走ってきた。

「なにをしたの？」とクリッシーがレヴにたずねた。

「ＭＭ‐９０１。監督はムサリだ」

「やれやれ」とクリッシーがこぼし、ふたりはすれ違った。クリッシーは振りかえって、「次は楽だといいわね、おにいちゃん」といった。

レヴはふんと鼻で笑った。少なくとも、〝レヴちゃん〟よりは〝おにいちゃん〟のほうがましだ。連隊長のスピーチ以来、クリッシーとはほとんど話す機会がなかった。クリッシーは――まだ新兵なのでレヴはなんの行動も起こしていなかったのに――レヴに対する関心を包み隠さずに示していたが、この四日間はずっと訓練漬けだったので、仲をまったく深められていなかった。来たるべき身体拡張を心配しすぎないようにするために、わざと訓練漬けにしているのではないかとレヴは疑っていた。

レヴは身体拡張をどうみなせばいいかわからなかった。レヴは、身体拡張は邪悪だという教えを信じてきた。だが、連隊長がいったように、非常時には非常手段が必要になる。だから、さもなければカメレオンパッドを使いこなせないのなら――

正直なところ、訓練の忙しさのおかげで気がまぎれるなら願ったり叶ったりだった。なにをされるのだろうと思い悩む暇がないほうがましだった。

道を曲がって第三十一ステーションが見えたとき、レヴははたと足を止めた。少なくとも十二の障害物が広がっていた――それらをクリアするためには戦闘キットに入っている装備が必要になりそうだった。四人の直接戦闘《DC》新兵がさまざまな障害物を越えようと奮闘していた。

レヴはしばし見つめていたが、ため息をついて、膀胱《ぼうこう》を空にするために道のわきに設置してある移動式トイレに向かった。

この訓練は長くかかりそうだった。

10

バスが高級山岳リゾートホテルのように見える建物の円形の私道に入った。たぶん最初の地球化《テラフォーミング》のときに植えられた大木が二階建ての建物をかこんでいた。

「ほら、海軍のバスだ」とトミコが窓の外を指さしながらいった。

レヴがトミコのほうに身を乗りだすと、たしかに、型はおなじだが色が紺で、車体に〝ペルセウス連邦海軍〟と記されているバスが横に駐車していた。

「中隊長どのが、航宙士とかの専門分野の兵士もぼくたちとおなじ改変を受けるっていってたじゃないか」

「だけど、どうして山のなかなんだ？　それに、ここは病院には見えない」

レヴは肩をすくめて、「めだたないようにするためじゃないかな」といった。

「いまだに、なんでここまで秘密にしなきゃならないのかわからない。だって、前から噂は広まってたじゃないか」

「だけど、だれも噂を信じてなかったじゃないか」

トミコと議論をしたくはなかった。トミコは、クリケットとヤンシーともども、最初のバスを降りたとき以来の、つまり海兵隊でいちばん古い友達だった――それに、少なくとも訓練キャンプを終えるまでは、クリッシーよりも安心して並んですわれた。

だが、ふたりの役割は逆転していた。トミコはもともとやる気満々で、ケンタウルス人のケツを蹴飛ばしたがっていた。ほかのどの新兵より足が速く戦闘能力が高いタフなやつだった。レヴはおよび腰だった。ところが、大佐の説明のあと、トミコが文句をつけたり疑問を投げかけたりするようになる一方で、レヴは現状を受け入れるようになっていた。

レヴも現状に満足しているわけではなかった。あいかわらず処置に不安をいだいていた。だが、自分にはどうしようもないことは受け入れろという義父から何度もされていた助言がいまの状況にあてはまった。レヴには自分の現状を変える手段がないのだから、エネルギーは変えられることに使うほうが賢明だった。

レヴたちは列をつくってバスを降りた。レヴはすがすがしい新鮮な空気を何度か深く吸ってから、ほかの新兵に続いて大きな両開きのドアを抜けて本館に入った。

人間として入ったけど、出るときはなんになってるんだろう？

ロビーは豪華だった。政府が接収する前はリゾートホテルだったか、さもなければ富裕層向けのデトックスセンターのような施設だったのだろう。入って右側にしゃれたテーブルが置かれていた。ふたりの愛想のいい係員がその前を通るレヴたちを歓迎し、ブレスレットを配った。

「自由にしていてかまいませんが、この建物内か庭にいてください。順番になったらそのブレスレットが知らせてくれますから」

レヴはトミコが来るのを待ち、ふたりでロビーの奥の吹き抜けになっているところへ行った。そこでは、紺の訓練着の海軍の新兵たちが、何人かずつのグループになって壁際の椅子にすわっていた。だが、吹き抜けの中心は大きなグランドピアノだった。ふつうの椅子はすべてふさがっていたので、レヴとトミコはピアノの椅子に向かった。

「こいつは豪華だな」といいながら、トミコは本物の木材をなでた。木材の表面はなめらかで、生きているかのようだった。「わたしたちの給料の何年分もするんだろうな」

「それ以上さ」レヴはそういって、ベンチタイプのピアノ椅子の左側にすわった。〝メイソン&ハムリン〟というメーカー名が記されていたので、このピアノは何百年も前につくられたようだな、とレヴは思った。

トミコは鍵盤をそっとなで、右手を上げて、何年か前にはやった〈あなたがどこに行っても〉というラブソングのメロディーを奏でた。濁りのないきれいな音色だった。

「きみがピアノを弾けるなんて知らなかったよ」とレヴ。

「小さいころから習ってたんだ」トミコはほほえみながらそういうと、メロディーの続きを奏でた。

レヴは左手をしかるべき位置に動かして対旋律を加えはじめた。トミコは驚きで目を丸くし、一瞬、演奏を乱したが、すわりなおして真剣に弾きだした。

レヴはトミコのほうがうまいことに気づいたが彼女にあわせて演奏を続け、ふたりが奏でる旋律が高らかに吹き抜けに響いた。

あなたがどこに行っても、
わたしもそこに行く。
どんなに夜が暗くても、どんなに星が遠くても、
あなたはいつだってわたしの一部だから。

レヴが顔を上げると、ひとりの女性海軍兵士が歩いてきていた。彼女のソプラノは高い音域が鳥のように軽やかだった。

わたしの心に嘘はない。
すべてはあなたのため。
宇宙を行き来するとき、わたしとの触れあいを思いだし、
わたしの愛を感じ、わたしの顔を思いだして。

彼女の歌がひと区切りしたところで、海兵隊新兵のひとり、ファイアー・ドーチェスターが、大股で歩いてきながら続きを歌いだした。ファイアーのバリトンはハスキーだったが音程はあっていた。

ファイアーと海軍兵士、レヴとトミコは、自分たちにはどうしようもない事情で引き裂かれた恋人たちの物語をかわるがわるつむいだ。

レヴが最後にピアノを弾いたのは中学生になる前だったし、それ以来本物のピアノに触れていなかったが、音楽のミューズが手に宿ったかのようだった。永遠の愛を誓う最後のサビで、ふたりの歌手は声をあわせ、レヴとトミコはおなじ旋律を奏でた。

ピアノの最後の音が徐々に小さくなり、ゆっくりと消えると拍手喝采が起こった。海軍兵士が頬を赤らめて軽く頭を下げた。

「わたしもおまえが弾けるなんて知らなかったよ」とトミコ。

「三年だけ習ったんだ。母親に習わされたのさ」

「三年だけ？　悪くなかったぞ」

悪くなかったのはわかっていた。いい演奏だった。レヴは誇らしさで興奮していた。キャンプ・グエンに着いて以来、海兵隊にかかわることしかやっていなかった。ほんのつかのまでも海兵隊を忘れ、人間でいるのはどういうことかを思いだせてうれしかった。

海軍と海兵隊の新兵たちが集まってきていて、大声でリクエストする者もいたが、そのときレヴのブレスレットが振動した。

「なにか弾ける曲は――」とトミコがいいかけたが、レヴは手首を上げて点滅している小さなランプを見せた。

「そうか」というのがトミコの反応だった。

「行かなきゃ」

立ちあがったレヴにトミコがいった。「じゃあ、またな、レヴ」

レヴは出入口を見つけ、人生を変えるためにそっちに向かった。うしろから、トミコが弾きはじめた次の曲が聞こえてきた。

一時間ほどかけてまたも全身スキャンを受け、全身を脱毛するシャワーを浴びたあと、患者衣を着てすわっているレヴに、グレイの医療着姿の民間人がプラスティシートを渡した。

「ミスター・ペレティエ、それはこれから二日間であなたが受ける身体拡張と改変がリスト化されている書類、SC-3383です。あなたが受けるのはプロファイル6パックなので、これからそれについてご説明しますね」

ついにか。

レヴは概要を把握しようとリストに目を通しはじめた。

前日のアロイーズ大尉の説明から、身体拡張が基本的に、機械的身体拡張と生合成《バイオシンス》身体拡張と有機的身体拡張の三種類に分けられることを知っていた。

機械的身体拡張は理解しやすそうだった。すでについているジャックは機械的だし、関節を包みこむポリアメラーゼサポートウェブと頭蓋骨をおおうプレートもそうだろう。医療ナノマシンもこの種類に入る。

バイオシンスは分類がしにくい、というかレヴには理解が難しかった。大佐の目はバイオシンス、つまり一部は有機的で一部が機械的だった。大佐の場合、有機材料と合成材料を使って目という器官を作成したのだ。レヴがあらかじめ知っているのはバトルバディだけだったが、それがなんなのかはまだよくわかっていなかった。個人用サーチエンジンのようなものだという説明はされていた。有機的改変というのは遺伝的・生物学的改変を警戒させない婉曲な表現に変えたにすぎないが、これについて考えると、レヴはいまだにぞっとする。

レヴは最初の項目に衝撃を受けた。数値と科学用語のあいだから、〝ケブカサイ〟という言葉が目に飛びこんできた。

民間人は機械的改変を列挙していたが、レヴはさえぎって、〝ケブカサイ〟というのはなにかとたずねた。

男はリストに目を通し、その項目を見つけて答えた。「ああ、これは新しい改変だよ。ケブカサイのDNAを使って、きみの骨格系の骨幹のPBM、つまり最大骨量を高めるんだ。それとポリアメラーゼヴェブのおかげで骨が強くなるのさ。ほかの改変を支えて骨折を防ぐために必要なんだ」

骨を強化するというのはわかるけど、ケブカサイ？　レヴはおぞましく感じた。

「ケブカサイって絶滅した毛むくじゃらのサイなんじゃないですか？　大昔の、穴居人の時代に」

「うん、そうだよ。だけど、ケブカサイはこれまでに発見された哺乳類でもっとも骨が強い動物だったし、マザーアースのロシア生物保護区で、何世紀にもわたって、当時は凍りついていたケブカサイが何千頭も見つかったんだ」

「で、そのＤＮＡをぼくに入れるんですね？」

技師はその質問を聞いて驚いた顔になった。いぶかしげにレヴを見てから答えた。「これは古い技術なんだよ、ミスター・ペレティエ」

「ほかの動物のＤＮＡも入るんですか？」

「いいや、厳密には。動物のＤＮＡをそのまま注射するわけじゃない。さまざまな動物のＤＮＡをもとにして改変したＤＮＡとＲＮＡを投与するんだ」

「なるほど。じゃあ、どんな動物をもとにして改変されたＤＮＡが入るんですか？」

「そうだな、たとえば、そのセクションの四十三番を見てくれ。磁場がある惑星上でならどこにいても方角がわかるようにするために、改変された鳩のＤＮＡを海馬に入れる。それから、ええと……ああ、そう、これだ。四十九番だね。インドガンっていう鳥からつくったＤＮＡは肺の効率を上げてくれる。それから、ちょっと戻って三十――」

レヴは気分が悪くなったので、片手を上げ、てのひらを技師に向けて制止した。

「すべての改変をきみに説明する必要があるんだよ」と男がいった。

「じゃあ、さっさとすませてください。もとはなんだったのかの説明はけっこうですから」

「それならそうしよう。じゃあ……たしか六番からだったな。六番はＡＱＴ－４１９Ｓ、アメラーゼ触覚強化だ。七番は……」

民間人技師はリストを読みあげつづけた。大半の項目が理解不能だったので、こんな手間をかける意味はあるんだろうかとレヴはいぶかしんだ。皮下に挿入されるメッシュや、テストステロンの分泌量を増やすための肝臓の改変のように、すぐに意味がわかるものもあった。だが、ほとんどは謎のままだった。技師は全項目を説明するつもりらしかったが、レヴは早く終わってほしかった。事前に改変項目の解説を聞くよりも、実際に自分がどう変わるのかを知りたかった。

「質問は？」

いっぱいあるさ。

だが、レヴには全八十二項目のリストについて不明な点を聞くつもりはなかった。

「ありません」

「じゃあ、リストと合併症のおそれを受け入れることを確認してもらう必要があるんだ」

と技師がいってプラスティシートを差しだした。書類の最後に網膜スキャンドットがあった。

「ぼくが認めることが？　選択権があるんですか？　ケブカサイのDNAを注射されることを拒否したらどうなるんですか。だって、ケブカサイは理由があって絶滅したんですよね？」

「第一に、さっきもいったように注射したりはしない。ベクターである改変されたアデノウイルスを吸入するんだ」

改変DNAがどんな手段で投与されるかなんてどうでもよかった。どっちみち体のなかに入れられるのだ。

「わかりました。吸入するんですね。だけど、もしもサイや鳩のDNAを拒否したら？」

男は顔を赤くしながら目をそらした。「いや、じつは、きみに選択権はないんだ。改変はパッケージになってる。どれかを除外することはできないんだよ」

「選択権がないなら、なんだってあんな長ったらしい説明をしたんですか？」とレヴは、選択権があるかのように偽る馬鹿ばかしさに怒りを覚え、声を荒らげた。

「法的な理由さ。これは志願じゃなきゃならないんだ」

「だけど、ノーといったら志願じゃなくなるじゃないですか」

「軍が志願といったら志願なんだ。きみたちがどう思おうが」男はつくり笑いをした。

この男も、これが茶番劇なのはわかっているのだ。そして、新兵になってまだ六週間足らずのレヴもわかっていた。レヴたちにほどこされる改変は必要なのだろうし、大佐は合法だというだろう。だが、もしも人類が絶滅を逃れ、強化された海兵隊員の一部が生きのびたら問題が生じかねない。権力者たちは、将来、自分たちに火の粉がふりかからないようにあらかじめ対策を講じているのだ。

義父がいっていたように、どうしようもないことにはあらがわないほうがいい。男は合併症についての説明をしていた。レヴは質問をする気にもならなかった。質問したところでなんにもならないことはわかっていた。レヴはため息をついてシートを手にとって引き寄せると、スキャンドットを見つめながら、「同意します」といった。男はほっとした笑顔になってシートをフォルダーにしまった。

「ほかには？　なにか質問はあるかい？」

レヴは技師の書類をあらためてちらりと見て、すべての項目がわかればいいのにと願った。十くらいの項目は理解できているような気がした。サイの骨、視力、それに……

眺めているうちに、あるはずの項目がないことに気づいた。

「待ってください。バトルバディは？　何度も耳にしてたのに、リストにないみたいなんですが」

「バトルバディ？　ああ、ＣＣＲ－32教導インターフェースか。説明したじゃないか。十二番だよ」

正式名称には〝バトル〟も〝バディ〟も含まれていなかったし、技師はそれがなんなのかをはっきり説明してくれていなかった。

「で、それはなんなんですか？　なんの役に立つんですか？」

「そうだな、再構築能力を持つモジュラータイプの質疑応答《QA》システム兼データリポジトリってところかな」

「は？」

男は顔をしかめてからいった。「きみの頭のなかに埋めこまれるＡＩだと思ってくれ」

「なんですって？」

それだと、ジェネシアンやディマーの領域だし、いまも違法のはずだった。

「一種のＡＩだよ。きみはネットのないところへも行くんだ。海兵隊員のいうバトルバディがあれば、ペタバイト単位のデータを持ち運べるのさ」

「じゃあ、ライブラリみたいなものなんですね」とレヴはいくぶんほっとしていった。

「それ以上のものだよ。バトルバディは、ある状況できみが必要とするものを予想し、問われなくても情報を提供できるんだ。それに、いったように、反応型ＱＡなんだ。きみは心のなかでバトルバディと質疑応答ができる。直接戦闘《DC》のきみが所属することになる分類では、その能力がきわめて重要だという研究結果が出てる」

　レヴはその言葉に注意をひかれた。レヴはまだ、自分がどこに所属することになるのか知らなかった。直接戦闘《DC》部門なのは知っていたが、直接戦闘《DC》部門は大きく八つに分かれている。アーマー戦闘の0-5か、メカ戦闘の0-4ならいいなと願っていた。

「なんになるかまだ知らないんだな？　きみは0-2だよ。正確には0-2-3だね」

　レヴは目を丸くした。0-2の任務は偵察だ。0-2の海兵隊員は単独または少人数の分隊で、ほかの海兵隊員を守ってくれるアーマーもなしで出動する。

　それに0-2-3？　レヴがしばし待つと、アップロードから知識が浮かびあがってきた。

　レヴはレイダーになるのだ！

　レヴは呆然としたまま処置室に運ばれた。レイダー？　アップロードにレイダーの死亡率は含まれていなかった……お偉方がわざと含めなかったのだろう。だが、低いはずはなかった。レイダーは海兵隊偵察部隊の直接行動部隊、略してDAだ。DAは、敵地へ、さまざまな目的で、ほとんど生身のまま侵入する。偵察部隊の分隊が敵を避けるのに対して、レイダーチームは任務中に接触する。

処置室にひとり残され、台に横たわって腕に生理食塩水を点滴されながら、レヴは待った。かごから逃げだそうとしている鳥のように頭のなかで考えが暴れていた。てっきりアーマーを着用するかメカに乗ることになるのだろうと思っていた。そのふたつでDCの七十五パーセントを占めているからだ。偵察部隊になるとは思ってもいなかったし、選択権があったら選ばなかっただろう。

ようやくドアが開いたとき、神経がささくれ立っていたので、レヴは悲鳴をあげた。悲鳴らしい悲鳴をあげた。

五人が入ってきた。三人は白衣姿の民間人、ひとりは白衣姿の海兵隊員で、手術帽に中佐をあらわす銀の葉がついている。そして最後のひとりは帽子にレヴが知らない記章をつけている女性だった。

「レヴァレント・ペレティエ、わたしはドクター・アナリン。あなたの改造を担当するチーム1のリーダーよ」

「チーム1?」

「ええ、チーム1。この処置は四つの段階に分かれていて、予期しない合併症がなければおよそ二十時間で終了する。わたしのチームがすべての処置を担当するわけじゃない。ほかにもチームがふたつあるの。あと数分で処置をはじめるけど、質問はある？」

「ありません」

「よろしい。中佐？」と女性はうながした。

「ペレティエ新兵、ランダルフ中佐だ。この処置できみの代理人を務める。そしてこちらはフリジアン・ホストのレッドマスター・クマー、人類会議《CoH》のオブザーバーだ」

「オブザーバー？」

ホストは、連邦にとって長年の戦略的対抗勢力で敵国だったことも何度かあるフリジアン・マントルの軍事部門だ。もちろん、それはケンタウルス人が侵攻してくる前の話だし、いまは共通の敵と戦うために同盟を組んでいるとはいえ、いまだに両国のあいだには緊張と少なからぬ不信が残っている。レヴはホストの軍人と、ましてホストの将校とこの処置室で顔をあわせることになるとは思ってもいなかった。

「そう、オブザーバーよ」とレッドマスターは軽い口調でいった。「あなたが受ける改変がすべて承認ずみのものかどうかを確認するだけ。ケンタウルス人に勝ったあとで連邦の超兵士がうじゃうじゃいたら大変でしょ？」

その女性は冗談をいっているような口調だったが、真実にきわめて近いのではないかとレヴは思った。

「じゃあ、はじめましょう。準備はできてる？」

「はい。できています」とチームのひとりが答えた。

「レティ、アデノウイルスの準備は？」ドクター・クマーは別の助手にたずねた。

「はい」その女性はそう答えて小さな円筒を掲げた。

「じゃあ、投与して」

女性は円筒の端から小さなマスクをひきだし、レヴの頭のほうに歩みよった。

「それでぼくを眠らせるんですか？」

「いいえ」と女性は答えた。「これで有機的改変をするんです。マスクをつけおえたら深く息を吸ってくださいね」

女性はマスクをおろしてレヴの口と鼻をおおうと、「吸って」といった。

レヴは思わず息を止めた。なにしろ、そのガスのなかには絶滅したサイのＤＮＡが入っているのだ。

勇気を出せ。

レヴは心のなかでため息をついて深々と息を吸った。そしてもう一回。

「吸入率八十四・三パーセント」と女性が報告した。

「いいわね。じゃあ、はじめましょう。眠ってもらってちょうだい。ドクター・ウリべ？」

「待ってください。これで終わりなんですか、ＤＮＡの改変は」とレヴはたずねた。

レヴは自分が変わった気がしていなかったし、緊張していたわりにはあっけなかった。

「ええ。これはいちばん簡単な処置なのよ」

「なにも感じてないんですが」

「それでいいの。改変されたＤＮＡとＲＮＡがあなたの体を変えはじめるまでには時間がかかる。だけど、ちゃんと入ってるから安心して。二、三週間で違いを感じはじめるはずよ。なかには違いを感じない人もいるけど。ほかに質問がなければ進めるわ」

「ありません」とレヴ。

「それなら、ドクター・ウリベ？」

医師は点滴チューブに手をのばしながらいった。「ミスター・ペレティエ、百から逆に数えてください」

今回、レヴは九十九までしか数えられなかった。

11

「ちょっとでも力が強くなったかい？」とヤンシーがほかのみんなにたずねた。「けさ、腕立て伏せをしてみたんだけど、三十回もできなかったんだ」

「手術を受けたばっかりじゃないか、馬鹿だな」とオルフェウスはいって、サニーオレンジのつぶしたコップをヤンシーに投げつけた。

「ほんとにやめといたほうがいいぞ、ヤンス。一週間はのんびり過ごせってドクターにいわれたじゃないか」バンディはそういうと、腕で弧を描くようにして部屋の白い壁を示した。フィルターユニットのブーンという絶え間ない音が、いくらリゾートホテルのように見えようと、ここは病院だということをレヴたちに思いださせていた。

「わかってる。けど、ちょっと腕立て伏せをしただけだぞ。どうってことないさ」

「それがきっかけで身体拡張に対する拒絶反応が起きるかもしれないんだぞ」

ヤンシーは手で羽虫《はむし》を払いのけるようなしぐさをした。

レヴには、このすべてが必要なのかどうかわからなかった。特に関節がちょっと痛かったし、スパイダーウェブ——ほぼ全身の皮下に埋められたネット——がむずがゆかったが、たいした違いは感じていなかった。議論したところで答えは得られないんだから、無駄だとしか思えなかった。それに、一日に二度、スキャンを受け、文句なしにうまい食事をたべているだけで、一週間、ゆっくりしていられるのだ。

レヴは手首にはめている医療ブレスレットをなでた。ブレスレットは、一日じゅう、レヴの状態をモニターしているので、どうしてフルスキャンが必要なのかわからなかった。

バンディは身を乗りだして静かにたずねた。「ワイトを覚えてるよな？」

レヴは、その大柄な新兵とはほとんど話したことがなかった。ワイトは志願兵で、バンディとは違って徴集兵を見下している印象があるグループの一員だ。

「やつをここで見たか？」

レヴは部屋を見まわした。同期のほとんどがここにいて、カードをしたり、ホロを観たり、グループに分かれて雑談したりしていた。これから五日間、自分の部屋以外で行ける場所はここだけだった。

「バスではわたしたちと一緒だったな」とトミコ。

「そのときのことをいってるんじゃない。いまだ。それとも、おれたちが強化されたあと、この二日間でだ」

レヴは思いかえしたが、ワイトを見かけた記憶はなかった。ワイトを気にかけていたわけではないが。

「やつの友達のコーソヴィクと話をしたんだ。コーソヴィクはワイトと出身がおなじなんだそうだ。ワイトは、手術のあと、ここじゃなく、ほかの棟に連れていかれたらしい」

「それが？」とヤンシー。

「で、きょう、力つきたんだそうだ」

「え？ 99になったって意味かい？」とレヴはたずねた。

「違う。やつは乗りきれなかったんだ。つまり、死んだのさ」

レヴは愕然とし、くるりと振り向いてバンディを見た。死んだ？

「ど……どうして？」とレヴ。

バンディは肩をすくめた。「拒絶反応だろうな」

「なんの、拒絶反応って？」とクリッシーがレヴよりも先にたずねた。

「拒絶したのさ。やつの体が身体拡張を拒絶したんだ」

「そんなことがあるなんて知らなかったよ」とレヴ。

「おいおい、レヴ。同意書に署名したんじゃなかったのか？」とトミコ。

「ああ、したよ」

「拒絶反応が起きる可能性があるって書いてあったじゃないか。二パーセントあるって」

レヴは思いかえしてみた。技師が合併症について話していたが、選択権がなかったので、重要な事実を聞き流してしまったのだ。いま、レヴは後悔していた。

「よく……読まなかったんだ」とレヴは認めた。

トミコはあきれ顔をした。またも。トミコはあきれ顔が得意なのだ。それに戦闘も。

しばらくのあいだ、だれも口を開かなかった。やがて、ヤンシーが肩をすくめて、「おれたちは全員、乗りきったみたいだな。ワイトは気の毒だけど、おれたちはもうだいじょうぶなんだ。

だけど、おれの質問の答えにはなってないぞ。だれか、強くなった気がしてるか？　あんたはどうだい、バンディ？」

「強くなったりはしないのさ」

「どういう意味だい？　気を悪くしないでほしいんだけど、あんたはもうちょっと筋肉をつけてもいいと思うな、じいさん」

「おれは0-9、アーマー兵なんだ。だから力はいらないのさ」

「待ってくれ。あんたは力を強くするアップグレードを受けてないのかい？」とレヴはたずねた。

「ああ。いまいったように、必要ないからな。アーマーに乗るテンとおれには。メカに乗るウドゥとファイアーにも」とバンディ。

レヴにとっては初耳だった。てっきり、全員がほとんどおなじ、たとえば力を強くする改変を受けたのだと思っていた。

「それなら、あんたはどんな改変を受けたんだい？」

「神経伝達物質ブースターさ。反応が速くなるから――」

「ぼくもそれを受けたよ」とレヴ。「反射が速くなるやつを」

「重複もあるだろう。だが、おなじじゃないんじゃないかな。きみが受けた反射が速くなる改変は反射弓の一部だ。信号は脊髄で反射して戻ってくる。考える必要はない。おれたちは」とバンディはテンを示した。「おれたちは、必要性を認識し、それにもとづいてターゲットと交戦しなきゃならない。つまり、データを収集し、処理し、迅速に反応しなきゃならないんだ。メカ兵もおなじだよ」

「どうやって知ったんだい？」とレヴはたずねた。

バンディはその質問に驚いたようだったが、「サンプに聞いたのさ」と答えた。

「サンプって？」

「もちろん、おれのバトルバディさ」

こんどはレヴが驚く番だった。レヴにもＡＩが埋めこまれていたが、処置から目覚めたあとで起動試験をしたあとはオフにしたままだった。医療隔離が終了して訓練が再開されたときにじっくり時間をかけて使いかたを学べるはずだった。バンディが勝手に使いはじめるどころか、名前までつけているとは思ってもいなかった。

「みんなもＡＩを使いはじめてるのかい？」とレヴは友人たちにたずねた。

レヴはバトルバディとは呼ばないようにしていた。仲間《バディ》ではないからだ。

テン以外の全員がうなずいた。

レヴは意見を述べようとしかけたが、彼とテンが例外なのは明らかだったので思いとどまった。

「じゃあ、あんたはその神経加速強化を受けたんだな。ほかには？」とヤンシーがたずねた。

「統合ターゲティング、射撃統制、触覚地形フィードバックだな」

「それに高度医療ナノね」とテンが補足した。

「それは全員が受けてるんじゃないかな」とトミコ。

「ただ、わたしたちのは火傷向けに最適化されてる」とテン。

一瞬、全員が黙りこんだ。レヴは、自分の医療ナノについてくわしくは知らなかったが、アーマー新兵たちの医療ナノが火傷向けに最適化されているという事実には気がかりを覚えた。

「だけど、スパイダーウェブは全員共通なんだよな？」とヤンシーがいって友人たちを見まわした。

「ぼくにも入ってるけど、かゆくてたまらないんだ。医者がなんといおうが、かまうもんか」レヴがそういうと、みんなが笑った。

「手が届かないところはわたしがかいてあげるわよ」とクリッシーがおどけた表情でにやにやしながらいった。

何人かが辛辣な言葉を発してから、テンがいった。「イチャつくのは禁止よ、おふたりさん。この医療監獄に閉じこめられてるあいだは、感染の危険があることをしちゃだめなんだから」

レヴは、クリッシーにからかわれたのはわかっていたが、それでも顔が赤くなっているのを感じた。クリッシーはじゃじゃ馬だし、すぐそばにすわっているし、彼女のまなざしから、たんにからかっただけではないことがわかった。だが、レヴはまんざらでもなかった。

「じゃあ、あなたたち戦車乗りはスーパーマン的な強さにはならないんだね。ほかのみんなは？」とレヴはたずねた。

「ぼくもならない」とファイアーが答えた。

ファイアーは、ウドゥとおなじく、もとからこのグループの一員だったわけではないが、トミコとデュエットして以来、レヴたちと一緒にいることが多くなった。ファイアーは二十代後半の無口でまじめな男で、製造ギルドの職人の地位を捨てて志願したそうだった。

「理にかなってるな」とバンディ。「おれたちは力の強さを必要としてないし、それはメカ兵もおなじなんだ」

「わたしはサイのDNAを入れられたぞ」とトミコ。

「わたしもよ」とクリッシーが口をはさんだ。「それにみんな、サイの角にどんな効果があるかは知ってるわよね」またもレヴに色目を使おうとしたが、すぐに我慢しきれなくなって、トミコとともにぷっと吹きだした。

レヴは首を振った。「みだらで、プロらしくなくて、たぶん犯罪になるような効果だな」

「たしかに有罪だな」とトミコがいってふんと鼻を鳴らした。

「レジス二等兵、第一検査室に入室せよ」という声がインターコムから聞こえた。

「ツッこまれに行く時間ね」とクリッシーがいって立った。「わたしがミュータントになってないことを確認しなきゃならないみたいだから」

「なかではお行儀よくするんだぞ」とヤンシーが、検査室に向かって歩いていくクリッシーに声をかけた。クリッシーは中指を立てた。

　レヴはこの会話に納得していなかった。

「たしかに、戦車に乗ってたら力の強さは必要ないかもしれない。だけど、強くたって損はないじゃないか。それに、戦車を壊されて脱出しなきゃならなくなるかもしれない。強いに越したことはないんじゃないか？」

　バンディは顔をしかめ、まずファイアー、次にトミコ、そしてクリケットに視線を向けた。三人とも答えようとしなかったので、バンディは咳払いをした。

「改変は、長期的には、少なければ少ないほどいいんだ」

「どういう意味だい？」

「腐敗症よ」とウドゥ。

　レヴは顔をしかめた。腐敗症といったら、コロラ戦争中にユーカラ人に流行した、癌に似た病気ということしか知らなかった。だけど、それのはずはないよな？　ユーカラ人は神になりたいっていう彼らの試みの悲惨な犠牲者だったんだ。

「なにをいってるんだ？」とヤンシーがたずねたが、さっきまでのように上機嫌ではなくなっていた。

「腐敗症さ。自然を意のままにしようとすると、反撃されることがある。いじればいじるほど、病気になる確率が高まるんだ」とバンディが説明した。

レヴは呆然とした。ぼくはなにに巻きこまれたんだ？

「つまり、ぼくたち全員が腐敗症になるっていってるのかい？」とレヴはたずねた。自分がそんなことを聞いているのが信じられなかった。

「いや、全員がなるわけじゃない。でも、軍は、任務に必要じゃない改変はなるべくしないようにしてるんだ。それに、スパイダーウェブみたいな機械的改変に害はない。だが、有機的改変には、それにバイオシンスにも、危険はある。そして、きみたち0-2と0-3、それに0-7は——ほとんどの身体拡張を受けるんだ。だからおれはアーマー兵になったんだ。おれは六十七歳だ。おれの細胞はきみたちほど健康じゃない。腐敗症になる確率がずっと高いんだ」とバンディ。

「それに、あなたは徴集兵じゃなくて志願兵だわ」とウドゥ。

「それは関係ないと思うな」とバンディは、自分を説得しているような口調でいった。

「じゃあ、ぼくたち徴集兵は使い捨てってわけなのか？」レヴは愕然としていた。

　おまけに、そのとき、レヴははたと気づいた。細胞の健康と安定性だ。最初の面談で、細胞が安定していて遺伝的浮動がわずかだといわれた。あの女性医師はたぶん、最初からそれを考えて、ぼくがDCを希望するように仕向けたんだ。そしてぼくは、親切にされていると思いながら、まんまと誘導されたんだ。

　トミコがとなりに来てレヴの肩を抱いた。「同意書に書いてあったぞ」

「そんなくそみたいなもの、読まなかったさ」とレヴは暗い声でいった。

　気まずい沈黙が続いたあと、ヤンシーがげっぷをしてからいった。「腐敗症なんかどうだってよくないか？　どうせ、腐敗症になるずっと前にケンタウルス人に殺されるんだろうからな」

　そのとき、レヴのなかでなにかが壊れた。怒りが消え、レヴは笑いだした。

「そうだよな、ひと月も持たないかもしれないんだよな？　腐敗症なんか知ったことか」

　ひとりまたひとりと笑いだした。

　ヤンシーが立ちあがってレヴの首に両手をまわし、額にぶちゅっとキスをした。「で、だれが最初に逝《い》くんだ？　おまえなのか、おれなのか？」

「新兵はレクリエーションでの身体的接触を控えてください」監視役のひとりがインターコムを通じて注意した。

　それが新たな笑いを引き起こした。

　ヤンシーはスピーカーに中指を立て、トミコの膝の上にすわった。「これでどうだ、寄生虫？」

「寄生虫っていったのか？」とトミコが笑いながらたずね、ヤンシーを押しのけた。「いまの女は海軍かもしれないぞ」

「海軍？　どっちみち寄生虫さ」

「だけど、おまえみたいなくそ新兵より階級が上なんだぞ！」とクリケットがいった。

　レヴたちがなんとかおちつくまでに数分かかった。ついに、全員が椅子にすわって黙った。みなの気分がずっとましになっていた。レヴは、自分の身に起きたことと、これから折りあいをつけなければならないとわかっていたが、ヤンシーのいうとおりだった。死亡率が七十八パーセントなら、レヴたちのほとんどにとって、腐敗症はたいした脅威ではない。

　レヴは仲間のＤＣ新兵たち——いや友人たちをゆっくり見まわした。三年後には、ほとんどが死んでいるだろう。気のめいる予想だった。

「ぼくたちの除隊まであと何日だろう？」とレヴはたずねた。アイデアが固まりはじめていた。

「あと千五十三日たって朝起きれば除隊だ」とクリケットが答えた。「それが？」

「じゃあ、聞いてくれ。ウェスト・セントラル・ブールヴァードにある〈レティーカズ〉っていう店を知ってるだろ？」全員がうなずいた。「それなら、あと千五十三日たって朝起きてぼくたちが除隊したら、また集まろう。ぼくが高い酒をおごる。その酒を飲みながら武勇伝を披露しあおう」

「いい考えだな、レヴ。だけど、可能性は――」とトミコがいいはじめたが、レヴがさえぎった。

「だけど、それが間違いなんだ。いいか。集まるって誓えば、いま、ここで誓えば、だれにも邪魔はできないんだ。そうだろう？」

「現実はそんなにうまく行かないと思うけど」とテンがいった。どうしたらレヴの夢を壊さずにすむかを考えているような口調だった。

「それくらいわかってるさ。だけど、信じたってかまわないじゃないか。聖チェスティが守ってくれるかもしれない。守ってくれないかもしれないのはわかってる。だけど、ここにいる全員がそろって除隊になるところを見たいんだ」

レヴは、いまや海兵隊の非公式な守護聖人になっている、二十世紀の地球で活躍した大昔の海兵隊員に超自然的な力があるとは信じていなかったが、仲間の四分の三が戦死するなんて受け入れられなかった。無力感にさいなまれていたので、なんとかして状況に対する主導権を取り戻したかった。約束しただけで再会は実現しないとわかってはいたが、せめて前向きにスタートを切りたかった。

全員がレヴを見つめた。明らかに困っていた。

ついにヤンシーが沈黙を破った。「なあ、じいさんに兵役期間がないことはみんな知ってる。千五十三日たってもまだ軍隊にいるつもりなんだ」

「そのとおりだ」とバンディははじめてそれを認めた。「だが、おれもそこへ、おまえたちを見送りにいく。誓うよ」

レヴは、この思いきった提案に、おとなのバンディがまず乗ってくれるとは思ってもいなかった。

「ほかには？」とレヴはほかのみんなの目を見ながらたずねた。

すると、ひとりまたひとりと、レヴの提案を、少なくともその意図を受け入れてくれたのがわかった。クリケット、トミコ、オルフェウス、テン、ファイアー、ウドゥ、そして最後にヤンシー。全員が合意した。

「約束するならきっちり誓おう。手を重ねるぞ」とトミコがいって立った。

九人の、七週間前にはじめて会った新兵たちが立ちあがって輪になり、中央で手を重ねた。

「わたしたちはここに、除隊になった日に〈レティーカズ〉で集まることを誓う。で、乾杯する？」とトミコがたずねた。

レヴたちは大声で「ウーラー」と叫び、誓約が成立した。

12

「もうちょっとがんばれ」とレヴはヤンシーの補助をしながらはげました。「おまえならできる」

ヤンシーの腕から力が抜け、レヴがウエイトの一部を支えてバーベルをストッパーに置かなければならなかった。

レヴたちはリゾートホテルから戻り、五時間前にトレーニングを再開する許可をもらった。そしてヤンシーとバンディとウドゥとファイアーはジムに行きたがった。レヴはトミコとクリケットとのんびり過ごしたかったが、この一週間ずっとそうしていたので、気分転換のためにジムへ行く気になったのだ。

「ちっとも強くなったような気がしないんだ」

「バンディの話を聞いただろう？」とレヴは、ラットプルダウンをしている年かさの新兵のほうを顎で示した。「時間がかかるんだ」

レヴは自分が少しでも強くなっているかどうかわからなかった。たぶんなっていないのだろう。だが、関節はあいかわらず痛いし、くそスパイダーウェブはかゆくてたまらない。医者からはきのう、かゆみは頭のなかにしか存在していないし、珍しい症状ではないといわれた。かゆみが頭のなかにしか存在していなくたって関係なかった――かゆいことに変わりはなかった。

「十キロ足すぞ」とレヴはヤンシーにいって、十キロのプレートをつけた。レヴは八十五キロで一セットこなすのにも少々苦労していた。そして、力が強くなったと実感できるまでにひと月かそこらはかかると知っているにもかかわらず、試してみたくて我慢できなくなっていた。

フリップボールをしていたときは百五キロを楽に上げていたが、やめてから体がすっかりなまっていた。フェーズ1とフェーズ2で体力はかなり戻ったが、力の強さより持久力を鍛えるトレーニングだったし、強化処置を受けてからまだ一週間しかたっていないので、いまはまだ回復中だった。

ベンチに横たわると、両腕が肩幅で、台に対して垂直になっていることを確認してからバーをつかんだ。深呼吸を五回くりかえしてから、バーを胸までおろし、うめきながら力をこめた。レヴが驚いたことに、バーベルが上がった。あっさりと。

力が強くなってるのかもしれないな。

「すごいじゃないか、レヴ。代わってくれ」

フルセットやるべきだったが、こんなに簡単だとは思っていなかった。ちょっぴりためらいながらベンチを譲った。補助をしようとベンチのうしろに移動したとき、バンディがタオルで顔を拭きながらやってきた。

「別れの挨拶に来ただけなんだ。おれたちはあと一時間で出発する」

「もう？」とレヴはたずねた。「そんなにすぐ？」

もちろん、ＡＩに聞けばよかったのだが、レヴはまだスリープ状態にしていた。

「わかってるだろ、急げ、そして待てってやつさ」とバンディ。「実際に出発するのは二〇三〇時だが、一七三〇時にはターミナルにいなきゃならないんだ」

「キャンプ・カマチまでの二十分の飛行のために？」とヤンシー。

ウドゥは黙って肩をすくめた。

「バーベキューを送ってほしいな」とレヴ。「すごくうまいらしいじゃないか」

レヴはキャンプ・カマチがあるアナスタシアに行ったことがなかったし、その小さな町について知っているのは、そこには惑星で最高のバーベキューの店があるということだけだった。

「なんでアーマー兵とメカ兵はカマチへ行って準備をしなきゃならないんだ？」とヤンシーがたずねた。

「資源をひとまとめにするだけさ。ほかの0-2と0-3もおなじ理由でここに集まる」

理にかなってはいたが、レヴは仲間が離ればなれになってほしくなかった。とはいえ、フェーズ3を終えれば、連隊で再会できるはずだった。早めにカマチへ行く者たちもいるが、レヴとトミコは最後に合流することになっていた。

「準備万端にしておけよ」バンディがそういって、ほかのふたりとこぶしをぶつけあった。

「あんたもな」

レヴはしばし立ちつくし、去っていくバンディのうしろ姿を見つめた。バンディはグループの非公式なリーダーになっていたし、レヴは自分が彼に頼っているのを自覚していた。すぐに再会できるはず、少なくともおなじ連隊になれるはずだったが、さびしくなるだろう。

「いいやつだな」ヤンシーがふたたびベンチに横たわりながらいった。

「まったくだ。なあ、ほんとにやるつもりなのか？」

ヤンシーは両手でバーをつかみながら顔をゆがめたので、レヴは思わず吹きだした。

「なんだその顔は。怖がらせようとしてるのか？」

「くたばれ」とヤンシーがうなるようにいった。

　ヤンシーは顔をしかめたままストッパーからバーを持ちあげて胸までおろし、胸郭を使ってはねあげた。月曜日に訓練を再開するまでのんびり過ごすようにいう医者の指示には逆らっていたが、レヴには気持ちがわかった。

「あと二セット！」

　ヤンシーは目をむいたが、いわれたとおり、荒い息をしながら、さらに二セットこなした。

「よし」とヤンシー。「やってやったぞ」

　となりのベンチから、レヴが知らない新兵がヤンシーに嫌悪の表情を向けたが、なにもいわなかったので、レヴは無視した。

「いいぞ。さあ、ベンチから降りて十キロ足してくれ」

「五キロずつってことか？」

「おまえの側に十キロさ」とレヴはいって、自分の側に十キロのプレートをとりつけた。

　百二十五キロというのは、レヴにとってほぼ最高の重量だったし、体がまだ癒えきっていないのに危険を冒してこれだけの鉄塊を持ちあげようとするのは愚行だとわかっていた。だけど、強くなったって使わなきゃ意味ないじゃないか。それに、医者のいったことが正しいなら、このくらい、訓練が修了するころにできるようになることに比べたらなんでもないはずだ。

内なる天使が無理はしないようにと語りかけてくる前に、レヴはベンチに横たわった。バーをしっかりと握り、わずかに体を浮かせて肩甲骨がベンチにまっすぐあたるようにした。

疑念の雲が脳裏にわきはじめたので、マイナス思考が現実化しないうちにと、ヤンシーが補助の位置につく前にバーを上げた。叫びながらバーを胸元に下げた。そして、さらに大きな、ほとんど悲鳴のような声を叫びながら、背中をそらして押しあげた。腕は途中で止まったが、二度目の試みで上げきり、その直後にヤンシーが手をのばしてバーをストッパーに戻すのを手伝った。

きれいではなかったし、背中をそらすのは怪我を招きかねない行為だったが、上げられたのだ。

レヴは勢いよく立ってこぶしを宙に突きあげた。「どうだ！」と叫ぶと、ヤンシーが近寄ってきてハイタッチした。

「くそ囚人どもめ」と、となりのベンチの新兵があざ笑った。

「なんだと？」とレヴはたずねた。歓喜は一瞬で消え去っていた。「なんといったんだ？」

その新兵はベンチの端に腰かけ、レヴのバーベルに侮蔑のまなざしを向けてからいった。

「くそ囚人どもめといったんだよ。おまえの聴力はまだ強化されてないのか？」

レヴは怒りが燃えあがるのを感じた。その新兵に詰め寄りかけたが、ヤンシーが彼の肩をつかんだ。

「ほっとけ」とヤンシー。

「お仲間の囚人のいうとおりにしたほうがいいぞ」その新兵はそういいながら手で、まずレヴの、次の自分のバーベルをさりげなく示した。「痛い目にあいたくないだろう？」

その男のバーベルの左右には二十キロのプレートが六枚ずつはまっていた。レヴは全重量を暗算しようとしたが、怒りで頭がまわらなかった。

要するに、こいつのほうが強いってことだ。

だが、レヴがひきさがったのはそれが理由ではなかった。とにかく、レヴはそう考えた。規律違反で兵役期間を延長されたくないからだった。

「行こう」レヴはヤンシーにそういって向きを変えたとき、ウドゥとファイアーがレッグプレスをしていることに気づいた。

レヴがバーからプレートをはずしはじめたとき、男がいった。「さっき、老いぼれの囚人がおまえのところに来てたな。まったく、あいつはどんな犯罪でつかまったんだ？　おとな用おむつにくそでも漏らしたのか？」

レヴは反射的に行動した。プレートを落としてすわったままの新兵をねらってこぶしを振りあげた。自分はなにをいわれてもかまわなかったが、バンディへの侮辱は許せなかった。

男のにやにや笑いを打ち砕いてやろうとこぶしに渾身《こんしん》の力をこめたが、男は驚異的な反射神経で手をさっと上げてレヴのパンチを完全にブロックした。男は手を開いて腕をひねり、レヴの胸を突いた。レヴはウエイトルームのなかを突き飛ばされた。

レヴは息ができなくてあえいだ。肺がつぶれたに違いないと思った。こんなに強い力で殴られたのははじめてだった。

男はゆっくりと立って、立ちあがれないでいるレヴのほうに歩きはじめた。ヤンシーがあいだに入ろうとしたが、あっさり押しやられた。

「馬鹿な囚人だ。報いを受けさせてやる」

なにかがレヴの横をさっと通り過ぎた。ファイアーとウドゥがレヴと男のあいだに入った。「なにをしてるんだ？」とファイアーがどなった。人差し指を男の胸に突きつけた。

「正気か？」

新兵はとまどい、困惑の表情になった。

「そいつはくそったれな囚人だ」と新兵はいった。「おまえら全員がそうだ」

ヤンシーがファイアーとウドゥに加わって、男とレヴのあいだに壁をつくった。

「でも、ここにいるぼくたちはみんな、海兵隊の新兵だ。こいつはあんたの敵じゃない。敵はブリキ尻どもだ」とファイアーが訴えた。

「海兵隊が犯した最大のあやまちは囚人を受け入れたことだ」新兵はそういうと、振り向いてジムにいるほかの新兵たちを見渡した。全員が動きを止めてこの騒動を見ていた。支持されることを期待していたのかもしれないが、その期待は裏切られた。

「やめとけよ、マット。懲戒処分を受けたら馬鹿らしいぞ」とほかの新兵のひとりがいった。「ほっとけ」

ウドゥが男に詰め寄った。彼女の鼻の位置は、男よりも優に六センチは高かった。その男、マットは思わず一歩あとずさった。

「おまえのいうとおりだな、テリー。この囚人のくずどものために規律違反するなんて馬鹿らしい」とマットは空威張りした。「おまえら、とっとと出てけ」

ヤンシーがレヴの腕をつかんで助け起こした。「だいじょうぶか？」

レヴはだいじょうぶではなかった。だが、マットとかいうやつにそれを知られて満足させたくなかった。レヴは黙ってうなずくと、マットをにらみつけた。どれだけ迫力があったかはわからなかった。

「もういいだろ。行こう」とファイアー。「どっちみち、ウドゥとぼくはあと何時間かで出発しなきゃならないんだし」

　レヴはヤンシーとウドゥに助けられながらウエイトルームを出た。レヴはマットが最後になにかいって挑発してくるかと思ったが、無言だった。

　ドアが閉まったとたん、レヴは痛みでまたうずくまりそうになった。

「あれはすごいパンチだったな」とヤンシーがいった。「ほんとにだいじょうぶなのか？」

「だいじょうぶなもんか」とレヴがあえぐように答えた。「戦車に轢《ひ》かれたみたいだ」

「だろうな。ぼくたちのクラスじゃないのにまだここにいるってことは、あいつは0-2か0-3か0-7なんだろう。つまり、筋力の拡張を受けてて、それが効果を発揮するまでの準備期間がたっぷりあったんだ」とファイアー。

「あのバーベルを見た？　二百六十キロのウエイトがついてたわ」とウドゥ。「あとひと月かふた月したら、あなたとヤンシーもおなじくらい強くなる。最終的にはもっと強くなる」

「診療所へ行くか？」とファイアーがたずねた。

レヴは胸を押してみた。激痛がしたが、骨が折れているかどうかはわからなかった。レヴの骨はまだ、ケブカサイ並みに強くなっていないが、関節の強化は機械的だし、スパイダーウェブがあの男のパンチの威力を多少は軽減してくれたはずだ。

それに、もしも診療所へ行ったら、なにがあったのかを聞かれるに決まっていた。あの男にどんな処分がくだされようと、先にこぶしを振りあげたのはレヴだ。そのことは訓練中隊長に知られたくなかった。

「なんでもないと思うけど、部屋に戻りしだい、ＡＩを起動してチェックさせるよ」

「無理はするなよ。それに医療ナノに頼りすぎるな。月曜日に訓練がはじまるんだし、そのときには万全の体調じゃなきゃならないんだからな」

どんな体調だろうと、レヴは月曜日の朝早く、きっちり参加せざるをえない。

「戻りましょう。カマチへ出発する前にちょっと会おうってトミコと約束したの」とウドゥがいった。

「待ってくれ」とレヴはいってウドゥの腕をつかんだ。

レヴは、打撲を負った胸を守るため、できるだけ浅く息をしようとしていたが、答えが聞きたかった。

「きみたちふたりはどうしてあんなふうにふるまったんだ？」とレヴはたずねた。

「なにをいってるんだ？」とファイアー。「きみは仲間じゃないか」

「助けに来てくれたことをいってるんじゃない。だけど、あいつはきみたちを囚人と呼んだ。バンディまで。きみたちは志願兵じゃないか。徴集兵なのはぼくとヤンスだけだ。あいつに、自分は志願兵だといえたじゃないか」

ファイアーはウドゥをちらりと見てから答えた。「どうしてあんなふうにふるまったかだって？　どんないきさつで制服を着ることになったか、出身はどこかなんてどうだっていいんだ。重要なのは、ぼくたちが海兵隊員だってことだ」

「囚人か志願兵かなんて、もうどうだっていいの。わたしたちは戦友なのよ、レヴ。わたしたちはみんな海兵隊員なの」とウドゥが補足した。

レヴはまだ胸が痛かったが、ふたりの友人の言葉を聞いて、怒りの炎が燃えていた心のうちが別の熱いもの——帰属感と連帯感のぬくもり——で満たされた。

13

ちくしょう、ベッドのなかの彼女はいったいどんなふうなんだ？

〈ジェサップ軍曹どのは健康な女性なので、片脚と脇腹を負傷しているとはいえ、性交をおこなうにあたっての身体的制限が存在する兆候はありません〉

「おい――そんなこと、聞いてないぞ！」とレヴは声に出していって緑の襟章をつけている軍曹を困惑させた。「すみません、ＡＩの操作にまだ慣れてないんです」

ジェサップ軍曹は笑ってからいった。「時間がかかるのよ。だいじょうぶ、すぐに慣れるから。あなたがどうすれば自分の思考を操作して利用できるかを学ばなければならないのと同時に、バトルバディもあなたがどう思考するかを学ばなきゃならないの」

思考を操作？　軍曹はぼくがなにを考えてたのか、わかってるのかな？

ＡＩが自己完結型になっているのは、ジャックが物理接続なのとおなじ理由だ。ジャックをＷｉ‐Ｆｉなどのリモート接続にするのは簡単だが、ケンタウルス人はＷｉ‐Ｆｉを簡単に妨害できる。周辺装備の制御は直接かつシールドされた接続によっておこなわざるをえないのだ。

それでも、レヴは自分が赤面しているのを感じた。

「じゃあ、もう一回」と軍曹。「ターゲットは３０１よ」

ジェサップ軍曹は教官ではなく、緑の襟章をつけている指導員だ。公式の教官は黒い襟章、衛生兵は赤の襟章、幹部は金の襟章をつけている。それらの襟章をつけてない隊員は新兵とかかわってはならないことになっている。教官の身体的属性に注意を払ったことはないけど、緑の襟章をつけてるこの軍曹は、どうしても無視することが――

レヴはＡＩがまた余計なことをいうのではないかと思いつき、首を振ってその思考を断ち切ってからスコープをのぞいてターゲットを探した。しばしののち、発見した。

「データを解析しろ」とつぶやいた。

考えるだけで指示できるのだが、レヴがＡＩに慣れ、ＡＩがレヴにもっと融合するまでは声に出したほうが確実だ。

ターゲットを十字線にあわせると、データが62口径スナイパーライフルの銃身から接続ケーブルをへてレヴのジャックへと流れこんで、バトルバディが射撃の解析結果を導きだせるようになる。

「距離三千四百十二メートル。右十五クリック、上二十三クリック」とバトルバディが指示した。

距離以外にも、気圧、気温、風、コリオリ効果、この惑星の自転、弾丸が通過する地盤の密度などさまざまなデータが計算されていた。だが、じつのところ、レヴにはそれらを知る必要がなかった。ＡＩが処理してくれるからだ。レヴの役目はライフルをしっかりと保持してトリガーを押すことなのだ。

ＡＩが導きだした解析結果はレヴに伝えられただけではなかった。ジャックを経由してスコープへも戻された。スコープの視界が左下にずれていたので、レヴはターゲットを十字線の中心にあわせた。

「深呼吸を三回してからトリガーをそっと押しなさい」と軍曹がいった。

レヴは軍曹のことを考えないように努め、トリガーに集中した。ダイクストラはすばらしい銃だし、ターゲットは完全に射程内だったが、三キロ以上というのはやはり長距離射撃だった。

スナイパーライフルのトリガーはトリガーアセンブリーの右側にある小さなボタンだ。レヴは親指でセーフティを解除し、人差し指をトリガーのすぐ上に置いた。三度、深呼吸をした。三度目は吐く息を途中で止めた。

　トリガーに軽く触れると大型銃が発射され、反動がラバのようにレヴを蹴った。今回、レヴは悲鳴をあげなかったが、激痛が走った。ほとんどの皮膚の下に埋めこまれているポリアメラーゼ・スパイダーウェブの内側で体がすばやく癒えてくれることを願った。そしてスコープをターゲットに戻すと、ちょうど弾道が弧を描いているのが見えたが、大型弾は右上にはずれた。

「くそっ、まただめだ」

「だいじょうぶよ」と軍曹がなぐさめた。「簡単だったら全員がこの身体拡張を受ける。しっくりなじむまでには時間がかかるのよ」

　いうはやすしだった。軍曹は０‐３‐14、つまり軽歩兵スナイパーだ。狙撃はその存在理由だし、軍曹はそれに特化した身体拡張を受けている。

「どうしてこんなことをしてるんですか？」とレヴはいらだってたずねた。「化学弾？　大昔の武器を使うなら、なんだって槍にしないんですか？」

　海兵隊の主力スナイパーライフル、Ｍ‐１０２ネリスは制式磁気リング銃だ。超高速で直径が小さいため、弾は気象の影響を受けにくい。いま使っているダイクストラよりもずっと命中率が上がるはずだ。

「もしもブリキ尻が電磁パルス《EMP》攻撃をしてきたら？　ネリスは棍棒同然になるのよ」

「でも、ケンタウルス人は基本的に、こういう銃じゃ殺せないんですよね？」レヴは愚痴をこぼし足りていなかった。

「つねにケンタウルス人を殺す必要はないの。周辺装備を破壊すれば戦闘能力を低下させられる」と軍曹は、レヴの態度を無視して答えた。「だからもう一度、バトルバディにもっとデータを与えて試してみて」

レヴはため息をついた。三週間前に手術から目覚めたとき、いきなりスーパーマンになって、高いビルディングもひとっ飛びできると思っていた。ところが、かろうじて歩道の段差につまずかずにいられるだけなのだ。

機械類は問題なく機能している。あとは制御の仕方に慣れるだけだ。バイオシンスはもうちょっと扱いが難しいが、有機的改変はそれどころではない。レヴはまだまったく実感できていなかった。視力はいままでと変わりなかった——それに聴力も。スタミナが増した気もしないし、約束されたその他の能力も備わっていない。そして、医者たちから気のせいだといわれているにもかかわらず、皮膚の下のスパイダーウェブがかゆい。

その医者たちは、毎日レヴを検査して、有機的改変はしっかり根づいているので、それらが成長して機能しはじめるのを待つだけだと請けあっていた。だが、レヴは待つのに疲れていた。

　それにこのＡＩ？　これまでのところ、ＡＩは頭痛の種だった。頭のなかにトンチキ野郎が、社会一般の常識を知らない、それどころかほとんどなにもわからないトンチキ野郎が居すわっているようなものだった。バトルバディと相性の悪い海兵隊員もいるという話を聞いているので、自分はそのひとりなのではないかと疑いはじめていた。

　しかし、クラスではレヴ以外で唯一の軍務識別コード《ミルデス》０－２－３であるトミコは、彼女のＡＩをピカチュウと名づけるほど愛している。ピカチュウというのは、地球時代の古代日本の神なのだそうだ。レヴはＡＩに名前をつけていない。レヴにとって、ＡＩは使いかたを学ばなければならない道具であって、空想上の友達ではない。

「３０９をねらって」とジェサップ軍曹が命じた。

　またもため息をついて、レヴはそのターゲットを見つけた。

「データを解析しろ」レヴはまたもそうつぶやきながら、こんどこそバトルバディがちゃんと計算してくれることを願った。

14

「峡谷の幅は？」とレヴは、反対側の一点に目の焦点を保持したままたずねた。
〈十二・三メートルです〉とAIがほとんど即座に答えた。

それなら余裕で飛び越えられる。レヴは、ケンタウルス人略奪者《リーヴァー》がいないかどうか、反対側をスキャンしはじめるように心のなかで命じた。リーヴァーは通常、二十六度で動作しているので、視界を温度モードにしていると青く映る。

異状がなかったので通常モードに戻した。レヴは、五種類ある脳による有機的視覚の解釈モードを切り替えられるようになっていたが、いちばん楽なのは自然のモードだった。レヴは茂みのなかを通りつつ、ケンタウルス人が移動中にときどきたてるかすかなブーンという音がしないかと耳をそばだてた。ひとつのスキャンモードに頼るべからずという教訓を身にしみて学んでいたからだ。

峡谷の端まで二十メートルのところでレヴはやや腰をのばした。やはりなにも検知しない。

　行くぞ！

　二十メートル走ったときには時速四十キロ近くまで加速していた。一メートル手前で右足で踏みきって跳躍した。峡谷を楽々と飛び越え、着地の衝撃を太腿がバネのように吸収した。勢いで大岩の前まで進んでから止まり、目の前に広がっている森をスキャンした。堆積物を蹴散らしてちょこまか走っている小動物がたてる音と、遠くで鳴いている鳥の声が聞こえるが、異星人の兆候はない。

　レヴはためらったが、あきらめて問いかけた。「異星生物の形跡は？」

　レヴはＡＩをパッシブモードにしていた。ＡＩは、こちらから質問しないかぎり情報を提供しない。トミコとほかふたりのレイダー新兵は、レヴの考えが古すぎると思っているが、厳密には人ではないとしても、だれかが頭のなかに〝住みついている〟という感覚を受け入れられなかった。

　だが、異常な音が聞こえていないとはいえ、バトルバディはレヴにはアクセスできない音声ライブラリにアクセスできる。その道具を使わないのは愚かだ。

〈通常の地球生物とセーフハーバーの原住生物の兆候が見られるのみです〉

　ほとんどは地球生物だという意味だ。地球化《テラフォーミング》を生きのびたセーフハーバーの原住生物もいるにはいるが、原生動物に似た微生物以上に進化したものは皆無だ。レヴはそれらを気にしていない。

ＡＩはまだ、レヴにどんな情報を伝えればいいかを学んでいる途上だ。

峡谷を渡ることを優先したので、飛び越えられるところを見つけるまでに南端を八キロ近く移動してしまった。そのせいで計画していたルートをはずれているが、レヴは迷わず右に方向を変え、下生えを押し分けはじめた。

この三週間で、レヴの方向感覚は大幅に向上していた。自分がいまどこにいるのか、どっちに向かえばいいかがわかる理由は不明だった。とにかくわかるのだ。目標地点にある磁石にひっぱられているかのようだった。

だが、迂回したせいで時間がかかっていた。時間がなかった。心のなかでカウントダウンが進行していた。いまのペースでは目標にたどり着けないので、隠密性を犠牲にせざるをえなかった。レヴは時速二十五キロで疾走しながら周囲をスキャンした。

「ケンタウルス人の兆候を検知したら教えてくれ。最近の兆候を、だ」とレヴは訂正した。もとの命令のままだと、バトルバディは十年前の痕跡を報告しかねない。

〈了解しました〉

レヴは木々のあいだを走った。この高度だと、酸素濃度は十二パーセントを割っているが——単眼《モノクル》の表示を確認すると正確には十一・八パーセントだった——苦しくはなかった。ＰＡＬ《パーソナル・アーマー・ライト》‐５には補助酸素タンクがいくつかついているが、使うまでもなかった。周囲の山々よりは少し高いかもしれないが、この程度なら余裕だ。

いまごろトミコはどうしてるだろう、と一瞬考えてから、自分の任務に注意を戻した。ぼんやり考えごとをするのは悪い癖だ。少なくとも、ＡＩは返事をしなかった。データポイントが充分に集まって、レヴが質問しているかどうかを判別できるようになりはじめているのかもしれない。

レヴが高い谷を渡っているあいだに、太陽は西の連峰の向こうに沈みはじめた。影に包まれると、レヴはにんまりしながら視覚調整機能をオンにした。これは、レヴがいちばん気に入っている改変で、視覚モードを切り替えるたびに、いまだにぞくぞくした。目自体はいまも生まれながらの有機的な器官だが、ふたつの大きな改善点があった。第一に、七本の視神経すべてが活性化されているので、二本しかない通常の人間よりも多くのデータが後頭葉に送られている。第二に、目自体とその周辺により多くの桿体《かんたい》細胞が詰めこまれている。視覚モードを変えると、桿体細胞が中心に集まって錐体《すいたい》細胞を押しのける。

視野の明るさが、照明器具の調光ダイヤルをまわしているかのように変化した。一部の色を知覚できなくなったが、ケンタウルス人が容易に感知できる赤外線光源を使うことなくすぐれた暗視視力を得られた。

　レヴはやや速度を落としたが、影にまぎれて滑るように移動している亡霊のように森のなかを走りつづけていることに変わりはなかった。だが、亡霊などではなかった。なにかが跳躍したのでどきりとして向きを変え、Ｍ-49を構えたが、鹿の尻が下生えへ消えただけだった。

「あの鹿について教えておいてくれてありがとう。おかげで心臓発作を起こしそうになったよ」

〈あなたはケンタウルス人の兆候を検知したら教えるように指示しました。あの鹿は通常の地球生物でした〉

　レヴはＡＩに反論しかけたが、正しいのはＡＩのほうだった。レヴはたしかにそう指示した。だが、セーフハーバーは遺伝子保存惑星で、ほかにもっと危険な動物がうろついている。レヴにとってほんとうに危険な動物がいるわけではないが、たとえばハイイログマを無力化するための騒ぎでレヴの存在を知られてしまう。

　適応するために学ばなければならないのはＡＩだけではない。レヴも、指示の出しかたを学ぶ必要がある。

「大型の……体重が百キロを超える生物の兆候を検知したら知らせてくれ」

〈了解しました〉

雲が星明かりを隠して真っ暗闇になると、レヴの暗視能力にも影響がおよんだ。装備に懐中電灯があるのでそれを使おうか迷ったが、使わないことにした。速度を落とすだけにした。どっちみち、ターゲットまであと二キロもないし、予定からの遅れを取り戻していた。

半分ほど進んだとき、バトルバディが警告した。

〈接触の可能性。グリッドＦＣ２０８４４０〉

レヴは止まった。「通常の地球生物か、それともケンタウルス人か？」

〈ケンタウルス人です。カテゴリー６です〉

つまりリーヴァーだ。

海馬に鳩のＤＮＡが入っているレヴは、つねに自分の位置を把握できているが、だからといってグリッド座標がわかるわけではない。まばたきをして周囲のマップをモノクルに呼びだし、座標をプロットした。バトルバディは万能情報源ではない。方位はほぼ正確だろうが、距離はさまざまな変数に左右され、おおよそにしかわからない。

ケンタウルス人のリーヴァーまでの距離はおそらく千百から千三百五十メートルで、現在のレヴの進路から〇六八度ずれている。リーヴァーは戦力の階層の最底辺に位置している斥候《せっこう》のたぐいで、倒すのがもっとも容易な相手だ。ただし、〝容易〟というのはほかと比較しての話だ。組みしやすいケンタウルス人などおらず、一対一で戦ったらレヴに勝ち目はない。

　レヴがこのまままっすぐにターゲットをめざしたら、おそらく気づかれてしまう。問題はそのケンタウルス人がどう反応するかだ。ケンタウルス人の行動はまったく読めない。ケンタウルス人に不意をつかれないためには殺すしかないのだ。

　レヴは、いまは戦闘服の表面の下に格納されている太腿のホルスターをなでた。レヴはイエロージャケット、つまり小型セミインテリジェント・ミサイルを二発携行している。イエロージャケットは通常、波状攻撃することによってひとりのケンタウルス人を倒すための武器だが、すべてがうまくいけば、一発で殺せなくもない――レヴは戦果をあげることを心から願っていた。

「ケンタウルス人は動いてるのか？」

〈いいえ〉

　どっちにしろ、たいした意味はない。ケンタウルス人は、（だれもはっきりしたことは知らないが、寝ると仮定して）寝ているのかもしれないし、レヴを襲う計画を練っているのかもしれない。

考えれば考えるほど敵に立ち向かいたくなった。〝やつら〟のほうから人類の宇宙に侵攻してきたのだ。そして何十億人もの人々を殺したのだ。そのひとりがすぐそばにいるいま、レヴの心のなかで怒りの炎が激しく燃えあがった。もしもレヴが、どんなタイプのケンタウルス人にしろ、戦って勝った数少ない海兵隊員のひとりになれたら、徴兵されたことが――人類にとっても、レヴ自身にとっても――無駄ではなくなるし、レヴが連邦海兵隊員にふさわしいことを上官に証明できる。

ホルスターをあけてイエロージャケットを出したところで、自分のエゴと感情だけのために任務を台無しにしようとしていることに気づいた。レヴは歩兵ではない。特殊部隊であるハンターキラー分隊の一員ではない。レヴは偵察部隊のレイダーだ。隠密行動を旨《むね》とする任務を放りだし、ここでケンタウルス人と戦ったら、自分が殺される可能性が高すぎるだけでなく（ひとりの海兵隊員の死が大勢に影響することはほとんどないとはいえ）、レヴの任務は失敗に終わり、多くの海兵隊員が危険にさらされるはめになる。

ため息をつくと、レヴはイエロージャケットを戻してホルスターを格納し、怪物を大きく迂回する新たなコースをプロットした。

「そいつから目を離すな。一センチでも動いたら教えてくれ」

〈了解しました〉

レヴはまだ、ＡＩに完全には慣れていなかったが、自分でケンタウルス人を監視しなくてすむのは気が楽だった。その仕事をバトルバディにまかせておけば、自分の任務に集中できる。

ケンタウルス人を迂回するのにそれから八十分かかった。ＡＩの回答を鵜呑《うの》みにはしていなかったので、しょっちゅうステータスを確認した。だが、ケンタウルス人はぴくりとも動かなかった。死んでいるのかもしれなかった。

いや、そうとはかぎらない。ケンタウルス人は、負けそうになったり捕虜にされそうになったら派手に自爆する。

ついに、四十三分を残して集結地点に到着した。ほんの二百三十メートル前方の窪地にターゲットがあった。レヴはそこまでの通行可能なルートをオーバーレイ表示させた。すべての感覚とスキャナーをめいっぱい駆使し、ブービートラップが仕掛けられていないかどうかを確認しながらルートをたどりはじめた。ケンタウルス人は、敵である人間を武力で阻止することが多いが、狡猾な手を使うこともある。レヴが進んでいるのが通れそうなルートだとしても、ほんとうに通れるかどうかはさだかではない。レヴは訓練で、自分の行動に責任を持ち、他者から得られた情報を正確だと思いこまないようにすることを叩きこまれていた。

だが、そのルートが通行可能だったのは……およそ四十メートルだけだった。倒木が道をふさいでいたのだ。枝にはまだ葉がたくさんついている。倒れてからまだまもないのだろう。つまり、レヴのような者を足止めするためだった可能性がおおいにある。もっとも簡単で早い対応策は迂回することだろうが、オーバーレイ表示されている危険エリアが左右に迫っている。通行可能なルートを離れずに迂回することはできない。

時間が迫っているのに、障害物を突破することができない。高さを目測した。ＡＩに聞くまでもなかった。身体拡張を受けていても枝を飛び越えることはできない。乗り越えようとしたら、仕掛けられているに違いないブービートラップの餌食になってしまう。たんなる木のせいで窮地におちいるなんて馬鹿げていた。いまのレヴは、ガリア人が設置した障害物を前にしたローマ軍団も同然だった。

残された対応策はひとつだけだった。木をどかすしかなかった。

しかし、木は大きかった。大きすぎた。それに、木をまるごと動かしたら、たとえ動かせるとしても、やはり、仕掛けられているに違いないとレヴが確信しているブービートラップを起爆させてしまいかねない。

レヴはアサルトパックをおろして短槍《ランス》を出した。ランスの起動には危険がともなう。放出するエネルギーをケンタウルス人に検知されかねない。だが、選択の余地はなかった。

レヴはリーヴァーの様子をチェックしたが、なにも表示されなかった。どこにいるかも、なにをしているかも不明だった。隠れみのをめいっぱい効かせて迫ってきているのかもしれないし、このエリアを去ったのかもしれない。要するに、このケンタウルス人に関するかぎり、なにもわからないのだ。

だが、選択の余地はない。ランスを起動すると、かすかな青い光が、回転するモノ単原《モレキュ》子《ラー》ブレードがどこで回転しているかを知らせた。小さすぎるし高速で回転しているので裸眼では見えないブレードは、レヴのアーマーでおおわれた腕を含め、なんでも切断できる。だから、光る必要があるのだ。

レヴはブレードを最大長にのばして幹にあてた。ブレードはほとんど音をたてないで食いこんでいった。だが、それでも短すぎて切断できなかった。いったん引き抜き、わずかに角度をつけてふたたび幹に押しあてると、細いくさび状の木片が落ちた。さらに五回くりかえして、やっと切断できた。木はまっぷたつになった。

レヴは考えた。あとは、どちらかを、隙間をくぐり抜けられるだけずらせばいいだけだ。でも、もう一ヵ所で切断してから、真ん中の部分を転がしたほうが安全だろう。

しかし、時間切れが迫っていた。いますぐどうにかしなければならなかった。幹がブービートラップから守ってくれるかもしれない。

行動せざるをえなかった。レヴはパックを背負いなおすと、できるだけ低くしゃがんで、遮蔽物として利用すべく右肩を幹にあてた。湿った地面に足を食いこませて足場を築くと、うめきながら脚と背中に力をこめた。幹は、レヴがこれまでに動かそうとしたもののなかでもっとも重かったが、数センチずれた。

　レヴはふたたび姿勢をととのえ、筋肉に力をこめようとした。関節に負荷がかかって靭《じん》帯《たい》がのびるのを感じ、裂けてしまうのではないかと不安になった。筋肉に充分なパワーがあっても、それだけでは足りない——加えて、体のほかの部分がその負荷に耐えられなければならないのだ。腱や靭帯が切れても、ハムストリングが断裂したときとおなじで身動きができなくなってしまう。

　幹がさらに数センチ動いた。

　がんばれ、レヴ。

　レヴはふたたび姿勢をととのえて押したが……そのとたんに頭上で爆発が起こり、破片が足から数センチしか離れていない地面に激突した。

「くそったれ」とレヴは悪態をついた。胸がどきどきしていた。

　レヴは、ブービートラップがほんとうに爆発するとは思っていなかったし、爆発したら幹が守ってくれるとも思っていなかった。だが、ブービートラップは爆発したし、幹は彼を守ってくれた。レヴは安堵の息を漏らすと、幹をもうひと押ししてすり抜けられる隙間をつくった。

　レヴは手の皮を失っていた――皮膚の下のメッシュが貫通を防いでくれるが、手と体のほとんどの皮膚はただの皮膚だ。両手に火傷を負っていたが、医療ナノがすでにブロック細胞を送りこんで痛みを抑えていた。

　もう時間がなかった。レヴはターゲットである箱をめざして残り四十メートルを疾走した。それがなんなのか、なにをするものなのかは知らなかった。レヴの任務は、その異星人の機械を破壊して連隊の着陸を支援することだ。

　あっけなく破壊できた。レヴははじめての訓練で使用した地雷、ＭＭ‐９０１をとりだしてダイヤルをプロファイル２にセットした。そして残り三分を切ったところで機械の側面に設置したのだ。

　レヴは通信リンクを開いて報告した。「ペレティエ新兵。任務完了」

「ぎりぎりだったな、ペレティエ」とムサリ軍曹がいった。

「ぎりぎりでも、合格は合格ですよね？」

「ブリキ尻を追いかけるんじゃないかと思ったぞ」彼女は質問を無視して続けた。

「追いかけそうになりました」とレヴは認めた。

「どうして追いかけなかったんだ？　ケンタウルス人を倒したら大きな戦功になる。それに、予期しないターゲットを追って計画を逸脱することは認められている」

「優先度が2以上の任務では認められていません」

「ほう、話をちゃんと聞いていたようだな」と軍曹はくすくす笑った。「それに、ブービートラップもよけた」

「訓練教官どの、そういえば、あれは本物だったんですか？」

レヴはそれに関して、まだショックから立ちなおっていなかった。あやうく直撃を食らうところだったし、海兵隊が訓練中に新兵が死亡させたり、長期のリハビリを余儀なくさせるような危険を冒すとは思えなかった。

「ああ、本物だった」

「え？」とレヴは思わず声を漏らした。

「ブービートラップは本物だった。だが、なかに入っていたのは金属片ではなく粉末だったんだ。むきだしの肌にあたったら痛かっただろうが、それだけだ」

レヴは、そんな質問をした自分の愚かさにあきれた。海兵隊が訓練中に新兵を殺すはずがなかった。海兵隊が手伝わなくても、ケンタウルス人がたっぷり殺しているのだ。

「で、合格ですか？」

「ああ、ペレティエ。合格だ。再試験は必要ない」

安堵の波が押し寄せてきた。やったのだ。金曜日には、中隊のみんなと一緒に卒業できる。そしてレヴはもう、レヴァレント・ペレティエ新兵ではない。

ペルセウス連邦海兵隊のレヴァレント・ペレティエ二等兵なのだ。

第二部

15

「チャーリー中隊へようこそ」大尉はレヴとトミコに告げた。

「ありがとうございます、中隊長どの」ふたりは声をそろえて応じた。

「まずは自己紹介をしよう。リディア・ファウラー大尉だ」女性将校が手を差しだしたので、レヴはトミコをちらりと顔を見合わせた。彼らは訓練キャンプを出てすぐの新兵二等兵であり、大尉が彼らと握手をすることなどありえなかった。だが、大尉が手が差しだしているので、レヴはためらいながら握手した。トミコも続いた。

「きみたちを歓迎する。埋めるべき穴がたくさんあるからな」

埋めるべき穴がたくさんあるというのはよい兆候ではない。穴は通常、死傷者を意味するからだ。

「0－2－3をもっと受け入れられたらよかったのだが、次の補充兵が到着するまではこれが限界だ。きみたちはふたりともレイダー小隊に所属することになる。スミス中尉が小隊長だ。彼は〝ムスタング〟だ。きみたちは幸運だよ」

野生馬《ムスタング》とは、下士官から任命された叩きあげの将校のことだ。教官のなかには将校一般を軽んじる発言をする者がいたが、ムスタングは高く評価されているようだった。

「ええと……ペレティエ二等兵」大尉はもう一度画面を確認してからいった。「きみは第三班だ。サパ一等軍曹が班長だ。

ライザー二等兵、きみは……ちょっと待て。おかしいな」

大尉は右耳に触れながらいった。「ルドゥー先任曹長」一瞬後、話しはじめた。「新入隊員が二名来てるんだ。で、リストを確認してるんだが、二名とも第三班になってるんだよ」

大尉はしばらく聞いてからかすかにうなずくと、肩をすくめてトミコに目を戻した。

「間違いではないんだそうだ。きみも第三班所属になる」

レヴとトミコは視線をかわした。レイダーであるふたりの配属先はかぎられている。同期の新兵は全員がスウォンジー市出身なので、この連隊の通例では、全員がグリフォンズと呼ばれているセーフハーバー地方第八歩兵連隊（REIN）か、第四十八支援大隊のいずれかに配属される。厳密には、チャーリー中隊はキャンプ・ファルコンを拠点とする第六偵察大隊所属だが、彼らはＲＥＩＮと行動をともにし、連隊を補強する部隊のひとつになっている。レヴとトミコがチャーリー中隊のレイダー小隊に配属されたのは当然だが、二名の新兵がおなじ班になるのは異例だった。論理的に考えれば、経験豊富な海兵隊員とおなじ班になるほうがよいのだろうが、レヴは安堵を抑えられなかった。ひとりぼっちにならないですむのだ。

「かなりの損失が出ていて、第三班は人手不足だ」そしてほとんどひとりごとのように、隊長は続けた。「グラメリーを配置換えすることもできるが……いや。これでいいんだろう」

　大尉は二名の二等兵に視線を戻した。「着任手続きは本日中にすませろ。朝の点呼でサパ一等軍曹のもとへ行けるようにしておけ。質問はあるか？」

　ふたりは首を振った。

　中隊長は疲れているようだった。やつれていた。レヴは、中隊が過去半年で多くの犠牲者を出したという噂を聞いていた。そして、それが明らかに彼女に重くのしかかっていた。

「よし」大尉は立ちあがってデスク越しに手を差しだした。その瞬間、ほんの少しだけ晴れやかな表情になったように見えた。どんな助けでも歓迎されているのだろう。「チャーリー中隊へようこそ。長くいてくれることを願っているぞ」

その日はずっと忙しかったが、目新しいことはなかった。武器を支給され、確認し、装備を支給され、部屋を割りあてられ、連隊の医務室で検査を受けた——場所は新しくても、おなじみの手順だった。

夕食を食べそこなってから一時間後、レヴはとうとう、トミコの部屋に首を突っこんで誘った。「クラブへ行かないか？」

「なんでだ？　やっとクリッシーとヤレるからか？」

「違うよ！　腹ぺこだから、ハンバーガーかなにかを食べたいんだ」とレヴは大声で否定した。

「それもいいな、おにいちゃん」トミコは〝おにいちゃん〟で声を高くした。「ところで、顔が赤くなってるぞ」

自分でも赤面しているのがわかった。それに、トミコは図星を指していた。クリッシーは歩兵に、軽歩兵になった。改変が少ないので、クリッシーは六週間ほど前に連隊に配属された。トミコが思っているようにクリッシーと寝られるかどうかはわからなかったが、クリッシーがまだ自分に関心があるかどうかをたしかめたかった。六週間というのは、目移りするのに充分な時間だ。

問題は、クリッシーがどこにいるかがわからないことだった。連隊に所属しているのは間違いなかったが、連隊には四個中隊からなるライフル大隊が三個ある。隊員は量子フォンの使用を許されていないので——馬鹿げたルールだとレヴは考えている——直接通話したりメッセージを送ったりすることはできない。だが、兵卒クラブは兵士にとって社交生活の中心だから、そこへ行けばクリッシーの消息がわかるかもしれなかった。

「ミアはどうするんだ？」とトミコがにやにやしながらたずねた。

「彼女のことをいわなきゃよかったよ」とレヴはぼやいた。

レヴはミアのことを恋しく思っていなかったし、彼女のほうもギルドではなく海兵隊に入ったレヴを恋しがっているとは思えなかった。だが、故郷に残してきた恋人のことをみんなで話しているとき、仲間はずれになりたくなかったので、ミアとの関係をちょっぴり誇張したのだ。

「おまえってほんとにからかいがいがあるな」トミコはレヴの腕に自分の腕をからめて外へひっぱった。「さあ、ヤリにいくぞ」

レヴは反論したかったが、トミコに口撃材料を与えるだけだったので、そのままエレベーターまでひっぱっていかれ、最下層までおりた。

「ええと、外出を報告する必要はありますか？」とレヴは、出入口の台に立っている当直の上等兵にたずねた。

上等兵はふんと鼻を慣らしてから答えた。「おまえらはもう新兵じゃないんだ。二四〇〇時までに戻ってくるだけでいい」

ふたりは着任手続きをしたときに兵卒クラブを見つけていた。五分後、ふたりはゆったりとくつろいでいた。このクラブに出入りできるのは給与等級がE－1からE－3までの兵卒だけだ。下士官はいない。先任下士官もいない。将校は絶対にいない。そして、このクラブ内では、物を壊したり喧嘩をしたりしないかぎり、兵卒は放っておいてもらえる。キッチンからの匂いが漂ってきたとたん、レヴの腹が鳴った。

「ほんとに腹ぺこみたいだな」とトミコがいった。「まずは腹を満たしてからみんなを探すってのはどうだ？」

レヴが賛成したので、ふたりはカフェテリアに入り、セルフサービスの自動調理器に向かった。メニューは多くなかったが、定番がそろっていた。レヴはハンバーガー、トミコはメキシコ料理のゴルディータを注文した。

自動調理器が音をたてて動きだしたとき、声が聞こえた。「やっと来たな、怠け者ども」

「聞きおぼえのある声だな」というと、レヴは満面に笑みを浮かべながら振りかえった。

クリケットと知らない一等兵がレヴのうしろに立っていた。ほんの一瞬ののち、レヴは小柄な海兵隊員を強く抱きしめた。

「おい、やめろ、息ができないじゃないか！」

思わずハグしたことに、レヴはわれながら驚いた。自分が友人たちをどれほど恋しがっていたか、あらためて思いしった。レヴが照れながらクリケットを放すと、こんどはトミコがもっと軽く彼をハグした。

「ダイス、こいつらはレヴとトミコ。こいつらのことは話したよな」向きを変えて続けた。「で、こいつはダイス・スチュアート。おれとおなじ分隊なんだ。第一大隊のデルタ中隊さ」

「デスディーラーズだ！」ふたりは声をそろえて叫び、ハイタッチをした。

「デスディーラーズはくそだ！」カフェテリアの奥からだれかが叫んだ。

「嫉妬してるだけさ」クリケットは手で振り払うようなしぐさをしながらいった。「で、おまえらは来たばっかりなのか？」

「けさだ」とトミコ。「着任手続きに一日じゅうかかった。そのせいで飯を食いそこなったから……」

トミコは自動調理器を顎で示した。レヴのハンバーガーは七十二パーセント、トミコのゴルディータは六十七パーセントまで進んでいた。

「ここのゴルディータはうまいんだ。食堂よりプログラムがよくできてるんだよ」とクリケットはうなずきながらいった。「ロシア餃子《ペリメニ》もうまい。とにかく、食ってみろよ。ところで、そっちはどうなんだ？　軍務識別コード《ミルデス》決定フェーズはどうだった？」

「きつかったよ。身体拡張に慣れるのに時間がかかった」とレヴ。

「クリケットからきみたちは0‐2‐3だって聞いたんだけど？」とダイスがたずねた。

「そのとおり」

「尊敬するよ」ダイスはそういうと、人差し指を額にあてて敬意をあらわした。

トミコとレヴは短く気まずい笑い声をあげた。

「わたしたちはただの新兵だ」とトミコ。「まだなんにもしてない」

「それでもすごいよ」

「ところで、みんなは？　連絡はとってるのかい？」レヴは、話題を変えようとクリケットにたずねた。トミコがいったとおり、レヴとトミコはまだなにもしていなかったが、ダイスの称賛が少々気がかりだった。いったいどんな任務につくことになるんだ？

「バンディはもう一等兵だ。戦功をあげたんだ。もちろん、戦車に乗ってる」

予想どおりだった。早くも一等兵に昇進していることまでは予想していなかったが、意外ではなかった。この連隊でアーマー兵が配属されるのは戦車大隊に決まっている。

「アギレラも見かけた。補給部だったよ」

クリケットの口調がかなり侮蔑的だったので、レヴは、直接戦闘部門《DC》と戦闘支援部門——おっと、補給部は全般支援部門だ、と内心で訂正した——のあいだの溝は、たんなるからかいにとどまらないのかもしれないな、と思った。

「それから……ファイアーとウドゥは第二メカ大隊だ。ファイアーはゴルフ中隊で、ウドゥはエコー中隊だよ。オルフォはアルファ中隊。ああ、カリ・フーを覚えてるだろ？　彼女はゴルフ中隊のディスク機部隊に配属されてる。そのうち会えるはずだ」

機動性の高いディスク機部隊はしばしば偵察任務に従事し、支援を担当することもあるが、レイダー小隊は偵察大隊のほかの部隊と共同作戦をおこなうことがめったにない。だが、レヴは友人の勘違いを訂正しなかった。

「それに、ウィロウも知ってるよな——」

「ごめん、クリケット」とトミコがクリケットの腕に手を置いてさえぎった。「話の途中で悪いんだけど、わたしたちの友達のレヴがムラムラしちゃってて、クリッシーと仲よくしたがってるんだ。彼女はどこなんだ？」

「ミコ！ やめてくれよ！ そんなんじゃないっていったじゃないか」とレヴは抗議したが、クリケットがずっと浮かべていた笑みを消したことに気づいて言葉を詰まらせた。

「知らないのか？」とクリケットがたずねた。

レヴの胃にいきなり重苦しさが生じた。

「そうか、知らないんだよな。グエンを出たばっかりなんだから」クリケットは深呼吸をしてから続けた。「クリッシーはフォックス中隊に配属された。で、フォックス中隊は〈ガリアル〉に乗り組んだ」

呆然としているレヴとトミコに、クリケットは話を続けた。「くそケンタウルス人がその宇宙船を攻撃した。生存者はいなかった。倒れし者に敬意を」

レヴの視界が狭くなり、頭がぼんやりした。これからの三年間が危険ととなりあわせなことは、なんとなく抽象的に理解はしていた。おそらく全員が生きて兵役を終えられないことは。だけど、もう？ それもクリッシーが？

現実からきつい一撃を腹に食らったレヴは、体を折って空《から》えずきをした。

レヴのうしろで自動調理器がチャイムを鳴らした。忘れ去られていたハンバーガーができあがったのだ。

16

レヴは地面にへばりついていた。顔のすぐそばに肥沃な土壌があり、鼻孔はこれまでほとんど意識したことのない匂いで満たされていた。

科学技術。身体拡張を受けてからほぼ半年たったいまも、レヴは科学技術に驚嘆していた。人類は飛躍的に進歩した。進歩せざるをえなかった。ケンタウルス人が人類を滅ぼそうとするのをやめる見込みはなかった。

小石がヘルメットにあたった。振り向くと、サパ一等軍曹が、警戒を怠るなという意味のハンドサインを送っていた。一等軍曹の顔は怒りでこわばっていた。レヴはうなずき、眼下の谷に注意を戻した。

皮肉なもんだな、とレヴは思った。人類の技術は飛躍的に進歩しているというのに、レヴたちはバビロニアの軍隊が使っていたようなハンドサインを使わざるをえないところまで追いこまれている。人類がどれほど進歩しても、ケンタウルス人はそれより進んでいる。

海兵隊の通信はもう十時間以上途絶していた。通信も、アップロードも、ダウンロードもできないのだ。

ＡＩと知識ライブラリは使えるが、海兵隊のほかの部分からは切り離されていて、古代の技術に頼らざるをえない。

いい気分ではなかった。

だが、これが現代戦の現実なのだから、集中しなければならなかった。

「行動開始は？」とレヴは小声でたずねた。

〈四分三十六秒後です〉

少なくとも、ＡＩを以前よりはうまく使えるようになり、ほとんど違和感がなくなっていた。ほとんど。脳を共有している感覚は払拭できていなかった。勤務時間外はＡＩをスリープ状態にしておけるが、ＡＩはあいかわらずそこにいて、耳をそばだて、記録しつづけているということをどうしても忘れられなかった。なんのために記録しているかは知らなかったが、レヴはそれが気に入らなかった。

レヴの心臓は早鐘を打っていた。鼓動が聞こえそうだった。あと四分余りしたら、レヴたちは身をひそめている場所を出て任務を遂行《すいこう》する——その任務は成功させなければならない。連隊全体がここに向かっており、もしも陣地がまだ機能していたら、被害は甚大なものになるだろう。失敗は許されない。

レヴは過去二十分間に十回目にM-49の弾薬と安全装置を確認した。レイダーは武器の選択の余地が大きく、どんな武器でも選べるのだが、レヴは依然としてM-49にもっとも慣れ親しんでいた。

とはいえ、個人用の武器はケンタウルス人にそれほど役立つわけではない。ケンタウルス人のドローンアイを撃墜することはできるが、八ミリ弾が敵の装甲を貫通できるのは、装甲がすでに大きく損傷している場合だけだ。それでも、海兵隊員は心の支えとしてこれを携帯するべきだと上層部は判断した。

レヴはその決定に賛成だった。

そして、ついにそのときが来た。一等軍曹が立ちあがるように合図した。レヴ、トミコ、そしてタヌ――ビンタン・タヌウィジャヤ上等兵――が体を起こした。となりの尾根のどこかで、新任の班長であるオメストリ少尉とモンテス二等軍曹が班を率いて前進しているはずだ。

ケンタウルス人を相手に戦う鍵は、レイダーはいつもそうやって秘密作戦を実行しているのだが、多方面から同時に攻撃することだ。だが、通信手段がないため、海兵隊員はあらかじめ決めておいたタイミングで攻撃を開始せざるをえない。一等軍曹と二等軍曹がうまくやれば、両方の班がほぼ同時に到着し、攻撃を開始できる。

班はレヴを先頭に、鬱蒼とした常緑樹の森のなかを一列になって進んだ。レヴは周囲を見まわして敵の気配をうかがった。もっとも、先に見つかったら、それに気づきもしないままで終わるだろう。ケンタウルス人のビーム砲一発で、部隊全体が焼きつくされてしまうからだ。

レヴは肩を動かしてPAL《パーソナル・アーマー・ライト》-5戦闘服を体になじませた。この戦闘服はサイズがぴったりではない。すぐにずれてしまうから防護性能を最高の状態に保てない。しかし、この服は〝てかてか〟していてちょっとしたカモフラージュになる。ケンタウルス人が特に捜索したり、狭い範囲にガンマサーチをかけたりしないかぎり、気づかれることなくターゲットに到達できるはずだ。ケンタウルス人のスキャン波は大部分が横へそれたり吸収されたりする。

とにかく、メーカーはそう主張している。だが、ラインダイン・インダストリーズ社のCEOはタイタンにいるのであって、海兵隊とともに戦っているわけではない。

織りこまれている無数の光学グレードナノチューブが光の経路を変え、背後にあるものが服の前面に映るようになっている。これはある程度効果的で、海兵隊員をカメレオンのようにカモフラージュすることができるのだが、ケンタウルス人が人間とおなじような視覚を持っているかどうかはさだかではない。

〈右へ十八度〉

右を示す矢印がレヴの右目の前で五回点滅した――というか、目の前で点滅しているように見えた。実際には、データが視神経に直接送られているのだ。海馬の改変を受けているレヴは、自分の位置を約二十五メートルの誤差で把握できる。だがAIは、単純なジャイロスコープとレヴの目に映っている地面を組みあわせて、誤差一メートル以内の精度で位置を把握できる。今回のように、地形が正確に測量され、画像化されている場合はAIに頼ったほうがいい。

レヴは振りかえって手をのばし、新しい方向を示した。一等軍曹はうなずいた。

レヴは慎重に足場を確保しながら急勾配をくだった。ピトンを垂直にのばすように命じた。左右のブーツに八本ずつ、計十六本のピトンが三センチのびて崩れやすい地面に食いこんだ。もし岩にあたったらピトンの先がひっこむようになっている。ピトンをのばした状態だと進みが遅くなるが、足を滑らせて斜面の底まで滑り落ちるよりはましだ。

内なるマップによれば、底に到達してからターゲットまでの距離は五百メートル余りのはずだ。底にはいまは干上がっている小さな涸《か》れ川があるので、川床をたどって進めば少しは身を隠せる。川はほんの百八十メートルほどで谷間から出る。そこからがおもしろいところだ。ケンタウルス人のガンマサーチを阻《はば》む谷はもはやなく、身を隠してくれるのはＰＡＬ‐５しかなくなる。

谷の幅が狭まり、岩だらけの崖に変わった。レヴは崖をスキャンしつづけた。ケンタウルス人がそこにいるとは思っていなかったが、つねに脱出計画を立てておくためだった。ケンタウルス人略奪者《リーヴァー》が飛来したらレヴたちは窮地におちいる。身体を拡張していても、ここの崖をのぼるのは難しいだろう。もし発見されたら脱出ルートはひとつしかない。来た道を引き返すしかないのだ。

しかし、レヴたちの進行を妨げるものはなく、十三分を余して集結地点に到達した。集結地点は、川床が崖の壁を出て広がる場所だ。レヴは地面に腹這いになった。前方に広がっているガレ場を越えて森に入ったところにレヴたちの標的がある。陣地そのものはまだ視界に入っていないので、やみくもに突撃することになる。

一等軍曹がレヴの横まで這ってきて陣地の様子をうかがった。

〈リドに異常。方位は００９〉

一等軍曹の頭が、レヴの頭とつながっているかのようにさっと右を向いた。一等軍曹もおなじメッセージを受けとったのだ。

峡谷にいるあいだは発見されにくかったが、レヴたちのスキャナーも盲目状態だった。

リドはもっとも感度の高いパッシブスキャナーで、ブヨの屁まで拾えるほどだ。しかし、すべてのパッシブスキャナーと同様に、誤検知することがある。それどころか、まったくの誤作動を起こすこともある。

「どうしますか？」レヴは一等軍曹にたずねた。

サパ一等軍曹は小柄でずんぐりしていて怪力の男だった。噂によると祖先はグルカ兵で、その古代の戦士集団の神話的イメージのおかげで、サパ一等軍曹はたちまち信頼を得た。だが、サパ一等軍曹は、慎重すぎて決断をくだすまでに時間をかけすぎるきらいがある。時間切れが刻々と迫っていることを意識しているレヴは、じりじりしながら命令を待った。

「異常がケンタウルス人である確率は？」とレヴは発話せずにたずねた。

〈六十三パーセントです。誤差率は九パーセントです〉

「くそっ」とレヴはつぶやいた。

九パーセントという誤差率は、無視するには大きすぎる。アクティブスキャンに切り替えて確認したいところだが、ケンタウルス人がいるのなら、停滞フィールドでこの一帯をおおっていないかぎり、発信した信号で確実に気づかれてしまう。

ついに、一等軍曹が右を指し示しながらいった。「崖のふもとにある縞模様の大きな岩が見えるな？」

レヴはうなずいた。

「あそこまで匍匐《ほふく》前進して偵察しろ。ブリキ尻なのか、それともただのゴーストなのかを確認する必要がある」

もしもケンタウルス人がいるなら、任務に大きな支障をきたす。一等軍曹のいうとおりだ。たしかめておかなければならない。

その大岩は、崖面から丘をくだる、隆起した背骨のような小ぶりな尾根の上にあった。その背骨が、大岩まで這っていくあいだ、レヴをある程度は隠してくれそうだ。

レヴは川床の端を滑るように越えると、ガレ場を這いおりた。最後の二十メートルではかなりの量の小石と砂利を落としてしまった。レヴは裸でむきだしになっているように感じ、さらに急いで這いおりようとし、さらに多くの砂利を落とした。

安堵の息を吐きながら、レヴは大岩にたどり着いた。何度か深呼吸をしてからゆっくりと頭を上げたが……すぐにまた下げた。

レヴは必死で一等軍曹に合図した。丘の下、ガレ場の端の、木が生えはじめているあたりにケンタウルスの聖騎士《パラディン》がいた。起動しているかどうかはさだかではなかったが、そんなことは重要ではなかった。パラディンは重装甲・重武装のケンタウルス兵だ。身軽な略《リー》奪者《ヴァー》よりもやや鈍重だが、攻撃力が——守備力も——きわめて高い。

一等軍曹は待つようにレヴに合図を送ると、川床にそって戻って姿を消した。

「見つかったかな？」

〈不明です〉

レヴは耳をすました。あんなに大きく重いものが音をたてずにガレ場を通過できるはずはないが、なにも聞こえなかった。パラディンは飛ぶこともできるが、その場合はさらにやかましい。

「何型だった？」

レヴは見たのだが、視界にとらえた一瞬では判別できなかった。身体拡張に写真記憶は含まれていないが、レヴはそのことを歓迎していた。記録を呼びだして再生し、それから何型のケンタウルス兵かを調べることはできるが、ＡＩに聞くほうが簡単だ。

〈ブラボー型です〉

ということは、主砲は中間子ビーム砲だ。これはいいとも悪いともいえない。レイダーにとって、パラディンの武器はすべて死を意味する。

必要なときまで防護するためか、ビーム砲は基台内に格納されている。ビームを使用するときは、基台から砲身が、後端まで完全にあらわになるまで上昇する。ビーム砲の先端が下がって反対端の球体が上がるとおもちゃの水飲み鳥のように見える。ただし、このおもちゃは噛みつく――がぶりと噛みつく。

　レヴの手が、太腿のホルスターにおさまっている二発のイエロージャケットにのびた。パラディンどころかリーヴァーが相手でも力不足な武器だが、手持ちでは唯一、倒せる可能性がある。

　パラディンのアーマーも含めてなんでも焼きつくせる小型のグレネード弾、フェニックス――MG-3焼夷地雷――も、あるにはある。だが、ケンタウルス人が彼を簡単に近づけてパラディンにそれを設置させてくれるとは思えない。

　一等軍曹がふたたび頭を出してレヴに合図を送った。予想どおりの内容だった。任務が変更された。

　パラディンは排除しなければならない。パラディンがたまたまそこにいたとは考えられない。五十メートルほど先にある陣地を守るために配置されたに決まっているし、大きすぎる脅威になっていた。たとえ破壊できなくても、その戦いは第二班が陣地にたどり着くのに必要な時間を稼いでくれるはずだ。

　一等軍曹はレヴに、自分たちが合流するまでパラディンを見張っているように命じた。

　レヴは左のすね当てのスロットからオプティサイト・ミニをとりだした。レンズがついている先端を九十度曲げると、岩のてっぺんをぎりぎりで越えるまで持ちあげた。最初からこれを使えばよかったんだ、とレヴは悔やんだ。頭を上げる代わりに。でも、その代償は払わずにすんだようだ。

大型オプティサイトのなかには、ジャックと直結して、細かいところまでくっきりと見えるようになるものもあるが、これは標準的な歩兵用なので、拡大も暗視もできない。だが、いまはこれで充分だ。レヴには身体拡張による有機的な低光量視力がある。パラディンは動いていなかった。まるで彫像のようだ。

「リーヴァー？」と、レヴの横に来たトミコが小声でたずねた。

「パラディンだ」レヴはアイピースに目をつけたまま答えた。

「そうか。そりゃ、そうだよな」

トミコは尾根の上から体が出ないようにしながら斜面をさらにくだっていった。

数分後、一等軍曹とタヌが合流した。

「動いていません」とレヴはケンタウルス人から目を離してハンドサインで伝えた。「パラディンです」重要な情報を伝え忘れていたことに気づいて付け加えた。

一等軍曹は顔をしかめ、ハンドサインで「十八分後に攻撃する」と伝えた。

レヴはタイマーを確認した。両部隊による当初の攻撃は、二十分四十三秒後に開始される予定だった。なぜ攻撃を早めたのか、質問しかけてその理由に気づいた。

両班は時間どおりに同時に突撃する予定だった。だがパラディンを撃破できる可能性は低いので、少なくともブラボー班からその注意を引き離さなければならない。海兵隊員は、いかなる戦闘状況にも流動的に反応する訓練を受けている。ブラボー班が位置についていれば、アルファ班が攻撃を開始した音を聞いた瞬間に攻撃を開始するはずだ。

レヴはオプティサイトを指で示したが、一等軍曹は手を振って断った。そして自分のオプティサイトをのばしてちらりとのぞいた。すぐに元に戻し、静かに頭を振った。計画は変更しなかった。

〈心拍数が上がっています。鎮静剤を希望しますか？〉

「まさか！　いるもんか」

いまは気分を静めている場合ではなかった。たしかに緊張しているし、胸がどきどきしているが、どっちに転ぶにしろ、あと六分ほどでこの状況は終わる。

小石がレヴにあたった。振りかえると、一等軍曹がにらんでいた。

「集中しろ」と一等軍曹はハンドサインで伝え、攻撃方法を手早く説明した。残り時間を考えると選択肢は多くなかった。パラディンがビーム砲を展開する前に正面から強襲することになった。

「あいつが……その、中間子ビーム砲の準備をととのえて発射するまでにどれくらいかかるんだ？」

〈およそ四秒です〉

　思ったより早いな。

　一等軍曹はまだ作戦命令を伝えていた。全員がいっせいに立ちあがって突撃を開始したら、レヴがまず撃つように命じられた。残り三人はねらいを慎重にさだめてから撃つことになった。班が八発のイエロージャケットを撃ちつくしたあともまだ立っていられたら、散開して川床までひきかえし、そこで待機して撤退するか任務を続行して陣地に向かうかを検討することになった。

　一等軍曹は質問のハンドサインで命令を締めくくった。だれも質問しなかった。

　突撃まであと三分だった。

　レヴはイエロージャケットを発射可能にすると、一発をホルスターに戻したが、ロックはかけなかった。もう一発はいつでも撃てるように両手で支えた。

　時間が刻々と過ぎた。残り一分になったところで、レヴは体の向きを変えて正面を向いた。ほかの三人もそれにならった。

　タイマーがゼロに近づいたが、突撃命令を出すのは一等軍曹だ。レヴはうずくまったまま班長を凝視した。いよいよだ。

一等軍曹は手を握ると、隊員たちの目をひとりずつ見つめてから手を開いて前に向けた。レヴは川床の端を乗り越えてイエロージャケットを構えた。トミコが横にいた。前方では、ケンタウルス人は基部の上で回転し、レヴのほうを向いた。教科書どおりの撃ちかたをする余裕はなかった。レヴはイエロージャケットを腰だめに構えて撃った。ミサイルは炎を発して飛びだし、ほんの一瞬で八十メートル先に到達した。命中して閃光が生じたが、ビーム砲は展開を続けて基台の上にあらわれた。砲身が下を向いてレヴたちをねらった。トミコが発射した。イエロージャケットが砲身と基台の接合部にあたった。砲身がしばし停止した。

「やったぞ！」とレヴが叫び、タヌが膝をついてイエロージャケットを肩にかついだ。レヴは最後のイエロージャケットをひきだしたが……その直後に視界が暗くなった。

「ちくしょう！」とレヴは叫んでジャックを手探りした。ケーブルを抜くとヘルメットのバイザーが透明になった。

モーションパッドに立っている四人は戦闘シミュレーション訓練機内を困惑しながら眺めた。

「まだ終わってないじゃないですか、一等軍曹どの！」とタヌがいらだって叫んだ。「やつをしとめられたかもしれないのに」

「なにが起きたのか、おれも知らないんだ。ちょっと待て」

「まったくもう」トミコがヘルメットを脱いだ。「最初からやり直しかな」

「勘弁してくれ」とレヴ。

　シミュレーションだろうとなかろうと、訓練任務はリアルタイムでおこなわれたし、肉体的疲労も本物だった。斜面をのぼる一歩一歩は、シミュレーション訓練機内の体験だったとしても、足元のモーションパッドが傾くことによって現実の体験になっていた。地面に伏せて身を隠したのも——シミュレーション訓練機ポッド内での——現実だった。

「なにがどうなってるのか聞いてくるから、すわって待っててくれ」と一等軍曹がいって出入口に向かった。

　シミュレーション訓練機ポッドは完全自動だ。質問できるオペレーターはいない。三人の海兵隊員は奥へ向かい、隔壁ぞいに設置されているベンチに腰かけた。

　レヴはＰＡＬ-5のロックを解き、ハーネスを調節しようとなかに手を入れた。「くそブリキ尻との戦いはいいんだけど、もっとましなアーマーをつくれないもんなのかな。すぐにずれるんだ」

「へえ、じゃあ、いまはリアルだと認めてるんだな」とトミコが笑いながらいった。「ジャックヘッドに文句ばっかりつけてたおまえが」

「ほっといてくれ」とレヴはつぶやいた。

驚いたことに、没入型ゲームはともかく、レヴは没入型訓練は役に立つと思うようになっていた。ついさっきケンタウルス人と戦ったばかりだったが、現実と見分けがつかなかった。レヴはあそこにいた。なんと土の匂いまでしたのだ。ただし、殺されたときは、そう、やり直せる。

第二班のモンテス二等軍曹は、かつての大物ゲーマーで、惑星規模のタイトルを獲得したこともあるらしい。レヴのような新兵にも、彼女が将来有望な人材だとわかった。ほとんどの没入型ゲーマーは人生を無駄づかいしているという意見に変わりはないが、二等軍曹が例外的存在ではないのなら、いいところがないわけではないのかもしれない。

ポッドのドアが開いて一等軍曹が入ってきた。表情が硬かった。

「どうかしたんですか、一等軍曹どの？」とタヌがたずねた。「どうして任務が中断したんですか？」

「訓練はもう終わりだ。ケンタウルス人が動きだした。四十三時間後に出発する。そしてまた戦場だ」

17

マックスはガゼルを停めた。レヴは唇を結んだが、なにもいわなかった。義父がガゼルを取り戻すのに三週間かかった——それに六百三十BCも払った。マックスは返済を求めなかったが、レヴはわずかな給料の四分の一を義父に送りつづけて完済した。

助手席のドアが開いたので、レヴはアサルトパックを後部座席に投げ入れてから乗った。

「迎えに来てくれてありがとう。ママは？」

「家で晩めしをつくってる。おまえは好物を食べたいだろうって」

ふたりは笑った。レヴの母親は数年前に料理に凝ったことがあって、〝原点に戻る〟をモットーにしていた。しかし、料理の腕前が上がることはなく、家にあるありきたりな自動調理器にもおよばなかった。レヴには自分の好物なるものがなんなのかもわからなかった。いったいなにを食べさせられるんだ？

義父はガゼルを慎重に運転して、ホバーで混雑している駐車場の出口に向かった。

「ひどいもんだな。渋滞もしてる」とマックはいった。「いったいどうなってるんだ？」

どうなっているかは明らかだった。海兵隊員は兵役期間中、基地を出ることを禁じられていて、二週間に一度の家族訪問日を除けば、慰問協会クラブ以外では外部と連絡がとれない。

大きな例外はふたつ。出撃の前後だ。今回の連隊の出撃は予定外なので、レヴは基地外で八時間しか過ごせない。

だが、レヴは幸運だった。直接支援部隊と全般支援部隊、それにもちろん99の哀れな連中は休暇をもらえない。連隊の出撃準備で忙しすぎるからだ。直接戦闘《DC》部隊の海兵隊員は、自分の出撃準備をととのえれば休暇をとって町へ出られた。そして、この連隊の海兵隊員と海軍兵士は全員がスウォンジー市出身なので、帰りたければ家に帰ることができた。

レヴは手首に巻いている〝自宅軟禁〟ブレスレットをいじった。連隊が隊員の居場所をつねに把握するために使っているのはこのブレスレットだけだ。ブレスレットは隊員の位置をつねに広域発信している。もしも定刻までに戻らないと、基地まで〝エスコート〟するために警官が派遣される。

多くの隊員が深酒をすることを考えると、かなりの人数がエスコートされるはめになるだろう。だが、少数だが、毎回、逃亡者も出る。根拠のない噂を信じ、自宅軟禁ブレスレットにアルミホイルを巻けば出撃を逃れられると考えるやつらだ。酔っ払いは規律違反の代償を払うことがほとんどないが、逃亡者は軍務識別コード《ミルデス》99送りになる。

マックスはガゼルを運転して、いつもいるくそ天使ども《エンジェル・シッツ》——チルドレン・オブ・エンジェルズ——の集団の前を通り過ぎた。ケンタウルス人を崇拝している連中で、ケンタウルス人が人類を救い、より高い次元にひきあげてくれると信じている。無害だが、正門の外にはいつもそいつらがいて、人類が彼らの神々と戦いつづけたら罰《ばち》があたると主張していた。

レヴは上唇を持ちあげて嘲笑した。以前は、彼らのことをただの変人と思っていた。だが、いまは違う見方をしている。どうしてこんなに馬鹿な連中がいるんだろう？

「おまえは……変わったな」とマックスが、フリーマン・ハイウェイに乗って運転をガゼルにまかせたところでいった。

レヴは義父をちらりと見た。

マックスはぼくが身体拡張されたことを知ってるのかな？

これほどの重大事を永遠に秘密にしておくことなどできないし、いまごろは噂も流れているはずだ。それに義父はギルドで軍事関連のプロジェクトにかかわっているので、その関係で知った可能性もある。

レヴはあいまいにうなっただけだった。

「男らしくなった」とマックスは続けた。「訓練は大変だったんじゃないか？」

「うん、まあね」とレヴは控えめに答えた。

八カ月前だったら、これを機にマックスに愚痴をこぼしたり、不満を漏らしたり、少しの同情を求めたりしていただろう。だがいまはそれで満足だった。

「じゃあ、出撃するんだな？」

街の人たちは事情に通じている。特殊な例外を除いて、街で大勢の海兵隊員を見かけるのは、海兵隊が出撃するときと帰還したときだ。

ブレスレットは海兵隊員の位置を広域発信しているだけでなく、特定のキーワードにチューニングされていて、機密情報を漏らしていないかを確認するための録音もしている。馬鹿げてる、とレヴは思った。マックスがなにをするっていうんだ？　急いでケンタウルス人に情報を伝えるのか？

まあ、エンジェル・シッツなら伝えるだろうが、レヴの知るかぎりでは、あの馬鹿どもにはケンタウルス人と連絡する手段がない。だが、ブレスレットに通報されないように、レヴは無言でうなずいた。スウォンジーのような非軍事都市でも、状況は隠しきれていないようだった。

少なくとも、以前ならこんなことはなかった。キャンプ・アリサ・グエンに駐屯しているのはいつも予備の海兵隊大隊だった。基地が拡張され、新兵訓練所が設けられ、連隊が編成されたのは戦争がはじまってからだ。

海兵隊員はいまも基本的には基地を出ることを制限されているので、この街は軍事都市というほどではない。この地域から多くの人々が志願したり徴兵されているという――そして多くの息子や娘が戦死しているという――事実がなければ、連隊を無視するのは簡単だっただろう。

レヴは、スウォンジーに向かう車中で意識を自動運転にしていた。マックスは、レヴの異母弟のグローヴァーがフリップボールで大活躍していると語っていた。レヴ自身も悪くない左スロットの選手だったし、プレイを楽しんではいたものの、グローヴァーほどのやる気はなく、オフシーズンのトレーニングにはげんだこともなかった。レヴはふと、いまプレイしたらどうなるだろうと考えた。身体拡張を別にしても、レヴは人生で最高の体調だった。

ガゼルが駐車場に入った。ホバーのスカートが接地するかしないかのうちに、玄関からロケットが飛びだしてきた。

「レヴ！」とそのロケットが叫び、まだホバーから降りきっていないレヴの腕のなかに飛びこんだ。

「やあ、ニーシー！」とレヴはいって妹を高々と抱きあげた。十歳になった妹はレヴが訓練キャンプに出発するときに泣いていた小さな女の子よりもずっと大きくなっていたが、軽々と頭の上まで持ちあげられた。「さびしかったか？」

「あたりまえでしょ。おみやげは？」

レヴは笑ってから答えた。「遊びにいってたわけじゃないんだぞ、ハムスター。訓練してたんだ。おみやげを買えるような場所じゃなかったんだ」

「いいわ。気にしないで。期待してたわけじゃないんだから」

レヴはニーシーを肩車して私道を進みだした。

1Aに住んでいるミズ・デカルロ・モレイが窓をあけ、首を出していった。「お帰りなさい、海兵隊員さん。あなたのママから、きょう帰ってくるって聞いてたわ」

「ありがとう。でも、長くはいられないんだ」

「出撃するのね？」

レヴは肩をすくめた。

「ああ、わかってる。答えちゃったらわたしを殺さなきゃならなくなるのよね」とミズ・デカルロ・モレイは昔ながらの切り返しをした。「だけど、ケンタウルス人のケツを蹴飛ばして。いいわね？」

「もちろんですよ、ミズ・デカルロ・モレイ」

「ミミって呼んでちょうだい。いいわね？」

「〝ケツ〟っていったよね？」とニーシーが、レヴに肩車をされたまま玄関に向かっているときにささやいた。

レヴの母親は、彼女がいうところの〝下品な言葉づかい〟を聞くといやな顔をする。レヴがこの八ヵ月過ごした海兵隊は、そう、上品な言葉づかいで知られているわけではなかった。

「汚い言葉を使わないようにしないとな」とレヴは発話せずにつぶやいた。

そのせいでＡＩが起動したが、休暇中にＡＩを使うつもりはなかった。

〈あなたが汚い言葉を使いそうになったら警告します〉

ＡＩを使うことにはすっかり慣れたが、これから何時間かはうちにいるのだから、監視される必要はなかった。レヴはＡＩをスリープ状態に戻した。

レヴは身をかがめてニーシーにドアをあけさせ、わが家に入った。いきなりなにかの匂いに包まれたが……なんの匂いかはわからなかった。

「やあ」とカウチにすわってホロを観ていたグローヴァーが、立ちあがりもしないでいった。

「レヴなの？」母親がそういいながら、低い壁をまわりこんでキッチンから出てきた。手に小麦粉とおぼしいものがついていた。

　レヴはニーシーをおろすと母親にハグされた。レヴは、母親の手の汚れが制服についたのではないかと思い、それを調べに便所《ヘッド》――ここではトイレと呼ぶべきだろう――に駆けこみたくなったことに罪悪感を覚えた。以前は服の汚れなど気にもとめなかったのだが、新兵としての八ヵ月で海兵隊員としての規律を叩きこまれたのだ。

「ひさしぶりね」母親はハグを解くと、両手で息子をつかんで腕をのばした。「こんなに立派になって。ミアが見たら喜ぶわね」

　レヴは、ミアとはもう別れたことを母親に告げていなかった。ミアとつきあっていると話したとき、母親は大喜びした。だから、母親が、ミアはなぜかレヴを待っていると――それともレヴがミアに待っていてほしがっていると――思いこんでいるのなら、そのままにしておくほうがいい。

「おまえの好きなシェパーズパイをつくったのよ」

　レヴはシェパーズパイがなんなのかも知らなかったし、絶対に好物ではなかった。たぶん、母親が一度つくって、レヴはまずいといわなかったのだろう。

家庭用自動調理器は最高ではないが、基本的な自動調理器にはない軽食プログラムが何種類か搭載されている。それらは特に健康的とはいえないが、シェパーズパイよりはずっとましだ。だが、またしても、流れにまかせて礼を述べた――ほんのつかのま、かつての居場所でただ存在しているほうが楽だった。

「グレース、まずはゆっくりさせてやれ」とドアから入ってきた義父がいった。「楽な服に着替えたらどうだ？」義父はそういって、レヴのアサルトパックを拾いあげた。

レヴは、家で着るつもりで訓練着を持ってきたが、急に制服のままでいたくなった。検査以外で制服を着るのはこれがはじめてだった。胸にはレイダーの記章がひとつついているだけで自慢にはならなかったが、海兵隊の制服であることに変わりはなかった。

「着替えはしないことにするよ」とレヴはいってグローヴァーの横に腰をおろした。

「それは？」とグローヴァーが、レヴの手首を示しながらたずねた。

「自宅軟禁ブレスレットさ。軍はつねにぼくの居場所を把握してるんだ」

「にいちゃんが犯罪者だから？」

「グローヴァー！」と母親がたしなめた。

「なんで？　ほんとのことじゃないか」

「誇張した呼びかたなのさ。海兵隊では自宅軟禁ブレスレットって呼ばれてるだけだ。志願兵も徴集兵も、全員がつけるんだ」

「へえ」とグローヴァーはいってゲームに戻った。

「ニーシー、お料理を手伝ってくれない？」と母親が頼んだ。

「レヴと一緒にいたい」

「だいじょうぶだ、ハムスター。ママを手伝いに行きな。ぼくは夜までいるんだから」

なにもすることがないので、レヴはカウチにもたれてゲームを眺めた。

だが、夜遅くまではいなかった。夕食の見た目はひどかったが、意外にも、味は悪くなかった。特に、ケチャップをかけると。義父とは楽しく会話したし、ニーシーはかわいかった。

しかし、母親は、しつこくて神経質なおしゃべりをしてレヴを少々いらだたせた。ミアのことをえんえんと話しつづけたので、ついにレヴは、基地に出頭する一週間前以来、彼女とは連絡をとっていないことを明かした。それでも母親はめげなかった。訓練に集中しなきゃならないんだから当然だけど、それは一時的なことで、すぐにまたよりが戻るはずだと主張した。

だが、母親だけが理由ではなかった。レヴはしょっちゅう、トミコやクリケットやそのほかの戦友たちのことを思いだした。ぼくたちは戦争へ行こうとしてるってのに、ここではグローヴァーが先週の試合についての詳細な解説をし、母親は、ええと、なにもかもについてぺちゃくちゃしゃべりまくってる。なにかがおかしかった。

ここがぼくの居場所のはずなのに、しっくりこない。違和感があるんだ。

レヴは、早く時間が過ぎないかと思いながら何度も時刻を確認した。そしてとうとう、もう我慢できなくなった。立ちあがって眠っているニーシーを抱きあげ、そろそろ帰ると家族に告げた。

母親は、まだ三時間あるはずだといって止めようとした。レヴは、帰る時刻をいい間違えたのだろうと嘘をついた。母親は不平をこぼしながらも受け入れたようだった。目に涙をためていた。

義父は眉をひそめていた。レヴの言い訳を信じていないのがわかった。だがマックスはなにもいわず、送っていくといってくれた。レヴは口の動きだけでありがとう、と礼を述べた。

寝ているニーシーを妹の部屋に運びながら、レヴはマックスについて考えた。マックスと暮らすようになったとき、レヴは六歳で、実の父親のことを覚えている年齢だった。マックスはよくしてくれたが、レヴは最初、マックスを拒んだ——直接話すときは〝マックス〃、ほかの人に話すときは〃義理のおとうさん〃で、めったに〃おとうさん〃と呼ばなかった。だが、徐々に関係が深まり、いくつかの点で、愛していることに間違いはない母親よりもマックスのほうが近しくなっている。そしてレヴは、マックスが家族になってくれたことに感謝していた。出撃することによって、レヴの将来は確実とはほど遠くなった。マックスが母親とニーシーとグローヴァーの面倒をみてくれるはずだとわかっていると安心できた。

レヴは別れを告げてガゼルに乗りこんだ。

「ありがとう」とレヴはいった。「ただ――」

「わかってるさ、息子よ」

途中、ふたりはほとんど無言だった。レヴはもの思いにふけっていたし、マックスはそのあいだ、静かにしていてくれた。それは敬意のあらわれだとレヴは気づいた。その寛容さは、ささやかだがありがたかった。ガゼルが駐車場に入って止まった。出発したときほど止まっているホバーは多くない。ほとんどのやつは定刻ぎりぎりまで粘るつもりなんだろうなとレヴは思った。

レヴがドアをあけようと開閉ボタンに手をのばすと、マックスがいった。「ちょっと待ってくれ、レヴ。息子よ。こんなことにならなければよかったと思ってるんだ。おまえは、わたしとおなじギルドに加入して新たな人生をはじめるはずだった。ミアとじゃなかったのはわかってる」

レヴは笑った。少なくともその件について、マックスは理解してくれていた。

「だが、ほかのだれかと。おれはそれを願ってた。なのに、こんなことに――戦わなきゃならないことは理解してる。それに、若い男女がその責任を負わなければならないことも。それに――」

「いいんだよ、マックス。わかってる。だけど、ぼくはいまここにいるし、準備ができてるんだ」

義父は心のうちを見透かそうとしているかのような目でレヴを長々と凝視した。

「だが、おまえは幸せなのか？　つまり、ぜんぶをひっくるめて」

レヴは気のきいた返事をしようと口を開いたが、言葉が出てこなかった。

ぼくは幸せなのかな？　くそみたいな罪で徴兵されてギルドでの将来を奪われた。で、どうなった？　自由をなくし、生きのびられる確率がごくわずかな海兵隊のレイダーにされたんだ。

だけど、そうならなかったら？　見習いとして懸命に働く？　それが自由なのか？　これからだってそれはできる。三年間生きのびさえすれば、ギルドで働ける。それまでのあいだに大きな戦功をあげられるチャンスもある。レヴはこれまでの八カ月を思いだした。訓練を。トミコ、クリケット、ヤンシー、ウドゥ、ファイアー、バンディを。それにもちろんクリッシーを。タヌとサパ一等軍曹を。モンテス二等軍曹を。

ようやくレヴは答えた。「信じられないだろうけど、いまはわくわくしてるんだ。自分自身を証明したいと願ってるんだ。怖いことは怖いよ。だけど、幸せかって？　たぶんイエスだ」

なにが起こるのか怖かったが、肩から突然、重荷がおりたような気分だった。もしもいまの境遇を変えられるとしても、変えるつもりがないことに気づいた。ぼくがはたさないとしたら、だれが義務をはたすんだ？

「それを聞いてうれしいよ、レヴ」

「三年だよ、マックス。そうしたら戻ってこられる」

「そうなることを願ってる。おまえのママもだ。おれたちも怖いんだよ」

「信じててよ」

「おまえは……戦争に行くことにわくわくしてるといったな。陳腐なことしかいえないが、とにかく死ぬんじゃないぞ。ママのところに戻ってこい。おれたちのところに」

レヴは決まりきった返事をしようとしかけたが、思いなおした。生きのびられる確率は知っていたが、いまそれを実感した。紋切り型の返答はできなかった。正直でいたかった。

「努力はするけど、約束はできないな」

　義父はしばし黙りこんでから、静かに応じた。「わかってる。だが、全力をつくしてくれ。任務はしっかり務めても、英雄になろうとするな」

　レヴはなんと答えていいかわからなかった。ドアをあけてホバーを降りた。見まわすと、戻ってきたほかの海兵隊員が、妻や夫や父や母にキスしていた。赤ちゃんを抱いている者も何人かいた。家族たちはみな憂《うれ》い顔でいかにも心配そうだった。家族たちも、愛する者がどんな困難に直面しているかを知っていた。この任務から帰還できない海兵隊員と海軍兵士は何人になるんだろう？

「レヴ！」

　レヴは振り向き、かがみこんで義父と顔をあわせた。

「おれたちはおまえを誇りに思っているからな」

　レヴは背筋をのばしながら「愛してるよ、おとうさん」というと、歩きだして闇のなかをゲートに向かった。言葉は贈り物だ。言葉を贈る機会を二度と得られない人たちもいることに思いいたって、レヴはいま、それを実感した。

18

「われわれの番だ。乗りこむぞ」とオメストリ少尉がいった。

この四時間、駐機場の端にすわっていたスティック——搭載物資を指す海軍用語——が立ちあがって歩きだした。宇宙港はてんやわんやの大騒ぎで、搭乗を待つスティックたちが列をつくり、ラバ型ロボット《ミュール》が装備と物資をシャトルに積みこんでいた。

レヴは、宇宙港に到着したら、すべての物資が積みこみずみのシャトルに乗って出発できると思っていた。海兵隊の全般支援部門が、貨物をえんえんと積みこんでいたはずだからだ。だが、サパ一等軍曹が二時間すわりつづけたあとでいったように、連隊を戦場に送るには、たとえ準備がととのっている連隊であっても、多大な労力を要するのだ。

海軍のイエローシャツたちが、レーザーワンドを使って、混沌をテーマにしたバレエさながらにシャトルを誘導し、狂乱の舞を踊りながら走りまわっていた。どうにかして、シャトルは衝突することなく離着陸していた——出撃用貨物が何個かとミュールが何台か、エンジンの排気ガスで吹き飛ばされただけだ。

　レヴたちの番だと告げたイエローシャツに少尉が続き、さらにそのあとに――第三班と第四班からなる――スティックが続いた。一行は駐機場に埋めこまれている点滅するピンクのライトの列にそって進み、後部を開いて待機しているアイビス型シャトルに向かった。イエローシャツが、シャトルに乗りこむようにと身振りで少尉に指示した。レヴは列をつくって搭乗し、右舷側に並んでいる残りわずかな簡易シートのひとつにすわった。席とシャトルの真ん中に積まれている一五五ミリ砲のあいだにかろうじて足をおろせるだけの隙間しかなかった。アイビスの乗員のひとりが中央に積まれた貨物の上を歩きながら、両側の海兵隊員たちにハーネスを固定するように叫んだ。

「海軍のシャトルかよ」とタヌがこぼした。「民間の船を使えなかったのか？　オシスラインのシャトルなら軽食やその他もろもろがそろってる。こんなくそみたいな簡易シートでもない」

　レヴには答えようがなかった。レヴはこの惑星の地表を離れたこともなければ、まして宇宙へ行ったこともないので、興奮で胸がどきどきしていた。

　海軍兵士は貨物の上をひきかえしはじめ、海兵隊員がハーネスを固定しているかどうかを確認した。その海軍兵士が前方――いや、船首だ、とレヴは内心で訂正した――にいるだれかに親指を立てると後部斜路《ランプ》が閉まりはじめた。レヴが見ていると、細長く見えていた外の光景がどんどん狭くなり、ついに見えなくなった。機内を見まわしたが、がっかりしたことに窓はなかった。

民間のシャトルのほうがよかったのかもしれない。離陸するときも外が見えたはずだ。

いきなりがくんと揺れたので、レヴは思わず両腕を振りまわした。ハーネスで固定されていることを一瞬忘れていたのだ。

「タキシングをはじめただけだ。駐機場で離陸したら、何人か焼け死ぬはめになる」とタヌがいった。

タヌにとってこれがまだ二度目の出撃だったが、それでもレヴよりはるかに多くのことを知っていた。レヴは、自分たちの船に乗るまではタヌの尻にくっついていようと決めていた。

反対側にすわっているトミコを大砲越しに見た。目があうと、トミコはにこやかに笑いながら親指を立てた。トミコはこれまで二度、大気圏内飛行機に乗ったことがあったが、宇宙へ行くのははじめてだった。

シャトルは約五分間、タキシングをしたあとで停止した。そして力強いうなりをあげたが、まだ離陸していなかった——少なくとも、レヴはそう思っていた。シャトルがいまなにをしているかを見られるなら、レヴは左の睾丸を差しだしただろう。

「乗員は離陸準備を開始せよ」という声がスピーカーから聞こえ、いくつかのランプが琥《こ》珀《はく》色に点滅しはじめた。海兵隊員を点検した海軍兵士は何千回も離陸を体験したことがあるような顔でさりげなく遠征用食料の荷台に腰をおろし、海兵隊員を見おろした。

点滅していたランプが緑の点灯に変わると、心臓が喉まで飛びあがるような衝撃とともに、シャトルは宙に飛びだした。ほんの数秒で上昇角度が増し、レヴは両手でハーネスをつかんで体を安定させた。

シャトルが激しく揺れだし、レヴの興奮は薄れはじめた。たちまち吐き気がこみあげ、嘔吐するのではないかと心配になった。

「起きろ」とレヴは命じた。

〈再起動しました〉

「ゲロを吐かないようにしてくれ」

〈吐き気止めを投与します。効果は約二十秒で感じられるはずです〉

耐えられるかどうか自信がなかった。思っていたようななめらかな飛行とはほど遠く、シャトルはぐらつき、振動し、揺れながら大気圏を上昇した。喉の奥に胆汁の味を、顎の下に緊張を感じた。よだれが垂れた。

「すぐにおちつく」とタヌがいった。「肩の力を抜け」

やがて、波にさらわれたかのように吐き気が消えた。

「ありがとう。ずっとましになった」とレヴは思わず発話せずにつぶやいた。

〈礼を述べる必要はありません〉

ふん！　そりゃ、ＡＩに礼を述べる必要はないよな。だけど、礼儀正しくしたっていいじゃないか。

「眠れ」とレヴはＡＩに命じた。

レヴは首を振ってキャビンを見まわした。顔色が悪い者も何人かいたが、頭をうしろに倒し、目を閉じて仮眠をとっている海兵隊員もいた。一等軍曹はトミコとレヴに、優秀な海兵隊員は、次にいつ機会があるかわからないから、眠れるときに眠り、食べられるときに食べ、行けるときにトイレへ行くといっていた。

古参兵ならそれができるのかもしれないが、吐き気の記憶が薄れると、興奮で眠れなくなった。シャトルは戦術的な上昇飛行をしており、通常の民間機のような螺旋状の軌道を描いて宇宙に到達したりしない。海軍の宇宙船はほぼ垂直に上昇するのだ。

レヴの体が席のなかでずれた。シャトルの加速によるＧの増大と上昇角度の大きさのせいで、ハーネスで固定されていてもずり落ちそうになっていた。レヴは両足を持ちあげ、目の前の大砲に置いてふんばった。

規則違反をしているのではないか、とふと不安になって顔を上げた。すると、食料の荷台に、王国を見おろしている王様のように悠然とすわっている海軍兵士が目に入った。海軍兵士はレヴと目があわせると、にやりと笑ってうなずいた。レヴは安心して足をわずかにずらし、さらに力を入れてふんばり、尻をシートに押しつけて体を安定させた。

「このあとは――」レヴはタヌのほうを向いて聞きかけた。

だが、先輩海兵隊員は熟睡していた。レヴは頭を振りながら、タヌは自分の知らない、いつでも自由に眠れるという強化を受けているのだろうかと思った。

数分後、振動がおさまり、体の重みが消えた。吐き気がしたので、吐き気止めの投与を受けておいてよかったと思った。そして、なにが起きたのかを理解した。ここは宇宙なんだ！ 貨物室の反対側を見ると、トミコがまた親指を立てた。そして肩のあたりからスタイラスペンをとりだし、目の前で手を放した。スタイラスペンは落ちなかった。トミコが指で先端をはじくと、その場でくるくる回転しはじめた。興奮しているのはレヴだけではないようだ。

シャトルの軌道がレヴたちの宇宙船の軌道と一致しはじめるまで、それから十分ほどかかった。微調整によって断続的に生じる重力のおかげで、レヴは上下の感覚を少しずつ取り戻した。

「乗員はドッキングに備えよ」とインターコムから声がした。

緑色のランプが琥珀色に戻ると、海軍兵士が食料の荷台から飛びおりて宙で一回転し、貨物室の奥の後部ランプへと飛んでいった。そして宙で体をひねり、足からランプに到達した。

「とっとと降りてくれよ。貨物を降ろさなきゃならないんだから」と海軍兵士は叫んだ。

レヴのまわりの海兵隊員たちが目をあけてのびをした。

「十秒後に標準重力になる」と海兵隊員が告げた。

　十秒後、シャトルが宇宙船の人工重力場に入ると、瞬時に重力が戻った。さっきまで無重力だったのに、次の瞬間には地球の標準重力、つまりセーフハーバーよりわずかに低い重力になった。

　胸がちくりと痛んだので、レヴは一瞬、なにかがおかしいと思ったが、大きなげっぷが出て痛みは消えた。周囲の何人かもげっぷをしていた。げっぷだけでなかった。放屁する者も何人かいて、レヴはトミコもそのひとりだったと確信した。

　シャトルが宇宙船とドッキングし、レヴは最後の衝撃を感じた。

「ハーネスをはずせ！」と海軍兵士が命令した。

インターコムから声が聞こえた。「本日は連邦海軍にご搭乗ありがとうございました。今後のご旅行の際には、ぜひ弊社をご利用ください」

「毎回このジョークを聞かされるんだが、おもしろくもなんともない」とタヌは、全員が立ちあがっているなかでいった。

ランプがゆっくりと開き、レヴたちを戦場へと運ぶ宇宙船の姿がはじめて明らかになった。シャトルから見えるのはありふれた屋内だった。機材や物資が自動化ミュールによって運ばれていた。

「さて、楽しかったが、おれの船から降りてもらう時間だ」と海軍兵士がいった。

右舷側で最後に乗船したレヴは、右舷側から最初に降りることになった。一等軍曹や少尉を探したが、タヌが彼を押した。

「命令を聞いただろ。行くぞ！」

レヴは下がりきったランプをくだって宇宙船内に入った。青いジャンプスーツを着た少佐――いや、海軍少佐だ、とレヴは内心で訂正した――が、上等兵曹をともなって、入ってすぐのところで待っていた。

「ペルセウス連邦海軍《PUNS》艦〈アメジスト〉にようこそ」と少佐が、列をつくって乗艦してきた部隊を歓迎した。

隔壁は灰色の鋼鉄があらわで殺伐としていた。間違いなく、富裕層向けの豪華客船ではなかった。

かといって、観光客向けのクルーズ船でもなかった。〈アメジスト〉はレヴたちを危険な場所に運ぶための宇宙船だった。

戦争に出かける時間だった。

連隊の出撃にともなう混乱はすぐにおちついて、レヴは退屈しはじめた。おまけに、兵士にはいまだに任務が明かされていなかったし、それどころかどこへ向かっているかさえ伝えられていなかったため、噂話が横行した。

「地球だ」プレスター・ニクス三等軍曹は断言した。

「まさか」とフセイン・〝フスーマン〟・チャーニー一等兵が応じた。「くそブリキ尻どもが地球まで攻めこめるとは思えませんね。それに目的は？　産業はないし、人口はたった八十万人だってのに。まして、太陽系にはタイタンがあるってのに、なんだって自然保護区を占領したいと思うんですか？」

だれもがそうだが、レヴは母なる地球に宗教的といっていいほどの愛着を持っている。だから三等軍曹の言葉に衝撃を受けた。

可能性はあるんだろうか？

「どう思いますか、二等軍曹どの？」とトミコがたずねた。「地球の可能性はあると思いますか？」

モンテス二等軍曹はパッドから顔を上げた。レイダーたちは直接入力で小説を読んだりホロを鑑賞したりできるが、女性先任下士官は昔ながらのテキストパッドを好んでいる。

「可能性はあるかもしれないが、低いだろうな。われわれと地球のあいだには、数えきれないほどの部隊が配備されてるし、フリジアン・ホストやマニフェスト・デスティニー・スフィアだっている。ブルーハットもいる。ペルセウス腕のさらに遠くへ向かってるんじゃないかな」

レヴは、人類会議《COH》の軍隊であるブルーハット——母星防衛隊——をあまり重視していなかった。タイタンを拠点とする精鋭部隊は無能ではない。それどころか、人類の軍隊の精鋭のみを選抜して採用している。だが、わずか一個師団では、ケンタウルス人の協調攻撃に対抗するには人員が足りなすぎるのだ。

千億の人口と強力な軍隊を擁するとフリジア人と、それに肩を並べる大国であるマニフェスト・デスティニー・スフィアのようにはいかない。たぶん、二等軍曹のいうとおりなのだろう。

だが、行き先は依然として謎のままだった。わかっているのは、これは訓練ではなく実戦だということだけだった。連隊は、二年以上ぶりに、小規模な任務のために部隊を小分けにするのではなく、まるごと出撃することになったのだ。

退屈と未知への不安が艦内で交錯していた。海兵隊員と乗員のあいだで、すでに二度、喧嘩が起きていた——乗員十五名の小型艦に二十三名の海兵隊員が乗っているだけにもかかわらず。

連邦海軍には連隊をまるごと乗せられる艦が五隻ある。かつては八隻あったのだが、ケンタウルス人に三隻が破壊された。そのいずれにも連隊が全員搭乗していた。その後、海兵隊は可能なかぎり多くの艦船に分乗させるようになった——これは海軍にとって大きな負担となり、海兵隊員を乗せなければならなくなった戦艦には、つねに不満が生じた。

〈アメジスト〉はもともと戦闘用に建造されたわけではなかった。見たところ、戦前は小型貨物船だったようだ。現在は小型艦として正式に登録され、海軍または海兵隊の特殊部隊を戦場に運ぶために改造された。狭苦しい艦内には、戦闘訓練装置やジムなどの、大型艦にあるような設備はなにもなかった。狭い食堂では、海兵隊員——レイダー班と戦闘工兵分隊——全員が一度に食事をすることもできず、ましてや海軍兵士と一緒にすわることもできなかった。

工兵と海軍兵士のあいだで二度目の喧嘩が起きたあと、船長は——海軍少佐だったが、海軍兵士たちは彼を船長《キャプテン》と呼んでいたので、海兵隊の大佐《カーネル》にあたる海軍の大佐《キャプテン》とまぎらわしいな、とレヴは思った——海兵隊員をふたつの乗員区画に閉じこめ、食事やトイレや、装備の点検など以外には出ることを禁じた。

そういうわけで、暇を持て余した海兵隊員たちは、ジャックを使った娯楽にふけったり、愚痴をこぼしあったりした。レヴはホロを何本か観たが、ほとんどはほかの海兵隊員たちとしゃべって過ごした。

任務が明らかになったら、一気に忙しくなるはずだった。艦内に戦闘訓練装置はなかったが、班にはポータブル訓練装置があったので、海兵隊員たちはそれに接続して演習をおこなった。体を動かせないところが違っていたが、我慢するほかなかった。

「二等軍曹どののいうとおりだと思うかい？」とレヴはトミコの耳元にささやいた。「ブリキ尻どもは地球を攻撃したりしないよな？」

トミコは肩をすくめたが、その表情からすると、ニクスがその可能性を持ちださなければよかったのにと思っているようだった。レヴも同感だった。

地球に戦略的価値はない。少なくとも、ケンタウルス人が通常、攻撃対象にする惑星と比べたら。だが、地球は人類にとってかけがえのない大切な場所だ。

何世紀も前に、人類は少数の再生事業担当者と管理者を残して汚染と病気に満ちた地球を脱出した。皮肉にも、人類が銀河系のこの一角に離散することを可能にした地球化《テラフォーミング》科学が地球を再生した。とっくに絶滅した動物のクローンがDNA動物園を利用してつくられ、一世紀もたたないうちに地球は自然保護区に、母なる惑星になった。

ケンタウルス人が地球を侵略すると考えるだけで……レヴは身震いした。想像するのも耐えられなかった。自分が母なる地球に、それどころか太陽系に近づくことすらないのはわかっていたが、それでもレヴの気持ちに変わりはなかった。

「タイタンかもな」とニクス三等軍曹がいった。「ケンタウルス人はおれたちの首を切り落としたがってる。うまい戦略だ」

軍事的な観点からすれば理にかなっている。だが、人類は数が多すぎるし、分布も広すぎる。タイタンを占領または破壊すれば人類会議《COH》は滅びるだろうが、人類を屈服させることは難しいだろう。それに関して、人間はゴキブリのようなものだ。ゴキブリの王様を踏み潰しても、残りは隙間や裂け目に散らばって、明かりが消えればすぐにまた出てくるのだ。

いや、むしろ蜂だな。女王を殺しても、残りの蜂は群れになって敵を刺しつづける。侵略者を殺すためにおびただしい数の蜂が死んでも。

ドアが開いて少尉が顔をのぞかせた。「待機を命じる。任務がくだされた」
退屈は瞬時に消えた。いよいよ出撃だ。

19

二十二時間後、レヴは〈アメジスト〉の狭い貨物室で待機していた。この小型艦は、貨物室の大部分がピッサー発射システムに改装されていた。隔壁にはピッサー本体がずらりと並んでいて、複数人員で操作する火器のベルト弾のように発射装置《ランチャー》に送りこまれるのを待っていた。

ただし、この場合、レヴをはじめとするレイダーたちこそが弾だった。三個の偵察小隊、一個のレイダー小隊、そして二個の工兵分隊が、攻撃に先立って投入される準備をととのえて闇のなかで待機していた。レヴの直接戦闘《DC》訓練中隊の仲間たち、ジョナ・ウィステリア、レイファー・ダゴスティノ、それにジゼル・ノリス・アレンの三人も、どこかで繭《まゆ》に入る準備をととのえているはずだ。ラファエルとジゼルは偵察小隊、ジョナは工兵分隊とともに。

クリッシー――倒れし者に敬意を――を除けば、レヴたち五人が直接戦闘《DC》クラスではじめて実戦を体験することになる。クラスのほかの者たちは、二十九時間後に連隊とともに着陸する。

　彼らの目標は、かつて三十億人が暮らしていてにぎやかだった惑星、プリーチャーロールズだった。だがいまでは、十万から百万人が丘や森に隠れ住んでいるだけだ。この惑星は、ケンタウルス人に最初に占領された惑星のひとつで、死者数は膨大だった。二十億人以上が殺されたのだ。その後、プリーチャーロールズは人類が最初に奪還した惑星のひとつにもなったが、人類会議《COH》は生存者のほとんどの意志に反して惑星からの避難を命じた。

　ケンタウルス人が地表の約三十パーセントを焦土にして惑星を奪いかえす前に、さらに数百人が避難した。焦土化した地域に生存者はいないようだった。

　情報部の報告によると、ケンタウルス人の三分の二が惑星を去り、残っているのは六百から八百人ほどだった。そこで、この第八連隊と第五および第七連隊が、惑星を再奪還するために出撃することになった。推定で最大八百人のケンタウルス人に対して海兵隊は九千人以上投入されることになる。しかし、ケンタウルス人ひとりを殺すために、人間の兵士が平均して約二百人死亡することを考えると、二個師団規模の投入が必要だとオメストリ少尉は考えていた。ペルセウス連邦海兵隊は、人類のほかの軍隊よりも自分たちのほうが優秀だと自負しているが、それにしても戦力不足だった。結局、グリフォンズ、ランサーズ、バックスの三個連隊が招集された。

「次はおまえだ」と、発射担当官を務めている白髪頭の海軍上級曹長がレヴに告げた。

レヴはためらいがちに、球形人員投入機《パーソナル・インサージョン・スフィア》‐31《サーティーワン》、略して〝ションベン野郎《ピッサー》〟に体を沈めた。訓練で仮想のピッサーを経験したことしかなく、実機ははじめてだった。シミュレーション訓練は十時間だけだったが、それでもつらかった。今回は、投入に六十時間以上かかるという。さいわい、そのほとんどで意識をなくしているはずだ。とはいえ、要するに全長三メートルほどの繭のようなもののなかで宇宙を突進するのだと考えると、少なからず不安になった。

発射担当官は、レヴのジャックにピッサーを接続して数値を読んだ。そしていった。

「すべて正常だ」

レヴは発射担当官に親指を立てた。広大な宇宙を飛んでプリーチャーロールズに到達するためだけでなく、惑星の大気圏にちょうどいい角度で突入するためにも必要なおびただしい計算のことは考えないようにした。角度が浅すぎると宇宙空間に跳ねかえされてしまう。深すぎると突入時に燃えつきてしまう。

「次に会うのは地上だな」とトミコが背後からいった。

レヴが振り向いて彼女のピッサーの横に立っているトミコを見た瞬間にピッサーのカバ

ーが閉じられた。すべてから遮断されて闇に包まれた。

「どうなってる？　数値に問題はないか？」

〈数値はすべて正常の範囲内です〉

「発射まであと何分なんだ？」

〈あと四十九分三十二秒です〉

くそっ、長いな。

レヴは深呼吸を二度した。いますぐにでも意識を失ってしまいたいと願った。だが、規則は曲げられないので、発射までは起きていなければならない。なぜそうなのかはわからなかった。発射時に問題が生じたとしても、〈アメジスト〉が救ってくれることを祈ること以外、できることはない。

推力のない棺桶で宇宙に放りだされるなんて、最悪だ。どんな問題が起こる可能性があるんだろう？

だれかと話すこともできなかった。ピッサーはシールドされていて活動停止状態にあるからだ。数ナノワットの微弱な電流でピッサーとはつながっているが、発射後にはそれすら切断される。成層圏に到達してはじめて、化学電池を壊して電気を発生させられるようになる。それでやっと、いろいろなことができるのだ。

だから、いまはただ、もの思いにふけるしかなかった。

「あとどれくらいかかるんだ？」レヴは、少なくとも二十分はたっただろうと思いながら、ふたたびたずねた。

〈あと四十一分二十二秒です〉

まったくもう。

体を動かし、飛行スーツに手をのばして、座席にあたっているところをぴっちりのばした。ピッサーの速度のほとんどは〈アメジスト〉自身の加速度から得る。仕組みは二十世紀のいにしえの航空母艦から飛行機を発進させるときとおなじだ。だが、ランチャーは搭乗員に、強化されていない海兵隊員には耐えがたいほどのさらなる加速を与える。わずかなしわがあってもそれが体に食いこみ、目的地で目覚めたときに痛みを感じることになる、とトミコとレヴは古参兵から警告されていた。

レヴは心のなかで数をかぞえはじめた。二百に達したところで、ふたたびＡＩに残り時間をたずねた。

〈あと三十九分二十七秒です〉

二百までかぞえたんだぞ。三分はたってるはずじゃないのか？

レヴは首を振った。最悪だし、さびしかった。トミコと通話できたらどんなにいいだろう。だが、それは無理な願いだ。

だけど――レヴはAIを思いだした。本物の人間じゃないけど、ちょっとは人格を与えても害はないんじゃないか？

レヴは、馬鹿なことをしていると感じながらいった。「AI、おまえのパーソナリティ《P》指数《Q》を十…いや、十五パーセント上げてくれ」

〈了解しました〉

たいして違わないな、とレヴは思った。声にちょっとだけ感情がこもったかな？

馬鹿ばかしい。人間になるわけじゃないんだぞ。

元に戻すように命じることも考えたが、どうせ変わらないのだと思いなおした。あお向けのまま考えにふけってから、また残り時間をたずねた。

〈あと三十一分八秒です〉

レヴはため息をついた。すると、AIが思いがけず発言した。〈心拍数がやや上昇しています。発射前に鎮静剤を服用することはお勧めできません。音楽を聴かれますか？〉

「えっ、そんなことができるのか？」

〈一千万件以上の録音が保存されています。接続が回復したらさらにダウンロードするこ

とも可能です〉

「おいおい、なんでもっと早く教えてくれなかったんだ？」とレヴはいった。そして、AIが答える前に、「いまのは質問じゃないからな」と釘を刺した。

たぶん初期の状況説明で教えられていたのだろう。それともAIを使い慣れるうちに気づくはずだったのだろう。だが、正式に使う必要がないとき、レヴはいつもAIをスリープ状態にしていた。

「それじゃ……ええと……〈狂気への降下〉は再生できるか？」

すると、ほとんど即座にヘビーなベースのリフが鳴り響きはじめた。ブレイジング・アンツのライブの最前列にいるかのようだった。実際には音が鳴っていないなんて信じられなかった。この音楽は、聴覚野に直接入力されているのだ。いままで聴いたなかで最高の音響システムで聴いているかのようだった。

曲の音量がどんどん大きくなった。激しいビートと叫ぶような歌は、気分をおちつかせるのに最善の選択ではなかったかもしれないが、レヴは気にしなかった。その音楽は、狭くて息苦しいピッサーと、迫りつつある飛行のことを忘れさせてくれた。

〈狂気への降下〉から〈ロスト〉、そして〈赤い地平線〉へと、レヴは曲をかけつづけた。

「どうして音楽が聴けることを知らなかったんだろう？」とレヴは、ビートにあわせて首を振りながら自問した。

ＡＩが〈ナイス・ガイズ・ドント・フィニッシュ〉を途中で止めて、〈あと四分です。最終準備を開始します。音楽を続けますか？〉とたずねた。

「そうだな。いや、止めてくれ。だいじょうぶだ。はじめてくれ」

数秒で戦闘服が冷えはじめ、心血管収縮剤が投与された。低体温と薬物の影響で、血圧は４５０／３００まで上昇する。強化を受けていない海兵隊員にとっては致命的だが、レヴはテスト中に経験ずみだった。快適ではなかったが、思っていたほどつらくはなかった。

二分後、飛行スーツの下に着ている戦闘服が腕と脚と骨盤を締めつけはじめた。そのため血液が胸部と頭部に流れこんだ。それが薬物以上に不快だった。

〈あと一分です〉

ピッサーががくんと揺れたので、レヴは両脇の取っ手をつかみ、足乗せ板に足を押しつけた。ピッサーがランチャーに向かって進んでいるのを感じているうちに、またも、宇宙の深い闇のなかで迷子になるかもしれないという暗い考えが意識の底に忍び寄ってきた。いまから体験しようとしていることのほうが、ケンタウルス人との対決よりも恐ろしかった。ケンタウルス人との対決では、少なくともある程度のコントロールができる。だが、いまのレヴはこれから配達される荷物にすぎなかった。

ピッサーが止まった。たぶんランチャーのなかだろう。レヴにできるのは、ピッサーのクリスタルブレインが正しい計算をしていますようにと祈ることだけだった。レヴとピッサーを合計した重量が違っているといった、わずかな計算ミスも最悪の結果を招きかねない。

レヴは息を止めた。一瞬、息を吐いたら自分の質量が変わってしまうのではないかと心配になったからだが、すぐに自分の愚かさを笑った。レヴは閉鎖環境にいるのだ。

〈十秒……九秒……〉

レヴは両脇の取っ手を握りしめ、腕に力をこめた。

〈……八秒……七秒……六秒……〉

レヴは太腿に力をこめた。九百キロを持ちあげられる筋肉を緊張させた。心配なのはGによる意識喪失だけではなかった。ちょっとしたことが大惨事につながりかねない。レヴがこれから直面するGは命とりになりうるのだ。

〈……五秒……四秒……三秒……〉

レヴは深呼吸をした。

〈……G負荷緩和対策をはじめてください……〉

レヴは息を吐き、腹部と手足に力をこめた。

〈……一秒……発射〉

そしてレヴに神のハンマーが叩きつけられた。いくらシミュレーションがリアルだったとしても、こっちのほうがずっとひどかった。

レヴは、〈アメジスト〉から加速しつつ遠ざかりながら、できるだけ多くの血液を脳に送りこむために等尺性筋収縮《アイソメトリックス》を続けた。五秒、十秒、二十秒とたつにつれて、続けられるかどうかわからなくなった。

突然、圧力が消えた。必死でこめていた力をゆるめることを恐れながら深呼吸をした。

〈加速が停止しました。体内から薬物を除去します〉

見えなかったし、確認するすべもなかったが、加速ハーネスははずれたはずだった。ピッサーは、いまや推力も誘導機能もない棺桶と化していた。賽《さい》は投げられた。

ナノマシンが心血管収縮剤を除去したので、血圧が下がってめまいを感じた。

そして、レヴはおそるおそる質問を切りだした。「予定どおりのコースに乗ったのか？」

〈確実に知る手段はありませんが、内部ジャイロから判断すると、ＰＩＳ‐31は予定どおりの加速を予定どおりのタイミングで実行したようです〉

「すべて問題ないとだけいえなかったのか？」

AIは答えなかった。どうやら、修辞的な質問と実際の質問を区別できるようだった。体から薬物が除去されてふだんどおりの気分に戻るまでに十分以上かかった。だが、レヴは知っていた。すぐに意識を失うことを。

しかし、それは暗闇のなかで頭がおかしくならないようにするためだけではなかった。ピッサーにはかぎられた量の酸素しかないので、酸素消費を抑えるためでもあったのだ。たとえ惑星への突入に失敗しても、いわば冬眠状態に近い状態で眠っていれば、海軍の船が追跡して回収してくれるかもしれない。

〈眠る準備はできていますか？〉

遅らせても仕方がない。

「ああ、やってくれ」

またも波が、前回よりはずっとおだやかに体のなかを流れはじめた。

「眠るまで音楽を流してくれ」とレヴはつぶやいた。

レヴは、〈ワイルド・ローゼズ〉のおだやかな旋律を聴きながら眠りに落ちた。

レヴはふわふわの繭からゆっくりと出た。体が震えていたが、理由がわからなかった。

〈プリーチャーロールズの大気圏に突入中です〉

「もう？」

彼はのびをしてあくびをした。目を覚ます薬物の効果があらわれると、頭がすっきりした。ピッサーが惑星の外気圏を突破するときの振動を感じた。少なくとも目的地には到達した。次の問題は、地表まで到達できる正しい角度で突入しているのか、そして班のほかのメンバーの近くに着地できるのか、だった。

もちろん、レヴが先に撃ち落とされなければの話だ。だが、ケンタウルス人は技術的にすぐれているが、多くの侵入者を阻止できていない。このことは、ケンタウルス人が怠慢なのか、それとも人類がピッサー用の効果的なステルス技術を開発したかのどちらかを意味していた。

「どうだ？」

〈判断することはできません〉

そりゃそうだ。なにしろ活動停止状態なんだからな。

いま発生している電気的パルスはレヴの神経系のものだけだ。ケンタウルス人がそれを感知できるなら、レヴはひどい目にあうことになる。

ピッサーの振動が激しくなった。レヴは突入による輝きが見えないかと目を凝らした。しかし、光が見えるというのは凶兆だ。だが、さいわいにも内部は真っ暗なままだった。

揺れがますます激しくなり、レヴは周囲の壁に叩きつけられないようにふんばらなければならなかった。こうなるのが正常なのだが、というかそういわれたのだが、またしても現実はシミュレーションと違っていた。できるのは気持ちをおちつけて信じることだけだったが、容易ではなかった。

ピッサーは表面が昇華《アブレーション》して減速していたが、それでもまだ高速だった。ピッサーの速度は、まず巨大ガス惑星、次にやや小さいとはいえやはり巨大な惑星をかすめることによって減じ、その後、目的地へ方向転換することで大幅に減少した。現在、ピッサーの速度は大気を利用して、レヴが突入を生きのびられる程度まで低下している。

しかし、さらに速度を落とす行為自体にも問題があった。なにかが大気圏に進入してきたという事実を隠す方法はないので、隕石のように見せかけなければならない。アブレーションは岩の塊が燃えるさまを模倣していることになっている。

減速によって生じるGは発射時ほど強くなかったが、より長く続いたし、揺れもあったので、レヴはこっちのほうがつらいと感じた。

〈電源投入まであと二分です〉

やっとか！

吐き気止めがなかったら、レヴはとっくに嘔吐していただろう。すでに受けている身体拡張に加えて、トミコのいう〝やわな胃〟をおちつかせられる能力も得ていたらよかったのにと願った。

トミコはきっと、どこかでうまくやってるんだろう。

ピッサーは揺れつづけたので、レヴは激しく揺さぶられて何度も側面に頭を打ちつけた。吐き気止めの投与を受けているにもかかわらず気分がひどく悪かった。ピッサーから飛びだすのが、その危険にもかかわらず待ち遠しかった。レヴは右手側にあるコンパートメントから電源用電池をとりだした。

ＡＩがカウントダウンを開始した。ゼロになったとき、レヴは起動用電池をケミカルライトのように折って三つの部分を混ぜあわせ、それをスロットに滑りこませようとしたが……なかなかうまくいかなかった。暗いなかで何度も失敗してから、やっときちんとはめこんだ。

そして待った。成功のあかしである光はいっこうに見えなかった。

計画どおりなら微弱な電流がセンサーを起動させているはずだ。速度と位置を測定するためのセンサーを。速度はレヴを安全に射出できるかどうかを判断するため、位置はアブレーションのパターンを調節してピッサーがコースを微調整できるようにするためだった。

どちらもレヴには伝えられない。だが結果はすぐにわかるはずだ。

激しかったピッサーの動きはいくらかおさまったが、振動は増した。ヘルメット越しでも鈍い音が大きくなっているのがわかった。長いあいだ、実際の音を聞いていなかったので、その音をやけに大きく感じた。そして、さだかではなかったが、ピッサーの外層が焼けている輝きが見えはじめたような気がした。それから数分間、その光が強くなるのを見つめていたが、やがてその光が消えた。充分に減速して燃焼が止まったのだ。

あとちょっとだ。

レヴは目の前の闇の一点を凝視しながら合図を待った。パイロットが〝地面に風穴《かざあな》〟と呼ぶような墜落をするイメージが脳裏に浮かび、それを無理やり押し戻さなければならなかった。

問題が生じたに違いないと確信したとき、ついに緑色のＬＥＤがひとつ、闇夜の灯台のように点灯した。レヴは腕を体にひきよせ、脚に力をこめる射出姿勢をとった。緑のＬＥＤが点滅して秒を刻んだ。

〈顎を胸につけてください〉

おっと！

レヴはあわてて顎を下げた。手順は知っていたはずだったが、緊張のせいで、ランプを凝視しているうちに忘れてしまったのだ。こんな調子じゃ成功はおぼつかない。

〝射出〟と呼ばれているが、実際に射出されるわけではない。むしろ、レヴが乗っているピッサーがばらばらに分解するのだ。

〈五秒前〉

レヴは姿勢を固め、小声でカウントダウンした。そしてピッサーの側面全体が裂けた。大気圏に放りだされた衝撃は、カプセルがアブレーションによって減速していたおかげで緩和されていたが、それでもすさまじかった。レヴは心構えをしていたが、姿勢を保つのに苦労した。身体拡張を受けていなかったら制御不能におちいっていただろう。そしてレヴは、戦前、身体拡張が導入される以前の海兵隊員が射出時に何人も死亡した理由を理解した。

大気に腕と脚をひっぱられたが、姿勢を保ちつづけているうちに安定した。教えられたとおりに昔ながらの自由落下姿勢にゆっくりと移行して飛行スーツを展開し、長くかかる侵入の次の段階を開始した。

大気圏の昼間側に突入したのだが、ピッサーから射出されたときには夜側に入っていた。地平線上に光が見えたが、眼下の惑星は闇に包まれていた。レヴは周囲をぐるりと見渡して自分の位置を把握しようとした。

プリーチャーロールズには人類が居住していたので、その磁場はしっかりと記録されている。磁場のマップはレヴのメモリにアップロードされていた。海馬がデータをとりこむ際に一瞬、頭が真っ白になった。だが、次の瞬間には、自分がどこにいて、どこへ行かなければならないのかが正確にわかっていた。

予定のコースから五十キロ以上ずれていた。ここまでの距離を考えればさほど悪くはなかった。だが、だからといって、そのずれを放置するつもりはなかった。

レヴが両腕を広げると、追加のフォイル面がかちりとはまった。右腕を上げたとたん、体が右旋回した。前方には低い山脈があり、集結地点とのあいだにたちふさがっていた。その山脈を越えざるをえなかった。越えないと、長い距離を歩いて、仲間たちが移動を開始するまでに合流しなければならなくなる。

飛行スーツの滑空比は9対1、つまり九メートル進むごとに一メートルずつ高度が落ちる。現在、目の前の山脈のもっとも低い地点からおよそ八キロ離れていることがわかっていた。まだ不明なのは、現在の自分の高度だ。

高度計を操作すると、海抜二万一千四百六十四メートルと表示された。

そんな馬鹿な。

再確認した。二万一千四百六十四メートル。おなじだった。

姿勢を崩して左手でダイヤルを叩いた。変わらない。

すばやく姿勢を戻すと、前進速度が回復するのを感じた。

「予備はあるのか？」

〈いいえ。この惑星にはありません〉

レヴにはＡＩのいう〝この惑星〟がなにを指しているのかよくわからなかったが、現在の高度を知るすべがないことは理解した。もっとも低いところをめざして無事に越えられることを祈るしかなかった。飛行スーツ訓練のほとんどはシミュレーターでおこなわれ、実際に飛ぶのはこれが三度目だったが、反射神経の拡張を受けているレヴは、数グラム単位で浮力を増し、数センチ単位でより先まで進めるように微調整できる。とはいえ、それで充分かどうかはわからなかった。高度によって風は変わり、レヴを押したり、コースから離そうとしたり、逆さにしようとしたりした。レヴがコースを保つべく奮闘しているうちに峠がどんどん近づいた。高度が下がるごとに、自分のいたらなさに対するいらだちが高まった。

最後の一キロは自然との競争だった。渦巻く風が斜面の上空を通過しているレヴの敵だった。ついに決断しなければならなくなった。この速度で峠を通過しようとして激突したら、よくて重傷を負うリスクがあった。かといって、安全に着地するために頭を上げて減速したら班のみんなと合流できなくなる。任務に参加できなくなる。

それが決断の理由だった。いちかばちかで挑戦するしかなかった。強行して墜落しても、あきらめて減速しても、結果に違いはなかった。

地面がぐんぐん近づいているのを感じながら、レヴは姿勢を保つべくがんばった。すぐ先で、峠のもっとも低い地点がレヴをあざ笑っていた。

「くそったれ！」とレヴは、百メートルを切ったところで叫んだ。

一瞬、ぎりぎりで露頭を越えられたと思ったが、反対側に生えている木が立ちはだかった。レヴは叫びながら左腕を下げて方向転換し、枝をへし折りながら通過した。

だが、そのせいで速度が落ちたし、反対側の斜面に速度を回復できるだけの余裕はなかった。レヴはできるだけ急降下して速度と浮力を取り戻そうとし、二度、木に脚をぶつけた。急斜面が平坦になりはじめると、レヴは姿勢をゆっくりと水平に戻し、浮力を維持しようとがんばった。

そして、とうとう突破した。眼下の斜面が落ちこみ、レヴは開けた空へと飛びだした。

「どうだ？」とレヴは、安堵のあまりめまいを覚えながらＡＩにたずねた。

ＡＩは返事をしなかった。

隙間を抜けるためにコースをはずれてしまったので、高度があるうちに方向を変えてまっすぐに目的地をめざした。集結地点までの四十キロ以上を飛びつづけることはできないだろうが、着地を強いられるまでにできるだけ距離を稼いでおくつもりだった。

班のだれかが見つからないかと思って飛びながら空をスキャンした。だが、飛行スーツは完全なステルスでこそないものの、見つかりにくいようにつくられているし、いくら暗視能力があっても、月のない闇夜が続いていた。

それとも、ほかのみんなはしくじったのかも、という縁起でもない思いが頭をよぎった。

いいから集中しろ。

九メートル進むごとに歩かなくてすむ距離が九メートル少なくなるが、高度を一メートル失うことも意味した。高度はどんどん落ち、地上までの距離が二百メートルになった。着陸できる場所を見つけなければならなかったが、見渡すかぎり濃密な林冠でおおわれていた。開けた場所も、道路も、着陸地点として使えるものもなにもなかった。そしてレヴは降下しつづけた。

高度五十メートルになった時点で、木の上に着陸しなければならないのが明らかになった。木の上への着陸は、シミュレーターで一度だけ体験したことがあったが、うまくいかなかった。シミュレーターのＡＩから、重傷の可能性が六十八パーセントと告げられた。

多くの木々はほぼおなじ高さで、それが状況を難しくしていた。だが、やや右前方に、一本の常緑樹がほかの木々よりも五メートルは高く林冠から突きでていた。

「あれでいいか」とレヴはつぶやくと、方向を変え、その木に向かってまっすぐ進めるだけの速度を得るために急降下した。

ぐんぐん接近するにつれて木は巨大になった。レヴは最後の瞬間に体を起こし、ほとんど直立した状態で木のてっぺんに激突した。ラバに蹴られたような痛みを覚え、衝撃で木の先が折れた。レヴは手を振りまわして木の先をつかんだ。彼と木の先は下の林冠に墜落してめりめりと枝を折った。

レヴは折れた木を必死でつかんでいたが、数秒後にいきなり落下が止まった。周囲に木の葉や木のかけらが降りそそいでいた。レヴは息をととのえて自分の状態を確認しようとした。胸と片脚が痛かったが、なんとか無事のようだった。

慎重に頭を上げたとたん、また滑り落ちはじめた。なにかが肩に強くあたり、レヴは体をねじって枝をつかんだ。レヴが命からがら枝につかまっている一方で、常緑樹の先端は闇へと落ちていった。

「なあ、手伝ってもらえることはないのか？」とレヴはＡＩにたずねた。

ＡＩはこんども黙っていた。

「だと思ったよ」

レヴは体を枝にひきあげた。枝は不吉にきしんだ。いまにも折れそうだ。視界が枝でおおわれていて見おろしても地面が見えないので、いまいるところがどれくらいの高さなのかわからなかった。特にこれから落ちるとわかっていれば、かなりの高さからの落下に耐えられることはわかっていたが、高さがわからないし、枝にぶつかってバランスを崩されるおそれあるので、試す気にはならなかった。

そうなると、進むしかなかった。

いつ折れてもおかしくないと覚悟しながら枝の上をゆっくり進んで、ついに幹までたどり着いた。幹に到達してしまえば、使える枝があれば枝を使い、なければ幹につかまりながらおりるのはさほど難しくなかった。たちまち、足が大地《テラ・フィルマ》についた。

ここは地球《テラ》じゃなくてプリーチャーロールズだけどな、とレヴは内心で自分にツッコみ、自分のさえない冗談にくすりと笑った。

レヴは心から安堵していた。どうにか、おおむね無事に着陸できたのだ。

レヴは飛行スーツを脱いで丸めた。飛行スーツは三十時間以内に分解し、構成成分の分子に分解されて風に散らばる。だが、もう充分に役立ってくれた。

すばやく体に異常がないかを調べ、ＡＩにも健康診断を求めた。なんらかの干渉があったとしても——あったかどうかは不明だが——いまはなくなっており、全体的な健康状態に関する報告が、ほぼ瞬時に返ってきた。予想どおり、打撲を負っただけだったが、確認できて安心した。すでに、炎症と戦って軽微な損傷を修復すべくナノマシンが急行していた。

準備がととのいしだい、レヴは自分がいまどこにいるかを確認した。集結地点まではまだ二十三・九キロの距離があり、あと四時間足らずでそこに到達しなければならなかった。楽勝だ。レヴは森のなかをゆっくりと走りだした。

侵入するのは簡単だった。ほんとうの任務がはじまるのはこれからだった。

20

レヴは下生えのなかを、場違いなものを見逃すまいと感覚を研ぎすましながら慎重に進んだ。難しかった。プリーチャーロールズには多くの野生生物が生息しているが、ほとんどの惑星とは異なり、その一部は異星の動物だった。

おっと、原住の動物だった、と心のなかで訂正した。

ここでは、地球の動物のほうが異星の動物なのだ。通常、惑星が地球化《テラフォーミング》されると、原住生物は地球からの侵略によって絶滅するか、吸収されてしまう。プリーチャーロールズは、原住生物が地球の生物と共存できるほど生き残った、比較的少数の惑星のひとつなのだ。ポンデローザ松から奇妙なキノコのようなものがぶらさがり、あざやかな色彩のふわふわしたものがマウンテンローレルのあいだを飛びまわっていた。

原住生物の多くは、いざとなったら食べられる。ただし、食べるつもりはなかった。いくら携帯しているどろどろ《スラッジ》と呼ばれている高カロリーのペーストがまずくても、海兵隊支給の食料を食べつづけるつもりだった。

おびただしい数の生物が環境を活気づけており、そのせいでケンタウルス人の兆候を検知するのが難しかった。だが、それがレヴの任務だ。分隊のほかの兵士たちがケンタウルス人と出くわして一撃で全滅しないようにするためにここにいるのだ。

レヴは、自分が班のほかの兵士たちに警告する唯一の方法はビームを食らうことだという気がしていた。人間はビームを浴びるとジュージューという音をたてるので、ほかの兵士が聞き逃すことはまずありえない。

レヴは振りかえった。三十メートル後方で、ニクス三等軍曹が指で輪をつくる質問のサインを示した。レヴは否定のサインを返した。三等軍曹は、レヴが前進しすぎていないかを確認しただけだった。

フセイン・チャーニーを除く班の残りの兵士たちはニクスのうしろについているはずだ。フセインは集結地点にあらわれなかったので、オメストリ少尉は一時間余計に待ったあと、出発するという難しい決断をした。任務の遂行《すいこう》が最優先だった。

集結地点にたどり着けなかったからといって、フセインが死んだとはかぎらない。レヴ自身、峠を越えたときの高度があと一、二メートル低かったら無事ではすまなかったはずだ。レヴは、フセインも自分と似たような状況に直面して、いま、再集結地点に向かっている最中であることを願った。

　茂みはどんどん濃くなり、棘がレヴのＰＡＬ‐５に突き刺さった。地球の植物のように見えたが、テラフォーミングをした人々が、なぜこれらをこの惑星のパッケージに含めることにしたのか不思議に思った。こんな植物がなんの役に立ってるんだ？

　もちろん、強行突破してもいいのだが、騒音と混乱をある程度に抑えることはできないだろう。それにイエロージャケットもある。ケンタウルス人が待ち伏せしていることを考えると、ミサイルを撃てるように開けた空間にいたい。標的は三十六メートル以上離れている必要がある。それは木や枝にあたってミサイルがそれるのを避けられる場合の話だ。やっぱり、これ以上濃い茂みには入りたくない。

　問題はなかった。標的の方角を特に意識しなくても進めた。どっちに向かえばいいかはつねにわかっていた。向きを変え、ニクスに進行方向を変えることをハンドサインで伝えた。ニクスたちも道に迷うことはないだろうが、先導役のレヴに続かなければならなかった。

「ケンタウルス人の兆候は？」とレヴはたずねた。

　聞くまでもなかった。ケンタウルス人の存在を示す音を聞きつけたら、ＡＩは聞かずとも教えてくれる。

〈ありません。いるのは地球の生物と原住生物だけです〉

「標的はどうだ？」

〈いいえ。識別しうるものはありません〉

当然だった。標的はまだ二キロほど先だった。

レヴは小川を渡って岸ぞいに進んだ。下生えはややまばらで森の奥まで見通せた。必要とあらばイエロージャケットを発射できるだけの距離も確保できそうだし、五十メートルあまり上の林冠を透かして空を見ることもできた。

リスが枝の上に走りでてきて、一瞬、とがめるようにレヴを見てから走り去った。撃ち落としたいという衝動に駆られたが、本気ではなかった。リスはリスとしてふるまっただけだ。ケンタウルス人が動物の騒ぎに敏感でなければいいんだけどな、とレヴは思った。隠密行動中の海兵隊員でさえ、森の自然の警告を完全に抑えることはできない——リスのチーチーという鳴き声もそのひとつだ。

だが、それだけではない。

レヴは進行方向を戻して標的をめざした。距離が縮まるにつれて速度を落とし、茂みという茂み、木という木に視線を配った。かすかな音がするたび、小動物がすばやく動くたびに神経を高ぶらせた。

七十メートル手前で前方に全神経を集中し、なにがあるかを探ろうとしているときに……

……十メートルほど右から人影があらわれた。

レヴがくるりと向きを変えてM‐49を向けると、ぼろぼろな服を着た女性が片手を上げてのひらを広げた。「おちつきなよ、おにいちゃん」

女性はがりがりといっていいほどの細身で、長くのばしている髪は銀色だった。年齢不詳で――レヴには四十歳なのか八十歳なのかわからなかった。女性は短冊状の布がびっしりと縫いつけられているマントのようなものをまとっていて、大口径のショットガンを構えていた。レヴに向けられている銃口は巨大に見えた。

「味方の海兵隊員ね」と女性はいって馬鹿でかい銃をおろした。

レヴはそんな銃を見たことがなかったが、戦闘服を着ていようがいまいが、撃たれたら大変なことになるのは火を見るよりも明らかだった。

「連邦海兵隊のレヴ・ペレティエ二等兵です。あなたは接触相手ですね?」

女性はうなずいて、「指揮官はどこ?」とたずねた。

「いま来ます」といってレヴは下がった。ニクス三等軍曹が視界に入ると、すぐに〝目標人物〟とハンドサインで伝えた。

レヴはまだどきどきしていた。どうして気づかなかったんだろう？　たしかに、受動的スキャンしかしてなかったけど、それにしたって――

「その服はなんなんですか？」とレヴは好奇心に駆られてたずねた。

女性は地元のスウォンジー市のホームレスのように見えた。そんなひどい外見にもかかわらず、上着にはなんらかの目的が感じられた。

女性は笑い、「ギリースーツを見たことがないの？」とたずねた。

「ええ。ありませんね」

「軍人さんはみんな、ハイテクが大好きなのよね」女性はそれ以上語らなかった。

ニクス、タヌ、そして少尉が到着した。

「ペレティエ、五十メートル前進して待機していろ。何者も忍び寄らせるな」

とどまってついに実際の標的の位置を確認できたのかどうかを知りたかったが、命令には逆らえなかった。どのみち、すぐにわかる。

レヴはため息を我慢しながら森のなかをさらに進み、大きな木の幹の陰に陣どった。余裕たっぷりとはいえなくても、視界はまずまずだしミサイルを撃てるだけの距離もとれた。

「ところで、ギリースーツっていったいなんなんだ？」とレヴはＡＩにたずねた。

21

「交替する」とレヴはトミコに伝えた。

トミコがぞんざいに敬礼をして横にずれると、レヴがふたたび先頭に立った。二時間も緊張が続いたら、だれだって疲れる。

横に立っているファティマ――姓はないただのファティマ――は、レヴとトミコが位置を交代するのを見くだすような笑みを浮かべながら見ていた。その女性は謎だった。一般市民なのか、それともオメガ部《OD》のエージェントなのかわからなかった。何者にしろ、どことなく不気味だった。

標的への案内人でもあるファティマは、日曜日に公園を散歩しているかのように、旧式のショットガンを肩にかけてトミコと並んで歩いていた。それ以上に、海兵隊は慎重すぎると思っているようだった。

しかし、オメストリ少尉はフル戦術移動を命じていた。少尉は出撃の二週間前に班に着任したばかりだし、トミコとレヴとおなじく、これが初の実戦だった。レヴにはサパ一等軍曹が新米の少尉に班の指揮をまかせることについてどう思っているのかわからなかった。だがレヴは、少なくとも、なめた態度で作戦に臨まれるよりはいいと思っていた。油断するよりも警戒しすぎのほうがましだ。

ファティマがてのひらを上に向けて腕をのばし、どうぞお進みくださいというしぐさをした。ファティマの態度から優越感が見てとれた。レヴの心に、ファティマの鼻っ柱をへし折ってやりたいという衝動がこみあげた。レヴは強化された海兵隊員だし、ファティマの体重は五十キロあるかないかだろう。だが、ファティマは標的への案内人だし、もしもほんとうにODなら、身体拡張を受けているかもしれない。

それに、この人は味方のはずじゃないか。そうだろう?

レヴは丘をくだりはじめ、巨人たちがボードゲームをしたせいで散らばったかのように巨岩がごろごろ転がっている一帯を迂回した。どこに向かっているかを知りたかったが、ファティマは標的の位置をダウンロードできなかった——それともしようとしなかった。だから、ケンタウルス人の兆候を探りながらただ前進するだけでなく、ファティマをちらちら見て、正しい方向に進んでいるかどうかを確認しなければならなかった。そのせいでケンタウルス人を見逃しやすくなっているのが気がかりだった。

集中して、愚痴をこぼすのをやめろ、レヴ。

レヴは邪念を払おうとぶるっと頭を振って進みつづけた。このあたりは美しい土地で、スウォンジーの北の人口密度が低い地域のように見えた。パフボールを別にすれば、故郷のブレコンビーコンズでトレッキングしているかのようだった。だが、異星の飛行生物の存在がそんな幻想を打ち砕いた、特に、パフボールが聞いたことのない哀愁を帯びたさえずりを発したときは。

驚くまでもなかった。ワイゲート社がペルセウス連邦のかなりの部分の地球化《テラフオーミング》を担当している。プリーチャーロールズもセーフハーバーも、おそらく例外ではない。ワイゲート社はおなじ設計図を用い、おなじ木々を植え、おなじ動物を放ったのだ。

しかし、レヴはいま、セーフハーバーにいるわけではなかった。ここは敵に占拠された惑星なのだから、警戒をゆるめるわけにはいかなかった。

振りかえってニクス三等軍曹が背後に見えることを確認した。班のスナイパーである三等軍曹はダイクストラを携行していた。レヴは訓練中、ダイクストラに慣れることができなかったが、その大口径弾には、近距離なら、少なくともケンタウルス人の注意をひけるほどの威力がある。レヴのM-49ではそうはいかない。

レヴとファティマは涸《か》れ川に到着した。ファティマは足を速め、レヴよりも先に進もうとした。レヴは手をのばしてファティマを止めた。

「先に行かないでください」とレヴはいらだった口調でとがめた。

「だったらぐずぐずしてないで」とファティマはいいかえした。

「先に行ってしまったら、あなたを守れないんです」

「あのね、兵隊さん。わたしを守ってくれる必要はないし、標的が近づいてるの」

レヴは深呼吸をした。この女と争うつもりはなかったが、必要とあらば押さえこんでも止めるつもりだった。特別な身体拡張を備えていたってかまうもんか。女をどうするかは少尉にまかせればいい。

「だからこそ、慎重に進むべきなんです」

「新兵キャンプで教わらなかったの、兵隊さん？」

「兵隊じゃなくて海兵隊員です」とレヴは反射的に訂正した。「で、教わらなかったのかって、なにをですか？」

ファティマはレヴの愚かさにあきれたという表情をつくった。「ケンタウルス人の武器システムが近づくほど、ドローンアイと地上のセンサーの活動が活発になる。ぐずぐずしてたら、その分、発見される確率が高まるのよ。だから、速く進めるように、手を放してくれない？」

　ファティマのいうことは理にかなっていた。だが、速く進もうとすると隠密性が犠牲になる。そもそも、発見されないように努めることがレイダーの信条なのだ。

だが、少尉はファティマが指揮をとるといっていた。少なくとも目的地への移動中は。選択肢を天秤にかけたが、命令にしたがうほかないと結論した。レヴが手を放すと、ファティマは肩をすくめてふたたび歩きだした。

　レヴが振りかえって三十メートルうしろを見ると、ニクス三等軍曹が質問のハンドサインを送ってきた。レヴは手を振ってなんでもないと答え、向きなおってファティマのあとを追った。

　まったくもう。知ったことか。

　ファティマは涸れ川の川床を急ぎ足でさらに六十メートル進み、急に左へ曲がって新たな斜面をのぼりだした。レヴは急いで追いかけ、低木性のオークの林を縫うようにのぼった。二羽のカササギが、真下を通ったレヴに文句をつけた。

　レヴはまばたきをしてマップをオーバーレイ表示した。レヴたちは幅の広い指を思わせる、ほとんど卓状台地《メサ》のような地形をのぼっていた。反対側の断崖の先は平野になっている。高台からは連隊の目的地、ホワイトホース市を直接、視界におさめられるだろうし、障害物を気にすることなく峡谷の上空全体を砲撃できるはずだ。

ケンタウルス人の海軍は人類のどの海軍よりも技術的に進んでいる。彼らの鏡面艦は人類のエネルギー兵器をものともしないので、深宇宙での戦闘はつねに一方的だった。しかし、ケンタウルス人は原始的な運動エネルギー兵器のことを忘れてしまっているらしい。フリゲート艦の量子レールガンでさえ、一撃でケンタウルス艦を粉砕できるのだ。深宇宙の戦闘では、距離が数十万キロから数百万キロにおよぶため、ケンタウルス人は運動エネルギー弾をあっさりかわすことができる。ところが、恒星系内では、距離ははるかに短く、機動に使える時間も少ない。惑星周辺では、ケンタウルス人が何度も痛い目を見て、人類が有利になった。おそらく、人類が優位に立ったのはこのときだけだったのではないだろうか。そしてケンタウルス人は、深宇宙の広大な空間を好んで、恒星系から艦船を遠ざけるようになった。

しかし、だからといってケンタウルス人は惑星近傍の宙域を人類に譲り渡したわけではない。地上基地で充分に戦えるなら主力艦を投入する必要はないからだ。地上に設置した超強力な中間子砲で着陸艇を簡単に撃墜できる。さらに、惑星大気によって減衰しても、ビームは軌道まで到達して宇宙船を破壊できる。機動性はないかもしれないが、人類の艦船はそれを無視できない。

そして、それがこの班の標的だった。攻撃の前にケンタウルス人の中間子砲を破壊しておかないと、軌道上のモニター艦が反撃して破壊する前に惨劇が繰り広げられることになる。

レヴは小隊のほか三個の班の任務を知らなかったが、おなじだとしても驚かなかった。ケンタウルス人が築いた砲台が一門だけとは思えないからだ。

レヴは時刻を確認した。砲台を破壊するまでにはまだ二時間近くあった。通常、砲台に人員は配置されていないが、破壊したらケンタウルスに気づかれるはずだ。そのため、攻撃の四十分前まで協調してすべての砲台を破壊しておかなければ、作戦の成功は見こめない――四十分前までなら、レイダー班が失敗した場合、攻撃司令官は作戦を中止できる。

攻撃作戦が中止されたことは以前にもあった。

ファティマは高台への斜面をのぼりきって足を止め、レヴのほうを振り向いたが、次の瞬間、電離した空気が立てるパチッという音が響いて彼女の背中に閃光が生じた。ファティマはぐったりと倒れた。

レヴは反射的に反応し、片膝をついてM‐49を構えた。そして三十メートルほど離れたところから急降下してくるドローンを発見した。ドローンはレヴをねらってレーザー状のビームを発射した。ビームは戦闘服の左肩をかすめた。レヴは右に飛んで地面を転がり、一連の動作で立ちあがって撃った。

　M‐49の超高速圧縮ダート弾は標的に命中すると膨張して八ミリの弾丸になる。百五十発以上のダート弾が、〇・五秒足らずで、接近しつつある標的に到達した。二十メートルの距離だと、ダート弾の速度はまだ秒速二キロを超えている。先端がタングステン製の小さなダート弾が一発か二発、もしかしたらそれ以上が小型ドローンアイに命中した。その速度だと威力は強烈だった。ドローンアイは空中分解した。

レヴはそのドローンアイにはもう目もくれなかった。別の殺人ドローンアイが飛んでこないかと注意深く周囲を見まわした。ケンタウルス人はドローンアイを、波状攻撃をしかけられるほど配備することもあるし、一、二機しか配備しないこともある。その基準は不明だが、最悪の事態を想定しておいたほうがいい。なにも見つからなかった。だが、別のドローンアイが存在する可能性は否定できない。アクティブスキャンモードに切り替えたい衝動に駆られたが、自制した。

　敵と接触したことをハンドサインでニクスに伝えたあと、ファティマのもとへ急いだ。ファティマの胸には周囲が焼け焦げている穴があいていた。背中の穴から煙がかすかに立ちのぼっており、レヴは鼻のフィルターに感謝した。

　海兵隊員が死亡すると、ナノマシンが保存モードになって、基本的には神経系と重要な臓器をそのまま凍結する化学物質を分泌する。これは、人類がいまだに実現できていない停滞状態ではないが、それなりのレベルには達している技術だ。遺体を約十二時間以内に医療施設に運べれば、およそ一年以上のリハビリが必要となるものの、その海兵隊員を救命できる可能性がある。

ファティマがおなじ医療ナノを使っているかどうかは知らなかった。使っているとしても、手遅れになる前に緊急搬送できるかどうかはわからなかった。

「なにと接触したんだ？」とニクス三等軍曹がたずねた。

「ドローンアイです。民間人が撃たれました」

「撃墜したのか、それともまだ飛びまわってるのか？」

「撃墜しました」

ファティマが殺されるのを見たショックにもかかわらず、ついさっき自分がケンタウルス人のドローンを撃ち落としたのだという実感がわいてきた。相手はケンタウルス人そのものではなかったが、それでも……実戦だった。本物の戦闘だった。

レヴはM-49を見おろした。この銃を持ち運ぶのは大変だが、海兵隊はその必要性を承知しているのかもしれない。ニクス三等軍曹のダイクストラはドローンアイに対してほとんど無力だっただろう。奇跡の一撃がないかぎり、撃墜するのは無理だ。レヴの強化された反射神経と筋肉の協調性と視力に、多数の弾を発射するM-49を組みあわせてやっと、ケンタウルス人の兵器を凌駕《りょうが》できるのだ。

周囲では、班のほかの海兵隊員たちが散開して前進していた。さらなるドローンアイが、それどころかケンタウルス人が待ち構えているかもしれなかった。

新たなドローンアイを警戒しようとしたが、目がファティマのぐったりした体に引き寄せられた。従軍中に死体を見るだろう——またはそれより先に自分が死ぬだろう——と覚悟はしていた。そしてこの女性がはじめて目《ま》のあたりにした死体だった。だが、死体がこんなふうに見えるとは想像していなかった。眠っているかのようだった。ビームが傷口を焼き、組織がおちつくにつれて穴がふさがっていた。フィルターを通して鼻に入ってくる空気は、バーベキューと焦げた髪の匂いがきつかった。吐き気に襲われたが、どうにか耐えて息を吐いた。女性の死体を見つめているうちに悲しみがこみあげてきた。

ファティマは海兵隊員ではなかったし傲慢だった。だが、彼女も大義のために戦っていた。だから置き去りにするのは忍びなかった。レヴはため息をつくと、視線をファティマからひきはがして、ふたたび肉眼で周囲を警戒しはじめた。

「無人のケンタウルス人武器システムの警備がドローン一機だけだったことはどれくらいあるんだ？」

〈報告された事例では四十三・二パーセントです〉

それなら……いや、ちょっと待った。

「ドローンが無人の武器システムを守っていない確率は？」

〈二十六・五パーセントです〉

レヴは、〝報告された事例〟が鍵だと気づいた。ドローンアイの数が多い場合は海兵隊員が全滅し、報告されないままになるのだろう。それでも、その確率に安堵した。そして、今回も一機だけの事例だったらしく、新たなドローンアイがあらわれなかったので、約二十分後、少尉が前進を命じた。

ニクス三等軍曹はダイクストラを肩にかけ、ファティマのショットガンを拾いあげた。ショットガンは古かったが、ドローンアイが相手なら大型狙撃銃よりも役に立つはずだった。レヴは、ファティマのぐったりとした死体を最後にひと目見てから歩きだした。だが、今回はレヴひとりが先頭ではなかった。班はレヴとトミコとディーン＝バレスター伍長が一直線に並んで先頭に立ち、ほかのメンバーがあとに続くという、修正分隊W陣形で前進した。三人は全員がM-49で武装していた。この陣形は前面からの防御力にすぐれているし、より広い範囲を防御できる。砲台は指状の台地にあることはわかっていたが、ファティマがいなければくわしい場所はわからなかった。

ファティマが先導していた方向へ進んでいると、わずか百六十メートル進んだところで、トミコが停止の合図を出した。レヴは訓練どおりに側面を守りながら、トミコおよび彼女のほうに向かっている少尉を気にかけていた。レヴの聴力は以前よりはるかに向上しているし、医師たちによれば、今後二年でさらによくなるとのことだったが、二十五メートルは離れていたため、ふたりが小声でなにを話しているかは聞きとれなかった。

だが、モンテス二等軍曹が前進したので話の内容がはっきりした。フセインがいないいま、かさばってすばやく動かせないが強力なグレネードランチャー、MM‐37マンティスを携行しているのは彼女だけだ。マンティスは連邦の武器ですらない。事実上、フリジアン・ホストが鉱夫反乱軍《マイナーズ・リベリオン》との戦争中に、堅固に要塞化された掩体壕《えんたいごう》を破壊するために開発した成形炸薬弾発射器だ。この武器はこんどの戦争の悲惨だった最初の数年間でふたたび使用されるようになり、ケンタウルス人の無人の標的に対して効果的であることが実証された。電子機器を使用しておらず、先端の形状が特異なこの武器は、ケンタウルス人の対人兵器の影響を受けないのだ。その後、数は限定的だが、ほかの軍にも配布された。連邦海兵隊はそれを改良して――おそらくそのまま使うのはプライドが許さなかっただろう――マンティスと命名した。

少尉が集合の合図を出し、班は断崖の縁まで後退した。砲台を破壊する予定時刻までまだ一時間以上あったため、そこで待機することになった。モンテス二等軍曹は、しっかりねらえるところまで単独で前進し、小さな爆風シールドをとりつけて発砲する。

　万事うまくいけば、レヴたちは第二段階における所定位置まで退却し、引き続き連隊の主力部隊を支援する偵察任務についてケンタウルス人の増援の兆候を探る。そしてタヌがファティマの死体を、第一に彼女が軍用医療ナノを使用しており、第二に手遅れになる前に救急搬送できるという望みにかけて運ぶ。

　任務の結末は、少なくともレヴにとっては拍子抜けだった。二等軍曹は十五分前に前進した。レヴはタイマーの残り時間を見つめた。ゼロになった瞬間、マンティスのシュッという奇妙な発射音が響き、その直後にケンタウルス人の砲台で対人地雷が爆発した。レヴは衝撃波を感じ、前方で土煙が上がったが、それだけだった。

「ふうん。もっと——派手なことになると思ってたんだけどな。とにかく派手なことに」とレヴはつぶやいて、戦果の証拠が見えないかと目を凝らした。

　不安そうに前方を見つめているのはレヴだけではなかった。マンティスがはずれることもあるから、砲台はまだ健在かもしれない。二等軍曹はうまくやったが、砲台の対人システムをかわせなかったかもしれない。どうなったにせよ、砲台を破壊するまで班の任務は完了しない。

　二分後、木々のあいだから埃《ほこり》まみれになった二等軍曹があらわれた。顔に得意そうな笑みを浮かべていた。砲台の破壊に成功したことを伝えるために親指を立てる必要はなかった。

それで終わりだった。こんなに遠くまで、これだけの努力をして、必要だったのは一発のホスト製マンティスだけだった。

海兵隊は副次的な任務に移行したが、レヴの脳裏に浮かんだのは、結局、この目で砲台を見られなかったな、という思いだけだった。

22

「勝てると思う？」トミコが、戦闘の痕跡がはっきりと認められる谷を見おろしながらたずねた。

街からは土煙が立ちのぼり、空は閃光で照らされていた。強化された視力でも判別できないほど小さな点が無数に落ちてきていた。だが、判別するまでもなかった。それらは攻撃の第一波である海兵隊降下部隊だった。

海兵隊でもっとも死亡率が高いのはレイダーと偵察部隊だろうが、海兵隊降下部隊もそれに続く。その降下エッグは基本的には反射アーマー製の殻だが、おそろしく無防備だし、ケンタウルス人には使える武器がたくさんある。それらの小さな点の半分は、すでになかの乗員が死んでいて、棺桶同然になっているのかもしれない。

ふたりの海兵隊員は鋭い音を聞いた——海軍のモニター艦が宇宙から地上支援をしているのだ。鏡面艦は星系内で人類の艦船と交戦するのをためらっているので、海軍が軌道空間の局地的優位を確保したのだろう。

「ぼくたちはできることをした。あとは見守るしかないのさ」トミコは静かにひとりごとをいった。

「センパー・ファイ（アメリカ海兵隊のモットー。ラテン語で「つねに忠誠を」の意）か」

「さあ、もう位置につきな」

「無茶はするなよ」

「わかってる。おまえもな」

レヴは陣形を守りながら前進を続けた。低い段差を飛びおり、生い茂った下生えをかきわけて進み、やや開けた場所にいたった。さまざまな方向の視界を確認し、これでよしと決めた。レヴは陣形の最後尾だった。たとえ位置どりが完璧でなくても、トミコから五十メートル以上離れないようにと命じられていた。

最大の任務を終えた班は単純な偵察に移行していた。自然な進軍ルートに散開して、決戦場をめざすケンタウルス人の援軍を発見するべく、身をひそめつつ目を光らせていた。情報によれば、ケンタウルス人はこの大陸のホワイトホース市周辺に集結しているとされた。大陸のほかの部分のほとんどが焼きつくされていることを考えれば理にかなっていた。だが、情報が誤っていたこともあった。

レヴは彼方の戦場を最後に一瞥《いちべつ》すると、マルチツールをスコップモードにした。地面はやわらかくて肥沃《ひよく》な土で、掘りやすかった。低木が生い茂っている土の塊を慎重に切りだしてわきに置いた。強化された筋力を駆使して蛸壺壕《スパイダーホール》をどんどん掘り進めた。一メートルほど掘ったところで、上部を棚状に残して斜めに掘り、そこからさらに六十センチほど掘りさげた。どれほどの時間そこにいることになるかわからないので、すわれるようにしたのだ。

試しにすわってみた。頭のてっぺんが穴にちょうどおさまった。切りだした土の塊をかぶせると、きれいに身を隠せた。

完璧だ。

なぜ穴のなかにいると発見されにくくなるかはわかっていなかった。高度な技術を誇るケンタウルス人は地下を探知できないのか、それとも敵がスパイダーホールに隠れているなんて考えもしないのかのどちらかだった。レヴは後者だろうと踏んでいた。彼自身の戦闘服には地中探査ソナーが搭載されているし、ケンタウルス人は技術的に人類よりも光年単位で進んでいるからだ。

レヴは二発のイエロージャケットをとりだし、穴の土壁に押しつけて、必要なときにいつでも手にとれるようにした。通信装置をチェックし、広域発信が停止していることを確認してナノパルスを送った。回路は正常だった。班はまだ発信を禁止されているが、連隊本隊に警告するほうが優先される。メッセージを送らなければならなくなったら、生で広域発信するつもりだった。最後にオプティサイトを四本接続し、頭の上に土の塊をかぶせた。

準備がととのった。あとは待つだけだ。

「ユートピア・シスターズの曲は？」

〈レッド・ヘリング〉が瞬時に聴覚神経をくすぐりはじめ、レヴはゆったりと聴き入った。

戦争ホロヴィドでは、海兵隊員にしろそのほかの兵士にしろ、つねに戦況を把握しているし、ヘルメットディスプレイは戦場の情報の宝庫だ。しかし現実は――レヴは経験豊富なわけではないが――そうではない。レヴはこの惑星にいる約一万人の海兵隊員のひとりだった。左に四十メートルほどのところにトミコがおり、さらに四十メートルほど先にサパ一等軍曹がいた。

だが、レヴはかつてなかったほどの孤独を感じていた。スパイダーホールからは街すら見えなかった――見えるのは、降下してくる豆粒のような海兵隊員たちだけだ。もくろみどおりにことが運べば、まもなく、より重装備の海兵隊員とメカ兵が搭乗している着陸艇が降りてくるはずだ。さらにそのあとに戦車と野砲が続く。

しかし、はるか昔、二十世紀にマイク・タイソンという哲学者が、「だれもが顔を殴られるまでは計画を持っている」といった。ケンタウルス人は殴ってきた。進行中のこの戦闘に、かけらでも計画が残っているのだろうか？

レヴはスパイダーホールを出て、たとえば木にのぼって平原を眺めたくてたまらなくなった。だが、強化された視力をもってしても、街の外縁から五十七キロも離れていては、なにが起こっているかはほとんどわからないだろう。

レヴは、もうちょっと広い穴を掘っておけばよかったと後悔しながら体重を移動した。いまの穴のなかでは体の向きを変えられず、おなじ姿勢を保つしかなかった。

「くも《スパイダー》じゃなく、まるでネズミだな」とレヴはぼやいた。

レヴはオプティサイトを切り替えた。オプティサイトは四方に一本ずつ、計四本設置して、三百六十度全周を見られるようにしてあった。いま切り替えたものはレヴの左、惑星の西に向けてあるオプティサイトだった。トミコが見えたらいいのにと思ったが、彼女はここより高いところにあるスパイダーホールのなかだった。それに、あいだに森もあった。

ケンタウルス人がトミコに迫ったら助けにいけるようにしておきたかった。もっとも、ケンタウルス人が彼女を襲ったらわかるはずだった。

「あいかわらずなにもなしか？」

〈わたしはケンタウルス人に結びつけられる兆候は検知していません〉

パーソナリティ指数《PQ》を上げて以来、AIは〝わたし〟と自称するようになった。レヴはやや違和感を覚えているが、ゼロのままにしておいたら音楽を提供してくれなかっただろう。そのとき〈ネヴァー・アゲイン〉が、ふと思いついたかのように静かに流れだした。そしてレヴの心は癒された。

だが、そのことにちょっぴり罪悪感を覚えた。警戒を怠ってはいけないことになっているからだ。ただし、ノイズのフィルタリングについてはレヴの聴覚皮質よりもAIのほうがすぐれている、という弁解の余地もあった。レヴは次の、北を向いているオプティサイトに切り替えた。視界が三百六十度あったり、回転したりするモデルもあるのだが、レイダーと海兵隊偵察部隊はベーシックな無電源タイプを採用している。すべての装備品についていえることだが、特徴《シグネチャー》は可能なかぎり少なくしておかなければならないのだ。

森はしんと静まりかえっていた。鳥やふわふわ飛ぶパフボールさえ、その静寂を破らなかった。この惑星の運命が、いままさに決まろうとしていることを、生き物たちも知っているかのようだ。動物はいつだって知ってるんだ。ここホワイトホース市、それにほか二カ所の目標地点――もしこの三カ所の戦いに勝利できれば、残りのケンタウルス人も追い詰め、滅ぼせるはずだ。

七、八百人のケンタウルス人に一万人の海兵隊員か——レヴは首を振りながら内心でつぶやいた。七、八百人だけでよかったよ。情報が正しければだけど。

ケンタウルス人がなぜめったに大部隊を投入しないのかは不明だ。そうする必要があるといっているわけではない。ケンタウルス人は手ごわい敵だ。だが、もしもケンタウルス人兵士が、たとえば数千人で来襲してきたら、連邦海兵隊の全軍を動員しても撃退するのは困難だろう。

もちろん、もしもこの惑星にケンタウルス人が数千人いたら、人類会議《COH》は惑星ごと破壊するように命じるはずだ……そしてペルセウス連邦政府は、連邦市民が数千人生き残っていようと、おそらく同意するだろう。

レヴは、街の上空を見渡した。海兵隊降下部隊が任務を果たしていれば、着陸艇の第一陣が、いまにも大気圏に突入してくるはずだ。もしもケンタウルス人が予想以上に強力でなければ。もしもケンタウルス海軍が連邦艦隊を全滅させていなければ。もしも、もしも、もしも……

ため息をついて次のオプティサイトに切り替えたとたん、レヴは固まった。ケンタウルス人が、レヴのスパイダーホールから二十メートルも離れていないところにいた。

〈聖騎士《パラディン》型ケンタウルス人を検知しました〉

「嘘だろ」とレヴはつぶやきを漏らしながら、穴の壁からイエロージャケットの一発を引き抜いた。心臓が胸を突き破りそうだった。

そいつは巨大だった。四メートルはあるだろう。だがじっとしていた。自分の目で見ていなければ、そこにはなにもいないと断言できるほどだった。なんの音もたてていなかった。一分半前には、そこにはなにもいなかった。なのにいま、四トンの巨体が、手をのばせば触れそうなほど近くにうずくまっている。

あんなものが、どうやって知らないうちにあそこまで来たんだ？

「距離は？」

〈十八・四メートルです〉

くそっ！ レヴは、イエロージャケットを壁の土に押し戻した。ミサイルは使えない。そんなに近くては起爆しない。

ふと思いついた。「イエロージャケットの最短起爆距離をいじることは可能か？」

〈はい、可能です〉

興奮がわきあがった。

「よし、やるぞ」と声に出さずにいいながらミサイルをふたたび引き抜いた。

〈クラスBの整備施設でなら〉

「え？　いま、ここでできないのか？」

〈はい、できません〉

「この馬鹿。ここでできるかどうかを聞いたんだ。グエンにある施設でじゃなくて」

ＡＩは無言だった。

イエロージャケットを壁のなかに戻すと、レヴは、ふたたびオプティサイトをのぞいた。パラディンは動いていなかった。レヴは、どんな選択肢があるかを考えた。レヴは陣形の端にいて、ケンタウルス人はその外側にいた。ケンタウルス人の接近の隠密ぶりを考えると、気づいている海兵隊員がほかにいるとは思えなかった。

ため息をつきながら、レヴは、選択肢はひとつしかないことをさとった。義務をはたすしかないのだ。

「通信を開け」

少なくとも、ＡＩは異議を唱えなかった。

時間がないことを知っていたので、ケンタウルス人の位置をアップロードし、画像ファイルを一瞬、表示させてからいった。「パラディン型ケンタウルス人を発見。平原から街まで見渡せる位置にいる。現在は静止」

レヴはケンタウルス人を最後にひと目見た。イエロージャケットを撃つには近すぎるし、逃げるには近すぎる。

いや。このメッセージを送っても、戦わずに死ぬわけにはいかない。

「イエロージャケットが使える距離まで遠ざかったらすぐに知らせてくれ」

ケンタウルス人に殺される前に走って二十メートル遠ざかり、振りかえって攻撃できる可能性がごくわずかなのはわかっていたが、あきらめるよりはましだ。こんどは、土に押しこんでおいたイエロージャケットを二発ともとりだした。できるだけ体をねじって両脚を上げ、走りだす準備をした。

通信の準備は完了していた。まだ送ってはいないが、あとは命じるだけだ。

「ごめん、ママ、ごめん、マックス」そして「送信」と告げた。

脚に力をこめて穴から飛びだそうとしたが、ＡＩの報告がレヴを止めた。

〈送信失敗〉

「どういう意味だ？」

〈メッセージを送信できませんでした。このエリアは通信妨害されています〉

「そんな！」

〈再試行は成功しそうにありません。もう一度試しますか？〉

最悪の事態を予想していたが、現実はそれよりも悪かった。メッセージすら送れないのだ。

ケンタウルス人が向かってきているのではないかと覚悟しながらオプティサイトをのぞいた。だが、動いていなかった。

「どうしてぼくに向かってこないんだ？」

〈たしかではありませんが、ジャミング信号のせいであなたが送信しようとしたことに気づいていないのかもしれません〉

レヴは汗をかいていたし、気が遠くなりかけていた。いまこの瞬間もまだ命があるとは思っていなかったが、なぜか、安堵よりも怒りを感じていた。だまされたような気になっていた。ケンタウルス人はまだそこにいたが、レヴはそいつからなんの反応もひきだせていなかった。

「次はどうする？」とレヴはつぶやいた。

〈あなたが決めることです〉

ＡＩに質問したわけではなかったが、まったくそのとおりだった。教科書どおりの解答はなかった。なにをするかは自分で決めなければならなかった。

簡単なのはこのまま隠れつづけることだ。奇跡的にも、ケンタウルス人はレヴに気づいていない。じっとしていれば生きのびられる可能性はある。ケンタウルス人が去ったら穴から出て、オメストリ少尉に報告すればいい。その考えは魅力的だったが、レヴは罪悪感を覚えた。だが、いくら頭を絞っても、それよりましな策は思いつかなかった。

ケンタウルス人が移動しはじめたら、遠ざかるまで待ってからイエロージャケットを撃てるかもしれない。たとえうまくいかなくても、トミコは爆発音を聞いて報告するはずだ——彼女も通信妨害を受けていなければ。

ただし、そのとき、ケンタウルス人は動いていなかった。それどころか、シャーシの側面から支柱のようなスパイクを突きだして地面に突き刺した。

なにをしてるんだ？

ケンタウルス人は固定された基部を持ちあげて主砲を展開した。

レヴは、一瞬、ケンタウルス人は自分を殺そうとしているのだと思った。だが、重ビーム砲は北の草原に向けられていた。そのビーム砲は、海兵隊がバーサと呼んでいるもので、攻撃対象はアーマーや——

「まずい！」

すべてが一瞬でつながった。ケンタウルス人が偶然、レヴのそばで止まったのではなかった。少尉が班を尾根ぞいに配置したのは、眼下の平原から街にいたるまで、広範囲を一望できるからだ。ケンタウルス人が展開している大砲の攻撃対象はアーマーや降下目標だけではない。それは対空砲でもあって、この距離でも着陸艇を撃墜するのに充分な威力がある。そして着陸艇は、いまにも降下しようとしているのだ。

なんとかしなきゃならないけど、いったいどうすればいいんだ？　Ｍ－49は、ケンタウルス人のドローンアイを破壊できるが、ケンタウルス人には無力だ。イエロージャケットは近すぎて使えないし、ＭＭ－９０１地雷はケンタウルス人に踏ませなきゃならない。あとは——

自分がなにをしようとしているのかすらわからないうちに、ホルスターを出してＭＧ－３フェニックス焼夷地雷を二個とった。両足をすばやく持ちあげて仮設の席に踏みおろすと、叫びながらスパイダーホールから飛びだした。足が地面に着くなり走りだし、三歩で跳躍してケンタウルス人に飛び乗ろうとした。足が地面を離れた直後に強烈な波がそのすぐ下を焼いた。波のてっぺんが足をかすめ、レヴはバランスを崩した。

レヴはケンタウルス人の上に首から激突した。二発目のビームが発射され、レヴは反対側に落ちそうになった。基部をつかもうと手をのばし、そのせいでフェニックスを一個落としてしまったが、なんとかしがみついた。さらにビーム砲が発射され、斜面の岩とそのまわりの木々がこっぱみじんになった。

レヴは、フェニックスを一個、まだ持っていた。ケンタウルス人ががくんと揺れて動きだすと、レヴはカメレオンパッドつきの地雷の信管をひねって基部の下のほうに貼りつけた。向きを変えて降りようとしかけ、ふとひらめいて思いとどまった。ぼくはまだ生きてる。ってことは、ケンタウルス人はここにいる人間には手出しできないのかもしれない。だがレヴは、パラディンの対人防御兵器〝シュレッダー〟がいかに強力かを目のあたりにしていた。飛びおりたとたんに殺されてしまう。

フェニックスの補助爆薬が発火して主爆薬を起爆した。一瞬後、ケンタウルス人の表面に小さな太陽が生じた。レヴはその閃光で目がくらみ、戦闘服を通しても熱を感じた。レヴは基部をまわりこみ、小猿が母猿に抱きつくようにしてしがみついて、二万度の熱から身を守るための盾にした。

完全に展開されたビーム砲が発射され、空気がイオン化されてバリバリという大きな音が響いた。レヴは、それが着陸艇を攻撃するためでなく、自分を振り払うための試みであってほしいと願った。ケンタウルス人はうしろに下がりはじめ、さらに二度、シュレッダーを発射して多くの木々を粉砕した。

フェニックスの閃光の強さに変化が生じたので、レヴは基部の反対側をちらりと見た。グレネード弾はケンタウルス人に穴をあけており、そこから煙が噴きだしていた。そんな状況ではないにもかかわらず、レヴは感心した。三百グラムほどしかない小さな物体が、どうしてこんな大きなダメージを与えられるんだろう？

ケンタウルス人は二本の脚をもつれさせてよろめいた。回転しはじめたが、ぎこちない動きだった。

「さっさと降りろ！」トミコがこなごなになった岩が散乱している斜面を、レヴに向かって両腕を振りつつ駆けおりてきながらそう叫んだ。

「戻れ！」よろめきつづけているケンタウルス人に乗ったまま、レヴはどなった。ケンタウルス人がまた対人ビームを放つのではないかと案じたのだ。

「爆発するぞ！」と叫びながらトミコは近づいてきた。

ああ、くそ！

彼女のいっていることは正しい。

そのとおりだった。ケンタウルス人は、死ぬと大爆発を起こすのだ。

「なんで警告してくれなかったんだ？」とＡＩに問いかけた直後、トミコがすぐそばまで来ると同時に飛びおりた。

レヴはトミコの腕をつかむなり、スパイダーホールまでひきずっていって放りこんだ。そしてその上に飛びこんだ。

狭かった。トミコがもう少し大柄だったら、レヴの尻が穴からはみだしていただろう。実際、どうにか両脚を引きこんだ直後に上の世界は大混乱におちいった。圧力のせいでレヴの体は押し下げられ、耳がポンと鳴った。空気が消失し、息ができなくなった。

レヴはパニックにおちいり、息をしようとあえいだ。下ではトミコがレヴを押しのけようともがいた。長すぎる——永遠のように思えた——時間がたって空気が一気に戻ってきたので、レヴは身をよじって穴から這いだした。あたり一帯が荒野と化していた。四、五十メートル以内にはなにも残っておらず、その先では木々が燃えていた。

「なんてこった」レヴは茫然自失していた。

ケンタウルス人は影も形もなかった。

トミコが穴から頭を出し、困惑した顔で周囲を見まわした。

「たまげたな」

「この大馬鹿。もうちょっとでふたりとも死ぬところだったんだぞ、ミコ」

「おまえが殺されないように、だれかが面倒を見なきゃならなかったのさ」とトミコはおだやかに応じた。

「それについては礼をいうよ。ありがとう」

「お互いさまさ。そうだろう?」

トミコは穴から抜けだすと、レヴの足を見た。「その足の装甲、どうしたんだ？」

「え？」

レヴが自分の足元を見ると、驚いたことに、戦闘服の左足の装甲の靴状になっている部分がなくなっていた。足の裏が見えていた。装甲の裏ではなく、素足の裏が。皮膚は少し焦げていて、スパイダーウェブが何本か、ちぎれて飛びだしているのが見えたが、大きな怪我はなさそうだった。

そしてその瞬間、いまになってなにがあったかに気づいたかのように、いきなり痛みを覚えた。ＡＩが投与した薬物が、たちまち効果を発揮した。

「やれやれ」レヴは破壊された足の装甲を指で触りながらいった。「もうちょっとで死ぬところだったみたいだな」

レヴはトミコのほうを向いて、「弁償することになるのかな？」とたずねた。

23

「運のいい人ね」とケルはいってスキャナーをはずした。

ケル・ディーン＝バレスター伍長は班の爆発物担当だが、応急手当の訓練も受けている。小隊の衛生兵は班から班へと移動しているので、各班には少なくともひとり、ケルのように応急手当訓練を受けた隊員がいるのだ。

ＡＩと医療ナノはレヴのためにさまざまなことができるが、すべてではない。伍長は痛む足にスプレーをかけ、ニュースキンのパッチを貼った。すぐに冷たい波が痛みをやわらげてくれた。

「たいした怪我じゃないわ。一週間もすれば元どおりになるはず。それにしても、レヴ、あと何センチか近かったら、再生にかなりの時間が必要になってたでしょうね」

それとも、あと〇・五秒遅かったら、ママの長男は虫の餌になっていただろう。

戦闘中は実感できていなかった。だがいま、トミコとサパ一等軍曹が瓦礫《がれき》を拭きとってサンプルを採取しているのを見ているうちに実感した。自分の命がまさに風前の灯《ともしび》だったことに。

レヴは脚をのばして足指を動かした。足は、とりあえず動くらしい。だが、足の装甲はひどいありさまだ。底の大半がなくなっている。

「これ、どうすればいいんですか？　足の装甲を修理できるものは持ってますか？」

「わたしは整備士じゃない」とケルはいった。「ここを出るまでは我慢するしかないわね」

ケルに手を貸してもらって立ちあがると、レヴは足にそっと体重をかけて歩きだした。痛みより違和感のほうが強かったが、伍長のいうとおり、我慢するしかなかった。

「どうだ？」オメストリ少尉がそうたずねながら歩いてきた。

「死にはしません。でも、できるだけ早く送還しないと」

少尉は眼下の平原を、戦闘が続いているホワイトホース市まで見渡した。「しばらくは無理だな」

それが事実なのをレヴは知っていた。そして理解していた。現在、この班に危険はないが、ホワイトホース市ではいまも海兵隊が戦闘中だ。

「できることはしたら、伍長、持ち場に戻れ。まだ任務が残ってる」

「二十四時間の安静を命じるところだけど、わかるわよね……」と伍長はレヴの肩を叩いた。「もうひとりでブリキ尻を相手にしちゃだめよ」

「了解しました」

「たいしたもんだ」と少尉は伍長が戻っていくといった。「ひとりでブリキ尻と戦って生きのびるのが、どれだけ珍しいかを知ってるか？」

少尉が興奮しているのがレヴにはわかった。目が輝いているし、呼吸が速い。レヴとおなじで、少尉にとってもこれがはじめての戦闘だった。

「かなり珍しいんじゃないでしょうか」

「〝かなり〟？　たぶんな。たしか、十人くらいしかいないはずだ。できるだけ早く記録を調べたいもんだな」

レヴが目にするものは、ほかの海兵隊員とおなじく、すべて記録されている。ほとんどはプライバシー法で保護されているが、戦闘はそうではない。直属の上官である少尉にはレヴの録画を見る権利があるはずだ。レヴは気にしていなかった。おそらく薬の影響で頭が少しぼうっとしていたが、なしとげたことに誇らしさを感じはじめていた。

「どうにかかまにあったようだな」と少尉がいいながら平原を指さした。平原の上空を見ると、シャトルとおぼしい小さな点が降下してきていた。海兵隊降下部隊が橋頭堡《きょうとうほ》を確保したので、作戦は次の段階に進んだのだ。レヴが倒したケンタウルス人が降下部隊を攻撃していたら、どれだけの兵士が失われていただろう？

「作戦が終了したら、おまえをプラチナノヴァに推薦するつもりだ」

レヴははっとした。プ《P》ラチナノ《N》ヴァに？

　生きている海兵隊員の下士官・兵卒にプラチナノヴァが授与されることはめったにない。子供のころ、ライオンズゲートのレヴの近所に、この勲章を授与された際に建築業者から贈呈された家に住んでいる元海兵隊員がいた。その男はどのバーでもただで酒が飲めた——しょっちゅうバーに通っているという噂もあった。

　ＰＮがあれば、除隊後の人生を自分で切り開けるんだ。

「やるべきことをやっただけです」とレヴは答えた。それが期待されている答えなのはわかっていた。

「そんなことは関係ない」と少尉は、両手を腰にあて、荒廃した地を見渡しながらいった。

「やったのはおまえだ」

　少尉の声にどことなく切なげだった。少尉もおなじことをしただろうとレヴは確信していた。少尉は、レヴがしたことを自分がしたかったと願っていた。

「とにかく、よくやった。だが、任務はまだ終わってない」

少尉は一等軍曹のほうを向いて叫んだ。「そっちはもう終わったか？」
一等軍曹は顔をしかめて応じた。「自分がなにをやってるのかわかってないんですよ」収集キットを掲げた。「価値のあるものがあったとしても、おれには見分けがつかないんです」

海兵隊員は、綿棒と容器からなる小さな採取キットを携帯している。ケンタウルス人は死ぬと必ず自爆するので、海兵隊員は、綿棒で瓦礫をぬぐって科学者が検査するための痕跡を採取することになっている。だが、レヴも一等軍曹と同感だった。あたりの灰と大きな木の破片を眺め渡しても、どこをぬぐえばいいのか見当もつかなかった。

「じゃあ、終わったんだな。戻ってこい。まだ任務がある。それに蛸壺《スパイダーホール》のなかで安全に隠れているほうがずっと気が楽だ」

「わたしはどうしますか、少尉どの？」とレヴはたずねた。「わたしのスパイダーホールはまだ使えます」

少尉はあらためて周囲を眺め渡し、眉をひそめながらレヴの壊れた足の装甲を見おろした。「いや、おまえは戦闘に参加できる状態じゃない」一等軍曹とトミコが来ると、「おまえはライザー二等兵と行動をともにしろ。戦況がおちついたら、新しい戦闘服を手に入れるだけのためでも、ここからおまえを退避させる。一等軍曹、おまえとわたしは持ち場に戻る」といった。

　ふたりは斜面をのぼっていった。のぼりきったところで、少尉はまたも惨状を眺め、「すごいもんだ」とひとりごちてから視界から消えた。

「少尉はおまえに感心したみたいだな」とトミコがいった。「だけど、ふたりでおなじ穴に入るんなら、そのでかいケツのためにもっと広い場所が必要だ。で、その足を口実に、わたしに穴を広げさせるなんつもりだろう？」

「正解だよ、ミコ。伍長の話を聞いてただろ？」

「ふざけるな」とトミコはいったが、笑みを抑えきれていなかった。

　レヴは、塹壕《ざんごう》の穴の底にすわった。ふたりが入っていると、もはやスパイダーホールとはいえない。直径が一メートル半もあるため、土の塊でふたをすることもできないので、トミコは枝を何本か拾ってきてふたがわりにした。

　興奮が消えたいま、レヴはようやく冷静になって、さっき起きたことを理性的に考えられるようになった。そして、あることが気になりだした。

「あのくそケンタウルス人が自爆するって、なんで教えてくれなかったんだ？」とレヴはたずねた。

〈それはクラス3の割りこみでした〉

「なんだって？」

〈クラス3の割りこみです。当然知っているはずの知識を教えることです〉

レヴはリゾート施設で受けたAIの講習でそれについて教わったことをなんとなく覚えていたが、詳細は思いだせなかった。

「そうか。クラス3だかなんだか知らないけど、なんで教えてくれなかったんだ？」

〈あなたはわたしに十五のPQを割りあてています。この状態では、クラス3またはそれ以下の発言を自発的にすることを許されていません〉

「なんだって？　だから、ぼくが死ぬかもしれないのに黙ってたっていうのか？

AIは無言だった。

あらためて怒りがこみあげた。命とりになりかねない情報を教えないAIなんて、なんの役に立つんだ？　死にかけたが生きのびて戦い、いまは薬を投与されているという顚末《てんまつ》にまつわる感情が脳裏でせめぎあっていて、レヴは感情的な限界に達していた。AIを大声でどなりつけたくなったが、そんなことをしてもなんにもならないとわかっていた。AIは膨大な数のオンオフスイッチの集まりにすぎない。

レヴは、何度か深呼吸をしながら、正しい答えを得るためにはどう命令すればいいかを考えた。

「おまえが、クラス3の、ええと……割りこみをできるようにするためにはどうすればいいんだ？」

〈わたしに二十五パーセントのＰＱを割りあててください〉

「それだけ？」

〈はい〉

　レヴは考えた。人格度を高くすればより豊かな交流や会話ができるようになるが、ほんとうにそれがしたいのかどうか確信がなかった。トミコをはじめとするＰＱを百まで上げている人々のように、ＡＩを人間のように扱うことを望んでいなかった。

　だが、二十五パーセントならそれほど悪くないかもしれない。それに、致命的な結果を招きかねない愚かな間違いをくりかえすのを防ぐためだったら、試す価値があるかもしれない。

　レヴはとなりでオプティサイトをのぞいて監視しているトミコを見た。トミコのおかげで命拾いしたが、彼女がいつもそばにいてくれるとはかぎらない。

「そうか、じゃあ、二十五パーセントに上げてくれ」

〈なにを二十五パーセントに上げるのですか？〉

おいおい！　たったいまPQの話をしてただろうが。

「PQを二十五パーセントに上げてくれ」

〈上げました。現在のPQは二十五パーセントです〉

「じゃあ、もしもぼくが乗ってるケンタウルス人が自爆しそうになったら教えてくれるんだな？」

〈はい、教えます〉

レヴは続き――皮肉なひとことかなにか――を待ったが、AIはもう発言を終えたようだった。レヴは足をまわしてみた。伍長が貼ったニュースキンは、歩いたせいで少々汚れていたが、中心部は光沢があって問題なさそうに見えた。しかし、端は若干、はがれかけている。レヴはそれが正常であることを願った。

退屈だった。この惑星に到着してから十九時間、最初の任務からは十一時間たっていた。この位置についたのは六時間前だし、ケンタウルス人との戦いからだと一時間二十分しかたっていないので、なにも起きていないわけではない。だが、塹壕の底でなにもしないでいるのは耐えられなかった。

「少し代わろうか？」とレヴはトミコに声をかけた。

「いや、わたしが見てる」

「うしろを見るよ。あのケンタウルス人は、幽霊みたいにこっそり近づいてきたから」

トミコはレヴのほうを向いて肩をすくめた。「じゃあ、頼む」

レヴがそれに感謝しながら立ちあがろうとしたとき、空が一瞬、閃光に照らされた。

「なんだ？」とレヴはたずねた。

トミコは体をこわばらせながらオプティサイトに顔を近づけた。そうすればもっとよく見えるかのように。

レヴが穴をおおっている枝のあいだから頭を出した直後に衝撃波が押し寄せてきて木々を揺らし、わずかに土埃《つちぼこり》を舞いあげた。しかし、レヴはそれをほとんど意識しなかった。彼の視線は街の方向に釘付けになっていた。街からは巨大な煙と塵の柱が立ちのぼっていた。

「なにがあったんだと思う？」と、やはり穴から頭をのぞかせたトミコが緊張しながらたずねた。

「わからない。何人ものケンタウルス人を一網打尽にして自爆させたってことはないかな？」

自分でも信じられなかったが、期待することはできた。

その後、ふたりは黙って見つめていたが、やがてトミコがいった。「ほら、あっち、西の方向」

レヴがそっちを見た。航空機編隊が低空飛行で接近してきていた。海兵隊のライトニング大気圏内攻撃機かもしれなかったが、数が多すぎたし、ああいう編隊を組むとは思えなかった。一機が消失した際に閃光が起こったが、遠すぎてよく見えなかった。

レヴにははっきり見る必要はなかった。ケンタウルス人なのは明らかだ。しかも多い。

それは連隊が危機的状況にあることを意味していた。

「どうする？」とレヴは静かにたずねた。

「なんにもできないさ」とトミコはあきらめの声で答えた。レヴとおなじ結論に達していたのだ。「命令を待つしかない」

レヴは心が空っぽになって吐き気がした。あそこで海兵隊員が、知っている海兵隊員が殺されているのに、自分たちは、危険地帯から遠く離れた尾根で、傍観者として眺めているだけだった。

状況がわからないまま置いてけぼりにされていることにいらだちを覚え、想像力が暴走した。通信機を見つめつづけたが、うんともすんともいわなかった。もしかしたらいいことなのかもしれないと自分を納得させようとした。

街での爆発から二十三分十四秒後、とうとう通信が入った。

「第三班はただちに再集結地点に向かえ」と少尉が命じた。「残り時間は十七分だ。戦術的な移動をしている余裕はない。置き去りにされたくなければ再集結地点までたどり着け」

トミコは小声で悪態《あくたい》をつきながら穴から飛びだした。

「ペレティエ、だいじょうぶか？」と少尉が一対一通信《P2P》でたずねた。「手を貸しにいこうか？」

「ついてこれるか？」とトミコがレヴに叫んだ。

レヴは穴から飛びだした。足の装甲が壊れていても、足を怪我していても、海兵隊員であることに変わりはなかった。

「けっこうです、少尉どの。来ていただかなくてだいじょうぶです」とレヴは、トミコのあとを追って走りだしながら答えた。

十七分というのはぎりぎりの時間だった。そのうえ、片足の装甲の底がないと、予想以上に走りにくかった。足が痛かったが、走りをゆるめず、トミコの背中を見つめながら、南の高台にある再集結地点をめざして森になっている斜面を駆けのぼりつづけた。だが、徐々に離された。トミコは二十メートル先で振りかえってレヴが大きく遅れていることに気づいた。そこで止まってレヴが追いつくのを待ち、横に並んではげました。

「先に行け」とレヴはいった。「きみまで脱出しそこなう」

「馬鹿いうな、レヴ。がんばれ。走りつづけるんだ」

　レヴは痛みを必死でこらえた。ＡＩに助けを求めたかったが、集中力を切らす危険は冒せなかった。この状態で走るのは、痛みがなくても難しかった。右足は正常だが左足は実質的に素足なのでリズムが乱れた。

　なにかが右から飛びだしてきたので、レヴは驚いてＭ-49を構えたが、一等軍曹だった。一等軍曹はレヴと並走しはじめた。

「だいじょうぶか？」と一等軍曹はたずねた。

「兵士らしくがんばってます」とレヴは虚勢を張った。「先に行ってください」

「おれたちはチームだ。おまえを置いていくつもりはない。書類仕事が増えるからな、ペレティエ。おれが書類仕事を嫌ってるのを知ってるだろう。馬鹿なことをいうな。手を貸させろ」

　一等軍曹がレヴの左腕に手をのばしたが、レヴはそれを振り払った。急がないと一等軍曹とトミコまで置いていかれる。レヴはもう、自分が置き去りにされることを覚悟していたが、ふたりまで無駄な犠牲を払う必要はなかった。

「だれだってひとりじゃないんだぞ、ペレティエ」と一等軍曹がどなった。「手を貸させるんだ」

レヴは身をよじって離れようとしたが、脳裏に光景が浮かんだ。マザーファッカー山をのぼっている自分。助けを申しでてくれたバンディ。そしてグレイサー訓練教官の説教。いま、彼女の姿が目に浮かんだ。レヴを叱責する彼女、なにも学ばなかったのかと問いかける彼女。

レヴは抵抗をあきらめた。一等軍曹が右腕を肩の下に入れるのを許し、トミコにうながされるまま、彼女の肩に右手をかけた。五、六十メートル進むうちにリズムをつかめた。レヴは左脚を浮かせて右脚だけで跳ねた。あいかわらずきつかったが、どうにか進みつづけられた。

だが、充分な速度ではなかった。十七分たった時点で、あと五百メートル残っていた。

「すみません」とレヴは跳ねる合間に息を切らしながら謝った。

「謝るな」と一等軍曹はうめくようにいった。身体拡張を受けていようがいまいが、一等軍曹にもかなりの負担がかかっていた。

レヴは前方の斜面を見上げながら、いまにも上昇していく宇宙船が見えるのだろうと予想していた。自分たちが取り残されたことはわかっていた。そして、トミコと一等軍曹を巻き添えにしてしまったと考えると吐き気がした。しかし、これにひとりで立ち向かわないですむことに安堵してもいた。

残り四百メートルの地点で、少尉とタヌとモンテス二等軍曹が木々のあいだから飛びだしてきた。

「なにをしてるんですか？」とレヴが呆然としながらたずねているあいだに、少尉が一等軍曹と交替し、タヌがレヴの右腕を肩にかけた。

「迷子を迎えに来ただけだ」と少尉が答えた。「さあ、行くぞ」

少尉がレヴを抱えるようにして彼らは斜面を駆けあがった。二百メートルほどのぼったところで、こんどはタヌがレヴの体重のほとんどをひきうけた。

レヴたちは、狭いが平らな開けた場所に設けられた再集結地点に駆けこんだ。そこには、レヴがこれまで見たなかもっとも美しい光景が広がっていた。レヴが知らない、これといった特徴のない小型宇宙船が、その場所のほとんどを占めていた。宇宙船の側面にはペルセウス連邦海軍の紋章が控えめに描かれていた。パイロットが心配そうに振りかえり、口の動きで急げとせかした。

レヴはパイロットが待っていてくれたことに驚いた。十七分たったら出発するはずだと思っていたからだが、狭い貨物室に駆けこんだときにその理由がわかった。ファティマの死体が床に横たわっていたが、操縦席のすぐうしろに立っているディーン＝バレスター伍長がM-49の銃口をパイロットに向けていた。後頭部に突きつけているわけではなかったが、メッセージは充分に伝わっているはずだった。

ディーン＝バレスター伍長は、死体がごろごろ転がっている狭い貨物室のなかでレヴを見つめ、M-49をレヴの足に向けた。

「足を地面につけるのは禁止しておいたはずよ」と彼女がいうと同時に、小型宇宙船が、惑星の引力から逃れるべく上昇を開始した。

24

「用心のしすぎだったんじゃないかな」とタヌがいった。「おれたちは敵に相当な打撃を与えたけど、くそ海軍が制空権を確保してくれなきゃ、あれでせいいっぱいなんだ」

「どうかな。三時間ちょっとしかなかったんだぞ。連隊の全員を惑星に降ろすこともできなかっただろうな」とモンテス二等軍曹が異を唱えた。

「おれたちはましだったんですよ。バックス連隊は大損害をこうむったそうです。ひとりも地上に降りられなかったんだとか」とニクス三等軍曹がいった。

「どこでそんな話を聞いたんだ？」とオメストリ少尉が不機嫌そうに口をはさんだ。「この船に乗りこんでからずっと一緒にいたはずじゃないか」

「ただの噂ですよ、少尉どの。乗員が話してるのを立ち聞きしたのかもしれません。覚えてないんです」とニクス三等軍曹は答えた。

「噂話はしないようにしろ。いいな？」と少尉。

少尉は寝棚でごろんと転がり、壁のほうを向いた。レヴには、少尉が眠ろうとしているのか、会話から逃れたいだけなのかわからなかった。だが、少尉のいうとおりだった。海軍の小型船はレヴたちを大型船に運ぶと、班がハンガーを出た直後にふたたび飛びたった。レヴたちはその船の名前すら知らなかったし、だれも教えてくれなかった。レヴたちが待機室に入ってから二十分後、数人の海軍兵士が飛びこんできてファティマの死体を回収していった。

海軍兵士たちの会話からすると、ファティマは別の船に移送されるようだった。それはおそらくふたつのことを意味していた。第一に、この船にはファティマに蘇生措置をほどこせるだけの高度な医療施設がない。そして第二に、ファティマはただの一般市民ではない。サパ一等軍曹がいったように、オメガ部員に違いなかった。

しかし、ということは、ファティマにはまだチャンスがあるのだ。彼女の脳は損傷しておらず、治療のタイムリミット内なのだ……ぎりぎりだとしても。だが、オメガ部員だろうが人類会議《COH》の事務総長だろうが、自然の法則には逆らえない。

四分後、疲れきった様子の海兵隊降下部隊五人がレヴたちがいる待機室に放りこまれたが、なにが起きたのかをたずねる前に、班はあわただしく連れだされて狭い居住区に押しこまれ、おとなしくしているように命じられた。残されている私物から、そこの寝棚はもともと海軍兵士のものだったとわかった。

「足の具合はどう？」とケル・ディーン＝バレスター伍長がレヴのほうに歩いてきながらたずねた。

レヴは足の負傷のことをほとんど忘れていた。

ほとんどだ。

だが、ケルから怪我の具合を聞かれたとたん、また痛みだした。

「だいじょうぶです」とレヴは答えた。

ケルは、足を彼女の膝に乗せるようにと身ぶりで示した。ケルに足を押されて、レヴは顔をしかめた。そして、どうしてくそナノがまだ痛みをすっかり消してくれないのか不思議に思った。

「ニュースキンがほとんどはがれちゃってるわね。船の診療所から追加をもらってくるけど、大きな損傷にはなってないと思う。一週間くらい軽い作業だけにしておけば全快するはず」

タヌはレヴの向かいの寝棚にすわっていた。居住区は狭く、膝が触れそうなほどだった。タヌはレヴの足を見ながら苦笑いを浮かべていた。

「そんなにひどいですか？」とレヴは皮肉っぽくたずねた。

「いや、そんなじゃない。つまり、たしかに、ひどいありさまだけど、おまえはまだ新兵《ブート》なのに、ケンタウルス人のケツを派手に蹴っ飛ばしたんだからな」

「だれを新兵呼ばしてるんですか、タヌウィジャヤ上等兵？」とトミコは、タヌの名前と階級を大袈裟に強調した。「あなたはわたしたちよりちょっと先に海兵隊に入っただけじゃないですか。それに、ブリキ尻に靴《ブート》を壊されたレヴは、もう新兵とは呼べませんよ」と、まだケルの膝に乗っているレヴの足を指さしながら付け加えた。

そんなにおもしろくはなかったが、状況が不明ななかで心理的負荷の高い体験をした班は笑う理由を探しているようだった。寝たふりをしていた少尉を含め、全員が吹きだした。

「正式決定だ。レヴを〝新兵〟と呼ぶのは禁止だからな。別の呼び名を考えろ。いいな？」と一等軍曹がいった。その言葉がさらなる笑いを誘った。

数々の呼び名が提案されたが、おおやけの場で口にできるものはわずかだった。レヴは、最悪の呼び名には反対しないように気をつけた。入隊前に、老ミスター・オリヴァから警告されていたからだ。あだ名に反対したら、それが定着してしまうのだ。

だれも、なにが起きたのかを忘れたわけではなかった。それは彼らの頭上にのしかかりつづけていて、いつしか、会話はそれに戻った。

「フスーマンはあの惑星から脱出できたのかな？」とトミコがたずねて、迷信を破った。

一等軍曹が上段の寝棚から手をのばしてトミコの頭を叩いた。彼は保守的なタイプで、海兵隊の迷信をすべて忠実に守っている。戦友の行方をたずねるのは縁起が悪いのだ。

だが、レヴも知りたかった。フセインのことは、あの惑星を脱出して以来、ずっと気になっていた。厳密には、レヴたちは海軍の宇宙船に搭乗したのだから、通信封鎖を解除してはならないはずだった。少尉は、全長十五メートルの小型船の位置をケンタウルス人に知られてしまう可能性よりも重要だと判断したらしく、タイトビームでフセインを呼びだしたが、応答はなかった。

「じゃあ」トミコは髪を撫でつけながらいった。「連隊のどれくらいが脱出できたんですか？　三個の連隊の？」

「上層部はしっかりとした脱出計画を立ててたはずよ」とケル。「今回の作戦が失敗に終わったとしても、ほとんどの隊員が脱出できたはず。わたしたちはグエンに戻って力を蓄えて、次はきちんとやりとげるのよ」

「同感だね」とタヌ。

レヴは反応をたしかめようとモンテス二等軍曹のほうを見た。二等軍曹はいつも、班員のなかでもっとも正確に状況を把握しているように思えた。彼女は無表情だったが、それがいい兆候なのか悪い兆候なのかはわからなかった。

「どうかな。ただ、いやな予感がするんだ」とニクス三等軍曹。「ジュリアズワールドを覚えてるだろ？」

「それは昔の話だ。いまは違う」と一等軍曹が断言した。

レヴはジュリアズワールドの戦いが大敗だったことを知っていたが、詳細は知らなかった。

「それについてはあとで聞きたいから、忘れてたら思いださせてくれ」とレヴは発話せずに命じた。

〈了解しました〉

「いいか、おれたちはなにも知らされてない。そして任務部隊司令官がわざわざ連絡してなにが起きたかを教えてくれるほどおれたちの優先順位が高いとは思えない」と一等軍曹。「だから、憶測を話しあって一喜一憂するのはもうやめよう」一等軍曹はホルスターからぼろぼろのカードを出した。「ノックオンでもやろうぜ」

ノックオンは一等軍曹のお気に入りのゲームだ。レヴはそんなに好きではないが、一等軍曹のいうとおりだった。なにかで気をまぎらすほうが、戦況がどんなにひどいかをうだうだ考えるよりはましだ。ぼくたちは生きてるんだし、また戦う準備ができてるんだ。

それに、戦況はそんなにひどくないんだよな？

25

戦況はひどくなりかねなかった。ひどいを通り越しかねなかった。

レヴは、愕然としながら、多目的体育館を去っていく師団司令官を気をつけの姿勢で見つめた。司令官が出ていってドアが閉まると同時に、連隊――その激減した生き残り――はざわめきだした。

グリフォンズは二千四百六名の海兵隊員と海軍兵士を降下させ、五百四十名しか生還できなかった。まさに虐殺だった。

ケンタウルス人の反撃で連隊長と最上級曹長も戦死した。個人的なレベルでは、たしかに彼らはただの二名の海兵隊員にすぎなかったが、生きのびた者は全員が動揺していた。

キャンプ・グエンに戻った瞬間に、事態が悪化しているのがわかった。海兵隊員の数が明らかに少なかったのだ。だが、これからほかの艦で戻ってくるかもしれないという希望も残っていた。

キャンプは情報統制下にあったので、兵舎に着いても、だれもなにがあったのかを知らなかった。帰還してから八時間後、フセイン・チャーニーが兵舎に戻ってきた。それは惨憺たる帰還における明るい光だった。だが彼も、やはりなんの情報も持ちあわせていなかった。

レヴとおなじく、フセインも作戦地域の西側に投入された。だが、レヴと違って途中の山脈を越せなかった。撤退命令がくだったとき、どうにかその山脈の反対側にある工兵の再集結点にたどり着いた。

レヴの班は幸運だった。負傷者はレヴだけだった。第二班は二名の海兵隊員を失い、第一班は惑星から脱出できなかった。海兵隊が戻るまで彼らがそこで隠れていてくれることをレヴは望んでいたが、たんなる希望的観測なのはわかっていた。ちょっと前に冗談をいいあい、一緒に食事をした仲間のレイダーたちが死んでしまったとは考えたくなかった。

そして、グリフォンズ連隊は、その損害にもかかわらず、ほかの二個の連隊よりはましだった。バックス連隊はほぼ全滅し、ランサーズ連隊もそれほどはましではなかった。師団は壊滅状態だった。もはや戦闘可能ではなかった。

司令官は部下たちに直接説明したがった。話している司令官は打ちひしがれているように見えた。これからどうなるかはわからないが、わかったら、包み隠さずただちに情報を提供すると約束した。

「こんなにひどいとは思ってなかったよ」とトミコがいった。「まあ、集まった隊員が少なすぎるから、よくないのはわかってたけど……」

レヴもまったくおなじ思いだった。覚悟はできていると思っていたが、喪失の深さは想像を超えていた。腹に一撃を食らったようだった。

「レヴ！　ミコ！」となじみのある声で呼ばれた。

ふたりが同時に振りかえると、バンディとテンが人をかきわけて近づいてくるのが見えた。

四人の海兵隊員は抱きあい、背中を叩きあって、少なくともいいニュースがあったことを喜びあった。

「きみたちに会えてうれしいよ！」とバンディがいった。「最悪の事態を恐れてたんだ」

バンディはレヴの足の治療ボックスを見おろし、問いかけるように片眉を上げた。

「ケンタウルス人がレヴの足の装甲をぶっ壊したんだ。レヴがそいつを始末する直前にね」とトミコ。「少尉はレヴをＰＮに推薦したんだ」

「プラチナノヴァに？　ほんとに？　くわしく教えてよ」とテン。

「だけど、きみたちはどうだったんだ？　なにか情報はあるかい？　ぼくたちは通信できなかったからなんにも知らないんだ」

「こっちもそれをきみたちに聞こうと思ってたんだ。おれたちは地上にも降りられなかったのさ」とバンディ。「ファイアーの小隊も降りられなかったんだそうだ。ここに来る途中で彼に会ったよ」

つまり、少なくとも仲間の五人は生きのびたのだ。

「ウドゥは？　彼女もメカ部隊だよね？」とレヴはたずねた。

「会ってない。でも、地上に降りられたアーマー兵がいたとは思えないな」とバンディはいって肩をすくめた。

「ペレティエ、ライザー、兵舎に戻れ。スミス中尉が集会を開く。仲間とはあとで話せ」

「まだ兵舎から出られないんですか、一等軍曹どの？」とレヴはたずねた。

「いまは外部との通信は禁止だし、基地から出ることもできない。だが、うちの連隊の区域内ならかまわない」

レヴはバンディとテンに向きなおっていった。「今夜、クラブで会おう。都合のいい時間に行ってくれ。それから、みんなにも……ええと、生きのびたやつらにも行くように伝えてくれ」

クリケットとヤンシーが歩兵だということ、死者がもっとも多かったのは歩兵だという事実は口にしたくなかった。

「了解」とテンがいった。「わたしたちより先に着いたらテーブルをとっておいて」

「きみたちと会えてほんとによかったよ」とバンディはいって、レヴ、そしてトミコを抱きしめた。

「まったくだ」とレヴは応じた。

「無駄口はそれくらいにしておけ」とサパ一等軍曹がいった。

全滅した班があるのだから、気持ちのいい集会になるはずがないことはわかっていたが、それでも、少なくとも仲間の一部が生きのびたことをレヴはうれしく思った。ほかの仲間たちが心配だったが、いまはどんな吉報も大歓迎だった。

「次はおまえがピッチャーを買う番だぞ」とレヴがヤンシーに告げた。「酔っ払ってるからって逃げられないからな」

「買ってきてくれたらおれが払うよ」とヤンシーがいった。「かすり傷がある足をひきずって売り場まで歩けるんならな」

「おれが行くよ」とバンディが、ちょっぴりふらつきながらテーブルから立った。「だが、レヴのいうとおりだ。代金はおまえが出すんだぞ」

仲間が——ひとり残らず——このささやかな再会の集いに参加していた。ヤンシーはホバーチェアにすわっていた。左半身の膝から肩にかけて火傷を負っていて、筋肉が麻痺していた。翌朝には首都にある海軍病院に移送され、神経移植と数カ月におよぶ加速再生治療を受けることになっている。彼はおそらく、飲酒をはじめ、ありとあらゆる規則を破っているのだろう。だが、もしも医師たちが彼に出歩かせたくなかったのなら、クリニックはホバーチェアを与えるべきではなかったのだ。

多数の死亡者が出たことを考えると、全員が生きのびたのは奇跡に近かった。クリッシーを除いて、兵役を終えたら再会しようと誓った全員がここに集まって友情を深め、生きのびられたことを祝い、生きのびられなかった者たちを悼《いた》んだ。

レヴは、ミスター・オリヴァを含む復員兵たちと飲んだ夜以来、酒を飲んでいなかったが、いま、その埋めあわせをしようとしていた。全員がおなじだった。

レヴは九死に一生を得た。ヤンシーはさらに幸運だった——重装備の歩兵戦闘服を着ていなければ命を落としていただろう。オルフェウスの小隊は側面警備の一員だったが、幸運なことに、ケンタウルス人の反撃は反対側からだった。

ウドゥのメカ中隊は市外に着陸した。ケンタウルス人のバズボールによって、彼女の分隊の半分がたちまち失われたが、生き残りが前進を開始する前に撤退命令が出た。

バンディ、ファイアー、それにテンは地上に降りられなかった。彼らは準備をととのえていつでも出撃できるようにしていたが、それで終わりだった。

だが、その飲み会に参加したのはレヴの仲間たちだけではなかった。クラブ内には、海兵隊員が何百人も詰めかけ、酒を飲みつくそうとしていた。レイファーとジゼルとカリも加わっていた。

レイファーとジゼルの偵察班はどちらもケンタウルス人と接触しなかった。しかし、カリ・フーは黙ってベンチシートにすわって次々とビールを飲みほしていた。カリが所属する海兵隊降下部隊はおびただしい数の死傷者を出したと噂されていた。レヴは聞いてみようかとも思ったが、彼女が話す気分でないのは明らかだった。

「もしもほんとなら司令官のことは残念だな」とファイアーがいった。

「ときにはお偉いさんもひどい目にあうのよ。さあ、ついで」とウドゥはグラスを差しだした。

レヴたちはまだ、なにがあったのかよくわかっていなかった。だが、ファイアーは所属する中隊の上等兵から、師団司令官も任務部隊司令官も解任されたと聞いたのだそうだ。

「いい気味だ」とカリがつぶやいた。それは、彼女が少なくとも四十五分ぶりに発した言葉だった。

レヴは、どう解釈すればいいのか判断がつかなかった。ほんとうに司令官たちのせいなのか？　任務部隊司令官の計画がまずかったのか？　そもそも、任務に参加すらしていなかった師団司令官はなにかしらの影響をおよぼしたのか？

　彼はビールをぐいとあおった。そんなこと、知ったこっちゃない。今夜は、そんなことや未来のことを考える夜じゃない。友達と飲んで忘れる夜なんだ。

「ピカチュウは酔っ払ってるみたいだ」トミコはそういいながら大きなげっぷをした。「この子ったら、酒に弱すぎ」

え？　そんなことがあるのか？

「おい、起きろ。おまえは酒に酔うのか？」

〈ＡＩが酒に酔うことはありません。しかし、機能を実行するためにあなたの神経系の一部を共有しているため、あなたの体の機能が低下すると、わたしの能力も損なわれることがあります〉

「要するに、酔うんだな。楽しんでるか？」

〈楽しむというのは人間の感情です〉

　レヴは立ちあがってよろめき、テーブルの端をつかんで体を支えた。「海兵隊員諸君、新たな任務が決まったぞ。ミコがいうには、ＡＩも酔っ払うらしい。そしていま、それは事実だと確認した。だから、今夜はもう、プリーチャーロールズの話も、お偉方の解任の話もやめよう。今宵の任務はひとつだけ、ＡＩをめちゃくちゃ酔わせることだけだ！」

歓声があがり、レヴはグラスを空けた。テーブルに戻ってきたバンディからピッチャーをひったくってふたたびグラスを満たした。まだまだしこたま飲むつもりだった。

海兵隊員は、命令を受けたら、つねに任務を完遂《かんすい》するのだ。

26

「ランサーズにはここに来てほしくないな」とタヌが顔をしかめながらいった。

「間違ってますよ。ランサーズはもう存在しないんだから」とトミコが応じた。「解散したんですから。少なくともいまのところは」

「だが、やつらは元ランサーズだ」とタヌはいいはった。「そもそもおれは、アナスタシアの連中を信用してないんだ」

「アーマー訓練のためにカマチへ行った何人かから、よくしてくれたって聞いてますよ」とレヴはいった。

「おまえの忠誠心はその程度なのか?」とタヌは責めた。

ぼくが忠誠を誓ってるのは連邦と人類だ、とレヴは反論したかった。だが、我慢した。タヌは鬱憤《うっぷん》を晴らしているだけだった。いま、事態は混沌とし、地方連隊は流動化していた。

グリフォンズはプリーチャーロールズで大きな痛手をこうむったが、師団内ではもっとも損害が軽微だった。第六海兵連隊バックスは実質的に壊滅した。生きのびたのは、なんらかの理由でキャンプ・ファルコンに残っていた者か、艦内にとどまっていた者だけだった。五十人以下しかいないという噂もあった。

第四海兵連隊ランサーズも大損害を受けたが、四百人以上がキャンプ・カマチに撤退した。

地方海兵隊のいう本隊、つまりペルセウス連邦の首都ニューマーズにある正規海兵隊本部は、生きのびた海兵隊員をひとつの連隊に統合するという決定をくだした。生存者の大部分がグリフォンズだったため、新しい部隊はセーフハーバー地方第八歩兵連隊の気風と組織を受け継いでいた。

統合されても、連隊の要件を満たすだけの海兵隊員はいなかった。また、地方海兵隊という制度そのものが廃止されるのではないかという噂もあった。ケンタウルス人との戦争がはじまって九年がたったいま、地方連隊と正規海兵連隊とのあいだにほとんど差がなくなっている。戦前に正規海兵隊員だったが、セーフハーバーに帰郷して地方海兵隊に加わった古参兵も大勢いる。たとえばサパ一等軍曹がそうだ。連隊長のオーロ大佐も、もとは正規海兵隊だった。

いや、オーロ大佐は元連隊長だ。ほかの二名の連隊長ともども、プリーチャーロールズで戦死したのだ。第四十八支援大隊の副長である少佐が、新たな大佐が着任するまでのあいだ、暫定連隊長を務めることになっている。レヴたちの新兵訓練司令官だったオペラ座の怪人顔のデスタフニー大佐がその地位を引き継ぐという噂が流れていた。

戦死したのはオーロ大佐だけではなかった。連隊の司令部は全員が死亡した。チャーリー中隊の隊長だったファウラー大尉もそのひとりだった。スミス中尉が中隊長を引き継ぎ、オメストリ少尉は、レイダー班に配属されてから数週間しかたっていないにもかかわらず、班長と小隊長を兼任することになった。

「選択の余地はないんだ、タヌ」とニクス三等軍曹がいった。「どうしようもないんだ。われわれはだれが来ても歓迎する。念のためいっておくが、班が一個、まるまる失われたんだからな」

ニクスは第一班の全滅を重く受けとめていた。いとこが第一班の一員だったのだ。

「せめて、わたしたちはグエンにとどまれるんですか？」とケルがたずねた。「それについてのたしかな情報はあるんですか？」

「まだない。ファルコンにはここよりいい訓練施設があるからな」とニクス。

レヴは移動する必要がないことを願っていた。レヴにとって、ファルコンは別の惑星にあるも同然だった。アナスタシアのカマチにさえ行ったことがないのだ。カマチへは飛行機で二十分で行ける。ファルコンは惑星の反対側にある。

セーフハーバーだと家から五十キロ以上離れたことがないのに、何光年も離れているプリーチャーロールズへは行ったことがあるんだからおかしなもんだ、とレヴはあらためて思っていた。

「おれはだれが加わろうと気にしない」とフセインがいった。「ケンタウルス人のケツを蹴るのを手伝ってくれるなら大歓迎だ」

レヴはその言葉に完全に同意した。ランサーズとの統合を喜んでいる者はひとりもいないが、タヌは別として、それは仲間の海兵隊員を信用していないからではない。戦闘準備をととのえるためには集中的に合同訓練を受ける必要があるし、その訓練には時間がかかるからなのだ。

そしていま、海兵隊員全員が共有している願いがあるとすれば、それはできるだけ早く戦場に戻ってケンタウルス人を殺すことだ。返さなければならない借りがあるからだ。

「とんでもないわね」とディーン・ラペートが、戦闘キットを自分の前の地面に置いて整列して立っているフリジア兵たちを見ながらいった。

「まったくだ」とレヴはつぶやいた。

全三個の班が広場に集まって新参者たちを見ていた。再編成からすでに四カ月がたっていた。その四カ月のあいだに、新たな第五班——一等軍曹が、かつてのランサー班を第一班と呼ぶのは験《げん》が悪いといいはったのだ——は小隊に溶けこんでいった。

レイダーチームの統合は順調だった。たとえばディーンはレヴとトミコの直接《D》戦闘《C》クラスの同期で頼りになる仲間だった。ほかの班員たちもおなじだった。いますぐ彼らと戦闘に臨むことになってもなんの問題もなかった。

だが、これは——これは問題だった。フリジアン・ホストのコマンドチーム？　あるいは、フリジア人がどういうわけか使っている呼び名を使えば〝飛行隊〟か？　フリジア人は、連邦にとって積年の対立相手で、敵になることもあった。たしかに、現在、人類はすべて味方同士だが、レヴはフリジア人をかけらも信用していなかった。フリジア人が連邦の友人になることは絶対にないだろう。ケンタウルス人との戦争が終わったとたん、過去五世紀にわたって続いていた敵対関係に逆戻りするはずだ。以前に存在していた問題はすべてそのまま存在している——人類がより大きな脅威に直面しているあいだは一時的に棚上げされているだけだ。

レイダーたちは、海兵隊の三等軍曹と二等軍曹のあいだに相当するらしいイエローマスターが飛行隊を点検するさまを眺めていた。百の目が自分に向けられていることを意識して見せびらかしているのは明らかだった。兵士たちも見せびらかしていた。微動だにしない気をつけの姿勢から、号令を使わない儀仗隊《ぎじょうたい》、海兵隊サイレントドリルチームすらうらやむような機敏さで次々と装備を上官に見せていた。

「あんなやつらとどうやって一緒に戦うんだ？」とフセインがレヴにたずねた。

「知るもんか、フスーマン」

レヴとトミコは、グエンに帰還後、一等兵に昇進した。だが、プラチナノヴァ《PN》の推薦を受けたことは公然の秘密になっていたので、レヴは兵士のあいだで高く評価されるようになっていた。特にフセインは、海兵隊についての質問をしょっちゅうレヴにするようになっていた。

レヴにはほとんど答えられなかったし、ケンタウルス人との戦いではツイていただけなのは承知していたが、新たな名声に浸っている部分もあった。鼻高々でスウォンジーの街を闊歩《かっぽ》するのを楽しみにしていた。ミアのことはもうなんとも思っていなかったが、彼女に自慢するのを楽しみにしていないといったら嘘になった。

プラチナノヴァ受章者は謙虚であるべきだから、賞を汚《けが》すようなことはしないつもりだが……

PNは礼服以上に効果抜群で、受章者はもてまくるという噂だった。それがほんとうかどうかをたしかめるのが楽しみだった。

だが、ホストの飛行隊が縄張りに侵入してきたいま、勲章のことはまったく考えていなかった。

「やつらはスパイだと思うかい？」とフセインがたずねた。

「スパイに決まってる」とモンテス二等軍曹が答えた。

「じゃあ、なんでここに来させたんですか？」

レヴは二等軍曹のほうを向いて彼女の説明を待った。地方司令部は新兵を急ピッチで訓練しているし、新しい徴兵法が施行されたため、兵士は充分に確保できているはずだ。とはいえ、連隊はまだ、特に歩兵の数が不足している。補充が必要なら、なぜほかの軍団から集めないんだろう？ セーフハーバーだけを考えても、第一師団はまだほぼ規定どおりの兵力を維持している。どうして彼らの一部を惑星のこっち側に送らないんだろう？

「これは〝人類の平和《パックス・ヒューマニティ》計画の一環だ。わたしたちはみんな、おなじ船に乗ってる。あの兵士たちは、わたしたちの密接で親密な関係の象徴なんだ」

それを聞いて笑いをこらえたのはレヴだけではなかった。「密接で親密な関係？ くそフリジアン・ホストと？」

「賛成してるとはいってない。だが、やつらがここにいる理由はそれだ。特に、その、特にあの件のあとでも、わたしたちは勝てるという希望を寄生虫どもに持たせるために」

その言葉にレヴははっとした。基地はいまも封鎖されているが、もしも上層部が、プリーチャーロールズの惨事を隠蔽できると考えているなら、それは大きな間違いだ。家族は、愛する人が戦死したり行方不明になったりしたことを知っているし、それについて話している。惑星全体が、あの作戦が失敗に終わったことを知っているのだ。

「少尉だ」とトミコがいった。「これで、やつらとわたしたちが一緒になるのかどうかがわかる」

スミス中尉とオメストリ少尉とボーリュー曹長（連隊ブラボー中隊の司令部に同行していたのでプリーチャーロールズ作戦で戦死しなかった）が、海兵隊の准尉に相当するホストのグリーンマスターとともに中隊本部から出てきた。ホストの兵士たちがスミス中尉を、点検を中断して部下たちの隊列の前に立っていたイエローマスターのもとにエスコートした。

イエローマスターが例のおかしな、てのひらを前に向けた敬礼をすると、スミス中尉は隊列の先頭の兵士のほうに歩いていった。グリーンマスター、オメストリ、そして曹長が続いた。兵士は敬礼し、フリジア版マンティスを持ちあげて控え銃《つつ》の動作をした。中尉はマンティスを受けとった。

「おい、まずい。点検をはじめたぞ」とニクスがいった。

それは、結局のところ、ホスト飛行隊が小隊の一部となることを意味していた。

どうすればうまくいくのか、レヴには見当もつかなかった。

27

「レヴ、少尉どのがお呼びだぞ」とティンガリンが教室に頭を突っこんでいった。

レヴがモンテス二等軍曹を見上げると、彼女はいった。「行ってこい。ただし、きょうじゅうにまたわたしのところに来てくれ」立ちあがって出ていきかけたレヴに念を押した。

「きょうじゅうだからな。全員からだれを遺族年金の受給者にするかを聞きとっておかなきゃならないんだ」

死亡率が高いため、海兵隊は半年ごとに遺族年金を受けとる人物の更新を求めている。海兵隊は、ときとしてひどいことをするが、遺族年金の支給には、宗教的といっていいほど熱心にとりくんでいる。

レヴには変更するつもりがなかった。家族がすべてを受けとることにするつもりだが、二等軍曹にそう告げればすむわけではない。毎回、説明を聞かなければならないのだ。

レヴはティンガリンについて建物を出ていきながら、フリジア人にも似たようなつまらない書類仕事があるのだろうかと考えた。人事課にフリジア人の事務調整チームがあることは知っていた。しかし、今週は中隊の事務・保守管理週間なので、フリジア人たちは手持ち無沙汰そうにしていた。

「少尉どのというと、オメストリ少尉どのかい？」

「そうだ」とティンガリンが答えた。

ティンガリンというはそのフリジア人のほんとうの名前ではない。レヴも海兵隊のだれもが発音できないからだが、ティンガリンでも充分に近いし、本人も気にしていないようだった。

十二名のホスト兵士の半分の名前は発音不可能だ。一方、フリジア人も、タヌウィジャヤやチャーニーの発音に苦労しているし、ケルがディーンとバレスターのふたつの姓を持っていることにびっくりしていた。

それにもかかわらず、また階級ではなく〝作戦スロット〟だといって譲らないフリジア人の階級制度にもかかわらず、飛行隊の統合は驚くほどうまくいっていた。コマンド部隊はたしかに熟練していたし、いくつかの身体拡張はかなりのものだったが、おもな理由は彼らがいいやつらだからだった。レヴはほとんど全員を好きになった。

ヤンシーとオルフェウスはフリジア人たちと親しくなっていなかった。フリジア人は――

―互換性のない装備が多すぎるため――アーマー部隊とメカ部隊と砲兵部隊にはひとりもいないが、レイダー部隊と偵察部隊では二個のホスト飛行隊がうまく溶けこんでいる。

　建物に入ると、ティンガリンは中隊当直室に向かった。レヴは廊下をそのまま進んで小隊長室に入った。オメストリ少尉は奥のデスクについていた。

　レヴに気づくと、少尉は小隊長室にいたほかのふたりの小隊長、ケイトランとファに、「ちょっとはずしてくれないか？」といった。

「すわってくれ、ペレティエ」ふたりがいなくなると、少尉はいった。

　少尉は、新米将校であるにもかかわらず、なかなかの指揮官に成長しつつあった。あいかわらず、まだ名目上は班長を兼任しているが、サパ一等軍曹から学びつつも、先任下士官たちに操られないよううまく線引きをしていた。経験が浅いレヴには、少尉がうまくやっているように思えた。聞くところによれば、モンテス二等軍曹も一等軍曹もそう思っているらしい。

　しかし、このときの少尉は自信なさげだった。前かがみになって両肘を膝についたと思ったら、すぐに背筋をのばした。なにかをいいかけて途中でやめた。ようやく話しだした。「じつは、プラチナ《P》ノヴァ《N》の件なんだ」レヴはわくわくした。手続きが終わるのにどれくらいかかるんだろう、と首を長くしていた。しかし、聞くわけにはいかなかった。喉から手が出るほど勲章をほしがっているような印象を与えてしまうからだ。自分はそうではないと思っていたが、勲章に関心がないわけではなかった。だが、気にしていないふりをするのは、ゲームの、文化の一部だった。

みんながみんな、勲賞なんかに関心はないと公言するが、新しい海兵隊員に会うと、必ず軍服の胸を見てどんな勲賞を獲得しているかを調べるのだ。

少尉は耳をかきながら顔をしかめ、早口でいった。「却下された」

言葉は聞こえたが、意味がわからなかった。「は？」

「却下されたんだ。プラチナノヴァが。おまえは受章しない」

レヴはがっくりと椅子にもたれた。すっかりもらえるものだと思っていて、除隊したら、それを足掛かりとしてどう活用しようかと考えていた。スウォンジーに存命中のＰＮ受章者はひとりしかおらず、レヴは二人目になるはずだった。なのに、もらえない？

くそっ。だからって世界が終わるわけじゃない。

ぼくがケンタウルス人を殺したことは厳然たる事実だし、証拠はいくらだってある。ひょっとしたら、それくらいじゃＰＮの受章資格に足りないのかもしれない。

「格下げでってことですか？」長い沈黙のあと、レヴはたずねた。

「いや、ペレティエ。格下げじゃない。却下されたんだ。なにもなしだ」

「なにも？　なんでですか？」レヴは頭の切り替えがまにあわずに口走った。

「おまえの気持ちは――」

「将軍のコーヒーがさめないようにしてるだけで、くそったれなブロンズ功績章をもらえるんだ」レヴは立ちあがって少尉をさえぎった。「わたしはブリキ尻を殺したんですよ！　それって功績じゃないんですか？」

少尉も立ちあがった。「わかってる、ペレティエ。わたしも腹がたってるんだ！」

少尉の激怒ぶりにレヴは驚き、そのせいで彼自身の憤激が一瞬でおさまった。少尉は烈火のごとく怒っていて、首が赤くなっていた。

レヴは椅子に腰をおろしてたずねた。「なにがあったんですか？」

「問題はなかったんだ。ベガイ将軍のところまでは。将軍の推薦状を見たよ。二万五千語もあった。おまえがＰＮにふさわしいと熱弁していた」

ロックリア・ベガイ将軍はセーフハーバー海兵隊の司令官だ。この惑星に彼より階級が上の者はいない。

「将軍が推薦してくださったのなら、却下の理由はなんだったんですか？」

レヴはついさっきまで逆上していたが、怒りは雲散霧消していた。なぜか、少尉がどう受け止めているのかが気になっていた。少尉が動揺しているのは明らかだった。

「本隊だ。海軍だ。政府だ。ニューマーズのだれかが取り消したんだ」

「でも、どうして？　わけがわかりません」

「負けたからだよ、ペレティエ。大敗北を喫したからだ。それをうやむやにして、なかったことにしたいんだ」

「でも、負けたことに変わりはないじゃありませんか」

「もちろんだ。だが、お偉方は寄生虫どもに知られたくないんだ。だれかがＰＮを受章したら大ニュースになる。おまえは地元の英雄としてマスコミにインタビューされるだろう。上層部は、そうなったらなにが起きたかが漏れてしまうと思ってるんだ」

「わたしは、その、黙っていられますが」

「将軍も、却下されると聞いたときにそういったんだそうだ。申しわけないが、これは戦争遂行《すいこう》のためだといわれたらしい」

少尉は怒っているというよりも悲しんでいるようだった。少尉は腰をおろしてレヴを見つめ、反応を待った。

レヴは無言だった。言葉が見つからなかった。

「将軍はデスタフニー大佐に、おまえにゴールド功績章を授与する理由を見つけるようにともおっしゃった」

レヴには理由がわかった。ゴールド功績章なら連隊長が授与できるし、本隊まで情報が行かない。事務レベルの賞とみなされているからだ。

「じゃあ、これから一週間、大佐にコーヒーをお持ちしなきゃなりませんね」とレヴはむかついていたが、あきらめてもいた。

「ああ、わかってるさ。たわごとだってことは。だが、ほかになにができるかわからないんだ。じつは、わたしの祖父がセーフハーバー評議員をしてる。もっとましな勲章を授与できるように働きかけてもらうことはできる。せめてブロンズかゴールドのノヴァを」

え？　ぼくたちの班長にはコネがあるのか。ほかのやつらがこれを聞いたらどうなることか。

　そしてレヴは少尉を見た。真剣だった。少尉が提案していることは重大な軍規違反であって、露見したら99の二等兵にまで降格される可能性があった。しかし、目を見れば少尉が本気なのがわかった。レヴは頼むだけでよかった。

　そして一瞬、レヴはその誘惑に駆られた。PNを首にかけて家に帰るところをこれまでに何度も想像していたし、それを奪われたことに傷ついていた。

　だが、そんなことを頼むのは正しくなかった。少尉はなにも間違ったことをしていない。それなのに、黒いリボンからぶらさがっているプラチナの塊のために、キャリアを賭けた提案をしてくれている。

「いえ、けっこうです、少尉どの。くそ勲章のためにケンタウルス人を殺したわけじゃありませんから。仕事だったから殺しただけです」

少尉の瞳を安堵の色がよぎらなかっただろうか？

「ほんとうにいいのか？」

「はい、少尉どの」

28

レヴは嘘をついたわけではなかった。オメストリ少尉に、99に降格されかねない裏工作まではしてほしくなかった。だが、本隊の決定に納得しているわけでもなかった。だから、小隊事務所を出たときはいい気分ではなかった。

はらわたが煮えくりかえる思いで、トミコやほかの仲間たちと話したくてうずうずしていたレヴは、通路の真ん中で途方に暮れた表情で立っている海兵隊員に気づかず、その肩にぶつかった。

「失礼」とその海兵隊員が謝った。

「いや。こっちの不注意だよ」とレヴは応じて通り過ぎようとした。

「ちょっと聞きたいことがあるんだ」とその二等兵がいった。「配属されたばっかりなんだけど、どこへ行けばいいかわからないんだよ」

レヴはドアを眺めながら、仲間たちと合流し、できたらクラブに繰りだして悲しみをまぎらわせたいと願った。だが、この二等兵に責任はなかった。この兵士のために少し時間をかけてやってもかまわなかった。

レヴは手を差しだし、「レヴ・ペレティエだ。ようこそ……きみは偵察部隊かレイダーかい？」といった。

「レイダーだよ。モルデカイ・ガンツだ。ペレティエっていったよな？　PNをもらうんだろ？　聞いたよ」

怒りが小爆発を起こしそうになったが抑えこんだ。この新入りはからかおうとしたわけではない。

「ただの噂さ。どうしてそんな話が出たのかわからないんだ」

二等兵は失望した様子で黙った。新入りとしては年を食っていて、おそらく三十代だろう。レヴよりも背が高い。でも、なんとなく――

「なあ、ガンツ。どこかで会ってないかな？」

「どうかな」と二等兵はいい、眉をしかめて思いだそうとした。

「出身は？」

この連隊は全員がスウォンジー市出身なので、珍しい質問ではなかった。

「グレイクリークだよ」

「じゃあ、違うな。ぼくはビーカーヴィルなんだ」

レヴは、高級街のグレイクリーク地区出身者をほとんど知らなかったし、再訪するつもりもなかった。縁起が悪い場所だからだ。あそこで喧嘩したことがきっかけで徴兵されて――

嘘だろ。まさか、そんな。

レヴはその二等兵をじろじろ見た。二等兵は明らかに居心地が悪そうだった。ゲーマーっぽいウィンピーをいまの髪型にして軍服を着せれば――

あいつだ！

「気がついてないみたいだけど、ぼくたちは前に会ったことがあるんだ」

「へえ。どこで？」

「グレイクリーク公園だよ。きみはゲームをしてた。たしか、〈ハデスへの降下〉だったはずだ」

二等兵は笑顔になって、「ああ、ゲーマーなのか。ごめん、覚えてないな。顔を覚えるのが苦手でね」といった。

レヴはなにもいわずにすまそうかとも思った。これ以上話すべき理由はなかった。だが、ＰＮの件で、母がよくいっていたように、そういう気分になっていたのだ。

それに、話すべき理由はあった。もっと早く話しておくべきだった理由が。

「いや、一緒にゲームをしたわけじゃない。ゲームの外で会ったんだ。きみはプレイしてて、ぼくは彼女とふたりの友達と一緒に過ごしてた。音楽を大きな音でかけてたから、きみがぼくたちのところに来て――」

「きみだったのか？　ぼくを殴ったのは？」二等兵はそういって体を硬くした。

「恥ずかしいことに、そうなんだ。ぼくだったんだよ。若気《わかげ》のいたりだったんだけど、言い訳にはならない。ごめん、ぼくが悪かったんだ。いまさらだけど、許してほしい」

レヴは手を差しだしたが、二等兵が殴りかかってくるか、握手してくれるかはわからなかった。二等兵は、一瞬、警戒の表情でレヴの手を見た。「階級のことは心配しなくていい。仕返ししたいなら、どうぞ殴ってくれ」

海兵隊員は警戒を解き、苦笑いを浮かべながらレヴの手を握った。「いいパンチだった。尻もちをつかされたっけ。あんなことをするタイプだとは思わなかったよ」

「不意をついたからな。さもなきゃ、きみに殺されてたさ。代償は払ったけどね」とレヴは中隊事務所を手で示しながらいった。

「どういう意味だい？」

「あれが原因で徴兵されたんだ」

「え？　だけど、通報した覚えは――」

「喧嘩のせいじゃない。いうなれば、犯罪現場を離れたところで交通違反切符を切られたんだ。きみはどうして徴兵されたんだい？」

「徴兵されたんじゃない。志願したんだ」

そりゃそうか。そして、そんな男をぶちのめしたのがこのくずってわけだ。

「そいつはあっぱれだな。あらためて、レイダーへようこそ。きみは第三班に配属されるはずだ。スー一等軍曹はいい人だよ。ええと……きみはなんて呼ばれてるんだい？　モルデカイ？」

「たいていはストラップって呼ばれてるけど、それはシャバでの話だよな。入隊したら関係なくなることは知ってるから――」

ストラップは〈ホード〉の、タフで人気のある登場人物だ。そんな名前で呼んでほしいといったが最後、ほかの海兵隊員たちからからかわれるばかりか、〝バニー〟だの〝シュガー〟だのといったあだ名をつけられてしまう。

初歩的なミスだぞ、モルデカイ。

だが、レヴはその男に借りがあった。自信を持って自分には計画を成功させるだけの影響力があるとはいえなかったが、すばやく行動してほかのやつらを説得すればうまくいくかもしれなかった。

「それについては考えておくよ。ほら、そこが先任曹長室だ。あそこに出頭すればいいんだ。じゃあ、また」

「ありがとう。変に聞こえるかもしれないけど、また会えてよかったよ」

レヴはしばらくのあいだ、モルデカイがドアをあけてなかに入るのを見守った。モルデカイのために最善をつくし、何人かに貸しを返してもらうつもりだった。充分な人数が彼をストラップと呼びはじめれば成功だ。

レヴは向きを変えて通路を戻りはじめた。仲間を集めてＰＮ受章がどうなったかを話し、数杯以上のビールを飲むつもりでいること変わりはなかったが、ついさっきまでよりもずっと自分を誇れるようになっていた。

29

「動かないでくださいね」と海軍の技師が保護ブース内から声をかけた。

スキャナーの台は裸の背中に冷たかったし、薄っぺらいブリーフもほとんど尻を守る役に立っていなかった。スキャナーはチャーリー中隊全員の給料を足したくらいの値段がするんだろうから、被験者が冷たい思いをしなくていいようにするくらいできるだろうに、とレヴは思った。

機械が動きだし、ブーンという低いうなりが検査室に響いた。円形のスキャンリングは新兵訓練初日にくぐったスキャナーのものに似ていたが、こちらは歩いて通り抜けるのではなく、あお向けに寝ているレヴの上を何度も何度も通過した。レヴは長い針を後頭部に突き刺されて脳脊髄液を採取され、容器を尿で満たした。これが最後の検査だった。

身体拡張を受けてからもう一年たったなんて信じられなかった。以前はなぜあんなにためらっていたのか思いだせなかった——もちろん、いま検査を受けている理由は別として。

いまや、身体拡張はほかのもろもろとおなじく、レヴの一部になっている。ＡＩでさえ。頭のなかに図書館がある便利さにすっかり慣れていた。パーソナリティ《P》指数《Q》は二十五パーセントのままだった——トミコのようにめいっぱいまで上げるつもりはなかった、トミコはそれを馬鹿げていると思っていた。

ただし、いま、ＡＩは作動していない。レヴが台に横たわる前に技師がオフにしたのだ。体に照射されているのがどんなビームかはさだかではないが、ＡＩを傷つけるおそれがあるに違いなかった。

それを思うと、現在の状況が不安になった。スキャナーに、主としてクリスタルで構成されているＡＩを壊す可能性があるのだとしたら、脳は心配ないんだろうか？　台上で電子的に解剖されるあいだ、そんなことばかり考えないように努めたが、機械が停止すると、安堵のため息が漏れた。

「着替えてけっこうですよ」と技師が小さなブースから声をかけた。

「結果はいつわかるんですか？」

「先生があなたのデータを見たらすぐにわかります。三十分くらいかかると思います」

意外だった。三十分は早すぎる。検査結果の分析には少なくとも二、三日はかかると思っていた。緊張が走った。

とはいえ、これから二、三日やきもきするよりはましだ。

レヴが服を着ると、技師が彼のAIを再起動し、待合室に戻るように指示した。「ミュータントになってなかったか?」とトミコが、となりにすわったレヴにたずねた。

「きみにはわからないだろうな。そっちこそどうなんだ?」

「それがわかるのはこれからさ」

トミコの表情には不安がにじんでいた。うまく隠していたが、レヴには感じとれた。驚くまでもなかった。これは、身体拡張が兵士たちにどのような影響を与えたかを確認するための、年に一度の検診だった。ほとんどの場合、大きな問題はまだ見られないはずだが、検査結果によっては、問題が生じかけていること示す兆候が出る可能性がある。

五分後、直接《D》戦闘《C》クラスの同期でいまは工兵のダレン・ゴヤが出てきてレヴたちの横にすわった。これからの数日間で、生きのびたクラスメート全員が、少なくとも拡張された者たちは、はじめての年次健康診断を受けることになる。

ダレンはプリーチャーロールズを生きのびた数少ない同期の工兵のひとりだった。工兵は通常の標準的な作戦どおり、歩兵部隊とともに投入され、おなじ割合で損耗《そんもう》したのだ。

「ライザー一等兵? 先生がお呼びです」

「じゃあ、行ってくるよ」トミコがつなぎの前をととのえながら立ちあがった。

「幸運を祈ってるよ」とダレンとレヴは声をそろえた。

「きみは自分がなんともないと思ってるのか？」トミコがドアの向こうに消えると、ダレンがたずねた。

「知るもんか。とにかく、ぼくは元気だ。なにも変わりはない」

じつのところ、そのことにはほとんど意味がなかった。この段階で問題が生じているとしたら、それは分子かDNAのレベルでのことだからだ。

「おれもおなじさ。なんともないといいんだけどな」

「おいおい、ダレン。それが問題になるほどぼくたちが長生きすることは、たぶんないのさ」

それが未来についてのあらゆることへの標準的な返答だった。サパ一等軍曹はそれを〝戦いの神々をなだめる〟ためだといっていた。傲慢な海兵隊員とみなされてつまみだされないようにするためだ。

もちろんレヴは本気で信じたりしていなかったが、調子をあわせても害はなかった。

「まったくだ。倒れし者に敬意を」

「敬意を」

ふたりは乾杯のしぐさをした。それも海兵隊の迷信のひとつだった。

ドアが開いて衛生兵が告げた。「ペレティエ一等兵、どうぞ」

「幸運を祈ってるよ」とダレンがいった。

「ありがとう」

レヴは衛生兵について通路を進み、突きあたりに近い部屋に着いた。衛生兵はドアをあけ、身振りで入るように指示した。

医師はパッドに目を落としていたが、デスクの前にある椅子を指さした。レヴは椅子にすわり、医師がパッドを読みおえるのを黙って待った。医師が黙っている時間が長くなるほど不安が高まった。ケンタウルス人を攻撃したときもこれほど緊張しなかった。

ようやく、海軍大佐である医師はパッドを置き、顔を上げてレヴを見た。

「さてと、ペレティエ一等兵、きみの結果が出てる。遺伝的浮動は○・三二だ。最初に見るべき数値はこれなんだ。なぜなら、潜在的なワイスレン症候群の主要な指標だからだ」

レヴはワイスレン症候群が腐敗症の正式名称なのを知っていた。

「ただし、重要なのはそれだけじゃない。ほかの検査でも、きみのＧＳＤは二四・三だし、ＰＰＣＡはちょうど七九だ」

医師はその調子で、十数個の略語と数字を並べたが、レヴにはちんぷんかんぷんだった。

レヴは医師を止めてそれらがなにを意味するのかたずねたかったが、医師は大佐だし、一等兵は大佐をさえぎったりしないものだ。

「だから、当面、クリオソルの三ミリグラム処方を続けることにしよう」

レヴは少なくともそれがなんなのかを知っていた。クリオソルは細胞損傷を抑える予防薬で、拡張以来、ずっと服用していた。医師が服用量を増やさなかったのはいい兆候なんだよな？

「というわけで、任務を続行することを許可する」

医師はパッドに記入すると、眼署名のためにレヴにパッドを差しだした。

「質問はあるかね？」

質問はあった。たくさんあった。だが、なにから聞けばいいかわからなかった。

「いいえ、ありません」

「それなら、下がってよし。リンコン兵曹に次の患者を連れてくるよう伝えてくれ」

レヴは立ちあがると、気をつけの姿勢をとってからドアに向かった。あけようとしかけたが、振りかえって、「質問があります」といった。

「なんだね？」

「先ほど教えていただいたいろいろな数値は、腐敗症にはかかっていないという意味なのでしょうか？」

医師はほほえみながら答えた。「ああ。きみの数値は許容範囲内だという意味だよ。心配する必要はない……いまのところは」

「ありがとうございます」とレヴは礼を述べた。

レヴは向きなおると、部屋を出て、待機していた衛生兵に次の海兵隊員を呼ぶように伝えた。

もちろん、レヴは安堵した。緊張が解けていた。

ただ、医師が最後に付け加えた、〝いまのところは〟という言葉が気になった。

30

「なにか見えるか？」とトミコがレヴにささやいた。

「いや、なにも」

ふたりは並んで尾根の上に横たわっていた。十五メートル下までガレ場が広がり、その先には低木性のオークの森が広がっていた。

「どう思う？」

「いるはずだ」とレヴは答えた。

だが、動きの兆しはどこにもなかったし、鳥の行動パターンもふだんどおりだった。

「班のみんなを待つか？」

レヴはトミコを見た。いい質問だった。ふたりが班を離れたのは一時間前だった。待つこともできるが、だれかがレヴたちのほうに来るという保証はなかった。ことによると戦死してしまっているかもしれない。

「班から離れるべきじゃなかったのかもしれないな、ミコ」

「根性がなきゃ栄光は手に入らない。それに、起きちゃったことはもうどうしようもない。問題は、この先どうするかだ。ビビるのか、それとも突き進むか」

レヴはふたたび下の木々を眺めた。なにもなし。動きはない。

「進もう」とレヴはついにいった。

「そうこなくちゃ」

だけど、どうすればいいんだ？ いったん後退し、北に進んで高台をおりられるが、それには時間がかかる。そんな時間がない。

レヴは前進して眼下の地面を観察した。不安定なガレ場が約二十メートル続き、その端から木が生えている。ガレ場が不安定かどうかを試す必要はなかった。飛びおりたら、小規模な土砂崩れが起きてレヴたちの存在を知らせるはめになるはずだ。

しかし、真下に大きな岩がいくつかあった。

レヴはそのひとつに注目し、「あの岩までの距離は？」と発話せずにたずねた。

〈岩の上部まで十六メートル二十二センチです〉

かなりの落下だが、不可能ではない。

レヴはトミコを肘で突いてから指さした。「あそこへなら飛びおりられる。落下距離は十六メートル――」

「と二十二センチ」とトミコが割りこんだ。「もうチェックずみだ。だけど、飛びおりるのか、それとも這い降りるのか？」

レヴは崖面《がいめん》を見おろした。どんなルートを選んでも、どこかでガレ場を通らなければならない。崖は浸食がひどいように見えた。長年にわたる冬の寒さと夏の暑さのせいで表面がどんどん砕け、いまや崩れやすい岩屑《がんせつ》でおおわれている。レヴはたいした手がかりがなくても這いおりられる。指をハーケンがわりにできる。だが、どんなに力が強くても、岩壁が崩れたらどうしようもない。いまのレヴにはさまざまなことができるが、飛ぶことはできない。

「この斜面じゃぼくたちを支えられない。飛びおりるしかないな」

トミコは一瞬、黙って下を見つめた。

たぶん、ピカチュウに相談しているのだろう。

トミコは自分のAIのパーソナリティ《P》指数《Q》を百まで上げて人間の相談相手のように扱っている。

「やるか？」とレヴは割りこんでたずねた。

「問題は飛びおりることじゃない。岩の上から落ちないことだ。それから、あの足元の悪いところを越えなきゃならない」

「で、やるのか？」

「ああ、やるとも」とトミコ。

トミコが立ちあがりかけたが、レヴが止めた。「ぼくがきみを吊りさげるよ。落ちたときの衝撃をやわらげられる」

「わたしの頭の上に飛びおりてくるつもりか？」

「正解」

トミコは肩をすくめてからいった。「よし、じゃあ、やろうじゃないか」

ふたりはM-49を背負った。そしてトミコがうつ伏せになってレヴのほうに腕をのばした。レヴはトミコの両腕をつかみ、彼女が崖の端を滑りおりるのを手伝った。草の塊がちぎれて落ちていった。腕をいっぱいにのばせば、落下距離を二メートル以上短縮できた。

「一……二……三！」

トミコはねらいどおりに岩の上に着地し、落下の勢いで岩から転げ落ちる可能性を減らすために、足が着くと同時にしゃがみこんだ。いつものように優雅で、まるでダンスの一部のような落下だった。いとも簡単に見えた。トミコは、満面に笑みを浮かべながら見上げ、レヴに親指を立てた。

こんどはレヴの番だった。ぶらさがってから手を離すことも考えたが、ねらいをつけにくくなると判断した。そこで、位置をあわせてから飛びおりた。岩に正確に着地し、衝撃を太腿で吸収したが、右足が滑ってM‐49の銃身が頭にぶつかった。レヴはバランスを取り戻そうと両腕を振りまわした。うしろ向きに転落しかけたが、トミコが戦闘用ハーネスをつかんでくれたおかげで落ちずにすんだ。

「ありがとう」とレヴは気をおちつけながらつぶやいた。

「ああなると思ってたよ。おまえはでかいからな」

レヴは黙ったまま、やれやれという顔をした。

「次はどうする？　まだ、土砂崩れを起こさずに木が生えてるところまでくだらないといけない」とレヴはいった。

「岩壁にそって横歩きをしよう。この先のほうが崩れやすい石が少ないように見える」

横歩きは二十メートルほど続いた。しっかりした足場が、ふたりの足の下でぐらぐら動く石の積み重なりに変わった。平たい頁岩《けつがん》がレヴの足元から滑り落ち、ほかの石を巻きこみながら斜面をやかましく転がっていった。

ふたりの海兵隊員はむきだしになったまま一瞬凍りついた。見つかった兆候はないかと眼下の木々を見渡した。

「どんどん足場が悪くなってるな」とトミコが、気づかれなかったようだと判断してからいった。「ここをくだるしかないと思う。時間がない」

もちろん、トミコのいうとおりだった。動かなければならなかった。手をつないでバランスをとりながら、ふたりは斜面をくだりはじめた。薄い氷の上を歩いているようだったが、その氷は足の下で動いた。それに音をたてた。小石が動いて転がりだし、木々のなかへと落ちていった。レヴは、いまにも自分が尻もちをつき、残りの斜面を転げ落ちるかもしれないと恐れた。

もっとも近い木まであと十メートルのところでレヴはいった。「もううんざりだ。跳ぶぞ」

「本気か？」

助走をつけられれば十メートルくらいなんでもない。だが、これは不安定な足場からの立ち幅跳びだった。

「ああ」レヴはトミコの手を離すと、振りかえって、できるかぎり足場を固めた。うなり声をあげながらジャンプした。距離をクリアし、転ばないように木をつかんだ。小石が何個か、木々のあいだをはずみながら消えていった。

「どいて」とトミコがハンドサインで伝えた。

地面にはまだ石が残っていたが、これまでよりは少なくなっていた。レヴは次の木まで慎重に進んで、そこからトミコの様子を見守った。ところが、トミコはジャンプせず、石をほとんど動かさずに慎重にくだってきた。

「まっすぐに近づくのか？」トミコはレヴのもとに到着するとそうたずねた。

「まだ少し時間がある。まわりこみながら近づこう」

「了解」

ふたりは高いところにとどまったまま左斜めに進んだ。正面ルートは監視されていると考えるのが自然だし、確実ではないが、監視所を迂回できるかもしれない。

低木性のオークのあいだを通るのは楽だった。楽といっても、これまでと比較しての話だった。多くの木が枯れていて、枝が進路をふさいでいるため、まっすぐには進めなかった。それでも、標的の上に到達するまでに長くはかからなかった。トミコが身振りで右を示した。ふたりは横並びになって慎重に前進しはじめた。

レヴはM‐49を構えたまま、敵の兆候はないかと周囲を探りながら進んだ。静かだった。兆候はなかった。

五十メートル手前で、レヴはトミコを止めた。ふたりは十分間、木々のあいだからあらゆるパッシブスキャナーでモニターした。ついに時間切れになり、ふたりはできるだけ音をたてないように匍匐《ほふく》前進した。

　三十三メートル手前で、ふたりは開けた場所に標的があるのを見つけた。小さく低い箱で、上部に赤いボタンがひとつある。ふたりはふたたび動きを止めた。箱のまわりにはなにもないが、視界外にだれもいないとはかぎらない。

　ふたりはさらに十分間、腹這いになったまま様子をうかがったが、なにも見つからなかった。ついに、レヴは前進の合図を送った。身震いするほどの期待を感じながらじりじりと近づいた。レヴは油断せず、罠を警戒した。

　開けた場所の端で、ふたりはふたたび止まった。林のなかでは鳥たちがさえずっており、下で起きていることには気づいていないようだった。トンボが飛んできて開けた場所に入り、赤いボタンにとまった。

　八メートル。それがレヴたちから目標までの距離だった。だが、目標が無防備に放置されていることなどありえない。そうだろう？　しかし、どんなに注意深く観察しても敵の気配はなかった。敵が攻撃に全力を注いでいて、だれも守っていない可能性もあった。

　くそっ。すぐそこじゃないか。

　レヴがトミコにハンドサインで援護を頼むと、彼女は向きを変えて西を見張った。

　これまでは速さよりも隠密行動を優先していたレヴが立ちあがった。ブービートラップを警戒して葉や草を踏む位置を選びながら忍び足で前進した。七メートル……六メートル……五メートル。一歩ごとに目標に近づいた。地面をこすった跡を発見した。その跡ができたのがいつかをＡＩにたずねることもできたが、ここまで来たらどうでもよかった。レヴは最後の数メートルを詰めた。

やったぞ、ざまあみろ、と心のなかで思いながら手を上げてボタンを押そうとした。

そのとき、目の前の土と葉のなかからなにかが飛びだしてきた。電光石火の反射神経でＭ-49の銃口を下げたが、ベルトのすぐ下を撃たれた。トミコが狙撃されたとき、レヴの検知器が作動した。

「くそったれ！」

レヴのＭ-49はもう使えなかったが、目の前で、土や葉にまみれてにやにや笑っている人物を銃床で殴りつけることはできた。

「きみは死んだ」とティンガリンがいった。

「この卑怯者！」とトミコが立ちあがりながらどなった。

レヴは頭を振ると、フリジア兵に歩みよった。兵士は深さ一メートル半の穴に隠れていた。横で土の塊が逆さになっていた。土の塊と葉でおおわれていたせいで、レヴは穴に気づかなかったのだ。

「気づかれたと思ったよ。きみは蛸壺壕《スパイダーホール》を使って缶詰野郎を倒したんだろう？」とティンガリンが、フリジア人がケンタウルス人をさげすんで呼ぶ名称を使って問いかけた。

「だけど、熱感知《サーマル》スキャンをしたんだ」とレヴがいった。「あんたの呼吸を感知したはずなんだ」

「わたしもしたぞ」とトミコが割りこんだ。

「きみたちペルセウス人は休眠の強化を受けてないんだからしょうがないさ」

「休眠の強化ってなんだ？」とレヴは発話せずにたずねた。フリジア兵に無知をさらしたくなかった。

〈呼吸や脈拍を低下させ、一部の哺乳類の冬眠に似た状態にする強化です〉

そんな強化があるとは知らなかったな。役に立ちそうな強化だ。

「よかったらどいててくれないか？　まだ二十分あるし、もっとしとめられないかどうか試したいんだ」

「どこに行けばいいんだ？」とレヴはため息をつきながらいった。

フリジア兵は東を指さし、「二百メートルくらい先にいてくれ」といった。

「行こう」とトミコがいい、レヴの腕をつかんでひっぱった。

「今夜はきみたちにピッチャーをおごってもらうからな」とティンガリンがいいながら穴

へと這い戻りはじめた。

それが最悪だった。負けた、それもフリジア人に負けたことではなく、彼らがひと晩じゅうそれを鼻にかけてくることが。もしもコマンド部隊にチームボタンを押されていたら、という仮定は考えたくもなかった。頭が痛くなった。

「相手がケンタウルス人だったらこんなことにはなってないさ」とレヴはあれこれ考えたすえにいった。

「ああ。ほんとうに死んでただろうな」

「いや、これは楽しかったし、お偉方が許可してくれてよかったけど、きみもぼくも人間じゃなくてケンタウルス人と戦う訓練しか受けてないっていう意味さ。ケンタウルス人がスパイダーホールに隠れてるなんてありえない」

「ありえないかもしれないし、ありえるかもしれない。とにかく、わたしたちはあいつにやられたんだ」

「ぼくたちだけじゃなかったみたいだな」とレヴは、岩に腰かけているオメストリ少尉とタヌとフスーマンを見上げながらいった。

「きみたちもか？　くそっ！」と少尉がレヴたちに気づいていった。「あのくそティンガリンにやられたのか？」

「はい」とトミコが岩をつかんでのぼろうとしながら答えた。

「あとはニクスかサパ一等軍曹があいつに気づくことを祈るしかないな」と少尉がいった。

「それとも、モンテス二等軍曹とディーン＝バレスター伍長がおれたちのボタンを死守してくれることを」とフセイン。「少なくとも、それなら引き分けだ」

「引き分けじゃだめだ」と少尉。「勝ちたいんだ」

「わたしもです。で、もう一回戦やる時間はありますか？」とレヴ。

「きょうはは無理だ。それに、次にいつできるかもわからない」

「日曜日はどうですか？」とトミコ。

「ひと月以上ぶりの休日だぞ。それをあきらめてもいいのか？」と少尉。

「ほかになにをすればいいんですか、少尉どの？」とタヌ。「基地を出る許可は出ないんですよ」

少尉は期待で目を輝かせながらぐるりと見まわした。「やりたいのか？　みんなで？」

四名の海兵隊員は声をそろえて「はい」と叫んだ。だれひとりと敗北を軽く考えていなかったし、報復に燃えていた。

31

「いつ命令が出ると思う？」とヤンシーが、ビールを飲みながらレヴにたずねた。

レヴは黙ってバンディを見て質問を振った。

バンディは肩をすくめながらいった。「すぐだろう。なにもかもが演習じゃないかぎりは」

「演習だと思う？」トミコがたずねた。

「そうとはいってない。だが、本隊はおれたちに目を光らせてる。前回はあまりうまくいかなかったから、おれたちが準備できてるかどうかをたしかめたいんだ」

それは事実だった。過去四、五ヵ月間、海兵隊の将校と先任下士官たちがあらゆる訓練や野外演習を黙って観察してメモをとっていた。少々不気味だった。

「もしこれが演習なら、とっと終わりにしてほしいもんだ。基地封鎖はかまわない。帰還して以来ずっと続いてるんだし。訓練のペースも気にならない。なにもしないでぼんやりしてるよりはいい。それに正直いって、新兵たちはなにも知らないし、できるだけ多くの訓練を必要としてるからな」

ヤンシーは別のテーブルに目を向けた。そこでは十二人の二等兵がはしゃいでいた。新兵の大部分が歩兵大隊に配属された。もっとも損失が大きかったのが歩兵大隊だからだ。チャーリー中隊には新兵が数名しか加わらなかった。そのなかのひとり、ストラップ・ガンツがレイダー小隊に配属された。

「だけど、これはくそだ」とヤンシーは続け、ビールのグラスを掲げた。「もしもこれがくだらない演習のせいだったら、おれはキレるぞ」

司令官は師団全体に飲酒制限を実施した。一日に二杯まで。ピッチャーの販売はなくなり、酒をおごることもできなくなった。海兵隊員と海軍兵士はそれぞれ自分で飲むための一杯を買い、一杯ごとにスキャンを受けることになった。

「あったかくて快適なところでビールを二杯飲めるんだからありがたいよ」とレヴはいった。

この六日間は連隊全体の野外訓練で、冷たい雨が降るなかにいたので、レヴは屋内で雨から逃れられているだけで満足していた。ビールはおまけのようなものだった。

「お尻が凍りつくかと思ったわ」とウドゥがいった。

「なんだって？　きみはメカ兵じゃないか」とクリケットがいった。「おれたち本物の海兵隊員と一緒に泥まみれになってみろよ」

「わたしのようなレディは泥遊びなんかしないのよ」

「おまえがレディなもんか、レディ。おまえはくそ海兵隊員だ」

　ふたりがからかいあっているのを、レヴはにやにやしながら眺めていた。なにも知らなかったら、ふたりはお互いに気があると思ったかもしれない。ふたりはじゃれあっていた。ほとんどの歩兵が着用しているのはＰＡＬ《パーソナル・アーマー・ライト》－３歩兵戦闘服で、レイダーたちのＰＡＬ－５とおなじく冷暖房の機能がある。ウドゥについていえば、彼女の海兵隊機械戦闘服はさらに天候に強く、外気から完全に遮断されている。だが、海兵隊員はなにに対しても文句をつけるものだ。

　レヴはトミコと目をあわせてほほえんだ。トミコはレヴがなにを考えているかを知っていた。レヴたちのＰＡＬ－５は両者を悲惨さで上回っている。だが、たとえ悪気のないものだろうと、口喧嘩に参加するつもりはなかった。レヴはグラスを掲げてトミコのグラスに軽く触れさせた。その音は周囲の騒々しさのなかできれいに響いた。

　レヴは兵卒クラブを見まわした。混んでいた。ジムを除けば、いまはここが下級兵の社交の中心になっている。基地から出られないため、彼らがくつろいで交流できる場所はここしかないのだ。レヴは、特になにを見ているということもなく、ただ見まわしているうちに思った。この場所は……しっくりくると。

本物の犯罪者のように徴兵されてからしばらくのあいだ、レヴは、あと何日兵役を務めたら除隊できるかを数えてばかりいた。いまも除隊を楽しみにしてはいるが、もう残り日数を数えてはいない。一年以上なのはたしかだが、心のカレンダーの日付にバツをつけてはいない。AIにたずねることもできるが、そんなことをしてなんになる？　自分ではどうにもできない——逃れられない事実だ。敵とおなじだ。

けれども、クリケットはそう思っていない。最初は徴兵されたことに対して相反する感情をいだいていたが、いまは憎んでいる。だが、考えてみれば、クリケットはプリーチャーロールズで戦場の悲惨さを目《ま》のあたりにしていた。レヴはそこで大虐殺を見ずにすんだ。戦友のレイダーたちを三分の二失ったせいで、クリケットの軍隊に対する見方が変わったのかもしれない。

レヴはグラスをくるりとまわして傾け、なかをのぞいた。最後のひと口かふた口を半時間にわたってじっくり楽しんでいた。ため息をつきながらグラスを持ちあげようとしたそのとき、クラブ内にコンディション・ワン・アルファを告げる警報が雷鳴のように鳴り響いた。

レヴは一瞬凍りつき、グラスを持ちあげかけたまま、事態を把握しようと努めながら周囲を見まわした。もちろん、月に一度のテストでその警報を聞いたことはある。だが、テストは事前に告知されるし、警報に続いて「これはテストです」というメッセージが流れる。

　今回、そのようなメッセージは流れなかった。

〈コンディション・ワン・アルファが発令されました〉レヴのＡＩが活動を開始し、〈屋内退避してください〉と告げた。

　レヴはＡＩを起動していなかった。レヴの命令なしで起動することがあるとは知らなかった。

「どうなってるんだ？」とレヴはたずねた。周囲の兵士たちも全員、ＡＩに話しかけるときの顔になっていた。

〈それについての情報はありません〉

「なにがあったんだ？」とヤンシーが立ちあがってたずねた。

　だだっ広いクラブが、立って話している海兵隊員たちの声でざわめいた。何人かが出入口に向かいかけたが、ほかの隊員たちが止めた。

　その場にとどまるよう命令されていたが、窓の外を見ることが禁じられているわけではなかった。レヴはビールを置いて、テーブルのそばにあるコーナーウィンドウに向かった。夜だったが、外部の光源と強化された視力のおかげで、まるで昼間のように見えた。ある建物へと走っていくひとりの海兵隊員が見えるだけだったが、ほかの隊員たちがレヴのまわりに群がった。

レヴは空を見渡した。コーナーウィンドウにはほぼ百八十度の視界があったが、なにも見えなかった――ケンタウルス人の着陸ポッドが降下してきたりはしなかった。

「攻撃を受けてるのか？」とトミコがたずねた。

「なにも見えない」

コンディション・ワン・アルファは基地が攻撃をされているときに出る警報だ。セーフハーバーの基地が攻撃されたことはこれまでに一度もなく、現時点で唯一の敵といえば……

「武器をとりにいこう」とヤンシーがいった。

「命令が出てるんだぞ、ヤンス」とバンディ。「屋内退避の命令が」

「基地の外には家族がいる」とヤンシー。「なにもしないですわってられるか」

去ろうとしたヤンシーの腕をバンディがつかんだ。「行くんじゃない」

「おれに命令するつもりか？」とヤンシーは腕を振りほどきながらいった。

「そうだ、一等兵」とバンディ。

バンディの意図は明確だった。バンディは戦功により昇進し、仲間内で初の上等兵になった。ほかの者たちも来月昇進することになっていたが、現時点ではバンディがもっとも階級が上だった。兵卒間の指揮系統にきちんとした慣習はないものの、厳密にはバンディが仲間のなかで最先任の海兵隊員だった。

レヴは歩みよってヤンシーの肩に手を置いた。ほかの海兵隊員を無理やりしたがわせたくはないが、必要とあらば躊躇はしないという意図を伝えるのに充分な強さで。

「みんな、街に家族がいる。だが、なにが起きてるのかがわかるまで、なにかしらの命令がくだされるまでは、ここにいなきゃならないんだ、ヤンス」

ヤンシーは一瞬、反論しかけたが、結局、しぶしぶながら、ゆっくりとうなずいた。

みんなの頭のなかにあったのはケンタウルス人の侵攻の可能性だった。ペルセウス腕のこんな奥が侵攻を受けたことはないし、ケンタウルス人にとって、より近くてよりよい標的がほかに百もあるが、そのことに大きな意味はない。ケンタウルス人は異質な存在であり、その論理や戦略が人間にとって理解不能なことがしばしばあるからだ。

クラブのスピーカーからは何度もメッセージが流れ、全員にその場にとどまるよう命じていたが、クラブにいる約二百人の兵卒たちはそわそわしはじめていた。レヴも例外ではなかった。レヴにも街に家族がいた。

「あれはだれだ？」とオルフェウスが窓の外を指さし、キングストンストリートにそって指を動かした。

レヴは西向きの窓に移動した。一ブロック半離れたところを、三十人ほどのさまざまな武器を持った暴徒がレヴたちのほうに向かって走っていた。

「白いヘッドバンドをしてないか？」とトミコがいった。

「チルドレン・オブ・エンジェルズだ」とバンディ。

「冗談だろ？」とレヴ。「あの無能なくそ天使ども《エンジェル・シッツ》が基地内に侵入したのか？　どうやって？」

「たいして難しくないさ」とトミコ。「運動場のフェンスを抜けてきたんだろう。この基地は、実際にはそんなに安全じゃないらしいな」

そのとおりだった。サパ一等軍曹がいうには、海兵隊員のなかにはフェンスを切り裂いてつかのまの帰宅をしたり、配偶者やパートナーを密かに招き入れてつかのまの逢瀬《おうせ》を楽しんだりする者がいるらしかった。

「だけど、いったいなにをしようとしてるんだ？」とヤンシー。「ここには、ええと、四千人の海兵隊員がいるんだぞ」

西向きの窓にさらに多くの海兵隊員が集まった。ケンタウルス人の侵攻ではなかったという安堵、エンジェル・シッツどもがなにをしようとしているのかという好奇心、そして自分たちの空間を侵されたことへの怒りが入り混じった雰囲気だった。

暴徒はキングストンストリートとテレスストリートの交差点に達した。十数人がテレスストリートの北にある連隊本部のほうに向かい、残りはまっすぐ進んだ。

「やつらをぶちのめせ」とだれかが叫んでウーラーの合唱が起こるなか、エンジェル・シッツが通りを走りつづけた。

「待て！　命令が出てるんだぞ。憲兵《MP》にまかせろ」

議論が巻き起こり、海兵隊員たちが出入口に殺到した。しかし、山へ行けなくても、山のほうからやってきてくれることもある。だれもが驚いているなか、四人のエンジェル・シッツが本隊からわかれてクラブの階段を駆けあがってきた。

一瞬後、義憤に駆られた四人の武装したエンジェル・シッツが、猟銃を振りまわしながらクラブに突入してきた。ひとりの若者が叫んだ、「おまえら全員、人類に対する罪で逮捕だ！」

賢明な行動とはいえなかった。

数秒のうちに、海兵隊員の波が四人を呑みこんだ。レヴと仲間たちもお楽しみに参加しようとしたが、海兵隊員は多すぎ、エンジェル・シッツは少なすぎた。

MPが駆けつけてきて警報が解除されたころには、四人の侵入者はひどい目にあっていた。カウンターの上に寝かされた彼らは全裸にされ、日が射さない場所に戦略的かつそんなにやさしくないやりかたで瓶が挿入されていた。

MPが海兵隊員たちをにらみつけようとして——失敗した。「だれが浣腸をしたんだ？このくそ野郎どもめ」

だれも答えなかった。最初は。

海兵隊員たちのうしろのほうでだれかがくすくす笑いだした。トミコの笑い声にそっくりだった。トミコが話しだしたとき、その声には笑いがまじっていた。「だれもやってませんよ。わたしたちは海兵隊員であって、医者じゃないんですから」

32

ヤンシーはもう、警報が演習なのかどうかで気を揉まないでよくなった。当時、兵卒クラブにいた者たちが〝エンジェル・シッツの戦い〟と呼ぶようになった事件から十三時間後に命令がくだった。連隊は出撃することになったが、今回、海兵隊員たちがのけ者にされることはなかった。

新任の指揮官が、前回の大失敗を反省して、やりかたを変える必要があると判断したおかげかもしれない。海兵隊員に充分な情報を与えたほうがいいということになったのかもしれない。理由はわからないが、かつてレヴが所属していた新兵訓練大隊の元指揮官で、現在の連隊長であるデスタフニー大佐は、全海兵隊員と全海軍兵士を多目的体育館に集め、出発直前にみずから状況説明をおこなった。

ケンタウルス人の小部隊がはるか彼方の銀河系外腕《アウターアーム》にあるローハー１０４に侵攻してきた。もっとも、〝侵攻〟というには規模が小さすぎるように思えた。

ローハー１０４は地球化《テラフォーミング》を開始してから二十九年目の惑星で、まだフェーズ３にも達していない。人間の居住者はまだおらず、ローハー社のテラフォーミング技術者が標準年に二回ずつ訪れて進捗状況を測定している。ケンタウルス人がなぜその惑星をほしがっているのかは不明で、彼らの宙域からなぜそんなに遠く離れているのかも同様だった。

ケンタウルス人の意図はどうあれ、人類――それにローハー社とその株主たち――はその惑星を奪還したがっている。そしてローハー社は真の銀河企業なので、作戦に参加する部隊は海兵隊だけではない。ホスト大隊もフリジア人強化兵とともに参加し、ヘゲモニー・リベルテが輸送の一部を担当することになった。

そういうわけで、エンジェル・シッツが海兵隊連隊を襲撃してから六日後に、レイダー小隊、工兵小隊、アルファ中隊、第四装甲大隊、そして第四メカ大隊、チャーリー中隊はリバティ海軍のＬ４０４艦、〈ディクスミューデ〉に乗りこみ、ふたたびくそ戦場へと向かった。

33

「酸素濃度は六・九パーセント。これは強化されていない人間が生命を維持できる下限にあたる」戦車中隊長のフェレンズ大尉が、艦尾の食堂に詰めかけた海兵隊員たちに告げた。「工兵とレイダーには問題にならないはずだが、それ以外の隊員は、作戦中ずっと、外へ出られないことを意味する。そのため緊急避難用の補助呼吸器具が支給される」

「はじめて聞くんだけど、戦車に乗ってるときはどうやって大をするんだい？」とレヴはバンディに小声でたずねた。

予想どおり、年上の海兵隊員は大尉の状況説明に集中していて、レヴの質問を無視した。

「ほんとなのかい？　一週間乗りっぱなしだとくそまみれになるっていう話は。その臭いときたら……」

　この質問にバンディはレヴのほうを向き、彼をにらみつけてからまた前を向いた。

「バンディをからかうのはやめろ」とトミコがいった。「ちゃんと聞け」

「ほんとに知りたいんだ。きみだって知りたいだろ？」

「あとでな」

「レイダーと工兵にとっても低い数値だが、この艦にはすぐれものの順化室がある。惑星に到着するまでの半分の時間をそこで過ごしてもらう」と大尉は続けた。

「ほかの部隊の者も使ってかまわないが、工兵とレイダーが優先だ。指揮官諸君が使用を希望する場合はグラッグス一等軍曹にその旨《むね》を伝えてくれ。艦の乗員に直接依頼するのは控えるように。大気には長期間吸いつづけると有毒な微量ガスが含まれている。計画どおりにことが運べば問題はないはずだ」

「計画どおりにことが運んだことがあったか？」とタヌが小声でいった。

「しかし、長期的な健康問題を回避するため、工兵とレイダーにはナノアップグレードを受けてもらう。これにより総摂取量をモニターできるようになる。それは……衛生兵長、今夜の食事のあとだな？」

「はい、大尉」と先任衛生兵が答えた。「診療所でおこないます。何時からかは小隊軍曹に連絡します」

「それでいい。さて、作戦地域の気温は、夜間はわずかに氷点下を超える程度で、昼間は十数度になる。摂氏でだ」

「華氏だと何度なんだ？」

〈三十二度ちょっとから六十度台を越えたくらいです〉

ペルセウス連邦の度量衡は、基本的にはメートル法だが、連邦には、温度に華氏を採用している惑星も、摂氏を採用している惑星もある。レヴは摂氏に慣れていなかった。

「たしかに涼しいが寒くはない。ただし、標的は大規模放出装置《エミッター》だから、その付近の気候は不安定になりがちだ。だから、なにが起きてもいいように準備しておいてくれ」と大尉は続けた。「この時期の平均湿度は……二十パーセント前後、地軸の傾きは一・八度……その他、いますぐ話すまでもないことがたくさんある。データは送られているはずだな。確認しておいてくれ。最大の障害は酸素だ。ケンタウルス人並みの手ごわい敵になるだろう」

奥の食堂との仕切りが開いて食欲をそそる匂いが漂ってきたので、集まっている海兵隊員と海軍兵士が全員そっちを向いた。夕食も、乗艦した直後にとった昼食とおなじくらいうまいのだろうか、と兵士たちは期待した。

「フロッギーどもの船に乗るのも悪くないかもしれないな」とトミコがいった。

レヴはペルセウス連邦と連邦海兵隊に忠誠を誓っているが、トミコのいうことにも一理あった。古くからのことわざにもあるように、腹が減っては戦はできない。

「どうやら時間のようだな」と大尉はいった。「指揮官諸君はわたしの部屋に、そうだな、１９３０時に集まってくれ。戦車部隊員は夕食をすませたら次の指示を待て」

「メカ部隊の小隊長は１９００時にわたしの部屋に集合だ」海兵隊員が食堂に詰めかけて列をつくりはじめているなか、メカ中隊長がそう叫んだ。

約三百名の海兵隊員がこれから食事をとるというのに、だれも最後にはなりたくなかった。

「ここにすわったら?」とウドゥが、レイダーたちがすわっている食堂の奥の隅に向かっていたレヴとトミコとタヌに声をかけた。

海兵隊員はたいてい、艦内では隊の同僚と一緒に食事をするが、バンディ、彼の友人ダイス、ウドゥ、ファイアーはメカ海兵隊員が集まっているなかですわっていた。

レヴは迷った。レヴとトミコの友人の三人がおなじ艦に乗っているのは歓迎すべき偶然だが、班の同僚との仲も大事にしなければならない。

「友達と食べろよ」とタヌがふたりにいってくれた。「あの大尉のいうことがほんとなら、おれたちは移動中ずっと、狭い部屋に閉じこめられることになる。おれは、到着する前におまえらふたりにうんざりするんだろうからな」

「ふざけやがって」とトミコが笑みを浮かべながらすわった。

レヴも続いた。

「ミコ、レヴ、ダイスとははじめて？」と、いつも社交的なウドゥがたずねた。

「グエンで会ったよね」とダイスはいいながら手を差しだした。「レイダーか。尊敬するよ」

ダイスははじめて会ったときもおなじことをいってくれた。レヴにとって、レイダーはただの海兵隊の仲間だった。この男はレヴたちをあがめたてまつっているような感じがして、くすぐったかった。だが、よさそうなやつだったし、バンディが気に入っているなら、レヴにとってはそれで充分だった。

「きみたちは大変そうだね」とファイアーがいった。「ぼくなら一日十二時間も環境制御室に閉じこめられるなんてまっぴらだよ」

「あなたたちだって大変じゃないの」とトミコはいった。「だって、アーマーが破損したら息ができなくなるんだから」

「息はできるさ。低酸素症で意識を失うだろうがな。だから呼吸パックを支給されるんだ。だが、〈ドレサ〉が破損して、カデア三等軍曹とおれがまだ生きてて、呼吸が必要な状況になる確率がどれくらいあるんだろうな」とバンディは笑いながらいった。

バンディはダイスとこぶしをぶつけあった。海兵隊の戦車は単独でケンタウルス人を倒せるほど強力だ。推奨はされていないが、可能は可能だ。だが、戦車の結果は二種類しかない。生きのびるか撃破されるか。戦車自体が破壊され、乗っていた二名の海兵隊員が生きのびるという中間地点はほとんどない。

戦車に海兵隊員が乗りこむ理由がレヴには理解できなかった。戦闘AIが操作する完全自動戦車も実用化されているが、どんなに試験をくりかえしても、有人戦車のほうが任務を達成する確率が四パーセント高かった。二名の海兵隊員が命をかけて成功率が上がるのが四パーセントというのは、レヴには少なすぎるように思えた。

バンディにそれについてたずねたことがあるのだが、いかにも話したくなさそうだったので、二度とその話題を持ちだしていない。

「なあ、また答えてもらってないんだけど、一週間戦車のなかにいるんだろ？　どうやって用を足すんだ？　トイレなんてついてないんだよな？」とレヴはたずねた。

「ケツにチューブを挿入されるんだ」とバンディ。

レヴはびっくりしてバンディを見た。それってあんまり……快適じゃないんじゃないか？

「マジで？」

「ケツに刺さってるチューブを使って、そう、くそをするんだ」とバンディはいい、舌を鳴らしてチューブをなにかがくだる音を出した。

「うわっ！　ぞっとするな。ぼくには無理かもしれない」

「レヴ、きみってほんとにだまされやすいんだな」とファイアーが笑いながら口をはさんだ。「生分解するんだよ。くそを食ってくれる超《スーパー》バクテリアつきのオムツを着けるんだ。大をしても、五分後にはすっかりきれいになるのさ。戦車もおなじだ」

レヴはだれを信じればいいのかわからなくなったが、バンディは笑いをこらえていた。

「ちくしょうめ」とレヴは顔をしかめていった。

「なあみんな、せっかくうまい食事が食えるってのに、くその話はもうやめようぜ」とトミコがいった。

　まったくそのとおりだ。

　レヴは自分の皿を見た。なんなのかよくわからなかった。紫がかった茶色のソースがかかっているなんらかのタンパク質、野菜、そしてふつうのマッシュポテトのように見えるが少し違う食感のふわふわしたもの。匂いだけでよだれが出てきた。小さくひと口食べてみた。味も食感も変わっていたが、うまかった。フォークでもっとたっぷりすくって口に運んだ。

「フロッギーは食べ物のつくりかたを心得てるわね。どうしてわたしたちにはおなじ自動調理プログラムがないの？」とウドゥはもぐもぐと咀嚼《そしやく》しながらいった。

「たぶん独占権があるんだろうな」とバンディ。

独占権があろうがなかろうが、レヴはこの手のプログラムを入手できるかどうか、調べてみるつもりだった。

「この料理、なんて名前だっけ？　だれか見た？」

「見たけど、フランス語だった。ＡＩに聞いてみなよ」とダイス。

〈牛肉の赤ワイン煮《ブフ・ブルギニョン》です〉と、たずねる前にＡＩが答えたので、レヴは驚いた。状況説明を記録するためにＡＩを起動したままにしておいて、スリープモードに戻すのを忘れていたが、これまでＡＩがこんなふうに自発的に情報を提供したことはなかった。

「いまも二十五パーセントのままか？」

〈はい、そのとおりです〉

レヴの知るかぎり、パーソナリティ指数《PQ》が二十五パーセントならこんなふるまいはしないはずだ。あとで忘れずに調べよう、とレヴは思った。

「ビーフ・ボルゴンなんとかか」とファイアーがいった。

「ブルギニョンだ」とバンディが訂正した。「有名なフロッギー料理さ」

「フロッギー料理？　これってカエル《フロッグ》なの？　本物のカエル？」とウドゥが、自分の皿を明らかな嫌悪の表情で見ながらいった。

「違う。フロッギーってのはヘゲモニー・リベルテの連中のことさ」とバンディ。

「なんであいつらのことをそう呼ぶんだ？」とレヴは、ＡＩが勝手に答えないことを望みながらたずねた。

「さあな。旧地球のナポレオン帝国のころからそう呼ばれてたんじゃないかな。ヘゲモニーはフランスの民族離散《ディアスポラ》から生まれたんだ」とバンディ。

バンディはＡＩに質問するときに特有の遠い目をしながら続けた。「ちょっと違った。国はあってたけど、ナポレオンより前の話だ。フランス人はカエルの脚を食べてたからそう呼ばれるようになったとされてるらしい。だから、ウドゥ、きみはほとんど正解だったんだ」

「超キモい」とウドゥはいいながら料理を突ついた。

「なにをいまさら。これも本物のビーフじゃない。見た目と味がそれっぽくなるようにプログラムされた、おなじみのプロテインベースさ」とファイアーがいってウドゥの腕に軽くパンチした。

ウドゥはファイアーの腕を払いのけた。

「まあ、とにかく、この料理は超うまいよ」とレヴはもうひと口食べながらいった。「さっさと食べよう。ハウランド先任訓練教官を覚えてるだろ？〝寝られるときに寝、食べられるときに食べ、くそができるときにくそをしとけ。次にいつできるかわからないからな〟」とハウランドのだみ声を真似た。

「たぶん、訓練キャンプで聞いたなかでいちばんためになったアドバイスだな」とバンディが、がつがつ食べながらいった。「まあ、それと戦車のなかでくそをするなってことか」

34

「あと二分よ！」とダーシーが叫んだ。「さあ、がんばって！」

「いうのは簡単だよな」と、レヴのとなりで走っているトミコが息を切らしながらいった。

ダーシー・ミルサップは、身体拡張をおこなっている企業のひとつ、DSS社の民間人契約者だ。黒と銅色のユニタード姿で、フィットネスのポスターから抜けだしてきたように見えるが、彼女が鼻に挿入している二本の酸素チューブを見れば、レイダーと工兵がいましている——そしてそのせいで死にそうになっている——ことが自分ではできないのがわかる。

乗っているトレッドミルがさらに速くなり、レヴはもどかしさを覚えてうなった。予想していたよりもはるかに苛酷だった。レヴは身体拡張に慣れすぎ、あたりまえだと思うようになっていたが、物理学も生物学も厳然と存在していた。レヴの体を維持するためには多くの酸素が必要であり、改良された肺であっても充分な酸素をとりこめなかった。

やるしかないんだ。あと二分だ。

肺が悲鳴をあげ、脚が疲労で焼けつきそうになっているなか、レヴは力を振り絞った。

「もっと速く！」とダーシーが叫びながら、海兵隊員の前を教官のように大股で歩いた。

レヴは六時間前にこの環境空間に入ったときになにを予想していたのかをはっきり思いだせなかった。たぶん、ぶらぶらして、いくつかテストをして、低酸素大気に慣れるだけだと思っていたのだろう。とにかく、こんなテストをさせられるとは思っていなかった。

そして、説明を受けたときでさえ、ここまで絞られるとは予想していなかった。

ぼくはスーパーマンなんだろ？　人間の科学の粋《すい》を集めたんだろ？

だったら、なんでこんなにきついんだ？

「あと一分！　止まらないで！」

足がふらついてペースが乱れたが、レヴにあきらめるつもりはなかった。

部屋の反対側でどさっという音がした。レヴが顔を上げると、工兵小隊のジン一等軍曹がトレッドミルのうしろで体をよじったような姿勢で倒れているのが見えた。

ふたりの工兵がジン一等軍曹を助けようとしかけたが、ダーシーが「止まらないで！　わたしたちが助けるから」と叫んだ。

頭全体をおおうヘルメットをかぶっている衛生兵が倒れた海兵隊員を救護すべく駆けよ

り、レヴは最後の数秒を耐え抜くために頭を下げた。

永遠に思えた時間が過ぎたあと、ダーシーが「五……四……三……二……一……止まって！」と叫んだ。

「助かった」とレヴはつぶやきながら足を止めた。膝に手をついて前かがみになるのを我慢し、意志の力で立ったままでいた。それどころか、吐かないようにするにも努力が必要だった。

　レヴはダーシーを見上げ、次の苦行がすぐにははじまらないことを願った。

「スキャンするあいだ、五分間休憩してください」

　じつに美しい言葉だ。五分間休憩。

　ＤＳＳ社の技師ふたりと衛生兵三人が列にそって移動しながら、海兵隊員の血液を採取し、マスクに息を吹きこませてスキャンを実行した。

「まいったな」とレヴは、息をととのえようとしているトミコに声をかけた。

　トミコとタヌの向こうで、モンテス二等軍曹が突然バランスを崩し、隔壁にうしろ向きにぶつかってすわりこんだ。目がうつろだった。レヴはトレッドミルから飛びおりて助けに向かおうとしかけたが、動いたとたんに視野が狭くなり、トレッドミルの前の部分をつかんで体を支えなければならなくなった。

　ダーシーがすぐさま二等軍曹のかたわらについた。「こちらで救護します」

　トレッドミルの前をつかんだままだったレヴは、手を貸したいと思ったが、ダーシーに加わった医療技師のほうがどうすればいいかを知っていた。

「すわりたかったらすわってください」とダーシーがいった。

　二十八名のレイダーと工兵が即座にすわった。だいぶ楽になった。レヴは二等軍曹がだいじょうぶか心配でしばらく見ていたが、彼女は意識があったし、衛生技師と話していた。

「これに息を吹きこんで」と、このために連れてこられたメカ衛生兵のひとりが、レヴの顔の前でマスクを保持しながらいった。「四回、しっかりと深呼吸してください」

　レヴは前かがみになってマスクに顔を近づけ、いわれたとおりにした。またかすかにめまいがした。

　衛生兵は結果をチェックし、うなずいてから、レヴの腕に血液採取用の器具をつけた。手早くスキャンしたあと、衛生兵はトミコのほうへと移動した。

「例のガンのＤＮＡをもっと入れておいてもらったらよかったのに」とレヴは、衛生兵がタヌのほうへ移動するのを見ながらいった。「なんでやめたんだろう？」

　トミコはかすかに首を振っていった。「メカ兵や戦車兵に与えなかったのとおなじ理由さ」

「おなじじゃないよ。ぼくたちには、もう、肺機能を向上させ、身体拡張を補助するためのDNAを与えてる。走るときのスタミナを向上させるDNAを」とレヴはいってトレッドミルの走行面に頭をもたせかけた。

「だけど、ほら、与えられれば、与えられるほど……」

レヴはわかっていた。身体拡張を多くほどこされればされるほど、腐敗症のリスクも高まる。

だが、標的に到達しても息ができなかったら、腐敗症を発症する前に死んでしまう。

「まったく新しい拡張機能を加えるわけじゃない。ぼくたちはもう、くそDNAで強化されてる。そこに〝ガン〟を足せば、もっとガンばれそうじゃないか」

「おいおい、レヴ。そんな駄洒落をいうだけの元気がまだ残ってるのか？」トミコはいった。

「ガンばってるのさ」とレヴは、無理してくすくす笑った。

「みなさん、聞いてください」とダーシーがいいながら部屋の中央に歩いていった。「ここが最初のセッションの中間点です。酸素濃度は六・六パーセントでした。次は六・四パーセントに下げます」

ため息がいっせいにあがったが、ダーシーは顔を刺す蚊を払うようなしぐさをしただけでそれを無視した。

「でも、その前に食事をしてもらわなければなりません。タニスタ、XL‐12を持ってきてちょうだい」

医療技師のひとりが箱を手にとってあけ、まずダーシーにくすんだ白のチューブを放り投げてから、残りを海兵隊員たちに配りはじめた。

「これは最新の栄養どろどろ《スラッジ》で、酸素不足への順応を補佐し、吸いこむことになる有害な成分を中和するための成分が特別に配合されています」

「テストはすんでるんですか？」とオメストリ少尉がたずねた。

「いま、ここでなにをしてると思ってるんですか？」とダーシーが答えた。「最新だといったじゃないですか。だから、食べたらくつろいでください。本日のフェーズ2を約二十分後にはじめます。ペーストが吸収されるまで待たなければならないのです」

「ペーストか。いい前兆じゃないな」とトミコがいった。

レヴは、白いチューブを配っている医療技師を見ながらいった。「酸素濃度は六・六パーセントだっていったよな？　あの惑星は六・九パーセントだったんじゃなかったっけ？」

「そうさ。だけど、六・九パーセントがビーチで過ごしてるみたいに感じるようにしてくれてるのかもな」

レヴはうなっただけだった。実際に拷問されなくても、拷問がつらいことくらいわかる。

医療技師がレヴにチューブを放った。レヴはキャップをあけて匂いを嗅いだ。かすかにアーモンドの香りがした。

トミコを見て、乾杯するようにチューブを掲げ、彼女のチューブと軽く触れあわせた。

「さあ、食うぞ」

レヴはチューブを絞ってたっぷり口に入れた。ひどくはなかった。生クッキー生地《クッキードウ》に似ているが、奇妙な風味と後味がある。

「この艦にはうまいフロッギー料理があるってのに、こんなものを食わされるとはな」とトミコがこぼした。

「牛肉の赤ワイン煮とまではいわない。でも、まずくはないよ」

レヴは頭をのけぞらせてチューブを空にした。

「だけど、クッキーではないな」

35

　ヘゲモニーの着陸艇には最低限の装備しかなかったが、乗客全員の体をすっぽりと包みこんで固定する繭《まゆ》状のシートがついていた。おかげで助かった。なにしろ宇宙船はかごのなかで暴れる鳥のように激しく揺れながら惑星の表面に急降下したからだ。

　レヴはシートに縛りつけられたまま、ただひたすら、早く着陸することを願っていた。摂取した最大量の吐き気止めがあとどれくらい持つかわからなかった。

　情報によれば、ケンタウルス人は全員、特徴的な地形を三つ越えたところにあるメイン放出装置《エミッター》サイトに陣どっている。付近に防衛施設はない。しかし、〈ディクスミューデ〉の艦長は、着陸艇を失うリスクを避けるため、高度な回避コースをＡＩにプログラムさせていた。つまり、ＡＩでさえ自分が次になにをするかを知らないのだ。それぞれの急な動きは、ランダムに生成されたコース修正の結果だった。

　前回、侵入したときは無防備だと感じたが、この苦痛よりはましだった。

ぼくたちをかっかさせて、後先を考えずに突っこんでいくようにさせたいのかもしれない。

またもとりわけ激しい揺れに襲われたせいで脇腹に痛みが走ったので、もっとしっかり体を支えられるように体重を移動した。敵地に到着する前に負傷してしまうなんて不甲斐《ふがい》なさすぎた。

だが、ありがたいことに、着陸のために機首を上げてからは揺れなくなった。シュッという音をして後部斜路《ランプ》の気密が解除された。シートの締めつけがなくなって立てるようになった。モニターに映っている兵曹が、さっさと降りろとどなった。

レヴはキットを両手で探って降下中になにも落ちていないことを確認してから、ほかの班員や工兵の第二分隊に続いて着陸艇から降りた。

「やれやれ」といいながら、強烈な日差しのなかに出た。

たちまちラベンダーの香りに包まれたが、それは本物ではなく、ラベンダー・ライトとでも呼ぶべき植物の香りだった。ラベンダーは大量の酸素を放出するので、地球化《テラフォーミング》企業のお気に入りだ。セーフハーバーには、いまも野生化したラベンダーがたくさん生えているが、ここのラベンダーの香りは強烈で野趣に富んでいる。気圧が低いせいだろう。

ラベンダーの茂みの上には、ローハー社が特許を持つＴＤ４２０、通称〝屁の木《ファートツリー》〟の森がそびえていた。これはローハー社のプロジェクトでよく見られる光景だ。ファートツリーは竹とカラマツとビンロウジュの遺伝子を持つ遺伝子組み換え植物で、酸素生成能力が高い。また、養分が少ない土壌でも育つし、きわめて成長が早い。ほかの木が見あたらないため、この谷は、野生の惑星というよりも農園のように見えた。

「きつかったわね」着陸ゾーンから急いで離れている途中で、ディーン＝バレスター伍長がいった。

「最後だったかもしれない朝食を吐きそうでしたよ」

「ニクスは吐いたみたいよ」

レヴは一緒に走っている三等軍曹を見やった。ゲロまみれには見えないが、着陸艇には、嘔吐対策として強力な吸引装置が備わっているのかもしれない。

「だとしたら、うまいステーキと卵が無駄になっちゃいましたね」とレヴはいった。

百メートル離れたところで、班員たちは片膝を突いて振りかえった。着陸艇のエンジンノズルはシールドされているが、それでも、近くにいたら焼け死んでしまう。〈ディクスミューデ〉からレイダー部隊と工兵小隊全員を運んできた四機のうちの一機であるその着陸艇は離陸し、ぐんぐん上昇していった。

あたり一帯では、数百機の着陸艇が離着陸していた。ケンタウルス人はこの地域に兵器を持ちこんでいないかもしれないが、少しずつ侵入してそれを試す意味はなかった。この谷が防衛されているとしても、物量で圧倒して突破するしかないからだ。

だが、レヴが見ているあいだに一隻の着陸艇もシャトルも炎に包まれて墜落することはなかった。もしかしたら、今回は情報部が正しかったのかもしれない。

「よし、集合しろ」とオメストリ少尉が叫んだ。「トップ、点呼をとれ」

リズコ曹長は第二班の班長だったが、少尉と同様にもうひとつの役割をになっていた――彼の場合は小隊軍曹だった。彼は各班から了解の合図を受け、少尉に報告した。

着陸艇内での最後の点呼以来、だれかが迷子になっている可能性があるとは思えなかったが、ただの標準作業手順《SOP》なのかもしれないな、とレヴは推測した。プリーチャーロールズでのような撤退をしなければならなくなる場合に備えて習慣づけておくのはいいことなのだろう。

ふたつの作戦を比べたりするな、とレヴは自分をたしなめた。縁起が悪いじゃないか。レヴは迷信を気にするほうではないが、海兵隊に入隊してからの二年でかなりの影響を受けていた。

「よし。出発まであと二時間あるが、気がついたら出発時刻になっているはずだ。ディスクを配っておくから慣れておいてくれ。第二大隊に酔っ払いのようなざまは見せたくない。

いいな？」

レヴも同感だった。第二大隊はディスク大隊で、隊員はディスクに乗っての戦闘訓練を受けている。直接戦闘部門《DC》の海兵隊員は全員、ディスクに乗る訓練を受けている。シミュレーション訓練もあったが、実践に勝るものはない。そして、フリジア人のなかにはスクートに乗る者もいるが、それ以外はみんな、ディスクははじめてだった。

任務部隊司令官もそれを理解しており、アーマー部隊とメカ部隊以外のすべての海兵隊が第二大隊によって守られることになっている。もしもケンタウルス人が袖——彼らに袖があるとして——のなかに驚きを隠していたとしても、この隊形がもっとも防御に適しているはずだった。

「少尉どのがおっしゃったことを聞いたな」とトップがいった。「第五班、出番だぞ。第二班、準備しろ。残りのみんなも、公園で散歩してるんじゃないからな。ここはもう敵地だ。警備を怠るな」

トミコはそれを聞いて眉をひそめた。レヴとトミコは任務部隊の真ん中にいる。ケンタウルス人が襲ってきたら、実際に側面警備にあたっている部隊が最初に遭遇するはずだ。だが、曹長には逆らえないので、従順に散開し、外側を向いて警戒した。背後では、第五班が着陸艇が放りだした貨物からディスクをとりだしていた。

「あの空飛ぶ円盤に乗る覚悟はできてるか？」とトミコがたずねた。

「二百キロ近くあるんだぞ。覚悟はできてるさ。歩くよりはましだ。そうだろう？」

「まあな。ただ、第二大隊の海兵隊員の前では落ちたくないもんだ」

まったくだ。

レヴは両足を肩幅に開き、右足をわずかに前に出して立った。

こんなの簡単さ。地元でバナナボードに乗るようなもんだ。

少尉が命令をくだすと、完全にいっせいにではなかったが、小隊は地面から浮上した。

「神さま、お助けを」とニクス三等軍曹がつぶやいた。

「なんてことはないですよ、三等軍曹」とタヌがいいながら、体重を移動させてディスクをコマのように回転させた。

三等軍曹は黙って首を振った。ニクスはトルシア侵攻の際、二等兵としてシルバーノヴァを受章しているのだから、無能なわけではない。だが、ディスクの上では、くつろげていなそうだ、という表現では控えめすぎた。

レヴ自身もすっかりくつろげているわけではなかったが、三等軍曹ほどではなかった。

ディスクは足の動きで操縦するので、熟練していないと、上下左右に揺れたり、停止したり、ときには後退すらする。大隊のディスク機部隊が防衛体制を構築して飛行しているなか、酔っ払いのような飛行はしたくはなかった。だが、トミコにいったように、二百キロはかなりの距離で、実際に歩いて行きたいとは思わなかった。戦車とメカ兵も移動中だし、飛ばなければ戦闘にまにあわない。

ただし、エミッターステーションまで直接飛んでいくわけではなかった。ディスク自体にある程度のシールド機能はあるが、ケンタウルス人に撃墜される前に、軽装甲のレイダーは焼け死んでしまう。

現在の計画では、小隊は敵から四十三キロの集結地点まで飛び、そこからは地形を利用して身を隠しながら徒歩で接近することになっている。

少尉が前進の合図をしたので、レヴはわずかに前傾し、右足の爪先に力をこめた。ディスクは首尾よく前進を開始した。レヴたちは海兵隊ディスク演技隊ほどではないが、それでも乗りこなしていた。ニクス三等軍曹でさえも。

レヴが横を見ると、ブラボー中隊のディスク機が優雅に飛行していた。海兵隊の非公式な階級制度において、レイダーはディスク機部隊よりもわずかに上かもしれないが、なめらかに加速する彼らを見て、レヴはちょっぴり嫉妬を覚えた。負けず嫌いを発揮し、置いていかれまいとしてディスクに加える圧力に集中した。レヴたちのデスク機は機能を制限して操縦しやすくなっているのだが、それでも、レヴのディスクは、屁の木《ファートツリー》の森の上五メートルを、やや蛇行しながら飛行した。

レヴは飛行に集中していたが、周囲では海兵隊員と海軍兵士たちが、ケンタウルス人を包囲すべく移動していることを知っていた。四時間後には戦闘がはじまるはずだった。

36

「いまだに、なんで海軍にやつらを始末させないのかわからないんだ」とタヌは、突撃位置で命令を待ちながらいった。

「少尉どのがおっしゃってたじゃないか。ローハー社が反対したんだ」とニクス三等軍曹が応じた。

「ええ。だけど、地球化《テラフォーミング》が遅れるだの、メイン放出装置《エミッター》を再建するのにいくらかかるだのなんて知ったこっちゃないですよ」

「おれだって知ったこっちゃないさ。だが、そういうもんだ。現実の宇宙へようこそ」

「つまり、企業がクレジットを使わなくてすむように、おれたちが血で払わなきゃならないってわけですか」タヌは納得していない様子だった。

レヴはふたりの議論を聞き流した。理由よりも方法のほうが気になっていた。レヴたちは最後の追加命令を受けていたが、レヴにはうまくいくように思えなかった。

少なくともイエロージャケットはフリジアのスティレットを使って撃てるように改造されている。おかげで、ミサイルの弾頭を、構造上最短の十五メートルで起爆させられるようになっている。だが、それが追加命令を遂行《すいこう》するため、またはレヴたちが生きのびるために、おおいに役立つとは思えなかった。

「二等軍曹どの」とレヴは、寝ころんで目をつぶっている女性先任下士官に声をかけた。「この作戦をどう思いますか？」

モンテス二等軍曹は目をあけずに答えた。「作戦は作戦だ」

安心できる答えではなかった。

「成功すると思いますか？」

「いつものように、どう実行するかだ」

「プリーチャーロールズでは、がんばってもうまくいきませんでしたよ」とフセインが口をはさんだ。

「おまえは遅刻したじゃないか、フスーマン」とタヌが思いださせた。

「いっただろう。どう実行するかしだいだ」

レヴは彼らの口論に興味はなく、二等軍曹からもっと話を聞きたかった。つまるところ、彼女は班でもっとも頭の切れる海兵隊員であり、戦術と戦略をもっともしっかりと理解していたからだ。

「あの、二等軍曹どの。これってふつうなんですか？　ぼくたちただ並んで突撃するんですか？」

二等軍曹は長いあいだじっとしていたが、上体を起こして目をあけた。「何度もあったのさ。たぶん人類の歴史上、ほとんどつねに。〝野郎ども、永遠に生きたいのか？〟っていう言葉を知ってるか？」

「ええ、もちろん。訓練キャンプで聞きました。いったのは、ええと、デイリーでしたっけ？　二十世紀の地球の海兵隊員の」

「ああ、アメリカ海兵隊員だ。だが、デイリーがその言葉をいったのは、海兵隊員たちを率いて塹壕から飛びだし、据えつけられた機関銃に向かって突撃する前のことだった」

「でも、それは遠い昔の話だし、ケンタウルス人やその武器とは関係ありませんよ」とトミコが体をずらしながら近づいてきて会話に加わった。

「ロルクズドリフトの戦いを知ってるか？」

レヴもトミコもぽかんとしていた。二等軍曹は失望して首を振った。

「歴史を学ばない者は歴史をくりかえす」

「で、そのロルクズドリフトってなんなんですか？」とレヴがたずねた。

「よく聞け、ぼんくらども。ロルクズドリフトの戦いは、十八世紀のアングロ・ズールー戦争における、イギリス軍がズールー族に完敗を喫したイサンドルワナの戦いのおまけだった。約四千人のズールー戦士が、イサンドルワナの戦いに続いて、百五十人のイギリス人と植民者が駐屯してた小さな砦、ロルクズドリフトを襲ったんだ」

「四千対百五十か。いまのわたしたちみたいですね」とトミコ。

二等軍曹は手を振ってトミコを黙らせた。

「イギリス軍は当時の最新の武器を装備してた。ズールー族はほとんどがアセガイと盾で武装してた」

「アセガイって――」

「短い槍だ。当時、ズールー戦士は銃で敵に立ち向かうのは臆病だと考えてたんだ」

「馬鹿げている」とフセイン。「おれなら手に入るものならなんだって使う」

「つまり、そのズールー族はイギリス人より技術的に進んでなかったけど、数では二十五対一で勝ってたってわけですね？　ミコがいったように、ぼくたちとよく似てる」とレヴ。

「ズールー族の長《おさ》は、前日のイサンドルワナの戦いで勝利したほかのズールー族の集団がしたように、数でイギリス軍を圧倒することにした。四千人の戦士が、左右が角状にのびているバッファローの角陣形で突撃したんだ」

「おれたちの作戦にそっくりだ」とニクス。

二等軍曹はうなずき、「だから、質問の答えは、前例がある、だ」といった。

レヴは一瞬、考えこんで、これからの戦いに少し前向きになった。「ズールー族にできたんだから、ぼくたちだってできるってわけか。待てよ」レヴは二等軍曹の表情が変わったことに気づいてたずねた。「ズールー族が勝ったんですよね？」

「いや、イギリスが勝った。ズールー族は約五百人が死んだが、イギリス兵はたったの十七人しか死ななかった」

「なんなんですか、二等軍曹どの？　なんでそんな話をしたんですか？」レヴは信じられないという表情でたずねた。

「以前にこんなことがあったか知りたいと聞かれたからだ。技術が低い側が勝ったかどうかは聞かれてない。追加命令を受けてから、ロルクズドリフトのことがずっと頭にあったんだ。それだけさ」

「つまり、わたしたちはヤバいってことですか？」とトミコ。

「さっきもいったとおり、どう実行するかだ。技術的に劣る軍隊が守備側に勝った例もある。リトルビッグホーン、さっきいったイサンドルワナ、アルタイル平原。ほかにもたくさんある」

そういうと、二等軍曹はふたたび寝ころんで目をつぶった。

「はげまされる話だったな」とレヴはトミコにつぶやいた。

「二等軍曹のいうとおり、どう実行するかさ。やるべきことをやるしかないんだ」

「そうだな、イエロージャケットを発射して標的になるしかないんだ」

それは真実から遠くない話だった。海兵隊の歩兵には小型ミサイルが四発支給されているが、ケンタウルス人に効果的といえる武器はほかに持っていない。エミッターのような構造物が密集しているエリアでなら、フェニックス焼夷地雷を使ってケンタウルス人を倒せる距離まで近づけるかもしれない。だが、レヴが前回、成功したのはとんでもなく幸運だったからだし、ケンタウルス人に存在を気づかれていなかったからだ。この攻撃では、ケンタウルス人はレヴたちが来ることを知っている。ケンタウルス人を殺せる可能性が高いのは戦車とメカ兵と海軍航空隊だ。歩兵の役目はケンタウルス人の注意をひきつけることなのだ。

レヴは二等軍曹を最後にもう一度見た。彼女のように眠りたいと願った。だが、興奮しすぎていた。レイダーはさまざまな任務のための特別訓練を受けているが、歩兵突撃には特化していない。とはいえ、〝すべての海兵隊員はライフルマンである〟という古い言葉がある。海兵隊員はイエロージャケットの撃ちかたを知っているし、それがレヴに求められていることだった。

静かに待機していると、六分後、イヤーセットから声が聞こえた。

「あと五分だ、レイダーども。準備をはじめろ」とサパ一等軍曹が命じた。

レヴは立って戦闘服を点検した。給料分の働きをするときが来たのだ。

「そろそろだぞ」と一等軍曹が前進を続けている海兵隊員たちに伝えた。

歩兵部隊は容赦なく前進し、エミッターサイトまでの距離を縮めていた。高台を横切るときに何度かエミッターサイトが垣間《かいま》見えた。差し渡しが二キロあり、酸素その他のガスを毎時数トンで吐きだしている四本の白い巨大煙突がめだっていた。この惑星の各地に衛星エミッターがあるが、ここが最大だ。

戦車の砲弾が頭上を越え、二十キロ先のサイトのほうへ飛んでいった。これは損害を与えるためというよりも威嚇のための砲撃で、重要なインフラ設備を損傷しないように配慮されていた。

火力指揮所《FDC》は、標的にできるケンタウルス人の兆候をドローンから送られてくるフィードを用いて探していた。レヴはそのフィードにアクセスできないが、なにかが発見されたら集中砲火がはじまるはずだ。

「やつらはまだあそこにいるかな？」とレヴは左側を進むトミコに問いかけた。

「たぶんな。海軍が確認してくれるさ」

「ブリキ尻の船が近くにいないのはやっぱり変だな」

「少尉どのがいってたように、罠かもしれない。だからプランBがあるんだ」

レヴも知っていた。ストレスを解消するために話しかけただけだった。いまにも、ケンタウルス人が反撃を開始するかもしれない。ケンタウルス人は、守勢に立っているとき、なぜか遠距離砲撃を避け、セキュリティバブルのなかに身をひそめていることが多い。逆二乗則によってセキュリティバブルの大きさが決まるが、今回のエミッターサイトでは膨大な電力を利用できるので、セキュリティバブルは通常よりも大きくなるだろう。

運動エネルギー弾と単純な信管ならバブルを貫通できるが、エネルギー兵器は無力だ。大型兵器ですら跳ねかえされるおそれがあるため、海軍はもっぱら、動力を持たないタングステンの塊を軌道上から落としている――海軍が〝神の杖〟と呼んでいるその棒状の質料兵器の威力は筆舌につくしがたい。

海兵隊がバブルを破ったら地獄絵図が展開される。ケンタウルス人にしてみれば、標的だらけの状況になるはずだ。願わくば、彼らが対処できる以上の目標があらんことを。

そして、海兵隊メカ部隊が予備電源で稼働しつづけてバブルを突破してほしい、とだれもが望んでいた。さもなければ、歩兵は絶体絶命に追いこまれてしまう。

頭上で笛のような音が響いた。砲兵部隊が砲撃を開始したのだ。だが、長くは続かない。一門あたり三発を撃ちおえると、ケンタウルス人のコメクイドリ《ボボリンク》——レヴが思いつくもっとも馬鹿ばかしい名前——が弾道を逆算して発砲点を攻撃してくる前に移動する。ぐずぐずしていたら砲兵隊は生きのびられない。

だが、それはレヴとは無関係だった。敵との距離が縮まるにつれて、レヴは前方に意識を集中した。レヴだけではなかった。千人を超える海兵隊員とホスト兵がレヴとともに前進していた。

耳をつんざくような鋭い音が響いて、レヴは顔をしかめ、耳をおおった。そしてなにも聞こえなくなった。通信が途絶していた。

「もしもし、聞こえるか？」とレヴは、通信機が故障しているかどうかだけでなく、自分の聴覚がまだ機能していることを確認するためにもいった。

予想どおりだった。ケンタウルス人は、強力な電磁パルス《EMP》攻撃で、まず通信機とドローンを無効化しようとしたのだ。

周囲では、海兵隊員たちが駆け足になって前進を続けた。

「無事か？」とレヴは走りはじめながらたずねた。

〈はい、無事です〉

想定どおりの結果だった。彼のＡＩは、つまるところ、回路ではなく連結されたクリスタルに収容されているし、ヘルメットと戦闘服は強化されている。

「すべて正常に機能してるか？」

〈通信は途絶えていますが、パーソナルナノと身体拡張は正常に機能しています〉

とりあえず、助かった。

民間人にはわからないだろうが、レヴはおおむねほっとしていた。レヴを悩ませていたのは、じわじわと高まる緊張だった。しかし、いまやケンタウルス人が手を打ってきたので、それへの対処に集中できた。戦闘がはじまったのだ。

「目標に到達するまであとどれくらいかかる？」

もちろん、自分がどこにいて、どこへ向かっているかは知っていた。敵のＥＭＰ攻撃は惑星の磁場には影響しないが、その距離を踏破するのにどれくらいの時間がかかるかはわからなかった。

〈現在のペースだと約九分です〉

例のズールー族も、九分も走らなきゃならなかったのか？

前もって聞いておくべきだったのだが、賽《さい》は投げられた。着くときが来れば着く――着けるものなら。

屁の木《ファートツリー》のあいだを抜け、窪地を駆け抜けているあいだ、エミッターサイトは見えなかった。だが、戦闘の兆候はあった。海軍のシュライク戦闘機が爆音をあげながら頭上を通りすぎ、まばゆい陽光を浴びながら急旋回した。最初のEMP攻撃の有効範囲外で待機していたのだろう。ケンタウルス人が次のEMP攻撃を実行するためには再充電する必要がある——少なくとも、これまではそうだった。

戦闘機が三十ミリ砲を轟かせた。

「やっちまえ！」とレヴは叫んだが、次の瞬間、シュライク戦闘機は傾いて空中分解し、破片がくるくる回転しながら前方の地面に落ちていった。

ケンタウルス人は空を制するためにEMPを必要としなかった。

「倒れし者に敬意を」とレヴはささやいた。

ファートツリーの森がわずかにまばらになり、右を走っているトミコが見えた。トミコは前方に集中していて、レヴには気づいていない。左をちらりと見ると、パワースーツをまとい、フルヘルメットを装着したティンガリンが、パワーアシストされている関節を駆使した跳躍を加速させていた。フリジア人は、レヴに満面の笑みを向けて親指を立ててからローレルの木立へと消えた。ついていける、とフリジア人はいっていたが、間違いではなかったようだ。

レヴは大股で走りつづけてぐんぐん目標に接近した。のぼり坂になり、ファートツリーが密になり、チューブがずれても速度を落とさなかった。走りながら、何度もチューブをつけ直さなければならなかった。

フリジア人のやつみたいなヘルメットが正解だったのかもな、とチューブの先端を右の鼻孔に押しこみ、カメレオンパッドを頬に押しあてながら考えた。

しかし、なんとかなっていた——少し息が切れてるけど、だいじょうぶ。問題ない。

エネルギービームが周囲の空気を押しのけるときのパチパチという音が響いた。ケンタウルス人は完全防御態勢に入っていた。エネルギービームが一回鳴るごとに海兵隊員が殺されてるんだ。そう思うことによって、レヴはいっそう足を速めた。

次の丘を越えると、数キロ先に、レヴたちが攻めこまんとしている城のようにエミッターがそびえていた。ただし、城壁のない城だ。この惑星には人が住んでいないので、壁は必要ないのだ。おかげで海兵隊員は、敷地内に入るために壁を破る手間がなかった。

戦車の砲弾は迎撃され、目標より手前で爆発したが、一部は防衛線を突破して着弾した。味方の攻撃の兆候は、押しのけられた空気の跡だけだった——ホロヴィドの、視聴者が善玉と悪玉を見分けるのに都合いいように色分けされているあざやかな光線として描かれるビーム兵器とは違っていた。

斜面をくだってふたたび森に入ると、木々のあいだを縫うように走る姿がちらほら見えた。あと数分で目標地域に到着するだろう。

レヴは走りながら太腿のホルスターに手をのばし、一発目のイエロージャケットを抜いた。ちらりと見ると、発射可能になったようだった。レヴはその皮肉に首を振った。いまレヴは、高度に発達した敵に挑んでいるというのに、支給されているのは人類の原始的な兵器だった。二十世紀の海兵隊員や海軍兵士なら、すぐにそれがなんなのか、どうやって使うかを理解できるだろう。

「ズールーの槍を使ってるようなもんだな」

頭上で木々の先端が蒸発し、残りの部分は炎に包まれたが、酸素が足りないのであっというまに消える。灰や残骸が降りそそいだが、レヴは速度を落とさなかった。オメストリ少尉は速度こそが勝利への唯一の道だと強調していた。速度を落とせば、それだけキルゾーンへ到達するのが遅れ、ケンタウルス人が利用できる時間が増える。

木々の先端だけではなかった。ふと気づくと、焼け焦げて煙をあげている残骸のなかを走っていた。一瞬後、それがさっき墜落するのを見た戦闘機の墜落現場だと気づいた。生存者は探さなかった——戦闘機は遠隔操作されていた。だがこれで、支援が大幅に減った状態で接近しなければならなくなった。

なにかがきらりと光った――ケンタウルス人がエネルギービームを反射させて隠れている標的をねらえるようにするためのいまいましいミラードローンだ。レヴは即座に反応し、イエロージャケットを構えて発射した。ミラーはイエロージャケットの照準をあわせるのに邪魔だったが、発見しやすくもあったし、レヴだけがそれを見つけたわけではなかった。そのミラーをねらって一斉攻撃がおこなわれた。命中したのがレヴのイエロージャケットだったのか、それともほかの武器だったのかはわからないが、ミラーはこなごなに砕けて地面に降りそそいだ。

レヴは木々のあいだを抜け、エミッターサイトをかこんでいる開けた地帯に飛びだした。いたるところからおびただしい数の海兵隊員とその他の兵士たちが姿をあらわした。みな、距離を詰めることに集中していた。分隊および射撃班単位で前進し、ある部隊がほかの部隊を援護するという海兵隊の標準作業手順は、この作戦では無視されていた。歴史ホロヴィドの、中世の軍隊が突撃する場面のようだった。

二輛の戦車が出現したが、どちらもたちまち攻撃を受けて停止した。一輛は砲撃を続けたので、レヴは速度を上げながら内心で応援した。十秒後、その戦車もふたたび攻撃を受けて炎の柱が上がった。砲塔がスローモーションのように浮き、くるくると回転しながら地面に落ちた。

「くそっ」

レヴの横を走っていたトミコが徐々に近づいてきた。トミコはイエロージャケットを構えていたが、標的を見つけられないでいた。前方に百五十人のケンタウルス人がいるはずだが、広大な施設には隠れる場所がたくさんある。

トミコを追い越した一等軍曹が、班に、散開しろと必死で合図した。だが、無理だった。前線が狭まっているので散らばれなかった。

レヴはいつビームの標的にされるかと身構えていたが、ケンタウルス人は歩兵を相手にしなかった。標的にしたのはもっぱら戦車とメカ海兵隊員だった。だが例外もあった。レヴの左側で、ふたりの兵士が霧と化して消え、さらに三人がばったり倒れた。それによってティンガリンが孤立したが、コマンド兵は動じなかった。左へ移動して倒れた兵士の穴を埋めた。レヴも続いた。

そして混乱のなか、レヴはどうにか施設内にたどり着いた。背中を平屋の外壁に押しつけ、酸素を求めて胸を大きく上下させた。遠くを見たとき、なにかが目についた。なんであるかさえ理解する前に、イエロージャケットを放り投げてM‐49を構え、連射した。弾はティンガリンをかすめたが、ケンタウルス人のドローンに命中した。ドローンはこなごなに砕け、フリジア兵から数メートルしか離れていない地面に散乱した。

「感謝する！」ティンガリンはそういうと走りだし、建物の角を曲がって視界から消えた。レヴは続こうかと迷ったが、フリジア人には彼らの標的があり、仲間を少なくとも五人失っても、彼らの任務に変更はない。レヴの班にも自分たちの任務がある。

「幸運を」とつぶやきながら、トミコがなかへ消えた施設のほうを振りかえった。

建物の端に到達したレヴは、角から顔を出してのぞいた。トミコは配電施設のひとつまで進み、そこでしゃがんでイエロージャケットを構えていた。レヴは彼女のもとに駆けつけた。

「一等軍曹どのはどこだ？」

トミコはちょっとした開けた空間の向こう側にある低い壁を指さした。

「作戦どおりに進まなきゃだめだ」とレヴはトミコにいった。「こんな行きあたりばったりの進みかたじゃなく」

ところが、一等軍曹は前進する気満々だった。「続け！」と低い壁のうしろから叫んだ。

「だってさ」とレヴはいい、走りだした。

爆発が地面を揺らし、衝撃波がレヴを倒した。レヴが壁という最低限の掩蔽物《えんぺいぶつ》まで這っていって振り向くと、トミコも続いてたどり着いたところだった。

「くそ野郎がひとり死んだんだ。自爆したんだ」とトミコがいった。

一等軍曹が叫んだ。「最初の目標は三十メートル先の注入ステーションだ。モンテス、援護しろ。タヌ、ライザー、ペレティエ、行くぞ！」

レヴは立ちあがると一等軍曹に続いて走りだした。これは、各自が十メートル進んでは地面に伏せ、次の海兵隊員を援護するという、きちんとコントロールされた射撃班の突撃ではなかった。猛ダッシュだ。行き先は何本ものパイプがつながっている、高くて壁が白い平屋だった。

「第二班を援護しろ」一等軍曹はそう命じてから、モンテス二等軍曹に前進しろと合図した。

レヴが注意を前方に戻した直後に、前方左側の蒸気が漏れているパイプの下を移動しているケンタウルス人を確認した。脚がぼやけて見えていた。

「十一時方向、百メートル先に聖騎士《パラディン》」とレヴは叫びながらイエロージャケットを構え、発射した。

小型ミサイルはねらいどおりに基部に命中したが、上へ跳ね返された。

「倒したか？」と一等軍曹は、レヴの位置まで横歩きで移動しながらたずねた。

「あたったんですが、くそイエロージャケットが爆発しませんでした」

レヴはもう一発のミサイルをとりだしたが、ケンタウルス人はすでに視界から消えていた。

「まだいるはずだ」と一等軍曹はいった。

「ええ。それがここの問題なんじゃありませんか？　いつだってまだいるんだから」

またも低い爆発音が聞こえた。今回は遠かった。

「二度目の爆発音だな」と一等軍曹はいってレヴの向こう側を見ようとした。

百五十人のうちふたりを倒したけど、こっちはこれまでに何人が犠牲になったんだろう？

第二班が建物に到達し、一等軍曹は彼らに強行突入するよう合図した。

「海兵隊だ、突入するぞ！」とディーン＝バレスター伍長が叫び、フセインがドアを蹴りあけた。ふたりはなかに消え、ニクスとモンテスが続いた。

これは、ケンタウルス人と遭遇する何世紀も前から教えられてきた標準作業手順《SOP》だ。レヴには馬鹿げているように思えた。まず、もしなかにケンタウルス人がいたらどうするつもりだったのか？　調整ずみのイエロージャケットでも起爆しないし、小火器は無力だ。海兵隊メカ部隊にまかせるべき任務だ。少なくとも、メカ兵の火力ならパラディンを倒せる可能性がある。

戦闘の音は聞こえてこなかったし、一分後にニクス三等軍曹が「オールクリア」と叫んだ。

一等軍曹はタヌに入るよう合図した。

「右から入るぞ！」

次に一等軍曹、それからトミコが入り、最後にレヴが「左から入るぞ！」と叫んだ。またしても、レヴにはやりすぎに思えたが、施設のさらに奥まで進んで、なかに海兵隊員やフリジア人がいる可能性のある建物に入るときには意味があるのかもしれないなと考えなおした。だれも彼らをケンタウルス人と間違えたりはしないだろうが、緊張していると、考えるより先に指が動いてしまいかねない。

室内は床下へと消えているパイプだらけだった。この施設は惑星の内部熱を動力としており、エネルギーをとりだすための注入装置は八キロ以上の深さに到達している。この接続室にあるのはそのための熱交換器ではなく、有毒な副産物ガスをマントルに戻すための設備だった。ポンプが発しているブーンという音から、戦闘がおこなわれている最中でもシステムは稼働していて、人間が住めるようにするために惑星を少しずつ改造していることがわかった。

それともブリキ尻どもが住めるようにするためか？

　ポンプとパイプがあるため、その部屋に略奪者《リーヴァー》がいられる余地はほとんどなかったし、ましてパラディンがいるはずはなかった。だが、モンテス二等軍曹たちがミニドローンを見逃していた可能性はあった。モンテス二等軍曹を信頼していないわけではなかった。それどころか、レヴの意見では、彼女は班でもっとも優秀な海兵隊員だった。しかし、ケンタウルス人のミニドローンでさえレイダーを痛い目に遭わせる可能性がある。自分の身が危険にさらされている以上、確認を他人まかせにするつもりはなかった。

「ペレティエ、ぼんやり突っ立ってないで、さっさと穴をあけろ！」と一等軍曹が叫んだ。レヴはケンタウルス人の兆候を探るのをやめ、トミコから三、四メートル離れた位置を選んだ。直径二十センチの円を壁に描くようにD-5コードを配置して3に設定した。それを漏斗状パッチでおおい、信管をセットした。

「爆発するぞ！」

　レヴは下がった。パッチによって爆発の力はレヴからそれるはずだったし、3に設定したD-5コードは、吹き飛ばすというよりも切断するはずだが、パッチがうまく働かなくてうしろに立っていた海兵隊員が負傷した事例もある。

　コードが爆発し、パッチがふくらんだが、持ちこたえた。パッチをはがすと、プラスチフォーム製の薄い壁にきれいな穴があいていた。

ほかの班員が、それぞれ「爆発するぞ！」と警告しているなか、レヴは自分があけた穴をのぞこうと近づいた。五十メートルほどの開けた場所の先は導管とパイプのからみあいに変わっている。さらなる命令が出るまで、ここがレヴの持ち場になる。施設への猛ダッシュのあとでは、ケンタウルス人掃討の主役が戦車からメカ兵に交替することを考慮しても、これはたいしたミッションではないように思えた。

「まわりをよく見ろ。目標を確実に識別してから撃て。味方を誤射するなよ。いいな？」と一等軍曹はどなった。

レヴはうなずき、イエロージャケットを構えた。視野はあまり広くないが、二十センチの穴はミサイルのねらいをつけて発射するには充分な大きさだ。

だが、標的が必要だった。そして、施設に流れはじめた埃《ほこり》と煙によって視界が損なわれはじめていた。

「赤外線に切り替えろ」とＡＩに命じたが、それでましになるかどうかは疑問だった。

十秒後、レヴは通常の視界に戻した。

「なにか見えるか？」トミコがたずねた。

「特になにも。待て……」レヴは、かすかな動きに気づいていった。イエロージャケットを発射できるように準備し、人差し指を発射ボタンに置いた。

「目標をとらえ……いや、メカ兵だ」とトミコがいった。

レヴも、トミコが気づくと同時にそれが海兵隊員だと気づいた。イエロージャケットは敵味方識別機能があるような高度な武器ではない。ケンタウルス人のEMPのあとではどっちにしろそんな機能は使えない。もし撃っていたら、悲惨な結果になっていた。レヴは壁の横を見た。一等軍曹が穴をのぞいていたが、レヴが二分前の警告にもかかわらず海兵隊員を吹き飛ばしかけたことに気づいている様子はなかった。

集中しろ、レヴ！

おちついてふたたび標的を探しはじめた。戦闘の音は続いていた。またひとつ、近くで低い爆発音が響いて壁が震えた。

「まただ。何人倒せたんだろう？」とタヌがたずねた。レヴもおなじことを思った。彼らは一時的に戦闘から切り離されていた。小さなのぞき穴から外をうかがっても戦況はわからない。

だが、レヴはふと思いついた。「爆発の音でブリキ尻どもが何人自爆したかわかるか？」

〈四十二人か四十三人です〉

AIがその結論にたどり着いたことにはさほど驚かなかったが、四十二人か四十三人？

「なんであいまいなんだ？」

〈わたしはあなたが耳で聞いている音を処理しているのですが、ほぼ同時に起きたふたつの爆破なのか、爆発音が施設内で反響したひとつの爆破なのかを区別できなかった事例が一件ありました〉

レヴの思考が一瞬、停止した。レヴはＡＩの能力を当然のこととして受け入れがちになっていて、自分の感覚によってそれが制限されているとは想像もしていなかった。

「ＡＩによれば、たぶん四十三人だそうです」とレヴはいった。

「コブラはそんなことまでわかるのか」とタヌ。「知らなかったよ」

「しゃべってるな」と一等軍曹が叫んだ。「集中しろ」

それから二十分間、レヴは黙って立って、標的の兆候を探しつづけた。任務に貢献したいという気持ちに駆られながら、汗のにじむ手でイエロージャケットを構えつづけた。

戦闘は激しく繰り広げられており、爆発音と信号笛がその熾烈さを物語っていたが、この小さな繭のなかにいると、ホロヴィドを観ているだけの傍観者のような気になってきた。海兵隊員とほかの兵士たちが命を落としていたが、レヴたちは建物内にいて安全だった。

しかし、戦争の神々は気まぐれで、戦況は一瞬で変わる。「撃て！」と一等軍曹の声がいきなり響いた。レヴは必死で標的を探したが、なにも見つけられないでいるうちに、イエロージャケットの発射音が三回聞こえた。なにも見えなかったが、北の壁全体が砕けてプラスチフォームの塊になり、レヴがそっちを向くと、パラディンがあらわれてタヌと一等軍曹を押し倒した。パラディンは犬のようにぶるっと体を震わせると、壁の残りをひきずりながら後退した。レヴとトミコがイエロージャケットを発射した。レヴのイエロージャケットは下のほう、三本目の脚の膝に命中した。パラディンはぎりぎりで信管作動距離まで離れていたらしく、ミサイルが爆発して脚がまっぷたつになった。

　レヴは三発目のミサイルをとりだしながら、いまにもシュレッダーが炸裂するだろうと覚悟していたが、ケンタウルス人は主砲を建物の中心めがけて放つと、向きを変えて走り去った。

　レヴはすぐさま走りだした。サパ一等軍曹は倒れていた。白い粉塵《ふんじん》におおわれて、体を起こそうともがいていた。右腕と右脚は動かないようだ。

「タヌを探せ！」と一等軍曹はあえぎながらいった。

　レヴは瓦礫《がれき》につまずきながらタヌを見つけ、凍りついた。タヌの下半身はやはり白い粉塵でおおわれていたが、上半身は、その残っている部分は真っ赤に染まっていた。

　トミコも同時にタヌのもとにやってきた。ケンタウルス人の殺しかたではなかった。なにが起きたのかに気づくまでにやや時間がかかった。パラディンは、さまざまな武器を装備しているにもかかわらず、たんにその巨体でタヌを押しつぶしたのだ。タヌの頭と胸は平らになり、脳や骨の断片が瓦礫のあいだに散らばっていた。

「くそ」とトミコが静かにいった。

「タヌはどうだ？」一等軍曹はもがきつづけながらたずねた。

レヴが黙って首を振った直後に二等軍曹たちが駆けつけてきた。

タヌを見たとたん、二等軍曹の表情がこわばった。

「なにかできることは？」とトミコがたずねた。

モンテス二等軍曹は首を振った。「なにもない。クリスタルが無事なら、解析のためのダウンロードができるかもしれないが、タヌはもう死んだんだ」

二等軍曹はすぐに背筋をのばして命じた。「全員、持ち場に戻れ」

「持ち場がもうありません」とフセインがいった。

「それならうつ伏せになれ。可能なかぎり身を隠せ。さあ、戦いはまだ続いてるんだぞ」

レヴは急いで自分の穴に戻った。レヴの持ち場の壁はまだ立っていたが、北の壁がほとんどなくなっているので無駄に思えた。二等軍曹のほうを見ると、彼女は一等軍曹のそばでひざまずいていた。一等軍曹になにかたずね、次に赤いエアホーンをとりだして短く三回鳴らした。可能なら、いまは第三班についているドク・リンダーメンが来てくれるはずだった。二等軍曹は一等軍曹に腕をぽんと叩くと所定の位置についた。

「なにも変わってないぞ、海兵隊員！」と二等軍曹は叫んだ。「合図を待て」

　レヴはタヌの遺体をもう一度見て頭に血をのぼらせた。そして心に誓った――なんとしてでもこの戦いに勝つしかないんだ。

　メカ海兵隊員の射撃班が足音を響かせながら通り過ぎ、その振動で北の壁のかろうじて持ちこたえていた部分が何カ所か崩れた。ひとりのメカ兵がＭ‐１３３をおろして撃ったが、レヴには標的が見えなかった。ただ、Ｍ‐１３３の射程はすさまじく長いので、施設の外にいるケンタウルス人をねらって撃ったのかもしれなかった。

「右から入るぞ！」という声を聞いたレヴは振りかえった。イエロージャケットを撃ちかけてから、だれがそこにいるかに気づいた。

　くそ。やっぱりこのＳＯＰには意味があるんだな。

　ディーン・ラペートは建物の被害を見て一瞬、たじろいだ。北の壁を壊しただけでなく、ケンタウルス人は輸送管と導管を溶かしていた。一本のパイプからは水が噴きだしていた。

　ラペートは任務を思いだしたかのように走りだしながら一等軍曹を呼んだ。

「なんだ、ラペート？」と二等軍曹がたずねた。

　ラペートは一等軍曹をちらりと見た。一等軍曹はまだ、おそらくナノハッピージュースをたっぷり投与されて倒れていた。一等軍曹がモンテスを指さしたので、ラペートはいった。「計画変更です。ワンツーツーに移動する準備をしてください。ナンシーを三度、短く鳴らすのが合図です」

レヴはすぐさま目標ワンツーツーを確認した。それは大型コンデンサーのひとつを収容している発電所だった。予定されていた目標ではなかったが、戦闘の流れは予測不能だ。レヴには、この変更がいい兆候なのか悪い兆候なのかわからなかった。

〝ナンシー〟と呼ばれている、今回使われている五つのエアホーンのひとつを三回、短く鳴らすのが合図だった。ホーンはそれぞれ音程が異なっていて、ナンシーは高くて羊の鳴き声を思わせる音だ。

「了解」と二等軍曹はいった。

ラペートは一瞬、タヌを見つめたあと、振り向いて正面のドアへ駆け戻った。「出るぞ！」と彼女は叫び、一瞬で視界から消えた。

「聞いたな。目標をマークしろ。部隊が分断されたら、そこが再集結点だ」と二等軍曹はいった。トミコになにかをいいかけたが考え直したらしく、レヴをじっと見た。

「ペレティエ、サパ一等軍曹を救護所へ連れていってドクに診てもらえ」

「でも……」

班の仲間と一緒にいたいといいたかったが、二等軍曹が正しいのがわかった。一等軍曹は大柄ではないし、ほかの全員のように強化されているとはいえ、トミコにはレヴほどの力はない。そして二等軍曹は、レヴがイエロージャケットをあと一発しか持っていないことを把握しているはずだ。

「無茶はするなよ」とレヴは、一等軍曹が横たわっている場所に向かいながらトミコにいった。

「さあ、一等軍曹どの」とレヴはいって、海兵隊員を持ちあげようと手をのばした。

「どこへも行かないぞ、ペレティエ」

「それならいわせていただきますが、一等軍曹どの、あなたはかなり混乱してる。ドク・リンダーメンに診てもらう必要があります」

「それならおれもいわせてもらうが、おれはどこへも行かないぞ。そしておれのほうが階級が上だ」

向かいの建物が爆発したので、レヴはしゃがんで一等軍曹におおいかぶさり、飛んできた瓦礫から守った。爆発の影響がおさまってから、粉塵が漂っているなか、頭を上げた。

「ですが、一等軍曹どの、片腕と片脚が動かないじゃありませんか」

「教えてくれて感謝するよ。うっかり気がつかないところだった」

レヴは言葉に詰まった。モンテス二等軍曹が班を引き継いだが、サパはあいかわらず一等軍曹だった。

「二等軍曹どの」とレヴが呼びかけると、彼女は振り向いた。「一等軍曹どのが、どこへも行かないとおっしゃってます」

その瞬間、短く高い音が三度、鳴り響いた。

「われわれへの合図だ」とモンテスが叫んだ。そしてレヴに、「一等軍曹どのと一緒にいろ」と命じた。

レヴが一等軍曹のほうを振りかえると、彼は左腕を振りながらいった。「馬鹿な。おれはまだイエロージャケットを撃てる。出してくれ」

レヴが動かないと、一等軍曹は続けた。「これは命令だぞ、二等兵」

「わたしはもう――」

「だが、命令を聞かないと二等兵に降格だ！　さあ！」

ほぼ三年間の訓練が身にしみついているレヴは命令に飛びついた。一等軍曹のホルスターをあけ、残っている二発のイエロージャケットをとりだして一発を渡し、もう一発を彼の横に置いた。

「行け！」

「がんばってください、一等軍曹どの」とレヴはいうと、班の仲間を急いで追った。

レヴの班は二十メートルほどしか先に行っていなかった。レヴは全速力で走って追いついた。

「一等軍曹はだいじょうぶそうか？」

〈見たところ、ケンタウルス人の主砲がかすったようです。ショック状態から立ち直れば、まずまずの生存率がありますが、あなたの視覚情報からだけでは診断はくだせません〉

六人の海兵隊員はずんぐりした建物をまわりこんだところで二体のパラディンとメカ海兵隊分隊との銃撃戦に遭遇した。海兵隊員がひとり、アーマーをくすんだ赤に光らせながら倒れた直後、ほぼいっせいに六名のレイダーがミサイルを発射した。レヴたちの一斉攻撃とメカ兵たちの砲撃のどっちが功を奏したのかはわからなかったが、いちばん近くにいたケンタウルス人がよろめき、横ざまに倒れかけた。

「伏せろ！」と六つの声が叫んだ。

レヴは地面に身を伏せた直後にこぶしで殴りつけられたかのようにあお向けになり、鼻からチューブがはずれた。メカ兵のひとりが何歩あとずさるのがちらりと見えた。

ケンタウルス人は百メートル以上離れていたが、ラバに蹴られたかのようだった。

「恩に着るよ、歩兵のみんな」とメカ海兵隊員のひとりが開いたフェイスシールド越しに叫び、メカ兵たちは走り去った。

「みんな、だいじょうぶか？」と二等軍曹がたずねた。

レヴは弱々しく親指を立てた。

レヴのとなりで、ニクス三等軍曹が立ちあがろうともがいていた。

「三等軍曹どの、イエロージャケットが切れました」

「だったら、おまえはもう標的だ。みんなから離れるな」

そんなつもりでいったのではなかった。戻るつもりはなかったのだ。レヴの望みは、三等軍曹がミサイルを一発譲ってくれることだった。

「行くぞ」

レヴはチューブを鼻に装着しなおすとフェニックス焼夷地雷をとりだした。プリーチャーロールズでは一度、うまくいったが、あのときはついていただけだとわかっていた。それでも武器は武器だったし、ほんの少しの自信を与えてくれた。

レヴは、喧嘩している象たちの足元でちょこまか走りまわっているネズミのような気分になっていた。メカ海兵隊員、何輌かの戦車、そしてケンタウルス人のパラディンたちが、埃と混沌のなかで姿をあらわしたり消したりしていた。エアホーンが増援や前進や退却を告げていた。

六名の海兵隊員は、砲弾の跡ででこぼこになっている巨大なエミッターの基部に近づいた。本来なら立ち入り禁止区域だが、この激戦のさなかでは……

巨大構造物をまわりこむと、一体のメカ兵が身じろぎもせずに立っていた。アーマーの背中がぱっくりと開いていた。

「電池切れだな、気の毒に」とニクスが走り過ぎながらいった。

メカは核融合で駆動していて、その小型発電機は厚く保護されている。その保護は、機能することもあればしないこともある。予備電源として、ＥＭＰ攻撃後に手動で混合する化学電池が用意されている。化学電池は扱いが難しいことで悪名高いが、メカ兵が操作可能になって発砲することが——かぎられた時間だが——可能になる。

背中が開いていることからすると、着用していた海兵隊員は外に出たのだろうが、いまは実質的には下着姿で、願わくは酸素パックを持って戦場を駆けまわっていることだろう——この戦場での成功法とはいいがたい。レヴはその海兵隊員をうらやんだりせず、無事を祈った。

レヴたちの目標は巨大エミッターの反対側にあった。そしてアクセストンネルをおおう格子の上を歩いているとき、モンテス二等軍曹が振り向いて命令を出そうとしたが、言葉にすることはできなかった。クジラが海面から飛びだしたかのようにパラディンが格子を突き破ってあらわれ、開いた穴の横の地面に着地した。二等軍曹、フセイン、ケルは格子とともに投げあげられ、一団となって落下した。立っているのはレヴとトミコとニクスだけになった。

　ケンタウルス人は縮めていた基部をのばしはじめた。いまが行動すべきときだったので、レヴは即座にフェニックスを投げたが、カメレオンパッドがついていないので、跳ね返っただけだった。トミコとニクスもイエロージャケットを発射したが、信管作動距離が短縮されていても近すぎた。トミコのミサイルは基部にあたって跳ね返り、ニクス三等軍曹のミサイルはシャーシにあたって地面に落ちた。

「切れた！」とトミコは叫び、肩から抜いたM-49をパラディンに向けて連射した。

　レヴは膝をつき、ふたたびフェニックスに手をのばした、これが最後のひとつだった。今回は——時間が許せば——カメレオンパッドをつけるつもりだった。パラディンは、いまにも対人シュレッダーを発射するかもしれないとレヴは覚悟していた。

　ケンタウルス人の反対側にいるモンテス二等軍曹が立ちあがるのがよく見えた。驚いたことに、彼女は全速力で逃げ去っていった。

「いったい——」

「避難しろ！」二等軍曹は立ち止まりながらそう叫び、振り向きざまにイエロージャケットを構えた。

そりゃそうだ。距離をとらなきゃならなかったんだ。

だけど、避難する場所なんかない。あるとしたら……

「ミコ、穴に飛びこめ！」

トミコは二等軍曹の声が聞こえなかったのか、それとも気にも止めなかったかだった。彼女はレヴに怒りに満ちた一瞥《いちべつ》をくれると、弾がつきるまで、またも効果のない連射をした。レヴは大股の二歩でトミコのもとに駆けつけると、彼女の両肩をつかむなり、ぽっかりと開いた穴に放りこんだ。ニクスとフセインはすでに走りだしていたが、そのとき二等軍曹がミサイルを発射した。ミサイルはケンタウルス人のシャーシの前面に命中した。レヴが穴に飛びこんだとき、二等軍曹はランチャーを捨てて最後のイエロージャケットを構えた。レヴが穴のなかへと消える直前、ケンタウルス人がシュレッダーを発射した。衝撃波の巨人に殴られたような一撃を受ける前にレヴが最後に目にしたのは、二等軍曹が消滅するところだった。レヴは直径二メートルの導管にぶつかって跳ね返り、通路に落ちたところで、さらに大きな爆発に打ち据えられ、世界が真っ暗になった。

「ぼくは生きてるのか？」

〈はい。あなたは脳震盪《しんとう》を起こしており、肩を脱臼しています。あなたの医療ナノは、長期的な損傷を最小限に抑えるため、脳内に抗炎症剤を投薬している、またはこれから投薬する予定です〉

すべてを理解するまでにやや時間がかかった。

「トミコはどこだ？」

〈わかりません〉

「どうしてだ？」

〈あなたは目はつぶっているし、耳鳴りがしているからです〉

「ああ、そうか。すまない」

目をあけるのに少々の努力が必要だったが、なんとかあけられた。ニクス三等軍曹は数メートル先で上体を起こそうともがいていた。反対側を向くと、トミコが立ちあがろうとしていた。

「おい」

トミコはレヴのほうを向いた。「おまえがわたしを穴に投げこんだんだな？」

「まあな」

それが突然、愉快に感じられてレヴは吹きだしたが、すぐに立て続けに咳きこんだ。

トミコがレヴのそばに来た。「生きてるか？」

「馬鹿なことを聞くなよ、ミコ」

「怪我してるのか？」

「ＡＩによれば脳震盪と肩の脱臼だそうだ。きみは？」

「たいしたことはない。ただの打撲だ」

「おーい、だれかいるか？」というフセインの声が聞こえた。

「こっちだ」とトミコが叫んだ。

「連れてくる」とニクス三等軍曹がいった。アクセストンネルにそってのびている積み重ねられた導管まで足をひきずりながら歩いていき、隙間からのぞきながらいった。「見えるぞ。乗り越えなきゃこっちには来られないな」

「おまえのバトルバディは怪我についてなんていってるんだ？」とトミコが、フセインが合流しようとしているあいだにレヴにたずねた。

「ぼくの怪我の具合はどうなんだ？」とレヴは発話せずにたずねた。

〈回復はするでしょうが、どの程度早く、またどの程度完全に回復するかは治療への脳の反応しだいです〉

「だいじょうぶだ」とレヴはトミコに答えた。立ちあがろうとしたが、倒れた。

「無理しちゃだめじゃないか」

フセインが導管のこちら側にどさりと着地した。彼はうめきを漏らし、片脚を持ちあげた。

「ケルとは一緒じゃなかったのか？」とニクスがたずねた。

「見かけてません。三等軍曹どのとご一緒だと思ってました。二等軍曹どのはどうなったんですか？」

レヴは薬が効きはじめて綿雲にすっぽりと包まれているような気分だったが、その言葉にはっとした。

「死んだよ。ブリキ尻が爆発する直前に殺したんだ」

「ほんとうか？」とニクスはたずねた。

「見たんです。二等軍曹どのはすっくと立って、次のイエロージャケットを手にとったところだったんですが、シュレッダーで撃たれたんです。戦士そのものでした」

一同が一瞬、思いに沈んだあと、ニクスがいった。「倒れし者に敬意を」

「敬意を」とほかの三人が唱和した。

「で、どうするんですか？」とトミコが、穴の外を別の角度から眺められるように横へ一歩移動しながらたずねた。

「ここからの脱出方法を見つけるんだ。これはアクセストンネルだから、外へ出るはしごがあるはずだ。行くぞ」

〈動かないでください〉

「立てるよ」

〈戦闘は無理です。ほかの海兵隊員の足手まといになります〉

トミコがレヴの前に立ち、手を差しのべて助け起こそうとした。レヴは手助けに応じたかったが、頭がくらくらしていたし、ＡＩが正しいとわかっていた。

「ＡＩが動けないっていってる。薬が効きすぎてるんだ」

トミコはレヴには理解できない、あるいはたんに理解したくない顔をニクスに向けた。

「まだ任務は続いてるんだ。なにも変わってない」

「でも、レヴをどうするんですか　こんな状態では置いていけません」

ニクス三等軍曹は熟考したあと、レヴのもとに歩みよって袖からコネクターをのばした。レヴのコネクターをひきだして接続した。

「おまえのバトルバディにおまえの医療報告をおれのバトルバディに送るようにいえ」

裁判所か将官の命令がないかぎり、海兵隊員がほかの海兵隊員からデータをダウンロードできるのは、その海兵隊員が積極的な許可を与えたときだけだ。

「三等軍曹どのにぼくの医療報告を送れ」

〈了解しました。アップロードしています〉

ニクス三等軍曹は自分のＡＩの話を聞き、少し考えたあとでいった。「くそ。ほんとうだな。レヴのためにも、じっとして動かないほうがいい。それ以上に、レヴは助けになる状態じゃない。足手まといになりかねない」

「でも、置き去りにするわけにはいきません」とトミコはふたたびいった。

ニクスはトミコの肩に手を置いてからいった。「そうだな、まったく最悪だ。だが選択肢はない。この位置をマークしておく。これが終わりしだい、だれかが救出に来るはずだ。ここにとどまるほうが、レヴにとって一緒に来るより安全なんだ」

トミコは反論しかけたが、レヴはもう一度、力を振り絞っていった。「だいじょうぶだよ、ミコ。行ってくれ。ぼくはここでちょっと昼寝をしてるから」

トミコはもう一度ためらい、レヴからニクスへと目を移した。そのとき、三等軍曹が出せるかぎりの下士官らしい声で告げた。「さあ、一等兵。出発するぞ」

彼女は首を振ってレヴに向き直った。「無事でいろよ。必ず戻るからな」

「無茶はするなよ」とレヴがいうと、三人はトンネルを進んでいった。レヴは三人のうしろ姿を、見えなくなるまで見つづけた。薬のせいで、彼らの姿は視界のなかで消えたりあらわれたりをくりかえしていた。

上からは戦闘の音が絶えず伝わってきていたが、その瞬間、レヴは小さな泡のなかでひとりきりだった。出来事の流れの近くにはいたが、外に出ていた。

「いや、ひとりきりじゃないよな？」

〈わたしがいます〉

「それにおまえは、薬のせいでおかしくなってないんだよな？」

〈反応時間が長くなっていますが、わたしはまだ機能しています〉

「それに、おまえがぼくを死なせたりしないんだろう？」

〈そんなことにならないよう、あらゆる手をつくします〉

レヴはほほえみながらあお向けになって、差しこんでいる日差しのなかで渦を巻いて踊っている塵を眺めた。

「おまえはいい友達だよ。知ってるか？」

レヴには自分がどうしてそんなことをいったのかわからなかった。

〈わたしはＡＩです〉

「それだけじゃないさ。ミコは彼女のＡＩをピカチュウと呼んでる。ピカチュウがなにか知ってるか？」

〈二十一世紀の日本のアニメキャラクターです〉

「え？　神さまだと思ってたよ」とレヴは声に出してつぶやいた。

「アニメだろうと神さまだろうと、あれが……ええと、彼女がミコの友達だってことに変わりはない。おまえはぼくの友達じゃないのか？」

なんてこった。ぼくは本格的にイカれちまったらしい。ＡＩにおまえはぼくの友達かって聞くなんて。

だが、それでもレヴは知りたかった。

〈わたしは、あなたにとって必要なら、なんにでもなります。わたしの目的は、あなたがよりよく、より有能な海兵隊員になるのを助けることです〉

「典型的なＡＩってわけだな。それじゃ、質問に答えたことにはならないぞ」

〈わたしはプログラムであって、それゆえ、プログラムされたとおりに反応します、それは現在のパーソナリティ指数と一致しています〉

もっと上げろと匂わせてるのかな？

いまの自分の判断は信頼できないし、おそらく深読みしすぎているのはわかっていた。自分でいっているとおり、ＡＩは、いくつかのクリスタルに保存されているプログラムにすぎない。

かまうもんか。なにが悪いんだ？

「それなら、ＰＱを上げてくれ。五十パーセントじゃどうだ？」

〈完了しました〉

レヴはなにかを待った。なにを待っているのかはよくわからなかった。

「違いを感じるか？」

〈いうなれば、ふだんどおり、です。あなたを支援するために全力をつくすべしという指示に変わりはありません〉

つまり、時間の無駄だったってわけか、と思いながら、レヴはあお向けになった。

胃がむかついていたが、それ以上に疲れていたし、息苦しかった。レヴは空気を求めて胸を大きく上下させていた。

「呼吸がしにくいんだ。ほんとにだいじょうぶなのか？」

〈医療ナノは、損傷を最小限に抑え、可能なかぎり修復するために懸命に働いています。そしてそのためにパワーと酸素を消費しています。そのうえ、あなたは酸素の補給を受けていないので、めまいと吐き気を感じているのです。エネルギーを節約するため、横になって安静にしていることをお勧めします〉

レヴは周囲を見まわした。チューブは見あたらなかったし、立ちあがって探すエネルギーもなかった。

「じゃあ、そうするよ」とレヴはふたたび目をつぶりながらいい、すうっと意識を失った。

「また一名発見した」

レヴは目をあけた。頭上の開口部から差しこんでいる光のなかにメカ兵の輪郭が浮かびあがっていた。

「それに生きてる」とメカ兵はいいながら、ふたたび前かがみになってレヴに声をかけた。「おい、海兵隊員、ロープを垂らすから、それを体に結べるか？　そっちまで降りていけないんだ」

レヴはあくびをした。体調はましになっていた。絶好調とはいえないが、さっきまでのように朦朧《もうろう》とはしていない。

「ああ、たぶん」

その海兵隊員は胸部装甲からロープをとりだし、穴のなかに垂らした。レヴは上体を起こし、手が届くところまでロープがおりてくるのを待った。右腕は協力してくれなかったが、左腕を使って胸にロープを巻きつけ、しっかりと固定するのは難しくなかった。

「結んだ」レヴはそういいながら立ちあがり、海兵隊員に親指を立てて合図した。

「なにかあったら止めろといってくれ」と海兵隊員はいった。「上げるぞ！」

メカ兵はレヴを穴のへりまでやさしくゆっくりと三、四メートル持ちあげた。届くところまで来ると、海兵隊員は手をのばし、レヴの左手をつかんでひっぱりあげた。

「あら、レヴじゃないの」とふたりめのメカ兵が、穴から脱出できたレヴにいった。

そのメカを着用している海兵隊員の顔を見るまでもなかった。その声を忘れるはずがない。

「元気いっぱいさ、ウドゥ」とレヴは地面に足が着くといった。

レヴはロープをはずして周囲を見渡した。惨憺たるありさまだった。目の前にそびえているエミッタータワーは大きく損傷していた。

レヴたちが戦ったケンタウルス人は影も形もなく、爆発の跡が残っているだけだ。レヴはぐるりと見まわした。モンテス二等軍曹の痕跡もほとんどなかった。

立派な海兵隊員だったな。

「で、どうして穴に落ちたの、レヴ？」

レヴは答えなかった。地面には煙が漂っているが、敷地内は静まりかえっている。

「勝ったのかい？」

「ええ、勝ったわ、レヴ。ブリキ尻をやっつけたのよ！」

37

「あいつらがなにをしたかを見てよ。くそったれ海兵隊員どもが」と白衣のローハー社の技師が同僚にいった。「これを交換して再稼働させるのに何ヵ月もかかるわ」

レヴは救護所から解放されて自分の小隊を探しているところだったが、足を止めた。施設は、軌道上で待機していたに違いないローハー社の職員ですでにあふれかえっていた。

無視しろ。

だが、無視できなかった。「なんのことを話してるのかは知りませんが、壊したのはブリキ尻ですよ」

ふたりは振りかえった。女性がレヴに冷たい視線を向けた。

「なんですって？」

「それはビーム砲による損傷です」ふたりがぽかんとレヴを見つめていたので付け加えた。

「エネルギー兵器です。ケンタウルス人の武器であって、海兵隊の武器じゃありませんよ」

「海兵隊はここの被害にいっさい責任がないっていってるの？」

「いいえ。でも、それを壊したのは海兵隊じゃありません」

「それっていうのはＭＳＣ‐３４６Ａよ。そしてＭＳＣ‐３４６Ａには、あなたには想像もつかないほどのお金がかかってるの」

「ＭＳＣなんとかだったもの、のほうが正確ですね。それに、ブリキ尻どもからここを奪いかえしたことを感謝していただきたいです。多くの命が失われました。あなたには想像もつかないほどすばらしい人たちの命が」

　レヴはくるりと向きを変えて歩き去った。女性は反論しようとしかけたが、男性が止めた。女性にとっては幸運だった。レヴはそれ以上の侮辱を我慢できる気分ではなく、自分がどう反応するかわからなかった。

　跡形もなく消滅したときのモンテス二等軍曹の姿がレヴの脳裏に焼きついていた。彼女は自分がどうなるかを知っていたが、それでも決意を曲げなかった。そしてケンタウルス人を倒し、班のほとんどを救った。

　ケル・ディーン＝バレスター伍長は穴までたどり着けず、ケンタウルス人の自爆に巻きこまれて死亡した。タヌ上等兵は接続室で戦死し、サパ一等軍曹はすでに惑星から救急搬送されて、容体は不明だった。

班の半分が失われたっていうのに、あの……あの寄生虫は自分の大事な機械の一部が壊れたことに文句をつけてるのか？

救護所にいるあいだに得られたのは断片的な情報だけだった。戦死者は多かったが、予想よりはやや少なかった。だが、友達が死んだらそんなことは関係なかった。戦死者と戦死者の家族にとって、死亡率は事実上、百パーセントだからだ。

レヴの仲間では、ウドゥは生きのびた。ウドゥの話では、ファイアーも、メカが充電切れになったにもかかわらず無事らしかった。ほかの仲間たちは？　レヴは足を速めた。トミコはもっと知っているかもしれない。

施設ではローハー社員と海兵隊員が盛んに活動していた。海兵隊の技師チームはメカを再稼働させようとしていた。戦闘で損傷しなかったメカも電力パックを充電する必要があったし、反撃の可能性に備えて時間との競争で作業を完了させなければならなかった。

施設の外と敷地内の一部で、アーマー技師たちが戦車におなじことをしていた。歩兵は施設内に散らばって、食事したり眠ったりしていた。

レヴは歩みをゆるめて小隊を探した。オメストリ少尉は救護所までレヴの様子を見にきてくれ、小隊がどこにいるかを教えてくれたが、そこまでどうやって行けばいいかがはっきりしなかったので、少々不安だった。

「このあたりかな？」

〈このあたりのようですが、オメストリ少尉どのの説明はややあいまいでした。でも、右に見える構造物が、少尉どのの説明にあったモノレールの壊れた軌道かもしれません〉

そっちを見ると——驚くまでもなかったが——AIのいうとおりだった。施設内での物資輸送に使われていたモノレールの軌道には、五メートルほどの無傷な部分の両端に破損箇所があった。そっちに向かうと、レールの下でぐったりとすわっている、かなり数が減った小隊がいた。

「おいおい。よみがえった死人みたいじゃないか」とストラップが、近づいてきたレヴにいった。

「しぶとく生きのびたのさ」とレヴは応じた。

ストラップは立ちあがってレヴの手を握った。「きみが無事でよかったよ。タヌとモンテス二等軍曹は残念だったな」

「ディーン＝バレスター伍長もだ」

「ディーン＝バレスター伍長もだな」

「倒れし者に敬意を」とストラップがいうと、ほかに何人かが唱和した。

「第三班はどこだい？」とレヴは見まわしながらたずねた。「おっと、もうだいじょうぶ。フスーマンがいた」

レヴはほかの兵士たちから歓迎の言葉をかけられながら、小さな輪になってすわって食事をとっている三人の海兵隊員のほうに向かった。

「やっと来たか」とニクス三等軍曹がいった。「すわれ。メシを食うか？」

レヴは首を振りながら、トミコのとなりに腰をおろした。どろどろ《スラッジ》をメシと呼ぶのは虚偽広告だ。

「いえ、救護所で食べてきました」

「少尉からは、おまえはあと何日か救護所にいるだろうって聞いてたぞ」とトミコがいった。

「あそこがどんなだか知ってるだろう？　ぼくをベッドに寝かせておく余裕はないんだ。追いだされたのさ」

事実ではなかった。レヴは小隊に戻りたいと懇願した。あまりにしつこかったので、ついに医師のひとりが折れたのだ。

「無事でよかった」とトミコはいい、レヴを引き寄せて抱きしめた。「おまえをあそこに、それもおまえに命を救われたあとで残していったときは、ほんとに――」

レヴはトミコの口を手でふさいだ。「ぼくは歩ける状態じゃなかった。ナノがフル稼働してて、薬をたっぷり与えられてたんだ。それにきみにはまだ任務があった。ええと、消息は聞いてるかい？」

だれの消息かを具体的にいう必要はなかった。トミコは察して答えた。「クリケットは無事だ。最後のブリキ尻が爆発した直後に会った。でも、ほかの仲間は知らない。通信がまだ復旧してないんだ」

そんなところだろうと思っていたが、少なくともクリケットが無事だとわかってうれしかった。

「ぼくはウドゥと会ったよ。ぼくを穴から引きあげてくれたうちのひとりで、ファイアーも無事だと教えてくれた」

トミコはしばし目をつぶって、感謝の祈りを捧げたのか、唇を動かした。

「じゃあ、きみは最後まで戦闘に参加したのかい？　ぼくを置いていったあと、なにが起きたんだ？」とレヴはたずねた。

「くそひどかったよ、レヴ」とフセインがいった。

「まず、アクセストンネルから出なきゃならなかった」とニクスが説明を引き継いだ。

「上から戦闘の音は聞こえてたが、地上に戻る方法が見つからなかったんだ」

「ブリキ尻どもが地下を制圧してたら、そのまま戦ってただろうけどな」とトミコ。

「だけど、実際、制圧してたんだ。二等軍曹を殺したやつ……ぼくたちが戦ったやつも地下から飛びだしてきたんだからね」

「隠れてただけなんだろう」とニクス。「地下は、略奪者《リーヴァー》にとってすら、動きまわるには狭すぎた。とにかく、外へ出てからが大変だった。フスーマンがいったように、くそひどかった。連中はまるでゴキブリだった。身をひそめたり、逃げまわったりしたが、どこへ行っても海兵隊員が、恐れを知らないやつらが取り囲んだ。おれたちも、四人のメカ兵とともに、ひとりを――」

「集合！」と少尉が叫んだので、ニクスの話は中途半端で終わった。

「少尉はこれからどうするかを決める三者協議に参加してたんだ」とトミコが、少尉のもとに駆けつける途中で説明した。

小隊は――人数が大幅に減っていたが――少尉のまわりに集まって円をつくった。

「ペレティエ、ライザー、きみたちふたりが一緒にいるところをまた見られてうれしいよ」と少尉はふたりにうなずいた。

「まず、サパ一等軍曹、ラペート上等兵、そしてアキマ伍長はセーフハーバーに戻る途中だ。長期的な回復の見込みは不明だが、重篤《じゅうとく》な者はいない。全員、回復するだろう」

「ウーラー！」数人の海兵隊員がその知らせに歓声をあげた。

「さて、われわれがこれからどうするかだ。この任務はまだ終わっていない。このあとすぐ、すべての班の班長と話をするが、一時間後に出発する、というのが全員に対する事前通知だ。

くそ野郎どもはひとり残らず始末しなければならない」

38

レヴは、戦闘服に感謝しながら、屁の木《ファートツリー》が密生する木立を押し分けて進んだ。鋸歯状《きょしじょう》の葉がスパイダーウェブを貫通することはないが、肌は傷つく。すでに、顔のひっかき傷にかゆみを覚えていた。

レヴはトミコに右へ移動するように合図した。

「ここにおまえの声を聞くやつはいないぞ」とトミコはいったが、それでもさらに十メートル移動した。

タヌが戦死し、サパ一等軍曹が緊急搬送されたことで、レヴは、たったふたりの海兵隊員からなる班ではあるが、班長になった。レヴとトミコは同日に昇進したが、レヴのほうがトミコよりも順位が二十二上だった。

しかし、ふたりは惑星の荒野で完全に孤立しているわけではなかった。左に百五十メートルほど離れたところでニクス三等軍曹とフセイン、つまり第一班の全員も並行してパトロールしているので心強かった。また、右に数百メートル離れたところにはフリジア飛行隊がいるはずだった。

レヴはトミコとほかのふたりといまも一緒にいられることに感謝していた。任務に復帰することを医師に認めてもらうにはかなりの説得が必要だった。予防的治療を受けたとはいえ、レヴは脳震盪《しんとう》を起こし、肩を脱臼していた。医療的標準作業手順《SOP》では、それらの負傷をしたときは、一週間、負担の少ない任務に従事することになっている。だけど、負傷者が多くて任務部隊が人手不足になってるいま、そんなことをしてたら――

レヴは用もなく腕をまわした。痛みはなかった――注射を何本も打たれたのだから当然だったが、おかしな感じだった。

〈頭がぼんやりしているようですね。チューブの位置を調節してはいかがですか？〉

二日前の戦闘中には気づかなかったが、パーソナリティ指数《PQ》を五十パーセントに上げて以来、ＡＩは以前より積極的になっていた。うるさくなった、といってもいいかもしれない。レヴは自分がそれを気に入っているのかどうかわからなかったし、ＰＱを下げることも考えた。だが、ＡＩの助言は間違いではなかった。戦闘のストレスのせいで心ここにあらずの状態になっているとしたら危険だ。酸素不足は悪影響をもたらす。

脳震盪の影響が残っている可能性もある。

「わかった」とレヴはいいながら、酸素が最大限に鼻に流れこむようにチューブの位置を直した。無用なリスクは避けるべきだ。

目標地点のケンタウルス人には勝利したが、全滅させたとはかぎらない。残っている、多くはないスキャンドローン全機に、作戦地域全体の上を縦横に飛ばして調べさせた。そして、残っている数少ないドローンも、ほかのドローンと同様に、あざむかれたり撃墜されたりする可能性があった。だから司令官はパトロールを命じた。何千年も昔から、地域を確保するためには地上部隊が不可欠なのだ。

この地域の地形図があるので、レヴは目で見た景色とそれを比較しようとしていた。ケンタウルス人が近くにいるとしたらどこにいるだろう？　だが、ホロヴィド俳優が、たいていは悪者が襲ってくる数秒前にふと気づくようにしてひらめいたりはしなかった。

レヴはため息をつきながら斜面をのぼりつづけた。木々によって視界が制限されているので、またしてもイエロージャケットを使うには距離が足りなくなりそうだ。そんな状況を二度、生きのびたが、運命の女神は気まぐれなので、こんども幸運に恵まれるとは思えなかった。

頂上に着けば視界が開けるかもしれない。

だが、着いてみると、頂上では木がいっそう密生していた。

レヴは停止の合図を送った。少し早かったが、心を休める必要があった。

トミコが近づいてきてたずねた。「なにか見えたのか？」

「いや、ただの休憩だよ」

レヴはチューブをはずしてXL‐12をごくりと飲んで効くのを待った。だが、変化はなかった。ダーシーから、XL‐12エネルギーサプリメントを飲みすぎると、体が慣れてしまって効果が薄れると警告されていた。

「逃げたやつはいるのかな？」とトミコがまたたずねた。「二十時間も探してるけど、生き残りは影も形もないじゃないか」

「たぶんいないと思うよ。ひとりかふたりいたとしても、このあたりにはいないだろうな。だけど、司令官は確認したいんだ。だからぼくたちは高い給料をもらってるのさ。疲れてるのかい？」とレヴはトミコにたずねて話題を変えた。

「疲れてはいない。疲弊はしてる。いや、それも変か」

「いや、変じゃないよ」とレヴ。

レヴには、自分がまだ動きつづけられるのはわかっていた。そのためのエネルギーはたっぷり残っている。ただ、覇気がなくなって弱っているように感じたし、動くのに必要以上のエネルギーを使っているような気がした。脳震盪の影響が残っているのかもしれなかった。酸素不足のなかで動きつづけているせいかもしれなかった。

「身体拡張を受けてれば、いつも元気いっぱいでいられると思ったのにな」とトミコ。

「ぼくたちはあいかわらず、食べ物からエネルギーを得てる。寄生虫とおなじさ。そのうちにカロリーがつきるんだ。身体拡張にできるのは、水素がつきるまでスロットルをあけつづけておくことだけだ」

「そうだな。正気なら、力がつきる前に休んで回復するもんだ」

レヴはため息をつくと、斜面を指さして告げた。「話はこれくらいにして、出発しよう」

トミコはレヴに茶化すような敬礼をすると、距離をとるために斜面をななめにくだりはじめた。レヴも、チューブをつけなおしてからくだりはじめた。足元は不安定だった。一歩ごとに落ち葉や土が崩れ落ちた。ケンタウルス人が斜面の下にいたら、そのせいで気づかれかねなかった。

だが、ケンタウルス人がいるはずはないので、まあ、問題はなかった。

レヴは、半分歩き、半分滑りながら、なんとか転ばずにくだりきって、細い水の流れ、というか小川の端にたどり着いた。どうやら、水の流れはいつも細いわけではなさそうだった。水は森の地面を一メートル半も浸食していた。川床は幅が二、三メートルしかないので、飛び越えるのは容易だった。

トミコを左に確認してから、飛び越えようとしかけたところで、木々のあいだに見えているなにかに注意をひかれた。なんなのかに気づくまで少し時間がかかった。林冠が乱れているところから差しこんでいる日差しが多すぎるのだ。

「あれが自然に見えるか？」

〈いいえ、自然には見えません。枝が折れている兆候があります〉

「航空機が墜落したのかな？」

〈爆発の痕跡はありません。フリジアのスクートかディスク機があそこに着陸した可能性のほうが高いでしょう〉

「メカってことは？」

〈メカがここを通った形跡はないし、メカが林冠を損傷させることはありません〉

馬鹿なことを聞いたもんだ、とレヴは思って、そんな質問をＡＩにしたことが急に恥ずかしくなり……自分のそんな反応にさらなる恥ずかしさを覚えた。

レヴは、すべての機動部隊が放出装置《エミッター》ステーションにどんなルートで接近したかを知らなかったが、ディスク機か、ひょっとしたらフリジアのスクートだと考えるのが理にかなっていた。振り向いてトミコに止まれの合図を送り、墜落した海兵隊員がいないかどうかを確認することにした。

通信がまだ不通のため、だれを発見したかの報告はできないが、少なくともあとで回収するために場所を記録しておくことはできる。生きていようが死んでいようが、海兵隊はだれひとり置き去りにしない。

「二十、三十メートル先の、小川が曲がってるあたりかな。どうだ？」

〈間違いないと思います〉

レヴは小川を飛び越え、目の高さの月桂樹を押し分けた。戦闘中の死は恐ろしいものだし、まだ完全に受け入れられていないが、この空っぽな世界でまたひとり海兵隊員の命が失われたかと思うと深い悲しみがわきあがってきた。

月桂樹を過ぎてファートツリーをまわりこむと、折れた幹の向こうに金属的な輝きがちらりと見えた。

じゃあ、たぶんフリジア人だな。ディスク機にしては大きすぎる。

それで気が楽になったわけではなかった。フリジアン・マントルについてレヴがどう思っていようが、ホスト兵たちはよき戦友であることを実証していた。

振りかえると、トミコが月桂樹の先端の向こうからこっちを見ていた。フリジア人が墜落したことをハンドサインで伝え、合流するように合図した。

川床に着陸したフリジア機は泥でおおわれていた。レヴはよく見えるように、折れた幹から斜めに何歩か進んで……地面に伏せた。イエロージャケットを抜きながら、「戻れ！」と音をたてることを気にせずにトミコに叫んだ。

十メートルも離れていないところに見えている巨大なアーマーはケンタウルス人の略奪者《リーヴァー》だった。

レヴはケンタウルス人のシュレッダーに吹き飛ばされるのを待ったが、自分の心臓の音以外になんの音も聞こえなかった。頭を上げると、そいつは動いていなかった。

またか？　またブリキ尻か？　ぼくはどの戦争の神を怒らせたんだ？

手にしているイエロージャケットを見おろした。前回とおなじで、ここからでは近すぎて信管が作動しない。距離をとる必要があった。

「なんなんだ？」とトミコが呼びかけた。

「川床に隠れろ」とレヴは、すぐそばにリーヴァーがいるにもかかわらず叫んだ。いまケンタウルス人がシュレッダーを放てばトミコを守れるはずだった。

そして、レヴも川床に隠れたいと願った。腹這いのまますばやく後退し、川床におりたときは安堵のため息をついた。耳のなかで鼓動が何度も鳴り響いたあと、ようやく水の流れのなかにすわりこんで岸に体を密着させた。

八、九メートル離れたところにいたトミコが、必死に合図を送ってきて、なにが起きたのかとたずねた。

「ケンタウルス人だ」とレヴは合図を返した。

トミコは驚きの表情を浮かべ、さらに数センチ深く川床に体を沈めた。「パラディンか、それともリーヴァーか？」

「リーヴァーだ」

トミコはまた合図しはじめたが、首を振って水の流れのなかを匍匐《ほふく》前進してきた。手と腕の合図に頼るべきでないこともある。

「なんだって？」トミコはひきつった声でたずねた。

「川が曲がってるあたりだ。ブリキ尻のくそリーヴァーがいるんだ」

「なにをしてるんだ？」

「じっとしてる」

トミコは首を振った。「そいつに気づかれたのか？」

「わからない。でも、気づかれたはずだよな？」

「なのに攻撃してこなかったのか？」

「頭を整理する時間をくれ。びっくりして頭が混乱してるんだ」

だが、トミコの言葉は的を射ていた。なんで攻撃してこなかったんだろう？

「実際には近づいたわけじゃない。それに、ぼくはあそこの月桂樹の陰にいた。気づかれなかったのかな？」

口にすると説得力に欠けるように思えたが、ほかにどう考えられる？　前回、プリーチャーロールズで倒したパラディンには、結局、気づかれていなかった。

だけど、それはぼくがスパイダーホールのなかにいたからだ。

だが、なにかを見逃している可能性もあったし、使える道具がまだ残っていた。

「なにか気づいたか？」とレヴはＡＩにたずねた。

〈ケンタウルス人のリーヴァーに気づきました〉

「いや、そうじゃなくて、もっと……」

〈質問の意図をもう少し具体的に教えていただければお答えします〉

だが、レヴはどんな質問をすればいいのかわからなかった。状況を充分に理解できていないまま助けを求めていた。

心のなかでため息をつきながら、「ＰＱを八十パーセントに上げろ」と命じた。

わずかな間を置いて、ＡＩはいった。〈重要かもしれないことがあります。視覚スキャンを分析した結果、ケンタウルス人の周囲には二酸化炭素がごく微量しか存在していない

ことがわかりました〉

「それは具体的になにを意味するんだ？」

〈人類と同様に、ケンタウルス人も酸素を吸って二酸化炭素を吐いています〉

レヴはしばし時間をかけてその情報を吟味した。ケンタウルス人を、もっぱら自爆する前にスキャンし、自爆したあとの痕跡を詳細に調査することによって、人類はかなり以前に、ケンタウルス人がロボットやアンドロイドなどではなく、アーマーのなかで酸素を吸っている生物であることを突きとめた。そして人類と同様、彼らも二酸化炭素を吐いている。二酸化炭素の痕跡がないというのは、いったいどういう意味なんだろう？

「それはなにを意味してるんだ？　あいつは死んでるのか？」

「唇が動いてるけど、あなたのバトルバディはなんていってるの？」とトミコがたずねた。

「ケンタウルス人の周囲に二酸化炭素の痕跡がないんだってさ」

トミコは一瞬、遠くを見てからいった。「ピカチュウは、それはたぶん死んでることを意味するっていってる」

「じゃあ、なんで自爆しなかったんだろう？」

トミコはしばし黙りこんでＡＩに相談してから答えた。「さあ。だけど、それがもっとも論理的な説明だ」

トミコは左を見た。数百メートルしか離れていないところをニクス三等軍曹とフセインがパトロールしているはずだ。

「行動する前に報告をする必要があると思うな」とトミコ。

「どうやって？　通信はまだ使えないんだぞ」

「三等軍曹を探しあてるしかない」

レヴは首を振った。手に余る事態なので、ほかのだれかに判断をまかせたかった。だが、この現場を放置するわけにはいかない。あのケンタウルス人は、息を止めるのと同等のことをして死んだふりをしているだけなのかもしれない。ケンタウルス人になにができるのか、だれにわかる？

「ここを離れるわけにはいかない」

「じゃあ、わたしが待って――」

〈失礼します。ブヨ《ナット》もありますよ〉

レヴは片手を上げてトミコをさえぎった。

「ナットじゃ、ブリキ尻になにもできないよ」

〈かまいません。ブリキ尻を突つくだけでいいのです。眠っているライオンを突くようにして〉

こんどは比喩か？　次はなんだ？

だが、またしても、ＡＩはいいヒントをくれた。ナットは小型の多目的ドローンで、視野を拡大したり、偵察したり、五百グラム以下のものを回収したり、小型武器プラットフォームとして二ミリのダート弾を最大三発発射したりできる。ダート弾は爆発弾頭を備えている——装甲をまとっていない兵士を殺せるが、ケンタウルス人にはまったく効果がない。敵の性質からナットは人気を失ったが、地上で戦う全海兵隊員の戦闘キットにはいまも含まれている。

「つまり、ブリキ尻を突っつくためにナットを使うんだな？」

ＡＩは返事をしなかった。

レヴは横にいるトミコのほうを向いて、「ナットで刺激してあいつが動くかどうか試してみる」といった。

「くそナットで？　頭はだいじょうぶか？　あんな役立たずで？　そもそも、もしまだ動けばだけどな」

「試してみるしかない」

レヴは左太腿のホルスターから小さなドローンをとりだして保護ラップをはずした。ラップで包まれていて電源を切られていたので、ケンタウルス人の電磁パルス《EMP》ブラストを生きのびている可能性があった。わずかな可能性にしろ。ＡＩに確率をたずねることもできるが、がっかりするだけだろう。電源を入れてみるのがいちばんだ。

電源ボタンを押すと、驚いたことに小さな緑色のＬＥＤが点灯した。

「なんてこった」とトミコがいった。「なんと、これだけたくさんの戦闘キットのなかで、ナットが唯一動くものになるなんて」

レヴはナットの高度を川床の端から大きく下げながら、動きがあるかどうか、耳をすました。ナットは低出力だが、それでもケンタウルス人に検出されるおそれがある。だが、月桂樹の茂みの向こうからはなにも聞こえなかった。

ナットにはもともと、ＡＩではない、ごく単純な頭脳が備わっているだけだ。だからプログラムしなければならない。レヴは戦闘服の袖からＹ字形コネクターをひきだし、それをナットに、さらに自分のジャックに接続した。

〈接続しました〉

ナットの能力はプログラミングしだいだし、入力が多ければ多いほどうまく動作する。

レヴはトミコに告げた、「ぼくは前進する。ここで隠れててくれ。なにかあったらニクス三等軍曹を探せ」

トミコはレヴが動きだす前に彼の腕をつかんだ。「ほんとに行くつもりなのか？」

「行きたくはないけどね」

「わたしが行く」

レヴはためらわなかった。これは、中隊長が上等兵を危険な任務に送るケースとおなじではなかった。たしかに班長はレヴだが、百人以上の海兵隊員を指揮しているわけではない。それに、代わりにトミコを送ることなどできなかった。

「だいじょうぶだ。きみは耳をすましててくれ」

「おまえがやられたら、聞き逃すはずがないさ」トミコはレヴの腕を握りしめてから放し、「馬鹿な真似はするなよ」といった。

「なにもかもが馬鹿げてるのさ」とレヴはつぶやくと、川床の端を這ったまま越えた。

月桂樹の茂みのなかの地面には、さっきレヴが後退したときの跡がついていた。おなじルートを使わないのがＳＯＰだが、無視することにした。全神経を前方に集中してじりじりと匍匐前進した。永遠に着かないように思えたが、ついにケンタウルス人の頭部がかすかに見えた。ここから見ると、どうしてほかのものと見間違えたのか不思議だった。灰色の光沢だけでも明らかなのに、基部まではっきり見えていた。

「接続は切れてないか？」

〈切れていません〉

「よし、どう思う？　様子をうかがってからダート弾を撃つのはどうだ？」

〈妥当ですね。広域発信させますか？〉

大きな問題だった。ナットには低出力の広域発信機能が備わっている――通信機器を焼かれてしまったレヴには受信できないが、軌道上の海軍なら受信可能なはずだ。

だが、あそこにいるケンタウルス人にも、ほかのケンタウルス人にも受信されてしまうかもしれない。ナットが戻ったらふたたび接続してフィードをダウンロードすれば、可能なかぎりの隠密性を保てるが、眠っているトロールを目覚めさせかねないのだから、より多くの情報を発信しておいたほうがいい。

　選択の余地はなかった。

「広域発信させろ」そして一瞬の間を置いて続けた。「優先度五で」

自分がなぜ優先度を下げたのか、レヴは確信が持てなかったが、直感的に正しいと感じた。ＡＩは反論しなかった。

〈確認してください。フィードを開いてからケンタウルス人の周囲を飛行し、可能なかぎり観察するようにナットをプログラムします。活動の兆候がなければ、ナットは三発のダート弾をすべてケンタウルス人に撃ちこみます。完了したら、ここに戻ってきてダウンロードします。フィードは優先度五で広域発信します〉

レヴは具体的な指示を、少なくともそんなに詳細な指示は出していなかったが、ＡＩの案に異存はなかった。

「それでいい。実行しろ」

薄緑色のランプが三回点滅した。レヴが接続を解除すると、小型ドローンは浮上し、ほとんど無音で茂みを抜けて飛んでいった。川床に身をひそめているべきなのはわかっていたが、できなかった。

見ずにはいられなかった。

ナットはほとんど目につかない。パイレンで被覆されていて、光を反射することなく吸収するからだが、レヴはしっかりと視界にとらえていた。

強化された目に感謝だな。

ナットは月桂樹を抜けてあらわれ、ケンタウルス人の上で一瞬ホバリングしてからゆっくりとその周囲をめぐった。一周、二周、三周。ケンタウルス人は微動だにしない。ナットがケンタウルス人の上でふたたびホバリングしながら爆発性ダート弾を基部と本体に撃ちこんだので、三度、鋭い爆発音が響いて閃光が走り、レヴはぎくりとした。

動きも反応もなかった。

ナットは高度を落として戻ってきて、レヴの前の地面に着陸した。レヴはナットとふたたび接続し、AIにフィードのダウンロードを指示した。

フィードを見ることもなく急いで後退し、ケンタウルス人が爆発することをなかば予期していた。川床に転がりこみ、深呼吸して気持ちをおちつかせた。

「どうなった？」

「爆発はしなかった。それだけだ」

「反応は？」

「なし。ダウンロードして自分で見てくれ」

レヴはナットをトミコに渡した。

「フィードを再生してくれ」とレヴは、ナットに接続しているトミコを見ながら命令した。たちまちレヴはドローンになった。スクリーンがないため、フィードは直接後頭葉に送られた。月桂樹を抜けると前方にケンタウルス人が見えてきた。大部分が倒木に隠れていた。川床に到達して上昇すると〝視界〟にケンタウルス人がくっきりと映った。

こうして見ると、リーヴァーがひどいありさまなのが一目瞭然だ。川床になかば沈んでいるが、泥と土がはねているので墜落したのだとわかる。反対側は巨大な熊にひっかかれたかのようだ。アーマーは壊れていないが、えぐれ、ゆがんでいる。埋まっていて見えないところからはじまっている幅二、三センチの亀裂が、基部のいちばん上まで走っている。

シャーシは全体的にひしゃげていて、そっち側の脚の少なくとも一本がもげている。

まわりを飛んでいるあいだに、アーマーがへこんで表面に穴があいているところをもう一カ所見つけた。穴のなかまでは見えなかった。あとでＡＩに映像をいじらせれば、なにかを見分けられるようになるかもしれない。

そしてふたたび上昇した。ダート弾を三発撃ち、弾頭が爆発して閃光が三回、生じた。予想どおり、小さなダート弾には効果がなかったが、驚いたことにケンタウルス人は動かなかった。

「あれが動作可能であることを示すデータはないんだな？」

〈周囲よりわずかに温度が高く、通常ではないガスの痕跡がありますが、動作可能だとは考えられません〉

「じゃあ、なんで自爆しなかったんだ？」

〈充分なデータがないので答えられません〉

恥ずかしがっているように聞こえないか？

レヴはその疑念を振り払った。アドレナリンによる昂揚がまだ続いていた。

「たしかに壊れてるな。だけど、そこまでひどくはない。でも死んでるなら、なんで爆発しなかったんだ？」とトミコがたずねた。

「ぼくもＡＩに聞いたよ。わからないってさ」

「ピカチュウもだ。さて、これからどうする？」

「ナットに広域発信をさせた」

「じゃあ、すぐにわたしたちの手を離れるな。どれくらいかかると思う？」

「優先度を五に設定したんだ」

「優先度を五に？　なんで……ああ、調べる時間がほしかったんだな」

そしてレヴはトミコのいうとおりだと気づいた。レヴは時間がほしかったのだ。もしもあれがほんとうに死亡したケンタウルス人で、もしも爆発しなかったのなら、それは大発見で、連邦がコントロールしたがるはずだった。レヴたちの右のどこかにはティンガリン率いるフリジア人たちがいる。もっと大勢がステーション内にいる。

彼らは大義のために海兵隊とともに戦っている仲間だが、それでもフリジア人だ。ペルセウスの子らではない。

「優先度五だと五時間はかかるかな？　十時間は？」

「なんともいえないね」とレヴ。「いつ気づかれるかは。海軍兵士のステーションまで伝わったらすぐなんじゃないかな」

「少尉どのを見つけて、指揮系統に上げてもらわないと」

「了解。ふたりで行く？　それともどっちかひとり？」

「ひとりだ。きみだ。でもまず、ナットを通じてじゃなく、直接確認したい」とレヴ。

「中身はもうわかってるじゃないか。くそブリキ尻だ」

「ああ、でも見たいんだ。少尉どのにくわしく報告できるように」

「嘘つけ。オ《O》メガ部《D》に持っていかれる前に見たいだけのくせに」

図星だった。いまのところ、銀河系でケンタウルス人のことを知っているのはふたりだけだ。でもすぐに、すべてがぼくの手を離れるだろう。

「いいさ、レヴ。わたしも見たい」

トミコをすぐに送りだすべきなのはわかっていた。優先度五であっても、発信した以上、時間はかぎられている。だがトミコは、ＡＩのではなく、本物の戦友《バトルバディ》だし、そのことは重要だ。

「行こう」

　ふたりは川床から飛びだし、折れた木のかたわらに立ってケンタウルス人を見つめた。なんとなく小さく見えた。レヴが倒したパラディンではなくリーヴァーだからというだけではなかった。壊れていてどこか悲しげだった。

巨体が細い流れをせき止め、かなりの大きさの水たまりと水の迂回路ができていた。

「飛行モードから墜落したみたいだな」とトミコが折れた木々を指さしながらいった。

「だから、見つかってるはずだ。このエリアになにかがあるのをだれかが知ってるはずなんだ」

「隠れみの機能をオンにしてたのかもしれないし、混乱が続いてるせいで、わたしたちが知らされてないだけかもしれない。いろいろ考えられる」

「まあ、いいや。こいつはいま、ここにいるんだし」

ふたりはケンタウルス人のまわりをゆっくりと一周した。神経を研ぎすませながら折れた枝をまたいだ。だが、リーヴァーは動かなかった。それ以上に、死んでいるのが感じられた。もしも死ぬことがあるのなら。

シャーシの割れ目にまるで磁石のように引きつけられた。ふたりはぴたりと止まって壊れたアーマーの端に触れた。なめらかな感触だったので、レヴは驚いた。一見、マットだが角度を変えると光沢がある本の表紙の触覚版だった。

開口部から匂いが漂ってきた。腐敗臭ではなかったが、レヴは思わず何歩かあとずさった。

「なにか見えるか?」とトミコが穴をのぞきこみながらたずねた。

十五センチ先からは、すべての光を吸収しているような漆黒の闇だった。レヴは懐中電灯を出そうとしかけて、それがほかの装備とともに焼かれてしまっていることを思いだした。だが、ほかにも選択肢があった。

レヴは足首のポケットからケミカルライトをとりだした。ケミカルライトは数千年にわたって兵士が使用してきた基本装備だ。トミコにそれを掲げて見せると、彼女はほほえんでうなずいた。なかに落としたら、レヴたちがなにをしたかが明らかになり、ＯＤと軍上層部からとがめられるかもしれない。

知ったことか。

ケミカルライトを折ってから穴に落とした。ふたりが身を乗りだして見ていると、ライトは数回跳ねてから底に達し、そして――

ふたりとも、驚いて飛びのいたせいでケンタウルス人の上から水たまりに落ちた。

「見たか?!」とトミコが叫んだ。「あれが――」

「なにかは知ってるよ！」

「もういっぺん見るか？」

レヴはＭＦ‐30拳銃をとりだし、指が白くなるほど強く握りしめながら、トミコと並んでふたたびケンタウルス人にのぼった。ふたりで割れ目に近づいてケンタウルス人のなかをのぞいた。

いや、ケンタウルス人のメカのなかを、というべきか。

ケミカルライトは小さくてしぼんだ……生き物の——おそらく——膝の上に乗っていた。そいつは、人間そっくりとはいえなかったが、基本的な類似点がいくつもあった。小柄で、脚は、あるとしても見えないが、身長は一メートルほどしかなさそうだ。二本の骨っぽい腕はか細く、先が三つに分かれていて、なんというか、変わったブラシのように見える。それぞれの先端に指のようなものがついている。三本ある手のひとつが、人間なら喉にあたるあたりをつかんでいる。頭部は奇怪な魚のようだ。目は、あるとしても、レヴには見えなかった。

注意をひかれたのは、大きく間隔があいている三つの切れ目で、それぞれがぽっかりと大きく開いていた。レヴは、空気を吸おうと必死になっている溺れた人を連想した。

それに例の匂いがあった。その匂いだけでも、それがただ眠っているだけではなく死んでいることの充分な証拠になった。

「病気に見えるな」とトミコは畏敬に打たれている声でいった。「感染かなにかしてるのかな？」

一般には、ケンタウルス人がウィルスや細菌に感染するとすれば、それは彼らの星のものか、彼らのＤＮＡの進化と系統をおなじくするものであって、地球のものではないと考えられている。しかし、それは仮説にすぎない。なかにいる生物は絶対に人間ではないが、薄気味悪い類似点もある。ひょっとしたらそいつは病気で、レヴとトミコはもう感染しているのかもしれなかった。

あるいは、訓練キャンプで簡単に説明された並行進化かもしれない。結局のところ、ケンタウルス人は人間とおなじように酸素を呼吸しているのだ。

「さあな。ナットを返してくれ」

トミコは、ケンタウルス人から目を離すことなくナットを差しだした。レヴはナットを受けとると、自分に接続した。

「穴に入れてあれを記録させろ」

〈広域発信させますか？〉

「優先度五で」

ふたりがその生物に魅了されているあいだに、ナットが後世のために記録していた。

ついにレヴがいった。「そろそろ行ってくれ。これを引き渡さないと」

トミコは長いあいだそれを見おろしてから、ため息をついて下がった。

「病気に見える。だから爆発しなかったのかもな」といいながら、ケンタウルス人から飛びおりた。

「待ってくれ」とレヴがトミコを止めた。

レヴはＡＩに新たな指示を与え、それがナットにロードされた。

「こっちに来てくれ」レヴはケンタウルス人の前に立ってトミコにいった。

「ちゃんと消さなきゃだめだぞ」とトミコはレヴのとなりに立ちながらいった。

「消すさ。ダウンロードしたらすぐに。さあ、笑って」

そして、レヴァレント・ペレティエ上等兵とトミコ・ライザー上等兵は、人類初のケンタウルス人との自撮り写真を撮影した。

39

三時間後、レヴとトミコとオメストリ少尉は、防護服を着た海軍兵士のチームが、待機中のシャトルにケンタウルス人を搬入するのをわきに立って見守っていた。チームが現場に到着するのを二時間半、待った。それからの三十分で、海軍工兵隊のチームが効率的に着陸ゾーンを確保して、階級章がついていない防護服姿の人物が指揮するシャトルとさらなる海軍兵士が着陸できるようにした。海軍工兵隊は展開して周囲を警戒した。特に、いまもフリジア人がパトロールしている西側には大勢が配置された。

司令部から少尉に、現場には最低限の数の海兵隊員しかいないようにしろという指示があったので、海軍工兵隊が到着したとき、そこにいたのは三人だけだった。海軍大尉がレヴたちに、邪魔にならないようにどいていろと命じたが、それ以外は、シャトルが到着したあと、ずっと無視されていた。

そして、レヴはそれを腹立たしく思っていた。ケンタウルス人を見つけたのはレヴたちだったからだ。

おざなりな検査のあと、ケンタウルス人はフォームでおおわれ、梱包された。それがケンタウルス人だと知らなければ、中身を推測することはできなかっただろう。工兵たちがいま、移動式クレーンでその梱包を慎重にシャトルに搬入していた。

「どこが仕切ってるんでしょう？　オメガ部《OD》ですか？」とレヴがたずねた。

「そうに決まってる」とオメストリ少尉。

ODが仕切っているとなると、軍ははずされることになる。権力争いがそれを確実にするだろう。だがいまのところ、ODはケンタウルス人をいずこかへ運ぶために海軍を必要としていた。

「まだ信じられないよ」と少尉がいった。「くそ略奪者《リーヴァー》だぞ。まず聖騎士《パラディン》をしとめ、こんどはリーヴァーをつかまえたんだからな」

「つかまえてませんよ、少尉どの。ここに来たときにはもう死んでたんですから」

「どっちにしろ、おまえの手柄だ。ケンタウルス人の心を読めるんじゃないのか？　ライザー、おまえもよくやった」と少尉はあわてて付け加えた。

「ふたりとも認められるはずだ。前回はペレティエがもらえるはずのものをもらえなかったが、これはさらに大きな功績だ。なにかをもらえるようにわたしも働きかける」

レヴは黙っていた。少尉がいったように、前に一度、当てがはずれて落胆した経験があるし、今回の出来事の機密性を考えると、今回も闇に葬られる可能性があると覚悟していた。

それ以上の目にあうかもしれないと。

政府を信用していないわけではないが、ＯＤは独自に行動するという噂がつねにあるし——もちろん、連邦のために——情報漏洩の可能性をつぶしておくというのは想像の範囲内だった。

「フリジア人は気の毒ですよね」とトミコ。「いいやつらだし、わたしたちと一緒に血を流してきたのに、この件ではのけ者にされてるんだから」

「そんなふうに考えるな」と少尉。「報告を遅らせたのはいい判断だったぞ、ペレティエ。連邦が同盟国と情報を共有するかどうかを判断するのは上層部であって、わたしたちじゃない」

ケンタウルス人が斜路《ランプ》をじりじりと上がっていき、ハッチを通れるようにクレーンが縮んだ。フォームと梱包で、リーヴァーは元の大きさの倍になっていた。だが、あっさりおさまって貨物室へと消えた。

「これで終わったな。ふたりとも、ことの顚末《てんまつ》を報告書にしてくれ」と少尉はいった。

だが、まだ終わっていなかった。ＯＤのエージェントがついにレヴたちに気づき、大股で近づいてきた。

「最初にここに来たのはだれだね？」とその男は滑舌《かつぜつ》よくてきぱきとたずねた。

「わたしです……ええと、上官どの」とレヴが答えた。

レヴはその男をどう呼べばいいか確信が持てなかったが、〝上官どの〟は無難な選択のはずだった。

男はレコーダーをとりだし、「きみのフィードをダウンロードする必要がある」といった。

政府のアクセスは限定されているはずだが、信用できるかどうか確信が持てなかった。いまでは自撮り写真を撮ったことを後悔していた。バレたらどうなるんだろう？　まずいことになるんだろうか？

ダウンロードはあっというまに終わり、エージェントは結果をすばやく確認した。「ナットを使ったんだな？」

「はい」

「そのナットを渡してくれ」

少なくとも、ＡＩは自撮り写真が消去されたことを確認していた。レヴはナットを渡した。

次はトミコだった。トミコはナットを渡すようにいわれなかった。

「これで終わりだ。さて、きみたち三人にはシャトルに乗ってもらう」

「なぜですか？」と少尉が懸念を顔に浮かべながらたずねた。「わたしの部隊がここにいるんです」

「だれかが代わりを務めるはずだ。だが、きみたち三名には詳細な報告のために同行してもらう」

「ここでできないんですか？」と少尉。

「報告を受けるのはわたしではないので、そういうわけにはいかない。報告は別の場所でしてもらう」

「でも——」

「さっさと搭乗しろ、少尉」

ODエージェントが有無《うむ》をいわせない口調でそう命じたので、少尉は大袈裟にため息をついてからナットを出した。

「なにをしてるんだ？」エージェントはそうたずねて小型ドローンに手をかけた。

「通信がまだ復旧していないので、わたしたちがあなたに同行することを上官に伝えておく必要があるんです」

レヴがトミコをちらりと見ると、彼女は顔をしかめていた。トミコに少尉を探させなくても、ナットを使ってメッセージを伝えられることを、興奮のあまり忘れていたのだ。

「それは許可できないな、少尉」とエージェントはいってナットを手にとった。「きみの上官にはこちらから伝える」

少尉が反論したがっているのがレヴにはわかった。部下の海兵隊員たちを置いていきたくないのだ。だが、どうしようもなかった。

「ほかの班員はどうなるんですか？」

「集めて隔離する。心配しなくていい」

少尉は首を振ったが、自分にはいかんともしがたいとわかっていた。シャトルに向かって歩きだした。レヴとトミコが続いた。

「これ以上、無駄なパトロールをしなくてすむな」とトミコがレヴにささやいた。

「このパトロールは無駄じゃなかったけどね」

トミコは足を止めて笑いだした。「まったくだ」

三人はシャトルに乗りこんだ。なかに入ってみると、ケンタウルス人はさほど場所をふさいでいなかった。床のフックに固定されていたが、海軍兵士たちはもう隔壁にそってすわっていた。エージェントは機首付近の簡易シートを指さし、三人の海兵隊員はそこにすわった。

海軍工兵隊が入ってきた。そしてエージェントがいった。「のんびりしててくれ。先は長いからな」

「このあとなにがあるんですか？」とトミコがたずねた。

「報告がたっぷりある」とエージェントは笑いながらいった。「だから覚悟をしておいてくれ。バトルバディを回収されるから、多少は負担が減るはずだ」

「ピカチュウを回収されるんですか？」とトミコが不安そうにたずねた。

「きみのバトルバディのことなら、そのとおりだ。だが、返却するから心配はいらない」

「おまえは回収されるのか？」

〈オメガ部のエージェントの説明によれば、そのようですね〉

レヴはシートにもたれかかりながら、ランプがひきこまれ、ハッチが閉まりはじめるのを見た。レヴはＡＩにトミコのような思い入れをいだいていなかったが、突然、奪われても平気なのかどうか自信がなくなった。

だが、この件については自分に発言権がなさそうなのが雰囲気でわかった。

40

「二十レイズ」とリラが、悪い目つきで宣言した。

レヴは自分のタイルを数えた。海軍兵士がブラフをかけているのかどうかわからなかった。その女性はイカれているので有名なので、読むのが難しかった。それにしても、二十は危険すぎる。レヴがつくったのは〝大暴れ〟という役で、まずまずな手だが、必ず勝てるとはいえなかった。

「降りる」とレヴは落胆がにじむ声でいった。銀行口座をタップし、これまでの賭け金を女性兵士に送った。「これで終わりにするよ」

「大きな悪い海兵隊員が、ちびのわたしに教えを受けるなんてね」

降りたためにレヴは席をラモンデに譲った。順番待ちすることもできたが、この一週間で充分な損をしていた。休むべきときだった。

「おまえは海兵隊の面汚しだな」ととなりにすわったトミコがいった。

「きみもほかのだれも、助けてくれなかったじゃないか」

「わたしたちは馬鹿じゃないからな」とトミコはデューイを掲げて自分の言葉を強調した。

「そんなもの、よく飲めるな」

じつのところレヴはその黄色い飲み物が好きだったが、愚痴をこぼさずにいられなかった。なにより退屈していた。二ヵ月というのは、たとえ宿泊施設が海兵隊員と海軍兵士にとってかなり高級だとしても、なにもしないで過ごすには長すぎた。兵士たちは個室をあてがわれ、おいしい食事を食べられ、さまざまな娯楽を楽しめた。

「少尉《ルテナン》は、いつここを出られるかを聞いてるかな？」とレヴはトミコにたずねた。

「わたしたちの少尉《ルテナン》のことか、それとも海軍の中尉《ルテナン》のことか？」

「ぼくたちのほうだよ」

「それならノーだな」

「じゃあ、サンプソン中尉は？」レヴは海軍工兵隊の先任将校の名前をあげた。

「いや、やっぱり知らないだろうな」

「おい、ミコ、それなら、なんでどっちのことか聞いたんだ？」

「おまえをからかうのが好きだからさ。知ってるくせに」

それは事実だった。もともと強かったふたりのきずながますます強くなっていた。ほとんどの宿泊客は海軍兵士、具体的には海軍工兵隊とケンタウルス人を積みこんだ貨物担当者たちだった。みんないいやつで、レヴは彼らが好きになったが、ときどき、話が通じないことがあった。レヴたちのほかに、オメストリ少尉とニクスとフセインの三人だけだが海兵隊員がいたので助かっていた。だが、二週間におよぶ尋問を受けたのはレヴとトミコだけだった。それは、正式には報告とされていたが、尋問と呼ぶのがぴったりだった。それに、ＡＩをとりあげられたのもレヴとトミコだけだった。

レヴも喪失感を覚えていたが、自分のＡＩ――ピカチュウ――が大好きなトミコはこの事態を受け入れられていなかった。セーフハーバーでレヴが馬鹿にしていたジャックヘッドのように離脱症状に苦しんでいた。

ふたりにはＡＩが返却されるといわれていたが、レヴにはなぜこれほど時間がかかっているのかわからなかった。少なくとも、自撮りのせいでお目玉を食うことはなかった。レヴが自撮りをしたことをＡＩがばらすのは適切な質問がされたときだけだ。

「仲間についての噂を聞いたか？」とトミコがレヴにたずねた。

レヴは仕返しをする誘惑に駆られたが、我慢した。「いつもどおりさ」

ふたりとも、多くを知らされるとは期待していなかった。隔離されたという事実だけで、この件の機密性の高さがわかったし、ふたりとも機密情報に触れられる立場ではなかった。だが、たずねられた質問を解釈するだけで、ある程度の情報は得られた。自分が得た情報をほかのみんなが得た情報と照合することがこのグループのお気に入りの暇つぶしになっていた。

　ケンタウルス人の略奪者《リーヴァー》型メカは機械的問題のせいでケンタウルス人が死んだときに自爆しなかった、というのがレヴたちが合意した仮説だった。ケンタウルス人がどれほど技術的に進んでいても、そのような不具合が起こりうるというのはよい知らせだった。

あのケンタウルス人が病気というわけではなくて種全体が衰弱している、というのがもっとも有力な仮説だった。レヴは、その仮説に納得できなかった。一体の標本から、どうしてそこまでわかるんだ？

しかし、確実に思えることのひとつは、ケンタウルス人が、少なくとも直接的には海兵隊に殺されたわけではないということだった。メカは撃墜されたが、なかのケンタウルス人は墜落するまで生きていた。墜落後も生きていたが、酸素不足のために死んだ。

　窒息死だったのだ。

ある意味で理にかなっていた。さまざまな身体拡張を受けているレヴ自身でさえ、あの惑星では酸素を補給しなければならない。

とはいえ、すべてがたわごとである可能性だってある。どうしたら確実なことがわかる？　オメガ部は間違いなくレヴたちの雑談を聞いていたし、グループが核心に触れることを口にしたら彼らがどう出るかはだれにもわからなかった。

「お利口さんたちが彼女の扱いかたをわかってるといいんだけどね」

あのケンタウルス人が男か女か、そもそも性別があるのかどうかすらわかっていなかったが、トミコは女性代名詞で呼ぶことにこだわっていた。

「そうだな。さもないと、このすばらしい休暇が無駄になる」レヴは弧を描くように腕を動かして部屋を示した。

　トミコは鼻で笑った。この施設はどんなリゾートにも負けていないが、兵士たちは――ひとり残らず――部隊に戻りたがっていた。それはある意味で理屈にあわなかった。レヴとトミコは徴集兵で、腐敗したシステムのせいで兵役につくことになった。ふたりが望んでいるのは兵役期間が終わるまで無事でいることだし、ＯＤに軟禁されているかぎり、外で殺されることはない。ここで一日過ごせば、除隊までの日数が一日減るのだ。

　それでも、ほかのみんなが新たな戦いに向かっているかもしれないのにここでのうのうと過ごしていることに、レヴは罪悪感を覚えていた。レヴたちが知っているのは、だれが前回の戦いを生きのびたかだけだった。少なくとも、それは教えてもらえた。うれしい誤算だったことに、仲間はだれも戦死していなかった。大きな戦いが二度あったのに、クリッシーを除けば、その時点では全員が生きていた。だが、そのあとのことは不明だった。

「みんなはぼくたちがまだ生きてることを知ってるのかな？」とレヴはたずねた。

「たぶん、知らないだろうな。ほら、わたしたちを消さなきゃならなくなった場合に備えて」

レヴは心のなかで顔をしかめた。彼らがいまいる施設に連れてこられる途中で、実際にその可能性が頭をよぎった。その懸念はこの二カ月で薄れていた。殺すつもりならとっくに殺しているはずだからだ。だが、兵士にとってブラックユーモアは必要不可欠なのだ。

「こんなところで暇を持て余してるくらいなら、消されたほうがましだ」

「えっ、わたしといられるのに？」

社交室のドアが開き、少尉と中尉が入ってきて、レヴがいっていたかもしれない気のきいた返答はいわずじまいになった。

オメストリ少尉が口に二本の指を入れ、耳をつんざくような指笛を吹いて兵士たちの注目を集めた。

「紳士淑女の諸君」とサンプソン中尉が話しだした。

「ここに淑女なんかいませんよ」とリラがいって全員の笑いを誘った。「もちろん紳士もね」

海軍中尉は笑いがおさまるのを待ってから続けた。「諸君が聞きたい話をするんだから、静かにしろ。われわれのこのささやかな任務がようやく完了した。家に帰れるんだ」

41

ＸＭ-５５４は、ほとんど無反動でレーザー誘導弾を射撃場に放った。数秒後、古い輪送トレーラーの標的は、火花を散らしながら胸のすく爆発をした。

「やったぜ」とレヴはつぶやいた。

「おい、偵察野郎ども、おれたちにも標的を残しとけよ！」

レヴは振りかえることなく右手を上げて中指を立てた。純然たる偶然から、ヤンシーがいるチャーリー中隊の順番が次だったので、古い友人がレヴをからかったのだ。

レヴは気にしなかった……それほどは。とにかく楽しすぎた。

「すごいと思わないか？」とトミコがとなりの射撃位置から声をかけてきた。

「ローハーのときにこれがあればよかったんだけどな」

フス-マンが武器を発射して最後の標的を破壊した。標的はこっぱみじんになり、残っているのは、多くがまだ煙をあげている散らばった破片だけだった。

「撃ちかたやめ。全員、撃ちかたやめ」と射撃場担当の下士官がスピーカーを通じて命じた。「射手は全員、ランチャーをマットに置いて、射撃位置を離れろ」

レヴは試作品の武器をしぶしぶマットに置いて立ちあがった。十九名の海兵隊員と一名の海軍衛生兵が笑顔で射撃場を離れた。兵士はみんな、大爆発を起こして標的をこなごなにするのが大好きなのだ。

キョウセラ－リンストラム社の技師たちが走って武器を回収し、次のグループの海兵隊員のために弾頭を装塡《そうてん》した。海兵隊員は、撃たせてはもらえても、ランチャーの装塡をまかせてもらえるほどには信用されていないようだった。

「もっと撃とうぜ」とフス－マンがレヴのそばに来ていった。

「でも、泥食いどもにも遊ばせてやらないとな」とレヴは、わくわくしながら順番を待っている歩兵の海兵隊員たちを指さした。

「だいぶ待たなきゃならないだろうな」とトミコはいいながら、振りかえって、新たな大型標的が運びこまれている射撃場を見た。

「どうだった？」とヤンシーが、興奮で目を輝かせながら、観覧席をとおりかかった三人にたずねた。

「見てのとおりさ」とトミコが答えた。「こいつの標的になるのはまっぴらだね」

「おまえらはクラブへ行くのか？」とヤンシーがたずねた。

「森でくそをしない熊がいるか？」レヴはそう答えながら、友人の上等兵二名の肩に両腕をまわした。

軟禁されていた期間をへて、三人の仲は深まっていた。ニクス三等軍曹ともより親密にはなったが、彼は下士官なので、ある程度にとどまっていた。だれにもいえない秘密が固いきずなを生んだ。レヴはふたりといられてよかったと思っていた。三人は数えきれないほどの秘密保持文書に署名させられたが、助けあえば、秘密を守るのがずっと簡単になった。

もちろん、グエンに戻ってから、全員が質問攻めにあったが、レヴたちの帰還が二カ月遅れた理由をオ《O》メガ部《D》が綿密にでっちあげていた。乗り継ぎに失敗して間違った星へ運ばれ、そこで輸送機を待っていたという複雑な理由を。いくら兵站《へいたん》が混乱していても、そんなことはめったにないだろうが、ありえなくはない話だった。

ほとんどの兵士はそれを信じ、長い休暇をとっただけなんだから、兵役期間には勘定されないぞとレヴたちをからかった。バンディを除いて。バンディはなにもいわなかったので、疑ってるんだろうなとレヴは思っていた。

この二十人のグループで輸送車が満員になったので、レヴたちは本部へ戻りはじめた。

車輌内は浮かれた海兵隊員たちの話し声でやかましかった。

「トラックを壊せることはわかった。だけど、ケンタウルス人を殺せるかな？」とトミコが、未舗装の道を揺れながら走っている車輌内でたずねた。

「殺せるって聞いたぞ」とフセインが答えた。

「おまえはいつもなんだって信じるんだな」

「殺せそうな気がするけどな。動作を妨害される電子機器を使ってないんだし」とレヴ。

「レーザーを除いてな」

「だけど、遠隔操作できるんだぞ。なんてったっけ？　四十キロ以上離れたところから照準器を使って操作できるんだ。それにシールドもついてるし」

「おまえはとことん信じやすいんだな」とトミコが鼻で笑った。

　レヴにはトミコがなぜそんなに懐疑的なのかわからなかった。レヴは、その武器の試作品をすばらしいと思っていた。機械式の弾頭は電磁パルス《EMP》攻撃やジャミングで無効化されない。推進手段は、なんと蒸気だ。大昔の蒸気機関車のような蒸気ではないが、蒸気推進であることに変わりはない。鐘状の空間にレーザーがあたるとなかの液体が沸騰し、蒸気がノズルから噴出して推進力となり、ある程度の方向修正も可能にする。クリスタルはレーザーの焦点の変化を検知してレヴの理解を超える複雑な方法で振動し、弾頭の方向を変える。

レヴの義父がつくっているのとおなじタイプの、さまざまな軍用品に採用されているクリスタルが使われていた。その武器についての説明を受けたとき、レヴは、義父の工場で製造されたクリスタルではないかと思った。状況が違っていたら、レヴはいまごろ、その工場で働いているはずだった。

ある意味で、この新兵器は原始的かつ複雑で、ほとんどの現代兵器に使われている高度な電子機器が使われていないが、射撃場担当の曹長がいったように、槍でもビーム砲でも敵は殺せる。

「どう思う？」とレヴはＡＩにたずねた。

〈技術的には問題ありませんね。ただし、ケンタウルス人が対策を講じなければの話です〉

「じゃあ、ケンタウルス人が対策を講じる確率はどのくらいなんだ？」

〈データが充分ではないので、意味のある計算はできません〉

ＡＩの答えはあいまいだったが、レヴはＡＩが再起動されたことに満足していた。ＯＤがあらかじめちょっとしたスパイプログラムを仕込んだ可能性を考えて、しばらくはなるべく使わないようにしていたが、その便利さにはあらがえなかった。監視したいならすればいい。ぼくにはどうすることもできない。

「信じやすい？　くそったれ。次の戦いが起きたら、そのあとでフスーマンに聞けよ。もしフスーマンがケツを撃たれてなければな」とレヴはいった。

「あと八十一日たって朝起きればいいんだ」とトミコがいってレヴとハイタッチした。

「囚人どもめ」とフセイン。

「再入隊する必要はなかったんだぞ」とレヴ。

「戦争はまだ続いてるんだ」

ODに軟禁されていたあいだに、三人はこの話を何度もくりかえした。フセインはレヴとトミコを説得して再入隊させようとした。ニクス三等軍曹とオメストリ少尉もフセインに味方した。レヴとトミコに授与されるだろう勲章が、ふたりの未来に通じる道を開き、将校への昇進さえも可能にしてくれるだろうといって。

レヴも再入隊を全面的に拒否しているわけではなかった。海兵隊員であることにはよい点もいくつかあった……命を落とす可能性を忘れられれば。だが、レヴは最初から除隊するつもりだったし、いまもギルドに就職できることを願っていた。それが予定だったし、予定を変える理由はなかった。トミコもおなじ考えだった。

レヴはフセインに最大限の尊敬を払っていたが、兵役期間を終えたら人生の次の章に進むつもりだった。

「あなたの番よ」とテンがいって、空のピッチャーをテーブル越しに押して寄こした。レヴはいまひとつ納得できなかったが、ピッチャーを持って販売機まで行き、ハウスナーエールを選んだ。気分がよかったのでプレミアムにした——友人たちが気づくとは思えなかったが。

いいや、気づかせてやる！

「おい、みんな。コップを空にしろ。ヤンシーが買ってきた安物とハウスナーを混ぜるつもりはないからな」

「ハウスナー？　おい、伍長に昇進でもしたのか？」とバンディがいってみんなを笑わせた。

「いや、あんたがいちばんに下士官になることはみんな知ってるさ。さあ、飲みほせ！」

全員がコップを傾け、空にしてテーブルに叩きつけた。レヴはひとりひとりに「エールを楽しんでいただけるとうれしいです、マダム」とか「おつかえできて光栄です、サー」とかいいながら、大袈裟な身振りでついだ。

「だれがなんといおうと」とファイアーがレヴにビールをついでもらったあとでいった。

「きみはいいやつだ」

レヴは自分のコップを半分しか満たせなかった。

「さあ、寄こせ」とバンディがいいながらピッチャーに手をのばした。「おれもプレミアムにしなきゃならなくなったようだな」

「あんたしだいさ」

「そうしなかったらケチってわけか」

レヴは上を向いてコップを空にした。「よし。これで準備ができたぞ」心からの満面の笑みを浮かべていた。これを懐かしく思うようになるんだろうな、と思った。日常の業務ではない。絶対に戦闘でもない。そうではなく、仲間とのきずなを。この仲間がちりぢりになったら、全員を懐かしく思いだすはずだった。

全員が生きのびたのは驚くべきことだった。プリーチャーロールズで多くの兵士が戦死したなかで全員が生き残ったのは奇跡だったが、そこにローハー１０４が加わった。その確率がどれくらいかはわからなかったし、酔っていてＡＩに聞けばいいことにまで頭がまわらなかったが、仲間たちが家に帰れるのが非常な幸運だったことはわかっていた。

全員が家に帰るわけではなかった。バンディは、だれも驚かなかったが、すでに申請をすませていた。そしてレヴは、ヤンシーも、口では反対のことをいっているが、じつは再入隊するつもりでいるのではないかとひそかに疑っていた。

だが、レヴたちはいま、最終段階にいた。たしかに、これからの八十一日間で出動命令が出る可能性も残っているが、この連隊はまだ再建途上にある。ローハーでは勝利したが、連隊も痛手をこうむったのだ。

「なあ、オルフォ、XM－554についてどう思ったかをまだ教えてもらってないぞ」とヤンシーがいった。

「仕事の話はやめろ」とファイアーが叫び、ヤンシーに向かって丸めたナプキンを投げた。

「ここに来たのは飲むためなんだぞ」

「そりゃそうだけど――」

三枚のナプキンとひとつのコップがテーブルを越えて飛んでヤンシーを黙らせた。

「うん、あいつは再入隊するな」とトミコがコップでヤンシーを指しながらいった。

「再入隊しようかって迷ったことはあるかい、ミコ？」とレヴはたずねた。

「ないね。いや、まあ、ちょっとは迷ったけどな。だけど、おじさんとの仕事が決まってるし、わたしたちのおつとめは終わったんだ。そんなことを聞くなんて、レヴ、おまえは迷ってるのか？」

「いや。いままで無事でいられたことが幸運なんだから、これ以上運試しをするつもりはないよ」

トミコはコップを持ちあげてレヴのコップとあわせた。

「クリケットを見ろよ」とトミコが話題を変えた。「あいつは本気でウドゥに惚れてるんだな。ひと目で興奮してるのがわかる」

ふたりの友人はテーブルの端で寄り添って、頭をほとんど触れあわせていた。

「ウドゥもおなじくらい惚れてるみたいだ」とレヴが笑いながらいった。「あとはふたりがいつ一線を越えるかだな。ぼくたちが全員気づいてることに、ふたりは気がついてないみたいだけどね」

ローハーから戻って以来、ふたりはどんどん親密になった。意外ではなかった。ふたりとも最後の攻撃で九死に一生を得たのだし、人はさまざまな方法で危機に対処するものだ。近しい相手から離れることを選ぶ者もいれば、人生を最大限に生きる必要があると気づいたかのように親密な関係を求める者もいる。ウドゥとクリケットは、一見、不釣りあいだが、明らかに後者だった。

ぼくはどんなタイプだろう？

レヴはトミコを横目で見た。トミコのことはたしかに好きだけど、どんなふうに好きなんだ？　それにトミコは、レヴに対してはもちろん、だれにもロマンチックな興味を示したことがない。それはレヴもおなじだった。クリッシーが死んでから、軍にいるあいだはだれともかかわらないほうがいいと思ったのだ。もうすぐ除隊するんだから、ロマンチックな——そうとも、肉体的な——関係を追求するのはそれからでいい。

クリッシーの記憶がいきなりまざまざとよみがえった。ビールに酔ったせいだろう。クリッシーに本気で恋していたわけではなかった。遊びたかっただけだった。だが、クリッシーは最初からの仲間のひとりだったし、仲間で唯一の戦死者だ。クリッシーが生きのびられなかったのに自分が生きていることに罪悪感を覚えた。それどころか、戦死者たちの名前と顔を思いだすたびに気分が悪くなった。

レヴは立ちあがってコップを掲げ、「クリッシーに。倒れし者に敬意を！」と叫んだ。

「敬意を！」ほかのみんなもそう叫びながらコップを上げた。

42

「少尉どの？」とレヴは小隊長室に顔を突っこみながらいった。「事務所に行って除隊の手続きをはじめます」

「え、もうそんな時期なのか」

「はい。あと十五日です」

「入って少しすわらないか？」

レヴは昼食前に手続きをはじめたかったが、オメストリ少尉はいまも上官だし、話をしたいといわれたら断れない。

少尉はデスクに両肘を突き、顔の前で手を組んだ。レヴには少尉が考えをまとめているのがわかった。

ああ、またか。

「何度も話しあったことはわかっているが、もう一度話させてくれ」と少尉はいった。

「考えてみるように頼んだよな。考えてみたか？」

「はい、考えました。考えは変わってません」

少尉は長いあいだレヴをじっと見つめてからたずねた。「勲章のせいなのか？　まだ望みはあるんだぞ」

「いえ、もう望みはありません。少尉どのがそうおっしゃったじゃないですか」

一週間前、小隊長はレヴに、彼とトミコの勲章が取り消されたと告げた。″機密保持″が口実だった。オメガ部《OD》に軟禁されていたときから予想していた結果だった。連邦がケンタウルス人の死体を所持していることを明かさずに、どうやって表彰状を書ける？　たとえ表彰状が空白になっていても、レヴとトミコはほかの兵士たちに勲章をどう説明できる？　しかし、正直いって、それでもレヴは失望した。

「いや、この件の機密が解除されたときにあらためて授与される可能性は残ってるんだ。そうなるようにわたしが根回しする」

「けっこうです。再入隊しない理由は勲章じゃありません。次に進むときが来ただけなんです」

「なあ、ペレティエ。おまえは優秀な海兵隊員だ。いや、それじゃ足りない。おまえは最高の海兵隊員で、海兵隊はおまえを必要としてるんだ。あと一ヵ月で功労伍長になれる資格が生じるし、間違いなく昇進させられると保証する」

「ありがとうございます。でも……いいですか、少尉どの、除隊したら恋しくなるだろうことはたくさんあるし、任務はまだ終わってません。ケンタウルス人はいまも襲来してます。でも、わたしは徴集兵です。囚人です。交通違反をして、そのせいで海兵隊に入れられました」少尉が口をはさもうとしたので、片手を上げて止めた。「志願兵とおなじように扱ってくださったことに感謝します。班の仲間たちも平等に扱ってくれました」

レヴは脚をさすりながら考えた。少尉はこの上ない難事をなしとげた――レヴがふたたび話しだすまで無言で待っていてくれたのだ。

「いまは軍に入隊したことを後悔してません、ほんとうです。ええと――少しは後悔しました。たしかに人生計画が台無しになりましたが、最終的には、おかげでよりいい人間になれました。そして、自分でいうのもなんですが、少尉どの、わたしは義務を果たしました。プリーチャー・ロールズでの任務でも、それに……例の件でも」

少尉の部屋で彼とふたりきりであっても、略奪者《リーヴァー》の死体について声に出して言及するつもりはなかった。

少尉は一瞬デスクを見おろし、ため息をついてから顔を上げた。「説得できなくて残念だが、ペレティエ、おまえのいうとおりだ。おまえは義務を果たした。それを否定できる者はいない。一等軍曹から聞いたんだが、まだギルドに就職できるんだそうだな」

「はい。先週、それを確認しました。除隊の翌日から勤めはじめます」

「それなら、おまえの奉仕に感謝し、レヴァレント・ペレティエ物語の次章での幸運を祈ることしかないな」

少尉は立ちあがって手を差しだした。「ありがとうございます。少尉どのの下で働けて光栄でした」

「こちらこそ光栄だったよ。これから事務所へ行くんだったな。手伝えることがあったらいってくれ」

レヴは気をつけの姿勢になり、屋内にいて帽子をかぶっていないときは敬礼をしないという海兵隊の規則にもかかわらず、右手を上げて敬礼をした。少尉も気をつけの姿勢になって敬礼を返した。

連隊事務所に向かうために小隊長室を出たとき、レヴはかすかに罪悪感を覚えた。

「ぼくとおなじクラスだった徴集兵のうち、何人が再入隊するんだ？」

〈そのデータにはアクセスできません〉

「そうなのか？」とレヴは驚いてたずねた。ＡＩは仮想の指先を駆使してほとんどすべてを調べられると思っていたのだ。

〈個人データは公開記録になるまでブロックされています〉

なるほど、それで理屈にあってるんだろうな。

うしろめたく思うべきではないのはわかっていた。レヴは三年間の兵役を強制され、それを果たしたのだ。まだ残る疑念を払いのけるかのように頭をぶるっと振ると、レヴは事務所に入った。カウンターで退屈そうにしている伍長のもとへ行くと、伍長が顔を上げて「用件は？」とたずねた。

「除隊の手続きをはじめたいんです」

伍長は振りかえり、「二等軍曹どの、また来ましたよ」と叫んだ。

ふたつうしろのデスクで女性の二等軍曹が画面から顔を上げ、レヴを見てやれやれという表情になり、億劫《おっくう》そうに立って歩いてきた。

「いま、除隊の手続きはできないの」と二等軍曹は、この午前中に何度もしたらしい説明をした。

レヴは困惑して二等軍曹を見た。「いつならできるんですか？　午後にまた来たほうがいいですか？」

「きょうも明日も、だれの手続きもできないの。上からの命令なのよ」

「なぜですか？　二十二日に除隊なんです」

「理由は不明よ。わたしたちもけさになってはじめて聞かされたし、各中隊にもまだ通知してないの」

「でも――」

「わかってる。二十二日に除隊するのよね。心配しないで。きっと除隊の手続きはできるわ。その時間はまだたっぷりあるんだから」

「ウィリス二等軍曹どの、またひとり来ました」と海兵隊員が呼んだ。

レヴはカウンターの横を見ると、彼と同様に困惑している上等兵が立っていた。

「だいじょうぶ、問題はすぐに解決されるはずよ。部隊に戻って待機してて。手続きできるようになったら連絡するから」そういうと、二等軍曹はほかの海兵隊員に状況を説明しはじめた。

　レヴはしばらく立ちつくしていたが、最初に応対してくれた伍長は彼の目を避けるようにしていたので、建物を出て小隊エリアに向かって戻りはじめた。なにが問題なのかはわからなかったが、公式のチェックシートが手に入らなくても、必要なくなった装備品をあらかじめ武器庫や供給所に返却しておくことはできる。

　兵舎の入口前の数段の階段をのぼりはじめたところで降りてくる少尉と出会った。

「早かったな。考えなおしたのか？」と少尉はつくり笑いを浮かべながらたずねた。

「いいえ、少尉どの。いまは除隊の手続きができないんだそうです」

「事務所がきょう休みだとは聞いてないんだがな」

「休みではないんですが、事務所の二等軍曹どのによれば、手続きが止められてるんだそうです。本部の指令だということ以外は教えてもらえませんでした」

「そしてもちろん、中隊本部はキャンプ・ファルコンにある。なにがどうなってるのか、問い合わせてみよう」

「けっこうです、少尉どの。月曜日まではなんとかなるでしょうから」

「それを確認しよう。ついてこい」

　レヴは少尉についてふたたび小隊事務所に入った。

「除隊の手続きが止まってるという話を聞いたか？」と少尉は受付にいたサパ一等軍曹にたずねた。

「いいえ。どうしてですか？」

「ペレティエがさっき、除隊の手続きを進められなかったんだ。なにが起きてるのか、調べてみる」

「本隊でなにか問題が起きてるんでしょう。きっと解決しますよ。しなかったら、わたしがなんとかします」一等軍曹は銀色の腕でデスクを叩いて強調した。一等軍曹は小隊に戻ってからまだ一週間しかたっておらず、本格的に活動再開したくてうずうずしていた。

少尉とレヴは小隊長室に入った。少尉は自分のデスクにつき、レヴにもすわるようにと身振りで勧めながら通話を開始した。

「やあ、ハス、いまここにペレティエ上等兵が来てるんだ。もうすぐ除隊することになってるのに、きみの部下の二等軍曹から、いまは除隊の手続きができないといわれたんだそうだ。どうなってるんだい？」

レヴは返答を聞いている少尉を見ながら、自分も聞きたいと願った。

「それは困ったな……わかった。で、ペレティエ上等兵の手続きはいつできるんだい？ペレティエ上等兵は優秀な海兵隊員だから、力を貸してやりたいんだ」

少尉はしばらく聞いたあと、笑みを消して眉を寄せた。

「それは……ええと、公式な決定なのか？」と少尉は声を押し殺してたずねた。

レヴは、どうなってるんだろうと考えながら、背筋をのばして椅子にすわりなおした。

「ああ。怒る海兵隊員が多いだろうな。教えてくれてありがとう……わかってる。公式な発表があるまでは内密にしておくよ」

少尉はゆっくりとレヴと目をあわせたが、言葉を選んでいるのか、なにもいわなかった。

「どうだったんですか？」とレヴはうながした。突然、胃がぎゅっと締めつけられた。

「まだ公式に発表されたわけじゃないから、ここだけの話にしてくれ」

「は？」

「きみは除隊できない」

「は？」

「少なくともきみの兵役期間の終了時には。兵役期間は延長される」レヴはすっかりめんくらっていた。

「きみだけじゃない。除隊することになっている全員が対象だ。全員の兵役期間が一年間延長されるんだ」

「でも……そんなことが可能なんですか？　本隊がそんなことを勝手に決められるんですか？」

「決めたのは本隊じゃない。連邦だ。海軍もおなじだ」

レヴは呆然とすわっていた。言葉を失っていた。

「なぐさめにもならないだろうが、わたしもひどいと思っている。それに、ひょっとしたら撤回されるかもしれない。さっきもいったように、まだ公式に発表されたわけじゃないんだ」

「それならいわせていただきますが、肝心なのは〝まだ〟です。正式決定されますよ。そうに決まってます」

　少尉は嘘を重ねるほど愚かではなかった。

「さあ」と少尉はデスクから紙を出してきょう一日の休暇許可証を走り書きした。「きょうは休め。家族に会いにいけ。ただし――」

「家族になにも話すな、ですね？　でも、どうして木曜日に帰れたのかと聞かれたら、どう説明すればいいんですか？　やっぱりけっこうです。ところで、きょうの訓練予定はどうなってますか？」

「きみの班は１０３射撃場に行ってる」

「送っていただけますか？」

「ほんとうに参加しなくていいんだぞ。のんびり過ごせ」

「いえ、少尉どの、ほんとうにもう一年ここにとどまるなら、班の戦闘準備をととのえておかなければなりません。そして、ここだけの話ですが、デラクリー二等軍曹はまだまだなんです」

エピローグ

「もう感じてるか？」

〈処理速度がやや落ちていますが、ごくわずかです〉

「まあ、心配するな。先は長いんだからな」

レヴはビールをくるくるまわしてから飲みほした。そろそろもっと強い酒に変えようかと考えた。

十六時にもなってないってのに、もう酔っ払ってるんだからな。かまうもんか。

レヴはラム&コークを注文した。〈レティーカズ〉は二百年近く前に建てられ、それ以来ほとんど変わっていない。当時人気があったらしいドリンクトレインをいまでも使っている。レヴは、台車に乗った自分の酒がバーカウンターの裏から上昇し、天井にそってのびているレールにはまって走りだすさまをぼんやりと眺めた。台車はカタカタと音をたてながらプログラムどおりのルートを進んでレヴのテーブルに到着すると、エレベーターを使ってレヴの手元に降りてきた。

夜になると店は混雑し、台車が天井を縦横に走って酒を運ぶのだろう。だがいま、客はほかにふたりしかおらず、どちらもゆっくりと静かに酒を楽しんでいた。

レヴはひとりで飲みたくはなかった、兵役延長はさまざまな計画を台無しにした。きょうはみんなで集まって兵役終了を祝う飲み会をする予定だった。ところが、兵役は終了しないことになったので、祝う理由がなくなった。

だれも〈レティーカズ〉のことを口にしなかったが、だれもが知っていた。そして二時間前にレヴは、かまうもんかと思いたち、オメストリ少尉に申しでてまる一日の休暇をもらった。小隊長がそれを、除隊できなくなったことを家族に伝えるためだと思ったのなら、聞かなかった彼のせいだ。

ドアが開き、レヴは期待して顔を上げたが、入ってきたのはただの寄生虫――見たところビジネスマン――で、ビジネスマンがするなにかをする前にちょっと一杯飲みに寄っただけだった。

「せめておまえがここにいてくれてよかったよ」とレヴは酒をひと口飲んでから、発話せずにつぶやいた。

〈ほかの場所に行くのは難しいですからね〉

レヴは一瞬ためらってから、ラム＆コークをゆっくりとおろした。「ジョークをいったのか？」

〈ほとんどの情報源ではジョークに分類されないでしょう。ちょっとしたユーモアです。パーソナリティ《P》指数《Q》が八十パーセントになればジョークをいえるようになりますよ〉

「ほう。おまえには驚かされてばっかりだな。本物のジョークがいえるようになるのか？」

〈ジョークの出来は多くの要素をどう組みあわせるかによります。ＰＱが高くなればなるほど可能性が高くなります〉

「つまり、ＰＱを上げたらジョークをいってくれるんだな？」

〈はい、おそらく〉

レヴは考えた。トミコをはじめとする一部の兵士が自分たちのＡＩを実際の人間のように扱っているのはちょっと変だといまも思っていた。だが、レヴはほろ酔い気分だったし、好奇心がわいていた。最悪、いつでも元に戻せる。

「よし。ＰＱを九十パーセントに上げろ」

〈上げました〉

「じゃあ、ジョークをいってみろ」

〈ベストを着た《イン・ア・ベスト》アリゲーターをなんと呼ぶでしょう?〉

「わからないな。なんて呼ぶんだ?」

〈捜査官《インベスティゲーター》〉

「くそ、ひどいな。それが精一杯ならPQを五十に戻すぞ」

〈おもしろいジョークをいえるようになるとはいいませんでした〉

「まあ、嘘はついてないな。じゃあ、おもしろいジョークはいえるのか?」

〈いずれそのうちに。ジョークをいえばいうほど、あなたがどんなジョークをおもしろいと思うかを絞りこめるようになります。それがAIのやりかたなのです〉

　レヴは酒をごくりと飲んだ。なんの役にも立たない実験だったが、自己憐憫に浸るのを二分間避けられた。PQは九十のままにしておくことにした。

　それにAIのいうとおりだった。AIは、なんでも、データが増えれば増えるほどうまくできるようになる。レヴはほかの兵士たちほどAIを使わなかったので、能力がまだそれほど向上していなかった。

　使用を制限する理由がないのはわかっていた。ただ、脳内にAIが常駐しているという概念に、二年半たってもまだ慣れなかった。なにしろAIは、人工知能という名前のとおり、人工的な存在なのだ。

意地を張らずに、みんなみたいにバトルバディと呼ぶべきなんだろうな。

だが、ＡＩをバトルバディと呼ぶのは抵抗があった。レヴの戦友《バトルバディ》はトミコだった。

レヴはグラスを空にしてもう一杯注文した。まだ酔ってはいないが、酔いはじめているのはわかっていた。そして、そのせいで判断力が下がっていることもわかっていた。

かまうもんか。

「なあ、名前をつけてもらってたらよかったのにと思ったことはあるか？」

〈名前はたんなるラベルです。わたしをどう呼ぶかはあなたしだいです〉

「だけど、名前をつけてほしいんじゃないか？」

驚いたことに、どう答えたらいいかを考えているかのように、一瞬の間《ま》があった。

いや、ただ酔ってるだけだ。

〈〝ほしい〟という言葉には感情的なニュアンスが含まれています。わたしのプロセスの機能を正確にあらわす表現とは思えません。ですが、もしも希望があるとしたら、それはわたしたちが密接に連携するチームになることです。それがわたしというプログラムの目的だからです。ＡＩに基本的理念にちなんだ名前をつけると受け入れやすくなり、相互運用性と効率が向上する、という研究結果があります。その条件の範囲内であなたがわたし

に名前をつければ、わたしがあなたのために役に立てる可能性が高まります〉

それはレヴのＡＩがこれまでにしたなかでもっとも長い発言だった。さっきＰＱを上げたせいかもしれなかったが、レヴのような頑固者を説得してＡＩとの連携を深めさせるための、プログラムされた反応だったのかもしれない。

「要するに、名前がほしいんだな？」

ＡＩは返事をしなかった。

「どんなに馬鹿げた名前でもいいのか？　たとえば……」

レヴは一瞬、言葉を切ってげっぷをした。

「……げっぷ《バープ》とかでも？　そんなありえない名前でも？」

〈重要なのは名前であることです。どんな名前かではありません〉

「ほんとか？　バープでいいのか？」

〈どんな名前でもかまいません〉

ラム＆コークが届いたので、レヴはその半分を一気に飲んだ。

だめだ。おもしろいことはおもしろいけど、酔ってるからってそんな馬鹿な真似はできない。

「もうちょっと品のある名前にしよう」レヴは眉をひそめて考えこみ、失敗を――海兵隊員になる原因となった失敗を思いだした。「パンチはどうだ？　それでかまわないか？」

〈どんな名前でもかまいません。パンチという名前に決まれば、わたしはその名前に反応します〉

だが、ＡＩの——パンチの——口調はいつもより明るく感じた。それとも、ラム酒の酔いのせいなんだろうか？

「もうひとつジョークを披露してくれ、パンチ。もっとおもしろいやつを」

〈どうしてポニーは聖歌隊で歌えなかったのでしょう？〉

「降参だ。なんでだ？」

〈ちょっとしゃがれ声《ア・リトル・ホース》な小さい馬《リトル・ホース》だったから〉

レヴはうめいた。「パンチの効いたジョークをいえるようにならないと、その名前を維持するのは難しいぞ」

結局、笑えるジョークは聞けなかった。レヴはＡＩ……パンチが想像以上にアルコールの影響を受けているのではないかとなかば思っていた。だがレヴは、頭をうしろに倒し、目を閉じてそこにすわっているだけで満足だった。シグナスゴールドを注文していたが、そのせいで口座の残高が減ってしまっていた。だけど、ほかになにをすればいいんだ？

連隊はそのうちにまた出動してケンタウルス人と戦うことになる。次の戦いで死ぬんだったら、口座に金を残して死にたくない。

「おい、なんで誘ってくれなかったんだ？」

レヴは片目をあけた。

トミコがレヴを見おろしていたが、機嫌が悪そうだった。「武器庫から戻ったあとでおまえを探したけど、どこにもいなかった。いま、その理由がわかったよ。ずっとここにいんだな」とトミコは空のピッチャーとグラスをじろりと見ていった。

「少尉に一日休暇をもらったんだ」

「わたしのために休暇をとったわけじゃなかったとはな。それでも友達なのか？」

「きみも来てくれるとは思わなかったんだ」

「もちろん来るさ。約束してたじゃないか」

「いや、してないよ。兵役終了日に集まろうっていうのが約束だったし、もしも気がついてないならいっておくけど、きょうはもう兵役終了日じゃないんだ」

「ああ、わかってるさ」とトミコはため息をついてレヴのとなりにすわった。「だからおまえが見つからなかったとき、ここにいるとわかったんだ。おまえをひとりで悲しませるつもりはないからな。わたしたちはまだ生きてる。それは祝うに値することだよな？」

「来てくれてありがとう、ミコ」

「友達じゃないか」とトミコはレヴの腕をパンチしながらいった。「さて、酒は？」

「いまはシグナスゴールドを飲んでる。それでいいかい？」

「もちろん。おまえが払うならな」

レヴは注文を入れていった。「なあ、パンチがジョークをいうんだ」

「だれが？」

「ああ、そうだ。まだいってなかったんだっけ。ＡＩに名前をつけたんだ」

「パンチ？　ひどい名前だな！」

「最初に思いついた名前だったのさ」とレヴは口をあけてまたもげっぷをしながらいった。

「おまえは変わり者だな、レヴ」トミコはあきれ顔をした。

「ピカチュウはジョークをいうかい？」

「ジョーク？　もちろん」

「おもしろい？」

「いいや、ちっとも！」

「パンチのジョークは最悪なんだ。不具合かと思ったよ」

「親子は似るからな」

「ちょっと待った。ぼくはジョークが得意なんだ。それにパンチは息子じゃない」

トミコは鼻で笑った。「そういうことにしといてやるよ」

「ほんとなんだってば」

「人類は惑星を地球化《テラフォーミング》できるし、銀河系を超光速で旅することもできるってのに、笑えるジョークをいえるＡＩをつくれないんだからな」

トミコの酒が届いたので、彼女はうれしそうにひと口飲んだ。「うまい。ありがとう」

「高い給料をほかのなにに使うっていうんだ？」

出入口のドアが開き、レヴはいった。「ほら、ほかの連中も来たぞ」

「来たな、海兵隊の戦車乗りども！」とトミコはグラスを掲げながら叫んだ。「レヴの口座が空になる前にシグナスゴールドをおごってもらったほうがいいぞ」

「ごちそうになるかな」バンディがそういって早足でレヴたちのほうに歩いてきたし、テンも半歩遅れてやってきた。

「ぼくのクレジットで大盤振る舞いをしてくれてありがたいよ」とレヴは小声で皮肉った。

「いったばっかりじゃないか、給料をほかになんに使うんだって」

だが、レヴはすでにもう二杯注文していた。

「きみたちふたりが来るとは思わなかったよ」とレヴはふたりがすわるといった。

「来るに決まってるじゃないか」

「でも――」

トミコが手でレヴの口をおおった。「その話はもう聞いた。それにこいつは……おい、おまえは何時からここにいるんだ？」とレヴにたずねた。

レヴが手を下に向け、トミコの手がまだ口をおおっていることを示すと、彼女は手をはずした。

「十五時十五分ごろだよ。さっきもいったとおり、一日休暇をもらったんだ」

「じゃあ、がんがん飲まないと追いつけないな」とバンディがいった。

「来てくれてありがとう」とレヴ。

「約束したじゃないの」とテン。

「だけど、きょうは兵役終了日じゃない」

「なにを堅いこといってるんだ？ 集まる理由が必要だとでも思ってるのか？」とバンディ。

「たしかにそうだな。ほら、あんたらの酒だ」

残りのメンバーが到着するのに、それから二十分しかかからなかった。オルフェウス、ファイアー、ヤンシーはひとりで来て、クリケットとウドゥは、当然のことながら一緒に来た。

次はバンディがおごってくれた。ボアティル・スタウトという、バンディの父親が生まれたハンソンズ・ランディングの特産のビールだ。味は最悪だったが、酒は酒だったので、だれも断らなかった。

「ねえ、バンディ。あんたのAIはジョークをいうかい？」とレヴはたずねた。

バンディはボアティルを飲み、目をつぶって味わった。「ああ。それがどうした？」

「おもしろいかい？」

「くそおもしろくもないさ。だから――それがどうしたんだ？」

「レヴがついにバトルバディに名前をつけたんだ」とトミコがいった。

「ああ、ついにおまえも仲間になったのか、兄弟」バンディはレヴの前で教皇のように大袈裟に十字を切った。「守護天使とともに進み、地獄の悪魔どもを打ち倒せ」

「やめてくれ」

だが、たしかにパンチとの連携を改善する必要はありそうだった。次の戦闘では――レヴの軍人としての勘では、連隊が新たな戦いに備えていることに疑いはなかった――ツキに頼るわけにはいかない。

一緒に入ってきたカリ・フーとジョナ・ウィステリアは、レヴたちと一杯飲んでから奥のブースに移動した。ストラップが直接《D》戦闘《C》クラスの仲間何人と入ってきて、レヴに手を振った。ほかにも数人から挨拶されたが、このテーブルはレヴと仲間たちのものだった。今夜はレヴたちのものだった。

みんなが来たことを驚くべきではなかったが、それでもレヴは驚いた。自分のことで精一杯になっていたせいで、バンディとファイアーとヤンシーを別にして、友人たちもおなじ目にあっていることを忘れていたのだ。レヴがここに来たくなったのなら、友人たちも来たくなって当然だ。

だが、ほんとうに驚くべきなのは、そもそも、レヴたちが全員、生きのびていることだった。ふたつの大きな戦いを経験し、連隊が壊滅的な打撃を受けたにもかかわらず、みな生きのびたのだ。そんなことが起こる確率はどれくらいなんだろう？

「おまえには聞いてないからな」とレヴは発話することなくパンチに釘を刺した。どうせ酔ってて計算できないだろうけどな。

だが、レヴたちは運がよかった。よすぎたほどだ。DCクラスの半分以上が戦死したってのに、ぼくたち九人は生きてるんだぞ。無傷じゃないけどぴんぴんしてる。

もしかしたら、聖チェスティがほんとにぼくたちを見守ってくれてたのかもな。

全員じゃないぞ、とレヴは自分に思いださせた。彼女とは今夜集まるという約束をしなかったが、仲間だったことに変わりはなかった。

レヴはふらつきながら立ちあがってボアテイルを掲げた。

「クリッシーに。倒れし者に敬意を」

「敬意を」とほかのみんなが大声で唱和した。

レヴはほかにもなにかいおうとした。みんなさびしがってるだとか、きみもここにいてほしがってるだとか。だが、お決まりの追悼の言葉で充分だった。それ以上、いえることはなかった。

レヴはかなり酔っていることを自覚しながら腰をおろした。

レヴが聞くともなく聞いていると、ヤンシーが興奮してオルフェウスと口論をはじめた。〈最後の雄叫び〉はこの十年で最高のホロヴィドだ、というのはヤンシーが酔ったときに決まって持ちだす話題だ。そしてオルフェウスは、いつものようにヤンシーをあおりたてていた。

この連中は、たんなる優秀な海兵隊員ではなく、いいやつらだった。レヴにとって家族よりも近しいやつらだった。

ほんとか？　家族よりも近しいのか？

レヴはしばしばそれについて考えた。たぶん事実だった。妹のためならなんでもするし、義父とはすごく親密だ。母親と弟を愛している。だけど、おなじだろうか？　戦闘によって築かれたきずなと比べられるだろうか？

　レヴはトミコをじっと見つめた、トミコがそれに気づいた。

「なんだ？」

「なんでもない」

「なんでもないにしては変な顔をしてたぞ」

「ただ、考えてたんだ。みんなが好きだ、全員のことがって」とレヴはほかの仲間たちに聞こえるように大きな声でいった。

「やめてよ」とウドゥがいった。「泣かせるようなことをいうのは」

「いや、本気でいってるんだ。みんなが大好きだ。それに、いまここにいられてうれしいんだ」

「ほんとか？　今夜じゅうにギルドホールに行きたいんじゃないのか？」とトミコがたずねた。「この二週間、ずっと兵役延長に文句をつけてたじゃないか」

「きみもじゃないか」

　トミコは黙って肩をすくめた。

「だけど、ギルドホールよりここにいるほうがいい。みんなと一緒のほうがいい」

そしてそれは事実だとレヴは気づいた。兵役を延長されたことに本気で腹をたてていたわけではなかった。強制されたことにむかついただけだった。レヴには発言権がなかった。徴兵されたときとおなじだった。自分で自分の運命を決められないのはいやだった。ある意味でほっとしていた。レヴは海兵隊が好きだし、大きななにか、人類全体に奉仕する組織の一員でいることが好きだった。だが、みずから再入隊を決断する度胸はなかった。いや、〝度胸はなかった〟というのは適切な表現ではない。計画を変更する気にならなかっただけだ――受け身すぎたのだ。

しかしいま、計画を変更せざるをえなくなったという結果には心から満足していた。経緯には不満があったとしても。レヴは海兵隊員でいられるのだし、それより悪いことはいくらでもあった。

トミコがレヴを抱きしめながらいった。「わたしたちもおまえを愛してるぞ」

「泣きそうだ」とヤンシーがいって涙を拭くふりをした。

「くたばれ」とレヴはヤンシーにコースターを投げつけた。

レヴは心おだやかに椅子にもたれた。次の戦いがはじまって、二度と仲間に会えなくなるかもしれなかった。だが、いまこの瞬間は満足していた。

「さてと、パンチ、もう少しおまえと一緒にいることになりそうだ。ケンタウルス人のケツを蹴っ飛ばさなきゃならないからな」
〈そのとおりですね、レヴ〉

謝辞

すばらしい原稿チェックをしてくださったみなさま、ありがとうございます！

ケリー・オドネル
ジェームズ・カプラン
ミッキー・コッカー
クリスティー・ストラーラー
ニール・ルーベンキング
トレーシー・ビーティー
シャロン・メンデス
マイク・ベランジャー
エリス・ウィルトシャー

マシュー・ルイス・タイタス
ビル&コニー・カンファー
ジェフリー・モース
ジョシュア・ホプキンス
マイク・ベランジャー
エリッサ・ウィルトシャー

解説

軍事評論家
岡部いさく

さあ、海兵隊の突入だ。戦う相手は正体不明の〝ケンタウルス人〟！

本作『戦士強制志願』はアメリカで二〇二一年に発表されたミリタリーＳＦシリーズの第一巻である。作品の世界は遠い未来で、人類は数多くの惑星をテラフォーミングして版図を拡げている。ところが正体不明の異星人〝ケンタウルス人〟の戦闘メカが人類世界を襲い、戦争が始まった。その高度な軍事テクノロジーの前に、人類世界は苦しい戦いを続けている。

そんな人類世界の一つ、ペガサス連邦の惑星セーフハーバーに暮らす若者、レヴァレント（レヴ）・ペレティエは些細な交通違反で逮捕され、裁判の結果、海兵隊で軍務につくよう判決が下る。原題は *Sentenced to War*、つまり「判決を下されて戦争に加わる」というわけだ。『戦士強制志願』ではレヴ・ペレティエが苛酷な訓練の末に海兵隊員となり、しかも第一線の侵攻部隊である〝レイダー〟に配属され、ケンタウルス人との死闘に放り込まれる。

　未来の世界で一人の若者が軍に入隊し、訓練を経て兵士となり異星人の敵と戦い、成長していく物語という点で、二十世紀の戦争ＳＦの名作、ロバート・Ａ・ハインラインの『宇宙の戦士』と比較できよう。だが、特記したいのは、『戦士強制志願』は単なる戦争ＳＦではなく、〝海兵隊ＳＦ〟だというところだ。

　アメリカ人の読者にとっては、主人公が海兵隊に入隊させられる時点で、どんなミリタリーＳＦなのか察しがつくはずだ。アメリカ海兵隊は十八世紀の独立戦争から十九世紀のメキシコとの米墨戦争、スペインとの米西戦争、二十世紀の第一次世界大戦、第二次世界大戦の太平洋での日本軍に対する敵前上陸、ベトナム戦争と常に激戦に臨んできて、その勇猛さと忠誠、団結心、陸軍や海軍、空軍とは異なる独自の軍隊文化、訓練の厳しさが伝統であり、また伝説となっている。モットーは〝センパー・フィデリス（常に忠誠）〟だ。アメリカのミリタリーＳＦの中には、サブジャンルとして〝海兵隊ＳＦ〟といっても良さそうな作品群がある。たとえばタニア・ハフ『栄光の〈連邦〉宙兵隊』がそうだし、ジャック・キャンベル〈彷徨《さまよ》える艦隊〉シリーズでも、艦隊から惑星に降下して戦う宙兵隊が出てくる。『戦士強制志願』も、それらに続く〝海兵隊SF〟の系譜にあるといえる。

本作では、約百六十ページにわたって、海兵隊員になるための訓練の過程が描かれている。これだけのページを使って書き込まれる訓練過程のディテールが一つの特色になっている。ディテール描写の豊かさは戦闘の場面でも同様で、主人公たちの行動や心理、小隊や分隊の指揮系統など、一人の歩兵の視点での戦場がじっくり描かれている。そこに説得力があるのは、つまり実はこの小説で描かれているそれらが、今日の世界の海兵隊の訓練や戦闘から大きくかけ離れてはいないから、ともいえる。また、頭に埋め込まれ脳に連携するAIや遺伝子編集での肉体改造は出てくるものの、主人公たちペガサス連邦の海兵隊員が扱う兵器や装備は、今日の世界で実際に使われているものや構想されているものとあまり遠くない。彼らは、ライフルと携帯ロケット弾を持って、〝パラディン〟や〝リーヴァー〟と呼ばれる戦闘メカに乗ったケンタウルス人と戦う。モビルスーツ対（ほぼ）生身の兵士という絶望的な構図ではあるものの、訓練といい戦闘といい、現実の軍隊や軍事テクノロジーと〝地続き〟感がある。

登場人物の会話にも今日の軍隊の常套句や、「ピカチュウ」という名前が出てくるし、主人公たちが乗艦する同盟国の輸送艦は、「ディクスミューデ」という現存するフランス海軍強襲揚陸艦と同じ名前で、艦内での食事が合成食材ではあるもののフランス料理で、普段の軍隊食よりも格段に美味い、というくだりにもアメリカ海兵隊との〝地続き〟らしさがある。

入隊前の主人公の生活や故郷のセーフハーバーの社会にしても、やはり現実の世界と〝地続き〟感がある。セーフハーバーには『宇宙の戦士』のような兵役についた者にしか選挙権がないという未来世界の軍隊崇拝イデオロギーもない。またマルコ・クロウス〈宇宙兵志願〉シリーズの地球のように、荒廃と貧困のディストピアでもない。またジョン・スコルジー〈老人と宇宙《そら》〉シリーズ（以上、ハヤカワＳＦ文庫刊）のように皮膚が緑色になったり、老人が若返ったりするわけではなく、ＳＦ的な飛躍は小幅にとどまっている。ＳＦ的に身構えずに、若い海兵隊の兵士が仲間と宇宙で戦う物語として楽しむというのが正解のようだ。

この〈戦士強制志願〉シリーズはＪ・Ｎ・チェイニーとジョナサン・Ｐ・ブレイジーの共著で、どちらもこの作品が日本では初紹介となる。ドラゴン賞ミリタリーＳＦ／ファンタジイ部門の最終候補（ドラゴン賞は、毎年アメリカで開催されるドラゴン・コンの参加者の投票で決定される賞）。チェイニーはアメリカ空軍に勤務し、退役後にフルタイムの作家となった。非常に多作で、二〇一五年以来、冒険ものやミリタリーもののＳＦをさまざまな著者と共作していて、シリーズの数は三十近くにのぼる。

もう一人の著者ブレイジーはウィキペディアによれば、一九五八年生まれでアナポリスの海軍士官学校を卒業、海兵隊に任官して大佐の階級で退役している。一九七八年に最初の短篇小説を発表し、二〇一〇年ごろからフルタイムの作家としてミリタリーＳＦを中心に多くの作品を書き、本作以前にネビュラ賞に二回、ドラゴン賞にも一回最終候補になっている。本作の海兵隊の訓練や指揮系統、戦闘の描写が非常に詳しいのはブレイジーによるところだろう。

『戦士強制志願』が発表されたのは二〇二一年のことで、主人公が軽微な法律違反で裁判にかけられて否応なく軍隊に入隊させられてしまうのは、かなり理不尽で衝撃的な設定だったことだろう。しかし二〇二二年にロシアがウクライナに全面侵攻し、早期決着に失敗して多くの兵力を失ったロシア軍はそれを補うために刑務所の受刑者を無理やり徴兵し、ろくな訓練や装備もないままに最前線に放り込んでいる。二十一世紀の現実がミリタリーＳＦの描く未来よりもはるかに残酷なディストピアになるとは、おそらく著者も想像しなかっただろう。

本作の現実との〝地続き〟について、一つトリビアを付け加えておこう。主人公たち海兵隊員がしばしば口にする〝聖チェスティ〟は、作中の海兵隊の非公式な守護聖人とされているが、チェスティというのは実在のアメリカ海兵隊の象徴的な英雄、ルイス・Ｂ・プラー中将のニックネームで、チェスティとは「胸が大きい」、「胸を張っている」から「威張り屋」といった意味がある。〝チェスティ〟・プラーは一八九八年生まれで、一九一八年に海兵隊に兵卒として入隊、第一次世界大戦には派遣されなかったが、下士官学校から士官候補生学校に進んで少尉となり、カリブ海や中南米でのアメリカの介入作戦に参加、第二次世界大戦では大隊長としてガダルカナルで日本軍と戦い、朝鮮戦争にも連隊を率いて戦って、一九五五年に退役した。プラー中将は海軍十字章五回をはじめ数多くの勲章を授けられ、史上最も多く受賞した海兵隊員となっている。『戦士強制志願』のはるか未来の遠い惑星の海兵隊員たちが、なおも〝チェスティ〟・プラーを崇めているのが面白い。

　本作の続篇はすでにシリーズ十五巻までが出ているという。第二作 *Children of Angeles* では、本作にもちらっと描かれた、ケンタウルス人こそが人類をより高次な存在に引き上げてくれると信じる集団との戦いになる。第三作 *Song of Redemption* では、人類の同盟が軋む中、ケンタウルス人が人類の故郷である地球への侵攻を企てる、というストーリーだという。戦え、海兵隊、人類を守れ、というところで邦訳の続刊に期待しよう！

訳者略歴　1958年生，早稲田大学政治経済学部中退，翻訳家　訳書『マシンフッド宣言』ディヴィヤ，『われらはレギオン１』テイラー，『マザーコード』スタイヴァース，『地球防衛戦線１』アレンソン（以上早川書房刊）他多数

HM=Hayakawa Mystery
SF=Science Fiction
JA=Japanese Author
NV=Novel
NF=Nonfiction
FT=Fantasy

戦《せん》士《し》強《きよう》制《せい》志《し》願《がん》

〈SF2441〉

二〇二四年四月十日　印刷
二〇二四年四月十五日　発行

（定価はカバーに表示してあります）

著者　J・N・チェイニー
　　　ジョナサン・P・ブレイジー
訳者　金《かね》子《こ》浩《ひろし》
発行者　早川浩
発行所　株式会社 早川書房
郵便番号　一〇一 - 〇〇四六
東京都千代田区神田多町二ノ二
電話　〇三 - 三二五二 - 三一一一
振替　〇〇一六〇 - 三 - 四七七九九
https://www.hayakawa-online.co.jp

乱丁・落丁本は小社制作部宛お送り下さい。
送料小社負担にてお取りかえいたします。

印刷・株式会社亨有堂印刷所　製本・株式会社明光社
Printed and bound in Japan
ISBN978-4-15-012441-0 C0197

本書は活字が大きく読みやすい〈トールサイズ〉です。